好大一卷卫生纸

少年绘

见江山

第一卷 少年游

JIAN
JIANG
SHAN

北京时代华文书局

图书在版编目（CIP）数据

见江山 ：全二册 / 好大一卷卫生纸著. — 北京 ：
北京时代华文书局，2020.3
ISBN 978-7-5699-3612-4

Ⅰ. ①见… Ⅱ. ①好… Ⅲ. ①长篇小说－中国－当代
Ⅳ. ①I247.5

中国版本图书馆CIP数据核字(2020)第046131号

见江山
Jian Jiangshan

著　　者 | 好大一卷卫生纸

出 版 人 | 陈　涛
选题策划 | 紫　总　依　依
责任编辑 | 徐敏峰　姚　赢　黄　琴
责任校对 | 徐敏峰
封面绘制 | 雪代薰
装帧设计 | 何嘉莹　周　周
责任印制 | 刘　银

出版发行 | 北京时代华文书局 http://www.bjsdsj.com.cn
北京市东城区安定门外大街138号皇城国际大厦A座8楼
邮编:100011 电话:010-64267955 64267677 57735442
印　　刷 | 北京盛通印刷股份有限公司 010-52249876
（如发现印装质量问题，请与印刷厂联系调换）
开　　本 | 710mm×1000mm 1/16 印　张 | 41.5 字　数 | 762千字
版　　次 | 2020年6月第1版 印　次 | 2020年6月第1次印刷
书　　号 | ISBN 978-7-5699-3612-4
定　　价 | 69.80元（全二册）

目录

CONTENTS

目录

CONTENTS

第1章

柴米油盐 书生意气

兴灵二百六十年，天祈王朝式微，天子年老失道，太子未立，东宫无主，三司执政，四大贵姓弄权，魔族兴盛，踞于东川虎视眈眈。

“上月末东疆驻军传回消息，有百余魔族夜袭边城，烧杀劫掠，狼子野心路人皆知。大战一触即发，只叹皇族世家不知众生疾苦，钟鸣鼎食，纸醉金迷！你们今日是学院的学子，明日便是人间的希望，国家已到了如此地步——山河将倾，风雨飘摇。家之聚散，国之兴亡，尽系于尔等！”

老先生语毕，台下响起了稀稀落落的掌声，就像迟迟不肯咽气的病人。其间夹杂着让人摸不到踪迹的窃窃私语。

“这段怎么听着耳熟？”

“这位师弟，你也是去年没考过来重修的吧？……那就没错了，每年开场都是一样的。”

“每年？敢问师兄考几年了？”

“区区不才，三年没过，已是第四年了。”

健谈的师兄顶着四周同情钦佩等各色目光，镇定自若道：“年年都喊要打仗，就没见镇东军出过白雪关，反倒折磨我们，修这种百考不过的课。”

“谁说不是呢，倒是打啊，咱们也好放长假回家。”

初春的午后，浅淡日光照进学舍，梨花香气混着书卷墨香在空气中浮游。教室里东倒西歪地坐了七八十人，两人共用一长桌一笔架，又堆着书卷杂物，显得逼仄挨挤，却方便与四邻低声闲聊。长褂老先生在台上踱步，摇头晃脑地念念有词，伴着微暖春风与和煦阳光，催人入眠。念过三章，就连后门口恼人的野猫也卧下打盹。

三个人影从后门悄悄地摸进来，正要潜至末排的空位上。

“啪——”老先生一戒尺打在讲台上，烟尘四起，房梁抖了三抖。

“你们三个！干什么的，给我站住！”

满室瞌睡学子被他喝醒，齐刷刷地转头向后门看去。

只见一马当先走进来的是一位女学生，凤眼薄唇，高马尾、红发带，身形高挑匀称；被剪裁过的蓝白学院服扎进腰带，勾出极利落的腰线，两把长刀呈“乂”字交叉负于背后，更衬得她气势凌人，不可逼视。

她身后那人一副公子打扮，玉肤朱唇，眉眼含情，长发半挽半束，绛紫色锦衣内衫，腰间别着一柄细长的金玉烟枪。学院服外袍襟带不系，松松垮垮地披在身上。站在教室像是走错了地方，让人恨不得立刻送他去玉春楼里醉场酒。

有两人如烈日珠玉在前，最后一人便不如何扎眼了。束发整齐，院服也极规整地穿了全套，被老先生喝住时面色茫然无辜，长眉微挑。好个正经学生模样。

“因何来迟？今天说不出个正经理由，你当我学院第一严师的名头是白得的！”老先生戒尺指着三人中唯一看上去靠谱的那个道，“你来说！”

被全教室直直地盯着，正经学生不负众望，规矩地行了个弟子礼：“严先生……”

“我姓李！”

学子们哄堂大笑。

“事情是这样的……”

“住口！我不想听你们狡辩！迟到就是迟到，你们三个叫什么？！”

许是念及迟到总比被记缺席好，双刀少女、浪荡公子与正经学生依次报上名字。

“青山院徐冉。”

“春波台顾雪绛。”

“南山后院程千仞。”

少女话音刚落，满堂抽气声此起彼伏，反倒没人关注后两人的名字。

“嘶！竟然是徐老大！当真是百闻不如一见。”

“怎么办，好激动，要不要给老大让位置。”

李先生捶胸顿足，拿着戒尺走下讲台，连拍了前三排的桌子道：“吵什么吵！肃静！你们太令我失望了，看看你们这副样子，有朝一日魔族入侵，如何保家卫国？!人类的希望全毁在你们手里！”

三人趁机摸到座位坐下，被称为徐老大的少女戳戳身边人问：“什么情况啊，说得好像我们今天不迟到，镇东军就能杀进雪域，活捉大魔王了一样……咱仨什么时候这么重要了？”

程千仞还没来得及笑，顾雪绛就拿起桌上的新书翻了翻，说：“军事理论基础？我不是让你选‘养生养气入门’吗？”

徐冉比了个抽刀的动作，吓得四周打量她的学生都转过头去，才解释道：“那个选满了，我看这俩都是六个字，一个‘基础’一个‘入门’，想也差不多。”

“六个字？你到底识不识字！那门没有作业不查出勤，年末卷子写名就能过，这门迟到一次扣二十，迟到还走后门再扣二十！”

程千仞坐在两人中间揉揉眉心道：“先等等，容我问一句，这门及格多少分？”

“六十。”

程千仞终于认识到问题的重要性，说：“嚯，新年新气象，刚开学就死一门，刺激啊。”

徐冉还在认真地扳着指头算：“怎么会，总分一百分，我们这次扣了四十，还剩六十，刚好及格啊。”

顾雪绛已经说不出话，生无可恋地望着窗外。程千仞好心解释道：“你卷面能考满分吗？”

徐冉眨眨大眼道：“不能唉……也就是说，我们真的死定啦？”

顾雪绛懒洋洋地靠在椅背上：“是啊，恭喜你啊笨蛋。”

“你说谁笨蛋？”

“谁笨蛋我说谁！”

“笨蛋”这词他们上周才跟程千仞学来，两人正用得新鲜，可惜在程千仞眼里就像小学生互怼。他翻开书本，从笔架上取了一支七紫三羊的小楷笔道：“已经这样了，说这些还有什么用，不如专注眼前，活在当下，现在就有个比期末考更要紧的事——我们今天中午吃什么？”

讲台上的李先生也抛出一个相似问题：“我们刚才说到哪里了？”

教室里有人在抄下节课的作业，有人忙着跟新认识的师妹搭讪。只有第一排记笔记的同学看了看本子，小声道：“你们是我带过最差的一届。”

老先生戒尺拍得震天响，“对！你们是我带过最差的一届……不对，再上一句。”

那位同学的笔记果然一字不差道：“再上一句是‘军事理论基础这门课的重要程度，远超你们过去、未来所学习的任何一门课！’”

“没错，同学们，这个重要性你们现在认识不到，以后是会吃大亏的啊。”

这一年是兴灵二百六十四年，初春。

十万里外边关狼烟四起，大陆腹地的南央城依然风调雨顺，一片太平光景。而教习先生口中世界的拯救者们，正在忙着翘课、对骂、抄作业、插科打诨，以及问中午吃啥。

巳时，青铜大钟被撞响三下。钟声沉沉传开，偌大的学院爆发出一阵欢呼，紧接着便有学生从各个教室涌出，背着书篓或提着刀剑，在宽阔大道或曲折小径上汇成人潮，向东西南北四面大门涌去。

白底蓝纹的学院服连成一片，仿佛喧嚣翻腾的海浪。

“南渊学院”是大陆第二高等学府，大得像座城中城。这里法纪严明，禁止飞行法器，只有上年纪的教习先生才能乘辇坐轿。

程千仞一行人今天在西区十三舍上课，要出东大门便不得不横穿大半个学院。

春日晴光正好，星罗棋布的学舍间，有蜿蜒画廊相连，廊外桃花初开，浓粉淡红，盈盈袅袅。走出西区的一片回廊，青石板大道两侧国槐如盖，树下间有奇珍异卉，禽鸟奔走。可惜众学子刚结束一上午的课业，饥肠辘辘赶着吃饭，皆无心赏景。

拥挤的人潮在藏书楼外的岔路口分流，凝滞的空气才重新流动起来。

程千仞刚松一口气，却见不远处波光粼粼的太液池边又是黑压压一群人，湖边泊着几只棠木舫，值勤师兄撑着一支长篙跳起来高喊：“后面的快一步，还能再上几个。上满开船！”

三人立刻拔足狂奔，过关斩将地跳上去，船舱里别说座位，落脚的地方都不剩，他们只好站在船尾吹湖风。

大约四百年前，学院斥重金请工匠大师，为修行水系法术的灵修弟子们建造了广阔的人工水域，可惜如今大陆灵气凋敝，灵修愈少，如今这片名叫“太液池”的烟波水域几乎只剩观赏价值。

一路车马劳顿，狼狈不堪，顾雪绛想喘口气，抽出腰间的金玉烟枪点上火，深深地吸了一口。

程千仞知道他最不耐烦跟别人挤，只得同情地拍拍他的肩道：“下周上课我们早起半个时辰，错开拥堵时段，早上总不会再迟到。至于下课回程……这片湖夏天荷叶田田，以后常能看风景。你想开点吧。”

想不开能怎么办？跳湖吗？

顾雪绛缓缓吹出一口白烟道：“先生糊涂扣分严，人多路远教室偏，这种日子还要过一年……这门课选得绝了啊。”

徐冉听见立刻奓毛道：“顾二你有完没完？怎么跟个女人一样絮絮叨叨？你行你去选啊！”

她一身武者气势控制不住地外露，身边人纷纷退开，更向船舱里挤去，似乎是怕她突然拔刀砍翻这条船。他们周围反倒宽敞许多。

“后面是不是要打起来了？”

“那位师姐好生威风气派，何方人物？”

“看院徽似乎是青山院的武修。”

顾雪绛冷笑一声，程千仞心道要糟，不能让他俩在这里怼下去。然而不等他开口，似乎上天注定顾公子今天怼不了人，只听“哗啦”一声，湖面乍起泼天水花，“噼啪”打在船尾，兜头浇了顾雪绛满身。

“搞什么，下雨了？！”

“谁泼水？！”

众人都被这大阵仗吓了一跳，回过神来探头张望，见湖面上五六道身影如惊鸿飞掠，纵剑顷刻远去。一路剑气纵横，水波飞溅。他们身后又追着七八人，身穿风纪督查队黑衣制服，催使轻身术踏水破浪，边追边喊：“前面几个哪个院的，站住！”

“最后一次警告！从剑上下来，这里不能飞！”

其他船上的学生们也挤在一起遥遥看热闹，一时间有人起哄叫好、有人高声喝骂，湖心小洲上踱步的白鹭受惊，展翅高飞。

顾雪绛还保持着拿烟枪的姿势，外袍尽湿，墨发淌水，更多的督查队兵从湖边追上，经过时又溅他一身水。而他身旁的程千仞只湿了衣摆。

徐冉身法快，几个闪避间连裤脚都没湿，忍不住笑意，望着湖上的背影感叹道：“今年的武修新生？师弟们真有活力啊！”

等他们终于走出学院，已过午时两刻，等回到程千仞家吃饭，已是三刻。路边的小吃开始收摊，饭后聚在巷尾闲聊的邻里都已回屋午睡。

程千仞住在南央城东区柳烟路十七街，街是老街，比不得贵人们住的城北富丽，更不及酒肆花楼云集的城南繁华。只是胜在清净，绿树成荫，虫鸣鸟叫。尤其是后院有条小道，离学院东大门只有一炷香的路程。在这一点上，住在新街的徐冉和顾雪绛羡慕死了程千仞。

此时后院木门半开，门口立着一位半大的孩童。身段清瘦，眉眼深深，木簪挽着墨发，虽然穿着粗布麻衣，却没有丝毫寒酸气。他看见程千仞，远远喊了声“哥”。

巷尾背阴，穿堂风带着料峭春寒，孩童过分白皙的面容也仿佛染上幽幽冷意。徐冉与顾雪绛不知怎么，总觉得这幅画面让人无端心凉。唯有程千仞毫无所觉，笑着唤道：“小流。”

于是孩童也笑起来，他一笑，周身违和的凛冽消散无踪，只剩下明眸澄澈，如秋水生波。

程逐流将他们迎进门道：“怎么今天回来这么晚？可是出了什么事？”

程千仞揉揉他发顶说：“没事，先生放得晚，出来之后又先陪顾二回他家换了身衣服，就耽搁了。”

程千仞家不大，算上后厨一共四间房，院子却还宽敞，老槐树下置着半旧的八仙桌，配四条长凳。菜在灶台上温着，程逐流去端，两个食客也熟门熟路地摸到厨房帮忙。

程千仞稳坐长凳，像个八风不动的家主道："开饭吧。"

四个人，照例一凉三热，开胃有凉拌青瓜，下饭有红烧茄子，硬菜是水晶肘子和西湖醋鱼。顾雪绛是不吃肘子的，但徐冉一个人能吃半盘，还能再添两碗米。这方面他总觉得自己很亏，毕竟他俩交一样的伙食费。

程千仞去年过节请他们来家里吃饭，尝过他弟弟程逐流的手艺后，两人强行要求入伙，每个月交二两银子，比学院里的大灶美味，比街摊清净，比酒楼便宜，何乐而不为。

不知什么时候开始，唯一讲究"食不言寝不语"的顾公子也加入了午饭闲聊，大多是聊最近的课业，教习先生的笑话，有时也会交流疑惑。

今天下午没课，时间充裕，饭饱后程千仞给大家沏了壶茶，接着聊。

徐冉拿着筷子比画道："我刀法中'飞鸟投林'是反手刀，刀势由下而上先抑后扬，胜在又快又狠，但有一瞬间空门大开，若不能一击即中便是极险。原先我练不好，还以为是不够熟练，可是这两个月毫无进步，即使紫府内真元充足挥刀也不够快，仁定穴还总是刺痛。我有预感，这就是阻碍我达到炼气大圆满的瓶颈。"

顾雪绛抽着烟枪吞云吐雾，懒洋洋道："你的刀法课先生怎么说？"

"他给我读了《太上气感》三章，又自己挥刀两招演示。我听不懂，也没看懂。"

顾雪绛拿筷子点了茶水，在桌上画了几道交错线条，外框类似人形。

"还是我上次说过的，你冲神脉里杂质太多，阻碍真元运行速度，太虚脉倒没有杂质，但是不够宽，真元储量少。"他用筷子指着某个结点道，"这是你的仁定穴，两条有问题的武脉都在这里连接，你怎么快得起来？"

每当这时，程千仞就拉着程逐流一起听，还给顾雪绛续茶。

顾公子满意地啜一口道："这种问题练再多次都没用，要么，等你毕业后拜个厉害师父，让他用真元帮你冲开太虚脉；要么等你有钱了，一颗冼碧丹下去，所有武脉杂质全消。"

"毕业之前我要是没冲破炼气大圆满，哪个大宗门会收我？买药更是白日做梦吧。"

"急什么，那就绕开冲神脉啊。"徐冉刚想反驳，顾雪绛做了个噤声的手势，筷子在桌面飞速划动，人形中的线条立刻复杂起来，他道："看这里，你这几条辅脉杂质极少，速度肯定上得去，就是储量太少，所以需要你多走两个穴窍及时补给，并且从紫府同时调动这六条辅脉的真元，顶上一条主脉绰绰有余。”

“只要练得多，一定比走冲神脉速度快。”

徐冉恍然大悟：“竟然真能绕过去……不过要同时调动，也是很难。”

顾雪绛放下筷子，又拿起烟枪道：“起码这点靠努力能做到，总比洗脉容易。水滴石穿，什么时候功夫火候到了，瓶颈一破，炼气大圆满就成了。”

徐冉盯着桌上的线条，若有所思地点点头，似乎并不疑惑为什么一个没有修为、主修“博物志”的人会如此精通修行上的事，讲得比学院先生还生动易懂，或者她也想过，只是从来不问。

她突然又想到什么，霍然站起身向外走。

程千仞喊道：“你去哪儿？今天该你洗碗啊。”

“今天初一，我该去收保护费了。让顾二先替我，明天我洗。”

顾雪绛很不想答应，奈何徐冉收来的保护费是他们几个的主要共用收入，只得认命地摆摆手：“去吧去吧徐老大。”

一分钱难死英雄汉，浪荡公子卷起袖子，利落地收拾碗筷。

程千仞拍拍程逐流发顶：“下次我要是回来晚了，你一定要先吃。正在长身体，饭要按点吃。”

孩童看似很乖巧地应了一声：“知道了，哥。”

可是程千仞清楚，下次逐流还是会等他。这点说多少遍都不改。

“好了，快去午睡吧。”

懂事的程逐流起身回屋，关门之前，他听见了哥哥的叹息。

热闹散去，院里只剩下两个人。程千仞看着顾雪绛去井边打水，突然想起第一次见到这人的时候。

那时顾公子锦衣玉带青骢马，身后跟着两个小厮，一人端茶递水布菜，一人捶背敲肩捏腿，往城南花街一站，所有姑娘都上赶着为他打扇。别说洗碗，鱼刺都不会挑。基本上是个生活不能自理的半残。即使后来他花光了钱，小厮也跑了，来程千仞家搭伙吃饭，还是自带一套碗筷，把饭菜分出来，饭前饭后都要以茶漱口。天热带扇子，天凉就带着用来铺凳子的毛毡，洗个碗像是要他命，好几次让徐冉露出“此人多半有病”的眼神。

然而才一年光景，就成了如今这副样子，鬼知道他身上发生了什么。

大木盆里盛着淘米水，顾雪绛坐在矮凳上拿丝瓜藤洗碗，眼也不抬。

“我知道你想问什么。逐流的武脉我已经探过，紫府开阔，十二条主脉、三十六条辅脉接近绝对纯净。别说南渊学院，就是皇城里被天材地宝养着的王孙公子，七大宗门里千挑万选的内门弟子，都未必有他资质好。”

皇都世家和大宗门怎么样，程千仞没见识过，但他相信顾雪绛的见识，道：“你原先说他根骨好，我以为只是一般好，原来竟然好到这种地步？”

顾雪绛切了一声，“不然你以为，凭本公子的自恋程度，会夸别人好？”

“小流今年九岁了，世家宗门的孩子九、十岁就开始引气入体。不能再拖了……”

顾雪绛忽然抬头看他，面色沉静道：“你到底听没听懂我的意思？”

程千仞沉默片刻道：“如果小流生来像我一样，武脉不通，天赋不足，我也有许多办法让他平安长大，成家立业。但现在对他而言，只有衣食无忧是不够的。难道因为他哥哥是个普通人，他的天赋就要被埋没，一辈子当个碌碌无为的庸人？”

顾雪绛却不肯让他逃避，说：“我从前有个朋友，父母都是半步大乘的修行者。打娘胎里就有精血喂养，出生后十二条主脉中尚有一条白璧微瑕，他八岁洗脉，十岁便入炼气五层，万中无一。如今大陆上灵气凋敝，几乎不可能存在生来即武脉纯净的人。你现在还觉得逐流正常吗？他不是你亲弟弟吧？你知道他来路吗？”

程千仞扑上去就是一拳：“你这个小没良心的，我弟给你做了一年饭，都喂到狗肚子里了，你居然说他不正常！”

“喂喂，我说你这人怎么说动手就动手，我付钱了没白吃啊！”顾雪绛跳起来，洗碗水洒了一地，“你先听我说完，我的意思是，你护得住他吗？！”

程千仞没毛病，平时脾气好得不得了，唯独不能说他弟弟不是，一句也不行。同样，想让他冷静下来就说他弟弟的事，一句就够了。

“你想让他修行，容易。以他的天资，既不用灵药洗脉，也不用厉害师父。只需要一本精妙剑诀就能自行开悟。但是之后呢？会发生什么你能预料吗？”

程千仞松开顾雪绛的衣领，拾起对方洗了一半的碗，坐下继续洗道：“你说的这些我当然想过……我想办法攒点钱，明年开春就让他参加学院的入院考，主课就考副院长教的‘万法推演’，再多辅选几门武修课。以南渊学院的力量，总不至于让他陷入什么麻烦。”

顾雪绛接道：“等他毕业，可以拜入与副院长交好的宗门，南边的“剑阁”、西边的“沧山”都算门风清正，比皇都的腌臜世家强。”

只是说来容易，他也知道以程千仞如今境况，要多攒出一人的入院束脩有多难，只能道：“看来你早就为他打算好了，唉，我怎么没有你这样的哥哥。”

正事说完，程千仞起来打水洗手："别灰心，哥哥是没有，叫声爸爸我就收下你啊。"

顾雪绛捞起盆里丝瓜藤扔他："去！"

"喊什么！小声点，小流睡了！"程千仞扬手一接，反掷回去，转身进屋，"你慢慢洗，走的时候记得把门带上。"

身后传来顾公子的低低骂声。

读书修行，柴米油盐。学院弟子八千，一大半人的日子都这么过。生活压力与繁重课业不足为道，若非要找出这三人有什么值得一提的地方——徐冉是城东五坊老大，带着双刀与一票跑腿小弟，顾雪绛是被世家放逐的二少爷，带着烟枪与一身穷讲究的毛病。

而程千仞是个穿越者，带着江边捡来的程逐流。

程千仞回到自己房间，坐在案前摊开一本账册，左手拨算盘，不时翻页，右手记账，笔走游龙。

这是他穿越到这个世界的第五年，来到南央城的第二年。他觉得自己是史上最不酷的穿越者。没系统没剧本，更没有变成大杀四方坐拥后宫的爽文主角。

造孽的三无穿越。

从前在相对平等的法治社会都没能出人头地，当了二十多年勤勤恳恳的小老百姓，到了武力王权至上的封建社会，只会更深切地感受到命运恶意与谋生艰辛。

但他对这种生活格外珍惜，每一刻都认真地过活。因为比起初来乍到的境况，现在已经算脱胎换骨，翻天覆地了。睡得踏实吃得香，最难得的是，还能上学。

南渊学院开设六十余门主课，副课也多达四十余门，包罗万象，几乎覆盖了这个世界所有已知领域。想要入学先参加每年初春的综试，一考三天，"四书五经""君子六艺"通通走一遍。第二天就放榜，成绩合格可选报主课，参加由任课先生安排的复试。

主课分为三科，"武"、"艺"、"术"。

武科教授如何修行，比如徐冉学的"刀术"。这类学生在学院西边的"青山院"上课，出入常带兵器，好勇斗狠寻常事，能惹天大的乱子。毕业后大多选择为军部效命，或拜入宗门世家继续修行。

艺科偏重人文艺术，比如顾雪绛修的"博物志"，就是一门研究大陆自然地理、物种进化的课。他们上课的"春波台"景致风雅，学生们来南渊只为开阔眼界，广阔交游。时常相约吟诗作对，抚琴吹笛。

术科偏重实用类，程千仞修习的“算经”便是其中的代表课目，在“南山后院”上课。很多学生勤勉刻苦，毕业时若得教习先生举荐，便有机会入朝做官。

有句话叫“刀光剑影青山院，风花雪月春波台，不知寒暑小南山”，足可见南渊三院之间，风气有天壤之别。

除了每天都上的主课，学院鼓励“博学广识”，学生们每年还要选择三门副课学习，隔天上一节。他们三个今年运气不好，徐冉选的《军事理论基础》，先生出了名的苛刻，不及格就要第二年重修。据说三年不过都是寻常事。

“南渊学院”种种类似前世“大学”的熟悉感，都给了程千仞极大安慰，也是他来到这里的最大动力。

想起两年前，没日没夜突击考试，最后综试分数刚刚过线。又自知背书写字都拼不过土著，而穿越前“数学”勉强不错，他便决定考“算经”。

三个月苦练算盘，走路都在背口诀，考试那天进门一看，三百多人黑压压坐满厅堂，比他翻卷子快的大有人在，谁料最后一道题撞大运，是奥数中“鸡兔同笼”的变种。

更漏滴尽，卷子上交，六位考官当堂批复，随口提问学生。阅到他的卷子时，几位先生商议半刻，最后主考官拍板，直言欣赏他的解题思路。朱笔一批，他就成了学院弟子。

这场考试加阅卷，长达五小时，最终选录三十人。

程千仞不知怎么回到家的，昏天黑地睡到第二日下午，醒来就见逐流守在床边。他带着孩子仔细梳洗一番，上了城南飞凤楼，点一桌好酒菜，吃到酒楼打烊。

回家路上夜深人静，忍不住放声高歌。没唱完就吐，被逐流架着胳膊往回走。

“这个故事告诉我们一定要好好学奥数啊……小流，怎么一地金灿灿的，我们在哪儿啊？哦，南央城，遍地是黄金啊！”

“哥，那是别人家灯笼照在石板上的光。”

“我不管，小流啊，哥考上了，咱们从今往后，就在南央城里踏实过日子，以前的事，全都忘了它。”

酒醒后他只能回忆起这两句，深觉丢人。但那时他有多开怀，直到现在还记得。

逐流如今的情况却与他当年不同。

副院长的“万法推演”属于“波台”的课，招生少，讲究多。除了交束脩，少不了要四处打点。

程千仞埋头算完别人的账，拿出随身携带的小册子，开始看自家账目。他在一家面馆兼职做账房先生，工钱每月三两，收两位食客的伙食费，一人每月二两。

他拨了几下算珠，按近两月的物价涨幅计算，收支情况足够维持现有生活水平，每逢换季还能给逐流添置新衣。更别说他来南央城之前攒了一笔钱，还剩四十两压箱底。

但若要逐流按计划入学，至少还差六十两。六十两，够一个平民四口之家宽裕地吃两年。关于这笔钱如何挣，他之前想过几个办法，却都觉得不是很好。

总不能重操旧业。

程千仞站起来活动筋骨，推开窗，料峭春风扑面而来，长时间计算的疲累头脑顿时清醒。院中空荡，顾雪绛不知何时已洗完碗走了。他推开书架后的暗格，取出一把旧剑佩在腰间，转身出门。

出门前忍不住去隔壁看看逐流。

午后的阳光洒进窗棂，投照出斑驳影子。屋子不大，只靠墙放着简易小桌与书架，对墙置一张拔步床，空间便已满当。没有挂画摆件，唯有床上吊着的青纱帐幔，日光透过窗时，青蒙蒙的光晕笼罩一室，显得素净雅致。

程千仞撩起帐幔，孩子正睡得香甜，呼吸绵长，浓密的睫羽覆下来，微微颤动。

他最早以为，是个家长就无法客观评价自家孩子面貌，所以逐流在他眼中最好看。

谁知第一次招待朋友来家里，徐冉见了人便惊叹："你弟弟啊，长得也太好看了吧，一点不像你。"

顾公子就有文化得多了，只说了八个字："重楼飞雪，瑶池生花。"

从此程千仞才知道，逐流是实打实地越长越好，不是他自带"哥哥"滤镜。

程逐流的拔步床与衾被算是他们家最值钱的家当，程千仞最怕他不能吃好睡好，加上前两年跟着自己颠沛流离，最后影响发育长不高。

他俯身替孩童压了压被角，这个年纪的孩子就该这样，安稳入眠，无忧无虑。如果不用为西市米价又涨了几钱仔细计较，那就完美了。然而现在比起米价，他们要头疼的事情更麻烦。

少年立在床前，逆着光看不清面目，只有一双眼眸如清亮雪光。他对熟睡的小孩低声道："别担心，一定会有办法的。你会有很大的世界，最好的未来。"

天色未明，残月当空。

柳烟路十七街的小院亮起灯火，两扇房门几乎同时推开。少年与孩童认真问答。

"昨晚睡得好吗？"

"很好。哥哥睡得好吗？"

"也好。"

鸡鸣即起，烧水洗漱，生火做饭，洒扫庭除。一切收拾停当，巷外才传来寅时五更的锣声。程千仞在院中打完一套健体拳，程逐流已在桌上摆好米粥、小菜和馒头。

吃过饭后，逐流送兄长到巷口，把书篓递给他。

程千仞背上书篓，忍不住又摸他发顶道："徐冉和顾二今天也是主课，放得晚，你自己先吃。我走了，快回去吧。"

程千仞去学院上课做题，程逐流在家做饭读书。一日之计自此而始。

千家万户陆续亮起灯火，城中守军出巡，十二扇沉重的青铜城门，徐徐打开。

南央城位于大陆中部偏南，旧称"云阳"，初建年份可追溯到万年之前，更在板块运动、五陆合并之前。

它与东边的朝光城互为犄角之势，拱卫巍巍皇都。从此地北上的官道，被称为"天祈命脉"。作为南方十二州里最大的首邑，守备驻军多达十五万。

同时它又处在贯通半个大陆的安国大运河下游，南北航运中心，贵人官署云集，商铺鳞次栉比。

然而如此重要的战略、经济地位，都比不上一点——南渊学院在这里。

没有人清楚一座拥有百万年传承的学院，究竟蕴藏多大力量。它在南央城的声威权力，有时更胜刺史府，学院的规矩也时常凌驾于《天祈律法》之上。所以在程千仞眼中，南央城更像一个"自治区"。

很多人一辈子生活在这里，从未走出过城门，嫁娶丧葬，一代又一代。

求学的游子却不同，他们从五湖四海来，在每个初春为南央注入新鲜血液，让它永葆青春。待他们学有所成，又流散于各地，使南央的血脉循环不息。

由此造就了这座城矛盾的气质，年轻的野心压过历史的苍凉，栉风沐雨却朝气蓬勃。

此刻朝阳初升，它在熹微的晨光中苏醒，威风凛凛。

中轴线的东西南北四条大道上，车马行人各行其道，贩夫走卒在早市叫卖，达官贵人乘车前往官署。修行者与普通人在一个摊位吃早点，年轻的书生搭讪同路上学的貌美姑娘。众生百态，太平盛世。

程千仞喜欢这里，教书育人的地方，虽然规矩多，但人活得更像人样。

初到南央时，他是边境小镇来的外乡人，只觉得聚在老树下闲谈的大爷们，都比别处的大爷更从容自在。就连学院大门外徘徊的乞丐，也时常一副与有荣焉的淡定模样。而现在他是南央户籍，这份万年积蕴的自信气度，也要算上他一份。

学院东大门前是一片开阔广场，三尺见方的青石板整齐铺开，停着许多车马，华盖云集，人声鼎沸。因小厮丫鬟都不能入学院伴读，富贵人家的学子便在此地落轿下马。这场景稀松平常，今日却格外热闹了些。

程千仞看着那些身穿崭新院服，聚在广场徘徊的同窗，恍然大悟道："原来是新生正式入学的日子。"

高阔的院墙仿佛将蓝色天宇撑得更高远，朱红色府门在朝阳下愈显光辉，隐约可见高出院墙的飞檐斗拱，最醒目的莫过一座八角楼，如利剑般直上云霄，割裂苍穹。

那便是学院的中心，南央城里最高的建筑，藏书楼。

每年的新生都一样，在烂漫春光里仰望这样一座庞然大物，万丈豪情俱上心头，再世故老成的少年人，也不禁流露出敬畏与骄傲的神色。

程千仞穿过人潮，跨进院门，一路往南行，行人渐少，终于看见一栋山门牌坊。石雕山门经风雨长年侵蚀，青苔覆盖，其上"南山后院"四个刻字也被岁月磨平笔锋。

"太液池"是人工湖，"南山"却不是假山。

学院建造之初，真的圈了一座山进来。

石阶蜿蜒，道旁古松参天。"术科"四十六间学舍依山而建，高低错落，白墙灰瓦，在流淌的晨雾间时隐时现，如珍珠散落林海。"算经"课的学舍盖在半山腰，程千仞还未进门，先听见里面飘出的热闹谈笑声。

他的住处离学院再近，也近不过那些住在后山的人。学院里的寝室是四人一座小院，收费不贵，但他家有幼弟，还要外出打工赚钱，只能无缘。

此时学舍里已有十余人，拉桌椅子凑在一起，聊昨晚聚会的乐事。

"要说即兴赋诗，还是李兄文采飞扬！下次可不能让他先跑了！"

"谁跑了？还有三天又到沐修日，飞凤楼上不醉不归，我请！"

程千仞进门时，一人飞快瞥了他一眼，其余人等不约而同地齐收声，神色古怪地对视着。

他走到自己座位坐下，自书篓中取出书卷、算盘、纸笔、笔架、一罐墨汁，在案上摆放整齐。

片刻之后，背后传来的音调更高，笑声更夸张，拍大腿砸桌子，好不快活。

好似在用热闹反衬他的孤寂。

这个年纪的学生，最怕跟别人一样，又怕跟别人不一样。要卓尔不群也要有归属感，要特立独行也要追从潮流。

青山院的武修们一言不合拔刀干，拳头定老大；春波台的公子们不屑于比较家世财富，每日起诗社、打马球、时事辩难，要凭个人才华争个高下；南山后院作为教习世俗中最实用课目的地方，课业重，考试多，更是形成了特有的竞争风气。

程千仞的班上，两派泾渭分明。一派是寒门学子，课余时间就泡在藏书楼，呕心沥血地写文章去请先生指教；一派是殷实小富，明面上吃喝玩乐，以与春波台学子结伴同游为荣，背地里却熬夜苦读，大考小考都要与人比名次。

两边再互相看不起，也不妨碍长久保持着微妙平衡。随波逐流地融入任何一派，都可以有很多朋友，过得很自在。然而过去的一年里，班上唯有程千仞形单影只，可以预见的是，未来三年他也将继续如此。

初入学时，不少人向他抛来橄榄枝："放学喝酒去吗？"

"要不要一起去藏书楼读书？"

程千仞诚恳拒绝道："很抱歉，今天没有时间，还请原谅。"

同窗们被拒绝的次数多了，又撞见他与青山院春波台的两人出入，便生出风言风语："人家不是没时间，是看不上我们呢。"

"嘁，装什么清高。"

程千仞并非生性如此，上辈子念大学时，他与舍友通宵泡网吧，跟同学一起翘课打篮球，是个再合群不过的人。

但是如今不行，活在这个世界的他，从不做无用之事，不在意无关之人的看法，更不愿意花时间解释自己。说他冷漠也好，功利也好，三年的东川边境生活，就将他变成了这副样子。

这样子自然不讨喜。容貌普通，穿戴寒酸，成绩只算中上，凭什么一副"举世皆浊我独清"的嘴脸？大家都活在默认的规则里，凭什么就你不一样？以为自己是"南山榜首"林渡之吗？

今日新生正式入学，教习先生们或许还在勤学殿中讲话，待学舍里学生陆续到齐，聊得沸反盈天，也不见先生进门。主课学舍比起副课的宽敞多了，单人单案，两案间空隙可容一人通行。此时别人都聚在一处，程千仞的位置恰好在两派分界线，第三排靠窗。

他低头看书，左边是白云绕青山，右边像有一道无形屏障，将他与一室喧嚣隔开。

"这届新生怎么样，有漂亮师妹吗？"

"哪有，我今天走西大门进来的，看见好多新师弟，傻愣愣站着，啧，没几个顺眼的。"

有人学着先生的神态摇头道："唉，南渊的学生，真是一年不如一年。"

大家开怀大笑，忽有一道刺耳的声音响起。

“南渊学院现在什么人都招，东境来的乡巴佬都跟我们成了同窗。怪不得近十年的‘双院斗法’，年年输给‘北澜’那边。”

说话的是张胜意，南央城本地人。虽不如“南山榜首”林渡之有名，在这个班里却是学考第一，他又出手阔绰，人称张大公子。

此言一出，谈笑气氛骤僵。南央人傲气，崇敬强者却不蔑视弱者，这种有自降身份之嫌的话，张大公子平日也不曾说。或许他今天心情不好，张口就来。

一时间无数目光落在窗边，其中不乏幸灾乐祸的。前几排的苦学家们也放下书，侧身瞧热闹。每个人都知道这句话说给谁听，毕竟放眼南山，出身东川边镇的学生只有一个——程千仞。众人都在等他反应，背后嘲讽还能装不知道，这次被人逼到眼前，你能怎么办？

程千仞没有抬眼，依然在看书，甚至有些想笑。堂堂南渊，多少才俊，“双院斗法”不胜，竟然成了他的锅，未免太看得起他了。但他什么也没说，因为不想惹麻烦。家有幼弟，如何能行止由心？

说来无冤无仇，只是些意气之争。比起东川山脉里穷凶极恶的匪盗，沧江下泡得发胀的尸体，同窗们简直天真到可爱，就像窗外烂漫的春光。虽然在他们眼里，自己可能面目可憎，形容鄙陋。

程千仞这样想着，没忍住轻笑出声。

“呵——”

却不知在眼下的僵化氛围里，他这一笑更像不屑的嗤笑。张大公子顿时变了脸色，拍案而起就要发作。他身旁五六人也齐齐站了起来。

忽然一道苍老浑厚的声音响起：“看来我南渊不胜，你们很在意啊。”

两鬓斑白、精神矍铄的老者握着一卷书立在门口，也不知站了多久。

“先生！”

满室学子登时慌了阵脚，手忙脚乱地推桌椅归位，挺身站直。老先生踱步进来，道：“双院斗法，是为告诫尔等人外有人，需时时勤勉，不可恃才傲物……若是求胜心切，今年就凭真本事取胜；嫌怨‘南渊’不好，就退学北上，去皇都考‘北澜’……”老先生转了一圈，目光扫过每个人，“自怨自艾算什么本事？我就是这般教你们的？！”

张胜意汗颜，立刻上前一步，长揖及地道：“徐老先生，学生糊涂，知错！”

他认错痛快，很符合南渊人敢作敢当的价值观，瞬间赢得不少好感。也让其余骄傲少年们低下头去，为自己言行不当，却没胆站出来而感到羞耻。

徐先生摆摆手，转回讲台，道：“行了，都入座吧。”

主课可不像副课好混，教主课的先生们手握“生杀大权”，关系着学生毕业后的出路。尤其在南山后院，登天子堂还是做田舍郎，有时只是先生一封举荐信的事。

徐先生虽不是修行者，却在皇都当了大半辈子翰林院编修，八年前为避党争告老请辞，受南渊副院长邀请，做了这里教“算经”的先生之一。

众人都知道徐先生在班里最器重张大公子。三日前翰林院来人拜访，要重新修订一版《数术记遗》，请他回去主持。徐先生称年老体衰，不堪奔波，又推辞不过，便推荐了一名学生替他去皇都。据说拟定人选就是张胜意。张府上下因为这件事，在飞凤楼上连摆了两日酒席，宴请八方亲朋。张大公子一时间风头无量。

昨日张胜意路过瀚海阁，正听见几位“算经科”的先生说起这件事，不自觉停步窗外。起先都是溢美之词，令人虚飘，却忽听徐先生说道：“张胜意确实不错，但要说天赋，还是一名叫程千仞的学生最好，处事也通透。只是他似乎心有挂碍，功课上未能全神投入。我原本想过推荐他去的……文章易做，悟性难得，着实可惜啊。”

张胜意如遭雷击。说他比不上天生慧根的林渡之，他心服口服，程千仞又算什么？这事不好告诉别人，平白遭人嗤笑，他一腔愤懑无处发泄，整晚难眠，今天早上看见真人，气上心头，忍不住就口出恶言。

程千仞还不知道他唯一的穿越金手指，小升初级奥数水平，已经给他拉稳了一波仇恨。

徐先生抽了几人考校功课，做出点评，答疑解惑，不到半个时辰便不想讲了，道：“今日就到这里，回去熟读第三章《缀术》……新生入学，正在学院中四处摸索，还需你们引路上山。去年师兄师姐如何引你们，你们便如何引他们。散吧。”

先生前脚刚出门，学生们便低声欢呼起来，满面跃跃欲试的兴奋。“引路”不是字面含义，毕竟没那么多路痴。老生带新生熟悉学院，介绍院规，推荐选课，有前辈提携后辈、指条明路的意思。流传到如今，还带着薪火相传的仪式感。

程千仞合上书卷收好笔墨时，许多学生已结伴冲出学舍，在山道不忘互相整理衣冠，待下山见了新生，又端起稳重的前辈架势。

“这边几位师弟，先不急上去，我带你们游览另外两院，再去藏书楼、演武场、太液池转一遍，巳时学院后灶开饭，我们用过午膳，再上山也不迟。”

太多主动热情的引路人，程千仞形单影只地在山门前站了一炷香的时间，也没人来搭理他。他心想，太好了，今天放假，回去看孩子。

一路行来，争放的百花，争鸣的禽鸟，面露憧憬崇拜的新生，侃侃而谈的前辈，春日生气盎然，少年朝气蓬勃。无处不热闹。

所以当程千仞看见顾雪绛时，只觉得他是“凭实力毁气氛”，拖了整个学院的后腿。顾公子斜倚回廊画柱，学院服的外袍搭在臂弯。只着一身光华潋滟的绛紫色丝袍，修长的手指间擎着一柄金玉烟枪，吞云吐雾。白烟笼着俊美面容，一时间看不清他眼底神色。两三个姑娘红着脸站在他身旁，似是在问什么。顾雪绛只淡淡应两声，抬手指了个方向，姑娘们见他无意引路，又笑嘻嘻地结伴走了。

看来无论哪个时代，校园不良少年总是有人喜欢。正想着，顾雪绛向他招了招手。

程千仞迎上去问：“不开心？还是遇着事儿了？”

平日里见到漂亮姑娘，都是一副浪荡公子的做派，今天怎么改走颓废路线？新套路？

顾公子被他一问，挑眉笑了笑，看着精神好多了，反问他：“昨天下午你去西市了？我瞧见一个背影像你的。”

顾雪绛有时会在西市摆书画摊，离程千仞打工的面馆不远，常能遇到。这一点程千仞一万个服气，正常的世家公子，若是沦落到要摆摊谋生，典当旧物的地步，定然觉得羞耻，怕被人撞见。偏偏顾二不是，坦然开始了新生活。用他的话说：“我当自己的东西，没偷没抢，凭什么不理直气壮？写字卖画，自力更生，如何不能光明正大？”简直让人无法反驳。

程千仞答道：“是我。昨天账本提前算完了，拿去给东家看，主要是问他……有没有什么来钱快的正经门路。”他将“正经”两字咬得略重。

“他怎么说？”

“他让我带上二十两，去‘金堆玉砌’试试。”

“金堆玉砌”是南央最大赌场的名字。

顾雪绛叹气道：“似乎不怎么正经吧。”

但想到程千仞那个没谱的东家，他又觉得这个答案也在情理之中了。

忽然头顶响起一道声音：“你俩嘀咕什么呢？”

程千仞一惊，下意识地退后两步，差点摆出防卫姿势，又很快放松下来。只见回廊外参天的槐树上跳下一个人，身姿潇洒，稳稳地落在他们面前。树叶纷飞，徐冉拍拍沾灰的院服。

“你跑树上干吗？！”

程千仞不敢告诉徐冉，因为她这人有点二，还想不出什么正经办法。你说急着用钱，她就敢去地下拳场签生死状。三人中唯独他有攒钱的习惯，另外两个都是挣多少花多少，反正一人吃饱全家不饿。他也打心底里不想向他们借钱。

徐冉道："先生让我接引一位新师弟，说他身份特殊。现在到处都是人，谁知道他在哪儿，我想着站得高看得远，就上树了。"

徐冉在青山院赫赫有名，教刀术的刘先生将她看作得意门生，有事便安排她去做。

"怎么接？你认识人吗？"

"不认识人，只认识剑。他带着凛霜剑，'神兵百鉴'上有图，我一眼就能认出来。"徐冉等得不耐烦，急躁地抓头发，"我看这届师弟很行啊，都敢在'太液池'纵剑了，哪需要我们引路？"

新生一经录取便可以出入学院，昨天他们遇见的显然就是。毕竟老生没有那么不懂规矩的。程千仞虽无法修行，该知道的常识却一样不少，道："凛霜剑，看来这师弟来头不小。"

徐冉拍拍顾雪绛道："你们院消息最灵通，有没有听说这事？据说他家给学院捐了一大笔院建费？"

方才顾公子只闷头抽烟，此时被问起才抬眼道："他在读期间，家中负担学院内所有阵法的维护耗费，直到他毕业。"

徐冉倒吸一口凉气道："所有？这得多少钱？"

顾二悠悠说道："不是钱，是灵石，没有一百斤灵石，谁敢说这个话？"

徐冉讷讷道："我还是第一次听说灵石按'斤'算。"

程千仞也是第一次听说，问："这是哪一家？"

"那师弟叫钟天瑜。"

"皇都钟家。"

徐冉与顾雪绛几乎同时答道。

程千仞苦笑，都在学院读书，自己为六十两愁白头，有人豪掷万金院建费。不过他不仇富，感叹一句就过去了。

徐冉却有些惊讶，道："你说是皇都钟家？四大贵姓之三？不是旁支？"

顾雪绛摆摆手道："聊这么久，还接不接人？上树吧你。"

徐冉忍了忍没怼他，提气纵身，一跃上树。她一走，两人的话题又绕回最初。不过显然顾公子也没想出什么正经门路，说："唉，要是跟副院长有交情就好了，让他直接收下逐流。"

程千仞笑道："顾二少，您活在梦里呢？"

顾雪绛又叹了口气。程千仞还是觉得今天的顾二不对劲。从见面开始就话少没精神。徐冉在时尤甚。

“你是不是哪里不舒服？”

“程千仞。”

突然被叫全名，他心里发毛，却见顾雪绛放下烟枪，望了一眼廊外槐树，缓缓说道：“我们可能摊上事了。”

“好好说话，别吓我。”

才过上安生日子，钱还没攒够，孩子还没养大，平时㞞到被人怼都不敢怼回去，这样还能惹上事？不会这么惨吧。

顾雪绛引他向前几步，离槐树远些了，才道：“准确地说，是那个笨蛋摊上的，但咱俩能不管她吗？不能吧。毕竟每天中午还要一起吃饭。”

程千仞顺着他目光望去，苍翠浓密的槐叶，掩不住徐冉醒目的红色发带，微风中像一簇跳跃的火。

唉，突然不想跟你们一起吃饭了。

又听顾雪绛说：“你先去忙你的，事儿不急于一时，午饭后再慢慢说吧。”

程千仞没猜出个所以然，一头雾水，仿佛被人剧透一半，卡在了凶手身份揭秘上。作死的顾二，你不说我还不问呢，憋死你。程千仞拍拍他肩，径直向藏书楼走去。

今天的藏书楼比以往更热闹，楼外聚了许多新生，听引路的前辈侃侃而谈。

“它不仅是南央城最高，更是南方十二州的第一高楼。传说在这片大陆上，西至沧山，东达白雪关，只要站得足够高，便能看见楼顶流转的金光。那可不是白马寺的佛光，是南渊学院防护阵法的光芒。”

说到这里，引路师兄朗声大笑：“诸位师弟师妹，来日若你们建功立业，站上皇都摘星台时，记得向南望一望；若超凡入圣，登上‘剑阁’之巅，也请向南一望，替师兄看看这传说是不是真的！”

一番话说得少年们心潮澎湃，万丈豪情，齐声叫好。

“劳烦借过”“不好意思”程千仞一路赔礼，才从人群中挤出来。刚踏进门槛，只觉喧嚣骤静，神清气爽，全凭楼中隔音阵法之妙。虽然自打他入院，每两日便会登楼一趟，风雨无阻。然而这座楼有多少玄妙传说都与他无关，对他而言，这里只是个应有尽有的图书馆。

除了自己要看书，还要借回去给逐流看。外借有严格时限，损坏要赔很多钱，他们尽量读得快，翻页也小心翼翼。刚来南央时，他还能辅导逐流功课，半年后，逐流的问题他已答不上，只好抄录下来，拿去瀚海阁请先生解惑。先生还时常夸他问得好。

高阔的书架排列整齐，一眼望不到尽头。楼内已有不少学子，或席地而坐，或站在书架前捧卷阅读，需要交谈也是低声细语。

第一层是常用书籍，学院六十余门主课的相关参考书分科放置。第二层是副课书籍，越往上走，收录的书籍越冷门。到了四层，除了油墨印刷的线装书，还能看到不知多少年前的沉重竹简。

八层以上不对外开放，有人说上面是历代南渊先贤的挂像，有人说那是南渊阵法的中枢。

事实上，别说八层，大多数学生直到毕业，都未能看完一层十分之一的书。

既然决定让逐流考副院长的“万法推演”，相关的入门书籍总得开始看了。程千仞之前了解过，推演一道太过玄妙，学的人很少，书都是市井买不到的。一楼挂着巨幅索引图，各大科书籍在几层楼都能清清楚楚地查到。

程千仞来到第四层。这里没有人，光线略暗，只能听到自己的脚步声。日光洒进窗棂，尘埃微粒在光线中浮游，油墨飘香，古意盎然。太静了，他不由地放轻了脚步。

他在第十六座书架上，找到了那本不起眼的《梅花易数》，搬来矮凳将它取下，翻开第一页。

楼外的谈笑依然在继续。

“我院藏书楼虽然几经翻修，却保留着建造之初的朴素风貌，大家看这门前刻字楹联，是副院长当年题的字，直到现在都没换过。”

众人随他看去，不由念出来：“行遍天涯路，读尽人间书。”

“好气魄！”

引路的师兄突然压低声音道：“其实这楼上，几乎每年都有人跳下来寻死……”

“违反院规被除名，无颜见家乡父老，跳；追求师妹被拒绝，一腔深情错付，跳；与人打赌输了，咽不下一口气，跳。”他又笑起来，安抚那些脸色煞白的师妹们，“师兄劝你们一句，以后就算考不好，大不了重头来过，大好年华，可不要想不开跳楼啊。”

比起正经科普，大家显然更喜欢这类秘史。被无数崇拜目光注视着，那位师兄不禁飘飘然，张口就来：“其实这副联前面可以添两句，凑成一首七言，咳，‘巍巍百尺藏书楼，纵身一跃解千愁。游魂行遍天涯路，来世读尽人间书！’”

众人大笑鼓掌道：“哈哈哈哈，好诗！师兄高才！”

“不如师兄写一副‘百尺藏书楼，一跃解千愁’，我们挂上去换了它！”

忽听一道温和的声音响起：“楹联上附有十道符文，与楼中防护阵法相连，还是不要轻易触碰为好，免得受伤。”

众人回头，只见初开的桃花树下站着一位年轻书生，身穿天青色直裾，黑发挽

起，系一副月白书生巾。笑意亲切，望之便觉如沐春风

没穿院服，不是学生，这般年轻，想来也不是教习先生了。大约是楼中管理书卷的执事，那位师兄上前两步，行了一礼："见过先生。请教先生大名？"

他见对方气质温润，心生好感，便想与对方结识。

那人不避不让地受了一礼，依然温言细语："不敢。我姓胡，单名一个'行'，字'易知'。"

说罢踏进楼内，转眼间不见踪影。

他身后哗然乍起，一片混乱，众人将跪倒在地的师兄抬起来，"师兄你说什么，大点声，副，副什么？""师兄你怎么了？醒醒啊！""来人啊，出事了！"

很多年后，这位师兄日常给儿孙吹牛："我人生中最刺激的事，是当着南渊副院长的面，说要拆了他写的楹联。"

年轻书生步履沉稳，悠悠地登上四层楼。

这卷书用词考究，内容晦涩，程千仞读来吃力，他犹豫要不要给逐流先借本简单些的，又觉得不能以自己正常人的智商，去衡量逐流的悟性。他合上书，有些疲累地揉揉眉心，忽然感到一道视线落在他身上。程千仞转头看去，见是熟人，便微微颌首，书生报以一笑。

严格地说，他们不算认识，毕竟未通姓名，只是在藏书楼遇到，聊过天。对方似乎是这里的执事，各类书籍位置熟稔于心，还帮他找过几次书。

两人没有语言交流，年轻书生站在程千仞隔壁书架，不知取下了什么书。

"凡占天时，不分体用，全观诸卦，详推五行……"程千仞又沉下心去读了一章，头晕脑胀，无奈承认自己慧根不足，还是决定先借回去让逐流试试。

藏书楼每层都有外借处。东南角楼梯下，置着一张黑漆翘头案。案上整齐垒着八摞厚厚卷宗，案后有一妇人盘膝而坐，捧卷细读。

她穿着学院黑色执事服，墨发绾作单髻，斜插一支乌木簪。虽看不出年纪，但见爬满细纹的眼尾，便知她早已不年轻了。然而就是这样一个不再青春、颜色全无的妇人，静静地坐在藏书楼的阴影里，却莫名让人想到"红袖添香"四个字。

程千仞行了一礼，将书册与南山后院的腰牌递上前道："劳烦，我想外借这本。"

妇人接过看了看，徐徐开口："《梅花易数》啊，这书看的人不多，楼里总共只有两本。复刻本昨天被人借走了，你手上拿的是原本。原本外借一天十两，借吗？"

程千仞登时呆若木鸡。十……十两，太贵了。他借了一年的书，第一次借到要收费的。

妇人似是看出他有难处，道："这样，我帮你查查昨天是谁借走了复刻本，你若认识他，可以找他借。"

程千仞赶忙拱手道："有劳了。"

说是要查，却不见她翻卷宗，只是闭上眼，蛾眉微蹙，须臾之间又睁开道："'南山后院'林渡之，你认得吗？"

"天生慧根，南山榜首"，被称为今年"双院斗法"的文试之光，这样的人物谁不认得。程千仞也没想到居然跟学神撞了书单。他虽未见过林渡之，却听了不少关于这位如何性情冷漠，厌恶言谈的传言，便只好泄气道："不认识。"

又有些不甘心，低声问道："不能少一点吗？……我只外借一晚上，明早就还。五……五两？"

美妇叹了口气，爱怜地看着他："傻孩子，这不是西市买白菜，学院是有规矩的地方啊。"

程千仞从前没少因为精打细算被人耻笑，他不曾在意。然而此刻，在这样慈母一般的目光注视下，他却蓦然脸红，匆匆地告罪，便想把书放回去。

"让他先赊着吧，我替他作保。"

这道清润的声音犹如天籁。回头只见那位年轻书生，不知何时已站在他身后。

妇人看了书生一眼，翻开一本卷宗，找到胡易知的名字，面色一变，原本温和的声音骤然严厉道："你替他作保？你自己的借书钱已经赊到一百两了，按照院规，教员最多可赊八十两，你什么时候还？！"

年轻书生低头摸摸鼻子道："前几日，赌输了一场。下月就还，一定还。"

妇人冷笑一声，毫不客气道："身份不能凌驾于规矩之上，你这种人，就是学院的毒瘤！"

转折来得太快，程千仞还没来得及向书生行礼道谢，对方就被骂了个狗血淋头。那书生真是好脾气，只无奈地对他笑笑，说："你先去那边看书吧，这里我来。"

见程千仞走开，年轻书生压低声音道："三娘，学生面前，给我留点面子。我以副院长的终身荣誉和伟大人格向你作保，下月一定还钱。"

妇人猛拍桌案，痛心疾首道："道祖在上，你为什么要拿自己没有的东西作保？！"

不知他们谈了什么，书生回来时神色歉然道："对不住，没办成。"

程千仞感激地笑了笑，向他拱手为礼："没关系，多谢您。"

看对方年纪与自己差不多大，定是刚做执事没几年，说不上话很正常。何况萍水相逢，肯为自己出言已是大善。

书生的目光落在他手中书卷，问："借这本书，是要学推演术？"

藏书楼毕竟是南渊资源，程千仞不好意思说他一直借给学院之外的人看，道："只是了解一下，我读不懂，怕是学不了。"

书生站在窗边，初春清澈的日光为他镀上一层柔和光晕，他说："我教你啊。"

有人愿意讲两句，程千仞求之不得，正好能回家讲给逐流听，他恳切道："还请赐教。"

书生望了一眼窗外春色，悠悠开口。

"春去秋来，斗转星移，一朵花的开谢，一只蝉的生死，世间万物，无不在规律之中。道法，就是一切规律的总和……"

"人们探究万物规律，认识这个世界，就是悟道；利用规律，增强自身，就是修行。"

"要探究规律，只用眼睛看、用脑子想是行不通的。所以武修日复一日地挥剑，灵修勤练不辍地掐诀。除此之外，有没有其他的悟道方法？当然有，计算。"

程千仞眼神微亮。

"你我对话的这一刻，星河间有多少尘埃微粒流转？倘若时间静止，我带你去九天之上一粒粒数来，千年也好万年也好，总是能数尽的。只要有穷尽，便能算。是故'万物有穷，尽在规律之中'，此为推演的基础。"

"推演术，便是以极致的计算探究道法。"

书生顿了顿，道："以上为此书序言的内容，现在，你有什么感想？"

程千仞所有关于修行的认知，都是道听途说，何曾有人这样清楚明白地向他一一道来。这种冲击感，仿佛清风乍起，眼前薄雾被吹开，玄妙的魔法突然能用科学道理解释了一般。

片刻之后他回过神，由衷感叹道："了不起。创立推演术的人，真是了不起。"

书生笑起来："极致的计算，你想学吗？"

程千仞摇头："虽然很了不起，但不符合我的三观。学一样东西，若不能打心底里认同它，如何践行，怎能学好？又如何做到'知行合一'？"

书生喃喃道："三观？"

程千仞骤然一惊，面上不动声色道："我听来的，大约是胡编的说法，人生观、价值观、世界观，合称三观。"

并非他不小心，从前他也只在逐流和两位朋友面前说漏嘴过。只是眼前人的气质太温润，像三月春风化雨，令人不知不觉间放松精神，什么都想说出来。

幸好书生不再追究那个新词，说："这是先贤往圣公认的道理，自人类懂得修行以来，向来如此，你不信吗？”

程千仞想，对方辛苦地为自己讲解良久，出于礼貌，也该点头称是了。但他看着那双通透沉静的眼，不知怎么，撒谎变成了一件很难的事，他说：“抱歉，我不信。向来如此，便是对吗？”

因为他来到这个世界，本身就打破了天地之间至高的规律——生死。

何来“万物有穷，尽在规律之中”？

换句话说，他就是这个世界的规律漏洞。

书生却不恼：“没什么好抱歉的，我喜欢这个说法。明天你再来，我给你带一本《梅花易数》。今天时间不早了，该用午膳了。”

也不知他喜欢的说法，是指“三观”，还是“不信”。

书生话音刚落，低沉平和的钟声从藏书楼楼顶传来。这里有隔音阵法，外面的钟声听不到的，全凭楼里敲钟报时。程千仞这才惊觉，已和对方聊了这么久。他再次行礼道谢。书生也不推辞，说了句“再会”，便转身向楼上走去。辞别好心的年轻执事，程千仞将手上的书放回去，下楼前还与外借处的妇人打了声招呼。

今日听了课，书也有着落了，他心情愉悦，步履轻盈地向东大门赶。放学路上依然喧闹拥挤，他却兴致勃勃，一路看花看景，神思飘飞。昨天下午从西市买了一尾鲤鱼、一只鸡，今早起床将鲤鱼料理干净，鸡肉也腌好了。所以逐流中午大概会做鱼汤和烧鸡？

还有顾二剧透到一半的麻烦，管他是什么，兵来将挡，水来土掩。

繁花相送，杨柳东风拂面，吹起他轻薄的春装院服。

少年多少烦恼事，青春总归是美好。

幽僻的巷尾，程逐流站在院门前，等他哥哥回家吃饭。

从前在东境，他们就对吃饭有着超出寻常的执着。毕竟谁知道哪一顿是最后一顿。后来魔族中有一个部族被驱逐出雪域，顺着沧江流窜在白雪关外一带，不时潜入村镇劫掠杀人，东边的世道就愈发地乱。

程千仞那时出门前，总要给逐流交代清楚做什么、去哪里，最晚几时回来。若过了时间，人还没回来，就让逐流收拾东西跑路进山。

程逐流面上答应得老实，包袱都准备好了，心里却想，你要是摊上事儿死在外面了，我进山也活不长啊，不如去找你。能砍对方几刀算几刀，即使不能把你救回来，痛快跟你死在一起，总比活着生不如死的强。

这种危险的想法被程千仞发现后，便展开思想教育工作，程逐流立刻乖乖地答应。程千仞太了解他了，这人嘴上答应得特快时，心里一定还是自己的主意。便只好换个角度劝他："就算哪天我死了，你也要拼命活着，以后有本事了才能给我报仇雪恨，好让我含笑九泉，对不对？"

程逐流这次沉默片刻，缓缓道："你说的对，我不能死。"

程千仞松了口气，心想现在知道不能死就好，以后等他们离开东境，孩子在良好环境下接受正经教育，懂得生命的价值，许多观念自然会慢慢改变。

如今已经是他们来到南央的第二年，一切都在往好的方向发展，程千仞却没注意到他弟弟的人生观其实并没有改变多少，不然为何执意要每日在门前等他回来？

主人还站在门外等，两位食客不好意思先吃，也出来转悠。不知谁家种的榆树枝繁叶茂，伸出墙外，绿意葱茏。徐冉摘下一片叶子，对五谷不分的顾雪绛科普道："你看这个，可以入药，也可以吃。小时候我娘包饺子，鸡蛋虾仁的馅，拌点榆钱沫进去，鲜嫩爽口，丝丝脆甜，味道一流。"

顾二听着稀奇，也摘了一片，说："只见书上说'杯盘粉粥春光冷，池馆榆钱夜雨新'，知道它能煮粥，原来还能包饺子。"

两个人玩得不亦乐乎。这架势让走进巷里的程千仞大吃一惊道："你们都站在这里干吗？进去吃饭啊。"

还对着树叶咽口水，眼冒绿光？

顾二愣了一下，突然掐起嗓子道："郎君，我们都是在等您回来呀。"

徐冉给了顾二一个"你有病"的眼神。

"哥，你回来了。走，吃饭。"

逐流从两人身后走出来，笑着来拉他的手，看得程千仞深感欣慰道："唉，家里只有弟弟一个正常人。"

中午的硬菜是红烧鱼块和盐水鸡。饭后还有鱼汤，乳白的汤头、殷红的枸杞、鲜滑的豆腐、嫩绿的葱丝，喝得人通体舒畅。

程逐流去烧水泡茶时，顾雪绛对程千仞感叹道："你这孩子怎么教的……我有个侄子，我离家那年他九岁，年纪跟逐流差不多大，还没逐流一半懂事，无法无天，害他爹天天收拾他的烂摊子。"

程千仞难过地想，因为逐流他哥没本事啊，护不住他无法无天，只能让他懂事。不过在教育小弟方面，程哥哥还真有一点心经。

"其实不用教，小孩子一张白纸，想要他勤勉三分，必要自己勤勉十分，想要他坚韧自律，自己先吃苦耐劳，他看着你怎么做，就会照样子去做。"

记得刚捡到逐流时，还以为捡了个哑巴，天天盼着他出声。后来说话了，开口第一句竟是粗话，吓得程千仞“啪嗒”一声掉了筷子：“你会说话了？再说一句！”

程逐流：“笨蛋。”

程千仞：“……”

打那天起，程哥哥深知以身作则的重要性，戒掉相伴两辈子的口头禅，成了一个五讲四美的文明好少年。可惜在两个狐朋狗友面前，有时还是情难自禁，害他们学会了拿“傻瓜”“笨蛋”互怼。

顾二听完叹气：“看来我侄子是教不好了……”他转向徐冉，笑着问，“你今天接到那位师弟了吗？”

徐冉被他笑得瘆得慌：“没有，他可能没来吧。怎么了？”

“你再仔细想想，真没人带凛霜剑？”

徐冉老实道：“是有一个，我上去问了，他说不是，想来带的剑也是复制品。”

程千仞有种不好的预感，已经大概猜到顾二说的麻烦了。

今天徐冉接人时，顾公子一直在不远处抽烟。徐冉拦住一位神色木讷的少年，抱拳道：“在下青山院徐冉，敢问阁下可是钟师弟？”

少年身旁的锦衣公子突然上前，压着怒意道：“你能不能用眼睛看看，钟天瑜何等身份，自然是气度非凡，贵不可言！”

徐冉冲他连连点头：“哦，我知道了。” 又转向少年，“所以这位师弟，你到底是不是钟天瑜？”

木讷少年道：“我不是……”

徐冉再抱拳：“不好意思，打扰了。”

说完她就走了。大步流星，头也没回。此时听顾雪绛给程千仞讲完，徐冉才知道自己找错人了。

“我看他带着凛霜剑啊。我辈武修刀剑不离身，这还能错？”

顾公子道：“当然错，那是专门为他拿剑的下人，世家里叫剑侍，门派里叫抱剑童子，明白了吗？”

徐冉隐约想起，似乎是有这么回事，叹道：“天呐，你们皇都人事儿真多。”

她还想垂死挣扎一下，问：“……但是，学院不是禁止带仆从吗？”

“要是钟家连个能考上南渊学院的仆从都找不出来，还是趁早从四大贵姓里除名吧。”

徐冉看了眼程千仞，程千仞同情地看着她。她心生烦躁：“没接上就没接上，这种小事，还能怎么样？”

“当然是小事。但他们家的人，都有睚眦必报的毛病，在他眼里，你不是认错人，是在侮辱他。”

徐冉被这逻辑惊呆了，问：“素昧平生，无冤无仇，我干吗侮辱他？”

顾公子悠悠道：“可惜他不这么想啊。”

徐冉突然回过神来，问道：“顾二，你当时就在旁边看着，为什么不站出来纠正我？”

顾二含糊道：“我站出来更糟，在皇都时，我跟他家有点……小过节。”

“那你后来还让我上树？！你说站得高看得远！”

“啊，我让你站上去吹吹风，醒醒脑子。”

徐冉拍案而起：“顾二！老娘今天就砍死你！”

程千仞飞身上前，摁住她要抽刀的胳膊，高声喊道：“小流，快来帮忙啊！”一边低声在她耳边劝，“徐大，消消气，你跟他计较什么。”

程逐流从屋里跑出来，见怪不怪地摁住她另一只胳膊。两人合力将她拖开。

徐冉泄了气，又骂了顾二几句，推门走了。

顾公子：“啧，说好的今天替我洗碗，不守信用。”

程千仞身心俱疲，将他往门口推：“你也走吧，今天我洗。”

顾公子出门之前，忽然转身道：“徐冉有修为傍身，不好拿捏，对方若有心报复，一定先从她身边人下手。我们三人天天混在一处，谁不知道？我是不怕，最麻烦的，可能会是你。”

程千仞笑了笑：“我也不怕。”

对方能有多凶？比沧江里的水鬼更凶吗？

他关上门，一回头就看见逐流站在他身后，仰头看他，问：“哥，我们有麻烦了吗？”

程千仞只觉得弟弟脸上写满“乖巧”两字，没忍住摸摸他脑袋道：“没有，别瞎想。午睡去吧，睡醒读书。”

“你跟我一起读吗？”

程千仞想了想，确定今天没有要出门办的事，说：“嗯，我跟你一起。”

程逐流最近在看的书，除了《诗》《书》《礼》《易》圣贤文章，还有他哥给他借来的修行入门、基础常识书。程千仞想来想去，还是决定让他现在只做了解，起码要明年开春入学，有先生指导再开始引气入体。

顾公子曾经直白地向他表示不屑道：“引气入体多大点事，我在旁边看着能有什么问题。”

程千仞拒绝得也很直白：“不行，关系到小流安危，虽然你能指导徐冉，但是你没有修为，我不放心你。”

顾公子以白眼回敬。

此时两兄弟共用一案，程千仞做上午徐先生布置的功课，程逐流看书。很多时候他们都是这样。没有人说话，即使谁要添墨换书，一个眼神递过去，对方自然腾出地方。长时间形成的默契与习惯，让相处变得简单。

窗户半开着，窗外不时传来喜鹊声，春风里吹来微甜的花香。日影西斜，光线渐暗时，程千仞点亮油灯。给他讲上午从年轻执事那里听来的知识。突然想起今天说漏嘴的词，开玩笑道：“明天就能借到《梅花易数》了，你看看推演术合不合你三观？”

逐流也笑道：“我要三观干什么？哥哥的三观就是我的三观。”

“可是哥哥也有犯错的时候。你总是要自己生活的，当然要有自己的想法。”

话音刚落，就见逐流没了笑意。

“小流，你是不是不想考‘万法推演’？还是不想修行？”

从前他们关于这个话题聊过不止一次，逐流答应得快，总是说“我听哥哥的”。程千仞觉得他还没认识到问题的重要性，又说：“想好了再答，不然我就当你敷衍我，要生气的。”

逐流想了想，说：“我当然想修行，有修为才有力量。但是入道之后，哥哥会送我离开吗？”

程千仞恍然大悟，原来问题出在这里。面对弟弟依赖不舍的眼神，“绝对不会”差点脱口而出。他身侧左手紧握成拳，道：“不是我送你走，为了取得修为，你可能不得不走。”

其实还有一句他没说出来。以前听顾二提起过，逐流这样好的资质，一旦入道，在成长起来之前若无人庇护，是件很危险的事。比如皇都里某些世家，就有将人洗去神智，做成傀儡的禁术。

逐流低垂下眼，兴致缺缺，说：“像现在这样不好吗？”

程千仞笑起来道：“对我来说，当然好。我庸人一个，这辈子能过得安生富裕就很满足了。但你不一样，我希望你能过得更好。我以前听说，在皇都过节时，很多高楼上会撒下金箔；西边深山里有棵千年古树，栖息着巨大的神鸟，羽翼遮天蔽日；东边终年落雪的雪域，冰面上能开出红莲，黑夜总比白昼长；这片大陆的最南，有座白玉砌成的宫殿，飘浮在九天云海上；若修行者超凡入圣，则天地清光普照，云霞生出辉煌异象……”

他眼里亮起微光，忽而顿了顿道：“这个世界多神奇，可惜我都看不到。等你长大，就去替我看看吧。”

逐流抬起头，烛火照亮他精致美丽的面庞，清澈的眼里也落进暖黄色的烛光。

他说：“好。”

当今圣上，是一位前无古人，往后也很难有来者的皇帝。

少年继位，弑父杀兄，御驾远征，一路从东川山下打到雪域边界，将王朝的版图扩大了十分之一。

通水利修漕运，历时三十年，建造了一条贯通大陆南北的大运河，堪称千秋功业。因安国长公主得他宠爱，这条运河建成后，便起名“安国大运河”。

他年富力强时，修为天下第一。废黜“山门使者”一职，强硬推行“居山令”，使七大宗门不得不隐山避世，远离朝堂权力核心。皇权的集中一度达到巅峰。

但这些已经是一百多年前的事了。

时间从来最公平，今年一百八十岁的皇帝，年轻时积下的旧伤暗疾一齐复发，每日吃不下一碗米饭，超过一半的时间都在昏睡。

说他糊涂，他某天突然拿起剑，当堂斩杀了二十余位贪官污吏；说他清醒，他连今夕是何年都能记错。

这样的境况下，许多人都想做些什么。但他们能做的只有等待。

没人知道老皇帝的修为还有多高，什么时候会突然清醒，手上还有没有底牌，守护皇宫的大阵又是什么情况。

于是整个皇城，乃至整片大陆，各方维持着微妙的平衡，在漫长的诡谲沉抑中，小心翼翼地等待他离开的那一天。

暮色四合，到了掌灯的时候，春装轻薄的宫人们，在重楼峨殿间穿行，长竹竿挑起一盏盏细纱宫灯，挂在飞檐下、回廊上，先是前朝三大殿，再是内廷六院，灯火连成中枢一条线。

紧接着万千宫宇次第亮起，煌煌金光便笼罩了巍峨宫城。

内廷最雄伟的大殿内，琉璃方砖光可鉴人，高大的铜鹤灯台泛着幽幽冷光，鲛纱低垂，光影幢幢。

年老的帝王在宫人们的服侍下起身，来到案前，开始看奏折。

他看到第二本便有些疲累了，召来伺候多年的老宦官问话：“朕的儿子今日进宫请安了吗？”

老太监恭敬道：“皇子们都在殿外等您召见呢。”

皇帝慢慢走到菱花格子窗边。

料峭春风里，白玉阶下立着几位华服青年，或英姿勃发，或斯文俊秀。

他怔了片刻，突然捶胸顿足道：“不对，这些废物怎么会是朕的儿子？！让他们滚。暄虞没有来吗？朕只有暄虞一个儿子！”

他转身拉起老宦官的手道：“你去找到他，然后告诉他要么回来登基，要么就去死。”

有些事情皇帝能说，下面人却不能说。

老宦官吓了一跳，又将他引到窗边，低声道：“您记错了，您有四位皇子，两位皇女。您再仔细看看，这都是您的儿子啊。”

皇帝怔怔地看着，面露迷茫之色自言自语道：“朕记错了吗？唉，朕累了，去躺一会儿。”

服侍皇帝睡下后，老太监静静地退出去。

先给等在阶下请安的皇子们赔罪，安抚他们回去，转身迎上一位身着青黑色麒麟官袍的正二品大员，两人去大殿的阴影处叙话。

“刘大人，您来晚了，圣上才睡下。”

“高公公，近几日圣上如何？可有清醒些？”

老太监叹了口气：“圣上连五殿下的名字都叫出来了……”

言下之意是极不清醒了。

“自从首辅大人亲赴东境镇流寇，几位皇子日日进宫请安，昨天安山王还进宫一次，不知说了什么哄得圣上高兴，差点写了传位诏书……首辅大人再不回来，怕是要乱起来了。”

那位官员听了，只得沉默，半晌向天一拱手道：“就快回来了。皇上万岁，首辅千岁。”

天色渐沉，厚重的云层如海潮涌动，春雷乍响，滚滚不绝。

大雨将至。

第2章 斩金断玉 凛凛寒霜

“怎么还在下啊，没完没了。”

南央城的绵绵春雨，从昨晚开始落，现在也没停。整座城都泡在朦胧的水雾里，人也被泡得筋骨酸软。

学院下课时一片伞海，本就拥堵的路段更是挪不动步。谁的油纸伞磕了谁的头；谁踩水溅湿了谁的学院服，乱糟糟的，好一通抱怨与赔礼，和着池塘里的蛙声，聒噪极了。

太液池小洲上的白鹭不知飞去何处，藏书楼外的桃花被一夜风雨吹落，只剩芭蕉叶翠得发亮。

程千仞下课后逆着人流登楼，如约来到四层，却听外借处的妇人说：“他今日有事来不了，把书留在我这里了。”

程千仞谢过对方，将书揣进怀里。饭后送走朋友，他掏出书来。

学院藏书楼里都没有第三本，不知那位执事是从哪里找来的，翻开时尚能闻到油墨香，似是新印。他看着这本，直觉与昨天看到的不一样。却因为《梅花易数》内容晦涩，记忆困难，也说不清楚究竟是哪里不太一样。

要不然明天再去跟原本对照一遍，总不能让逐流预习假书吧？

想到这里，年轻书生亲切温和的笑意蓦然浮现在脑海，程千仞有些愧疚，觉得自己实在小人之心，辜负对方拳拳赤诚。

下午又是“军事理论基础”那门副课，放学时天色昏沉，雨竟然越下越大。

程千仞回家取了旧剑，换下湿淋淋的外袍，就要往西市赶。

逐流拿布巾擦拭他滴水的发梢，说：“一直在下雨，应该没什么生意，要算的账不多，哥哥明天再去吧。”

程千仞对他笑了笑，撑伞出门，道：“不行，该去的日子就得去，丢了这差事，上哪儿再找这么好的。乖，晚上回来陪你读书。”

程千仞带着一身水汽走进店里。掸掸衣袍，将手上的竹骨伞收起，与旧剑一起靠墙放好。

雨天果然生意惨淡。不大的店面空荡荡的，他东家把柜台后的摇椅搬来门口屋檐下，人就懒洋洋地瘫在上面。目光放空，似是在看檐下雨帘，又似在看石板微凹处的积水。

程千仞与他打招呼，他也只是淡淡扫一眼道："来看账了啊。"

声音都是有气无力的。

程千仞向长街的斜对面望，南边十余丈远，支着一张巨大的油纸伞，伞下就是顾雪绛的书画摊。隔着雨幕，隐约能看到顾公子斜斜靠在一张圈椅上，手里端着茶壶。

他又看看门口的东家。嚯，西市两瘫，相映成趣啊。

不过顾二居然没在家睡觉，还冒雨出摊，看来最近是有些拮据了。

忽听东家道："今天没几笔记账，早点回去吧。"

程千仞还是站在柜台后打起算盘："没事，我查一下到期的赊账，给你列个名单。"

东家淡淡地应一声道："好吧，随便你。"

程千仞一直很不解，东家这种散漫性子，是怎么把店开下去的。

在他来之前，这里没有账本，收了钱就往柜台后的匣子里扔，要买菜买面时拿钱就用。邻里街坊谁想赊账，东家嘴上应一声，说知道了。至于记不记得住，能记多久，那就随缘分了。

程千仞问起时，他连赚了还是亏了也说不清楚。

"记账干吗，太麻烦了。"

"那我给你做张表格，你画线就行，隔天我来算一次，错不了。"

程千仞做了整整一本表格，阳春面、酸汤面、红油抄手各占一栏，每买一份就记一笔，画"正"字。经常赊账的名字也列出来，谁赊了就在谁的名字后面画圈。每赊五文钱画一个圈。

至于他说的"赊账超过五日记利息、两日内还账有折扣"之类，东家根本没兴趣听。

程千仞来后，还负责采买，反正家里有四张嘴要吃饭，平时买的东西就多。连带店里的一起买，商贩乐意，还会让他几文钱。

这样店里的账也算得清楚明白了。

至于被同窗们多次瞧见他穿着学院服出入米面油铺，跟买菜的小贩讨价还价，称兄道弟，更加不待见他，背后骂他"真是丢学院的脸"。

程千仞只当没听到。

他每两周大清算一次，报盈亏。东家却不太上心，说的最多的就是"随便你"。

但他做得很开心，毕竟每月能拿三两银子，足够他跟逐流吃喝不愁。

程千仞列好名单，揉揉僵硬的膀子，活动筋骨，只见东家还在门口的摇椅上瘫着，连姿势都没变过。

他去后厨烧水，想泡壶茶。炭炉还没彻底冷，煮水时突然想起了刚来这里的事。

“在下姓程名千仞，是南渊学院弟子，主修‘算经’，请问您这里招不招账房先生？”

城南的大商铺，都有用了几十年的老账房，看他是学院弟子，才客客气气地送他出门。西市尽是些小本生意，老板和伙计两个人就够了，多招人还得多付工钱。

程千仞被拒绝了一天，四处观望，确认街尾这家面馆没有伙计，只有老板一个人。

小门面，街边摆四张桌，店里四张方桌。

老板出来给街边的客人端面，他便跟上去见礼，紧接着介绍自己。

老板转回柜台后，往摇椅上一坐，道：“小孩儿，我劝你现在还是好好读书。”

程千仞这才看清，眼前的男人剑眉斜飞，眼尾长而下垂，下巴冒着青黑胡茬，头发胡乱束起，粗布麻衣袖子挽起一半，白糟蹋一副英俊相貌。

程千仞只当没听出他话里拒绝之意，说：“我不只会算账，经营之道也略通一二；还会做饭，厨房里也能打个下手……”

店里突然有人吵起来。似是外来的修行者，不太懂南央规矩，与普通人发生冲突。

男人垂着眼，没看他也没看吵架抢座的人，不知道在没在听。

“啊！死人啦——”

惊呼乍起，客人们争先恐后地向外跑。凳子翻倒，碗筷碎了一地。

程千仞闻声看了一眼，那人胸口被砍刀贯穿，鲜血汩汩，一瞬间死得透透的，杀人者跑得不知所踪。

见眼前人没反应，他继续说：“平时您要是忙不过来，我也可以在后厨……”

男人突然打断他：“你不怕？”

程千仞怔了怔，这才想起来，这里是太平的南央城，生死是天大的事，而他这样的年轻学子，怎么都该大呼小叫一番。

唉，现在喊也来不及了。

“我，我是东川人，边境乱，见得多了，不怎么怕。”

说得直白点，过往的经历让他变得冷漠，不关心这个世界，只关心自己身边的人。一条生命在他眼前流逝，他最多叹息一声。

没想到对方好像对东川很熟悉，顺口问下去：“东川哪里人？

“沧江乌环渡。”

“看你身板，十七八？在乌环渡，怎么谋生？”

“我做一些江上的营生。”

他答得快，怕对方误会自己做过盗匪，毕竟那地方盗匪最多。

男人有了点兴致，终于正眼看他，问："捕鱼？织网？"

程千仞含糊道："空闲时也会做这些……"

男人追问："那你主业做什么？"

程千仞觉得他语气像面试官，给人一种答完问题，就能得到这份工作的错觉。

他老老实实道："捞尸。"

他穿越来之后，从原主那里继承了这份谋生手艺。"捞尸"是文雅说法，说得准确点，叫"卖尸"。死者家人来寻尸首，双方讲好价钱，先付一半定金，捞尸人划船到江心，腰间绑着带钩子的长绳潜下水去，找到尸体就钩起来，拿绳子绑在船上，再往岸边拖。

死在江里的人，死法千奇百怪，商船遇难或者意外溺水都算好的，只是鼓眼吐舌，泡发后涨成原本的两倍大。却还有被盗匪杀害之后抛尸江里的，便时常会捞到断肢、躯干、头颅等等。

程千仞刚开始连胆汁都吐得干净，后来也能面不改色地给尸体清理淤泥了。

这活儿危险又晦气，冬天没生意，夏天尸体易腐烂，可是来钱快。

除了做盗匪，就它来钱最快。

程千仞回答完有些忐忑，直到男人说："哦，你留下吧。"

南央城的小面馆里，血流遍地。在官差赶来之前，他们终于完成了这场对话。

雨势渐小。程千仞端着粗瓷碗走到门口，清亮的茶汤冒着白色热气，转眼被寒风吹散。

他将茶壶放在摇椅边道："东家，喝点热茶。"

"多谢。"

程千仞指指对街说道："我给朋友也送一壶？"

看见了吗？就在那边，你的痈友。

"随便你。"

程千仞撑伞走进凄风冷雨里，对脸色苍白的顾二道："喏，给你换壶热的。"

顾公子双手接过，立刻用看亲爹的目光看他。

"喝完把壶送回来。"

顾公子捧着茶壶暖手，说："其实不用，天晚了，谁来画像也看不清，我都打算收摊了。"

正说着，一片阴影遮住光亮。

有人走进顾二的油纸伞下，坐在了他们对面。

来生意了。

“画像。”

一枚十两银锭被放在宣纸上。

来客是位年轻公子，身穿月白色丝袍，不知是什么料子，像是笼着淡淡的光辉。

他身后站着一位神色木讷的小厮，左手为他撑伞，右手握着一把华美的剑。

分明是雨天，他们却一点水汽也不沾。

顾雪绛直直看着对面的客人，程千仞直直看着桌上的银锭。

顾公子道：“不画，要收摊了。”

客人笑了笑，笑意让人不舒服。周正的面目，也掩不住他眉宇间的骄躁之气。

只见他从袖里摸出一沓银票，每张都是一千两。堆废纸一样，将银票堆在他们面前。

有两张被风吹落，打着旋儿掉进泥水里。

顾雪绛依然瘫在椅子上，懒得像是没骨头，道：“不画。”

程千仞忽然觉得风雨更冷。他已意识到这不是生意，可能是麻烦。

果然，对方下一句话恶意昭然若揭：“是画不了吧。毕竟你现在武脉尽废，成了个废人。五感也差……”他微微前倾，“天色这么暗，你看得清我的脸吗？”

正在收拾笔墨的顾雪绛停下动作，缓缓道：“我一直觉得，武脉被废是件很痛苦的事。毕竟一个人从云端跌落泥潭，总有些不适应……”

对方显然没想到他如此坦诚淡定，一时怔了。

顾公子突然笑起来道：“此刻倒是庆幸，若能看清你的脸，脏了眼睛，一定更痛苦。”

长街空寂，细密的雨幕中，油纸伞下的四个人，两坐两站。

程千仞的衣袍被飘飞的雨丝打湿，他心中惊涛骇浪，看向对面的目光却警惕而沉静。

那位客人身体微微颤抖，像是在竭力忍耐什么。他身后提剑的仆从却像个假人，即使主人被侮辱，也依然一副木讷模样。

这两人应该是修行者。但是境界有多高，他看不出。

入南央城以来，程千仞第一次遇到这种程度的危机。

他知道顾雪绛是皇都人，家境不错，后来被赶出家门。其余一无所知，甚至没听顾二说起过自己曾是修行者。

这两人有多大的过节？

对方什么来头？敢在南央城里打杀学院弟子吗？

州府衙门里养了一群吃白饭的，学院院判手下的护卫队可不是。这座城里贵人官署如云，却只有南渊学院最大。院规有时凌驾于《天祈律法》之上，历史上有弟子犯法，也是院判先提审。

短短一瞬，程千仞想了许多。

那人终于将怒气压下，面上平静了些，目光更冷道："你还是跟以前一样，惹人讨厌。"

"谢谢。可惜我没有注意过你以前什么样。"

顾公子卷好最后一张宣纸，收进书篓。桌上空空，只剩银锭与散乱的银票。

"还不走吗？我要收伞了。"他起身，提起茶壶，"不过看你冒雨赶来求画的份儿上，也请你喝碗茶吧。"

程千仞带来的茶，已经有些凉了，倒在粗瓷碗里，不见几丝热气。

那人端起碗喝了一口，立刻弯腰吐出来："呸！咳咳咳……"

他扶着桌子剧烈咳嗽，压抑的愤怒终于爆发："这是人喝的吗？"

顾雪绛拿出另一只空碗给自己倒满，一饮而尽。

他居高临下地看着对方，神色倏忽冷漠起来道："我吃过的苦，远不只这一碗粗茶。"

"武脉被废不算可怕，被家族养废了才要命。如果你不能杀死我，劝你还是不要惹我。"

"我很记仇的。"

那位年轻公子双目赤红，霍然起身，厉声喝道："拿剑来！"

他身后的仆从递剑上前。

程千仞同时上前两步，潜意识里没想起顾雪绛曾是修行者，只觉得顾二身体单薄，而自己在边境摸爬滚打几年，拳脚功夫总比他好。

一声铮鸣，银光如霜，华美的长剑怆然出鞘。

瞬息间一道无法言说的威压兜头罩下，油纸伞下的空间仿若与外界割裂，风雨难侵。

程千仞只觉寒意扑面而来，飞速涌入四肢百骸，千斤重力压在肩上，眼前昏暗一片。

他汗如雨下，分毫动弹不得。

长剑顷刻即至。顾雪绛不避不让。

电光火石间，两声轰鸣乍响。

"锵——"

是一柄长刀钉入桌面。

“铮——”

是剑尖与刀身相击。

年轻公子手腕剧震，连退三步，退到伞外。

长刀穿雨破风而来，宽阔的刀身却滴水未沾，平滑如镜，映出四张神色各异的脸庞。

伞下近乎凝滞的空气被打破，微凉的春风夜雨再度飘飞进来。

程千仞肩上压力骤消。

犹如万丈孤峰平地起，这把刀强硬、霸道地横隔在两方面前。

头顶的油纸伞，发出“吱呀”声响，片刻后轰然崩裂。伞柄碎裂成截，落了一地。

至此，刀势方尽。

四人彻底暴露在雨幕之中。

顾雪绛神色不变，年轻公子脸色骤白。长刀钉穿了银票，又入桌两寸，不毁桌，不伤人。

真元的控制尽在毫厘之间。

夜雨潇潇，街上无人，店铺闭门落锁。不知谁家楼上有人探出头看了一眼，又飞快地关上窗户。

四人向街口望去，只见一个高挑的身影从风雨中走来。

少女手握另一把刀，长刀曳地，一路星火飞溅。周身真元狂暴地燃烧着，以至于雨滴还未落在她身上，便化作升腾的白雾。

年轻公子扬声问道：“阁下何人？”

冰冷的声音穿透风雨：“在下徐冉，有何贵干？”

从年轻公子拔剑出鞘，到一刀横来，徐冉出现在街口，看似漫长，实则须臾间已尘埃落定。

若是慢上分毫，谁也不知道现在会是什么结果。

程千仞的一身冷汗浸透衣背，方才那一瞬间，恐怖的压迫感直指人心，思维停滞、肢体不受控制的感觉实在太糟糕。

他心有余悸地想：这就是修行者的力量？

徐冉没有走得太近，在他们七步远处停下。

这个距离，看似向对方表示没有立刻动手的意思，实则能确保她最强一招的刀势落在对方身上。

是从前顾二教她的。不知道他教这些时，是不是想到了早晚会有这一天。

年轻公子蹙眉道："原来是你。"

徐冉认真道："是我。这位师弟，昨天认错人，是我不对，你有什么意见大可来找我，不要报复我朋友啊。"

话音刚落，除了那位假人一样的仆从没有反应，其余三人都有些神色古怪。

这种毁气氛的能力，让始终波澜不起的顾雪绛也忍不住叹气。

程千仞大概能猜到他的想法：唉，难得徐大这次发挥这么好，还是帅不过三秒。

果然，对方讽刺地笑了笑："你算什么东西？"

徐冉还是一副拎不清状况的认真表情："我都说了，在下徐冉，你又是什么东西？"她又想起来，"哦，对了，不是什么东西，是钟天瑜，交院建费的那个。"

年轻公子的讽笑僵在嘴角。

程千仞突然有些同情对方，雨夜寻仇，结果遇见的都是些什么奇葩。

他没有注意到，徐冉一来，他们三人重聚，自己就放松下来，还有工夫胡思乱想。

钟天瑜转向顾雪绛道："湖主，你从前最怜香惜玉，现在武脉废了，就只能躲在女人身后吗？"

程千仞平日怕麻烦，遇事能避则避，现在明摆着避不过去，便想速战速决。

毕竟这么晚了，逐流还一个人在家里等他。

"我不知道你们皇都什么规矩。你们俩什么仇怨？"

始终一言未发，此刻突然出声，所有人都看着他。

他说："但这里是南央城。我们都是南渊弟子，当然按学院的规矩来。"

"你说的是'求学期间，不得杀害同窗'那条？"钟天瑜笑起来，"不巧，我与这位师姐，同属青山院，院规里青山院不禁武，断私怨、决高下，演武场见，生死自负。"

徐冉"锵铛"一声收刀回鞘道："等你战书，演武场见。"

"没彩头，打生打死有什么意思？"

"我没钱，你要什么彩头？"

他在和徐冉说话，却看着顾雪绛，说："输的一方当众跪下道歉如何？"

徐冉想了想，应道："你若输了，也不必下跪，给银子吧。"

顾雪绛从未想到徐冉还有如此聪慧的时刻。

若钟天瑜真被逼到当众下跪，以钟家人睚眦必报的性格，此事只会更麻烦。事关一个家族的脸面，不再是年轻人的小打小闹。

徐冉可没想那么多，只觉得下跪还不如给钱实在。

在同伴的殷殷目光下，她心想，我得狮子大开口，宰他一笔，我们仨平分。

她说："三十两！"

顾雪绛："……"

程千仞："……"

气氛突然变得有点尴尬。

徐冉顺着程千仞的目光看见了桌上银票，后知后觉反应过来……但是君子一言快马一鞭，不能反口。

她只好硬着头皮道："师姐也不坑你，就三十两，让你买个教训。"

钟天瑜此时一刻也不想多待，真是太掉价了。

他把剑扔给仆从，甩袖便走："战书明天到。等着下跪吧。"

仆从依然面无表情，跟在他身后为他撑伞。两人衣袂翻飞，转眼消失在街口。

顾二问："你带伞了吗？"

绵绵春雨，打在身上不痛不痒。等对方走了，彻底松懈，才发觉早已浑身湿透。程千仞和顾雪绛没有真元护体，看上去很是狼狈。

徐冉老实道："没带。只带了刀。"

程千仞从一地竹骨狼藉中捡出自己的伞说道："走吧，跟我把壶送回去。找东家给你俩借两把。"

门前摇椅上没人，店里也空荡荡，程千仞将摇椅搬回柜台。

东家正好撩起帘子，从后厨走出来，端着一碗鸡汤馄饨，往桌上一放，对他说："吃吧。"

程千仞放学匆匆赶来，没顾上吃饭，又经凄风冷雨，刀剑惊吓。此时面对一碗热气滚滚、浓香扑鼻的馄饨，才觉得饿极了。

不只是他，一旁的徐大和顾二也直勾勾地盯着馄饨碗。

东家见不得他们这副丢人样子，又往柜台后的摇椅上一瘫，说："做多了，锅里自己舀去。"

馄饨皮薄馅足，汤汁鲜美，加了辛辣的胡椒粉，越吃越热，浑身寒意都被驱散了。

程千仞埋头吃着，忽听东家说："之前不是告诉过你，来我这里时，要带上趁手的家伙吗？"

他心想，原来你看见了啊。不过隔得远，又下雨，多半没看清楚。唉，刚才遇见的可是修行者，我拿一把生锈的旧剑有什么用。嘴上却应道："来时带着，放在墙角，刚没带出去……谢谢东家。"

想来没有老板愿意雇用在外面惹了大麻烦的伙计，他也不敢多说。

程千仞想起刚来那天，临走之前，东家叫住他，从柜台下取出一个长条布包扔给他。

“虽说是在南央城里，但西市鱼龙混杂。”他看看地上的死人，“这种事儿，不知道什么时候就再来一次。接好，以后来这里带上这个。”

程千仞拆开一看，竟是一把剑。

“年岁旧，锈得厉害，不过你拿着装个样子也够了。”

“……谢谢东家。”

“不谢，伙计。”

西市三教九流聚集，客人醉酒闹事、买卖双方拌嘴打架，官差总是姗姗来迟。

程千仞得剑之后，每次来这里都依言带上，就算没什么用，手上有家伙，心里也多一分踏实。

徐冉和顾二端着碗出来，三人坐在小桌上，“呼啦啦”地闷头猛吃。

吃完留下十文钱。这是老规矩了，程千仞吃饭不收钱，他们俩得按正常价格给。

“东家，我想借两把伞，明天还。”

东家又“说”出三字口头禅：“随便你。”

三人都住在城东，回家同路。

雨势渐弱，夜风却更寒，卷起树影摇曳，落叶纷飞。人家屋檐下纸灯笼在风中飘摇，明灭的烛光落在湿漉漉的青石板上，留下浅金色碎影。

初春的景致，深秋的凉意。

雨夜路上没有行人，平日偶尔窜出来的野猫也不知躲去了哪里。

他们撑着伞，并肩走在难得寂静的南央城。

徐冉道：“顾二，你有没有什么想说的？”

“你问吧，你问什么，我说什么。”

徐冉还记着昨天中午的对话，问道：“到底是什么样的‘小过节’？”

让别人入学第二天就找上门，肯定比我认错人严重百倍。

顾雪绛摸摸鼻子：“好多年前的事儿了，他家有个不成器的弟弟，叫钟……哎呀，叫什么我忘了，反正有一天，绿瑶跟我告状，说那人想强迫她，哭得特惨。我一听，这还得了，我就找去了啊，把他弟弟腿打断了，听说在家养了一个月。”

徐冉问：“绿瑶是谁？你的亲眷？”

若是为亲眷出头，无可厚非。

“不，她是春花阁的一位清倌姑娘，琵琶弹得特别好。”

程千仞无语。

徐冉没忍住问："你打断了人家的腿，连名字都没记住？反倒把花楼姑娘记得清楚？"

顾雪绛一百个冤枉："我当时年少轻狂，每年打断腿的没有二十个也有十八个。身份年龄都差不多，连穿衣风格都一样，哪能个个记住？"

程千仞觉得，这样说来，还真是有道理……个屁啊！

徐冉似乎想到什么，神色微变，试探道："你该不会是那个……花间湖主？"

时隔几年，顾雪绛再次听到别人送他的雅号，不觉得风雅，只觉得万分尴尬。

"什么湖主，都是乱叫的。"

徐冉彻底变色，停下脚步道："花间雪绛！"

顾二露出快哭的表情："姐姐，求你别这么叫。"

程千仞没忍住笑出来，被人扒到中二时期黑历史，这种羞耻感堪比白日裸奔。花间湖主？什么鬼，"玛丽苏"的男配角吗？

徐冉却笑不起来，对她而言，这也是她的黑历史。

从前叔父在皇都当差，每年回来时，便给她讲皇都的奇闻逸事。鳞次栉比的高楼，三尺见方黑金石砖铺地的大道，包容而奔放的民风；权倾朝野，互相竞争而又彼此依存的四大贵姓——揽剑朝歌，诗酒花间，钟鸣鼎食，白露横江，分别是朝歌家、花间家、钟家、白家，天子年岁渐老，他们把持朝纲。

深宅高门里流传出的骇人听闻的阴私，光鲜亮丽的王孙公子们闯下的荒唐祸事。

还有王朝历史上最年轻的京畿禁卫军右副统领，花间雪绛。八岁入道，十五岁在同辈之中再无敌手，御前钦点的官位。

她叔父喝醉了酒，故事却讲得更好了："皇都官道极宽，八辆马车并行绰绰有余，只是皇都贵人也多，你坐骈车，他就要乘驷盖，若遇上年轻气盛的王孙，都想走正中，谁也不让谁，再宽敞的车道也能堵死。"

"只有右副统领不乘车坐轿，他骑一匹赤练马，远看就像天边一片红霞，可是眨眼间铁蹄烟尘就到你面前，那些达官贵人争相避退两旁，大道中央空出三丈宽，供他一骑绝尘而去。"

皇都里有片淮金湖。湖边尽是怡红翠绿、舞榭歌台；湖上泊着画舫，雕梁画栋，花灯如星；湖水也染了脂粉香。

花间家二少爷是这里的名人，久而久之，朋友们便送他个雅号，花间湖主。他来这里夜宿，却是独住。他擅写词谱曲，教给姑娘们弹唱。姑娘们都敬爱他，若有兴致，他为她们写诗画像，若受了欺负，他替她们出头做主。

他任职时，皇都风气极正，尤其是欺男霸女的事情，几乎看不到。徐冉那时年幼，听叔父讲完只觉这人好生威风，连安山王亲眷的子侄都敢打，行事看似荒唐，却有一套自己的章法，令人佩服。

现在她看着手上拿伞，不得不以别扭姿势点烟枪，却因为烟丝和火折子受潮，半天点不着的顾雪绛。一想到曾经佩服过这个人，就感到无边的羞耻。

幸好程千仞来自偏僻的东境，没机会听那些风流轶事，此刻最自在的就是他了。他问："那你为什么改姓了？"

顾二没好气地说："我都被逐出家门了，家谱除名，以后就跟我娘姓。再说，你们不觉得花间雪绛这名字，听着就不对劲，特别的……酸腐吗？"

徐冉道："说得好像'顾雪绛'不酸腐一样。"

程千仞真想说，爸爸再教你们一个词。他忍住了。

徐冉又道："你以前得罪过那么多人，后来一定很不好过吧？"

顾二终于点燃了烟，抽上一口又是没心没肺的样子，说："还行吧，你看我现在还不是活得好好的。"

"你昨天就看见钟天瑜了，没想着避避风头？"

"避或不避，他对我的怨恨都不会有丝毫减轻，只会因为我的退让变本加厉，既然如此，我为何要避？"

"好像有点道理。"

"我骗你的，其实是避不过去，上赶着给他递消息的人太多了。春波台的人，都爱看戏。"

程千仞想，明天就要收战书了，这俩不打算聊点正事吗？这么自信？

他只好开口打断他们："徐大，你有几成把握胜他？"

没想到徐冉真的很自信："两百成！我方才掷刀未尽全力，刀势余威就将他震出三步，真元太不扎实了，简直像是拿灵药堆出来的境界。看来四大贵姓里的人，也并非个个都有出息！"

顾二解释道："他若有出息，也不用来这里了。院建费可不是白交的，恐怕是冲着学院唯一的院推名额来的。拿南渊学院做跳板，要进礼政司。"

徐冉不明白："院推？他不是进了青山院的武修吗？"

学院每年有一个名额，推荐到三司之一任职，比普通科举晋升道路至少快十年。而武修一般不用院推，军部或大宗门来的强者，一眼就能看清你的底细。

“院规里没有明文规定，说你院不能占院推名额。他进青山院，当然是因为你院规矩少。”

程千仞对这事不怎么上心，他没有做大官的野心，成绩也只在中上。他们院要排到前三甲的人，才有资格争取院推。第一次听说时，还是因为林渡之去年进入了复议名单。或许是先生们想让他再多历练一年，名额最后给了春波台的一位师兄。南山后院里疯传，今年一定会是他了。

现在看来，这位南山榜首，可能会输给别人的院建费？学院是这世道难得的讲道理、讲规矩的地方，然而任何公平都是相对的，学院这次会怎么选呢？

程千仞心里想着，嘴上把话题引回来：“虽说徐大有十足把握，还是要小心一点。顾二知道对方功法的路数吗？”

一阵沉默，只有细雨敲击伞面的声音。

半晌，顾雪绛道：“我们可能忘了一件事。”

“剑侍可以代表主人出战，如果是那位仆从，你有几成把握？”

又是一阵沉默。

徐冉极不确定地问道：“一成？”

程千仞被这变故吓傻了，问：“你们认真的？一成？不能再多点吗？！”

那仆从看上去年龄很小，表情呆滞，我们看见的是同一个人吧！

徐冉道：“两成不能再多了。”

“他今天站在那里，一动不动，就给我很大压力，武者的直觉，如果他动，我会很危险……不然我们为什么要跟姓钟的磨一晚上嘴皮子？他都拔剑了！我肯定早去揍他了啊！”

程千仞：“……”

顾雪绛：“别慌，我来安排，现在做两手准备。”

“徐大，我今晚给你讲钟家功法与凛霜剑。程三，你可以准备点棉布，要好的。”

程千仞被这种镇定感染，心想不愧是见过大世面的湖主，能扛事。可他还是不解，问道：“准备棉布干吗？”

“让逐流帮我做一副护膝吧，跪得舒服点。他不是经常给你补衣服吗？针线活应该不错啊……”

顾雪绛心里也憋屈啊，从前这种小角色，他都不用正眼看的，现在却像如临大敌。

真是风水轮流转，苍天饶过谁。

徐冉问："你真准备跪？"

"当然不能那么利索，起码要让他觉得'目的达到，心满意足'，跪也得跪得讲姿势、讲策略。"

程千仞想，打生打死，输了要跪，赢了才挣三十两。这波血亏。

"要不然战书别接了，我们直接让顾二去跪一跪？"

徐冉："不行，就算打不赢，也要让对方见点血，让别人知道我们不好惹，不然以后什么阿猫阿狗都欺到头上，我还怎么当老大？"

好吧，赌上你老大的尊严……

顾雪绛："而且我们不是稳输，还是有机会赢的啊！"

程千仞："比如？"

顾雪绛："那个剑侍明天吃早点噎死，或者拔剑前被雷劈中。"

程千仞："……"

两成胜率不会是这么来的吧。

顾雪绛："你们不信？这个历史上有记载的，尤其是春雨天……"

一路说着话，长街将尽，转入程逐流家所在的巷子。

灯笼少了，光线乍暗，水洼遍地，三人提起衣摆，踩着水依次进去。

徐冉终于等到一个能怼得顾二无从还口的机会，哪有放过的道理，她道："说不准今年天天有架打，顾二真不让人省心。"

程千仞顺着她的话说："是啊，作死的顾二。还是徐大你省心。"

谁知徐冉不好意思起来："其实我也……唉，家里遭祸，五十八口人，只活下我一个，天下虽大，强仇更多。我在家乡无处栖身，才来了这里，往后要是摊上什么麻烦……"

她说着有些忐忑。程三跟他们不一样，以前苦怕了，还带着个孩子，好不容易过上现在的日子，只图个安乐顺遂。

果然，程千仞气得甩袖便走，道："我真是倒了八辈子横霉！遇见你们两个！"

他走了两步，见没人跟上来，回头不解道："都站在门口干吗，一碗馄饨能吃饱？我去煮锅面，你俩顺便商量下怎么打。"推门前又叮嘱道，"动静轻点，逐流在夜读。"

他没想到，逐流已经为他煮好了暖身姜汤、烧好了沐浴热水、备好了干净衣服。

虽然回来得晚，但该做的课业，该读的书，一样也不能少。程千仞二更天才睡，第二天还是起了个大早，喝一碗浓茶提神。

雨停了，却不见日头，天空铅云密布，说不准什么时候又要下一场。这种天气，最容易让人觉得胸闷气短。

出门前逐流将那本《梅花易数》交给他道："抄完了，哥哥还回去吧。"

按这里的借阅规矩，只要不盗印，抄录是允许的。

"这么快，是不是等我睡了，你又悄悄起来抄书？这本不是在藏书楼借的，晚一天还不会被罚钱。"

逐流立刻乖得不得了，说："保证没有，我是只抄了对我有用的部分。"

他要是敢说晚睡，绝对有一套"睡觉的时候才长个子，小孩子熬夜长不高"的道理等着他。

这书程千仞读来似懂非懂，无法交流什么有用什么没用，只好说："有不明白的地方吗？我去问先生。"

"没有，书上写得条理清楚，想来著书者思路顺畅。"

程千仞："……"

我们可能看的不是同一本书。

昨晚实在太耗精神，浓茶也续不了命，早课是枯燥的数术理论，程千仞把胳膊掐青，也没把自己掐清醒。他被徐先生叫起来回答问题，连错两道，学舍里一片窃笑。

终于挨到下课，先生却叫他去瀚海阁一趟。在同窗们惊讶或幸灾乐祸的目光中，程千仞收拾东西跟出去。

南山学院依山而建，瀚海阁是这里的先生们办公的地方，在地势相对平坦处建造，由五座阁楼组成。楼间有木桥相连，山泉环绕，苍松青翠，充满自然野趣。

石阶砌得比寻常山道更平整宽阔，随处都有打磨光滑的木质扶栏。

徐老先生却根本不扶，一路上背着手，健步如飞，偶尔停下与相熟的先生打招呼，程千仞默默地跟在他后面，不断见礼。

上了阁楼，推开算经科的门，屋里好几位先生正在谈天说地，徐先生往自己的桌案前一坐，立刻有执事给他端茶。

他喝了一口，似是才想起带了个学生进来，道："你去报名今年的'双院斗法'吧。"

程千仞怔了："学生可能……力有不逮。"

皇都的北澜学院，与他们南渊学院，作为大陆两大高等学府，每年轮流做东，举行切磋交流的盛会，分为文试和武试。

去年是北澜做东，而程千仞第一年入学，这事轮不到新生上场，只听说去皇都的四十余位师兄，拿到名次的不足十位。

今年他已是老生，具备报名资格。

先生叹了口气道："去试试吧，前三甲可得符箓法器、孤本古卷，还有五百两做添头。就算入不了三甲，前二十名也能得三百两。若整日为生计劳碌于市井，太耽误学业。"

这位学生的情况他也知道些，悟性原本可在算经一道出类拔萃，现在只能落入中上之流，可惜。

果然，一说到"五百两""三百两"，程千仞眼睛明亮起来，像是有光。

先生也很无奈啊，跟别的学生总是谈"争荣誉""搏声名""做圣贤"，跟这位，只能谈钱。

"今年我南渊做东，不用奔波于别处，不影响你照顾幼弟。如果要报名，临近斗法时，我可以给你准假，让你全力准备文试。"

程千仞长揖及地，郑重道："多谢先生，学生愿意尽力一试。"

徐先生又喝了口茶，摆摆手，有执事为他端来三层食盒，他对程千仞道："行了，我要吃饭了，你也快去吧。"

程千仞困顿全无，小跑下山，像个被扶贫的困难群众一样，就差唱起歌来。

人还是要有梦想的，万一实现了呢；名还是要报的，万一刚好考进前二十名呢！如果这票干成了，有三百两，逐流入学的事情就不用愁了。

这一耽误，正好避开放学的人潮高峰，免了拥挤，今天又不下雨，程千仞心情很好地上了藏书楼四层。

貌美妇人依旧坐在那里翻阅卷宗，像是从没变过。

"敢问那位……"程千仞才想起，他还不知年轻执事的名讳，看来下次要请教了，"那位先生可在？我来还书。"

"他最近有事，没有三四日是回不来了，你先留着吧。"

程千仞略一思量，当面送还并道谢更礼貌，便行礼告辞。

回去路上望见空荡荡的演武场，心头一紧，一上午的工夫，战书应该到徐冉手里了。

下午没课，就要开打吗？

事情远不如程千仞想的那样。午饭过后，他们依然坐在院里喝茶聊天。程千仞不想逐流操心这些，便让他回屋午睡。

徐冉拿着白底红字的纸看来看去，道："为什么约在两天后？那天休沐日啊。"

学院每上五日课，休沐一日，也就是放假休息。

她是演武场常客，在她的认知里，约架是最干脆的事，一方拍胸脯说句"某院某人，向你挑战”，另一方也报上姓名，回道“接受挑战”，就可以拔刀干了。

顾二抽着烟，眼神沧桑：“就是因为休沐日，有空看热闹的人才够多。换我年轻时，初到某地，第一次挑事儿，立威扬名之战，当然恨不得全城人都来看。”

徐冉烦躁道：“麻烦死了。”

顾二劝她：“多两天准备时间，对我们有利，你把我昨天说的再练练。”

徐冉想一出是一出，站起来就走：“我现在就回去练，明天你也记得提醒我，我怕忘。”

要搁平时，顾公子绝对张口就怼她“你脑子是摆件啊，能记住什么”，可是一想到她两天后就要去干架了，硬是改口：“我替你记着。”

青山院的武修们，有两片无比开阔的活动场地，骑射场、演武场，两者隔得不远。

前者是一片夯实的土地，只用半人高的木栅栏围起来，跑马射箭、日常训练都在这里。

后者就正式多了，专门用来比试。周围一圈是青石砌成的台阶，足有三十余阶，坐满时可容两千余人观战，北面的看台最高，留给身份贵重的大人物。若是双院斗法轮到南渊做东，这里还会被重新清扫装饰一番。

徐冉刚入学时，在骑射场上第一节刀术课，恰好还有一个班也在上刀术。

青山院的教员，有解甲归田的军官，也有大宗门出来游历的修行者，性格大多悍勇豪气。很少自称“先生”，多称“教头”，听着有点江湖匪气。

偏偏徐冉的先生是个温吞性子。第一天上课，他穿着青色长衫，半挽袖子，让学生们列队站好，听他娓娓道来：“我姓杨，你们可以称我杨先生。大家来到这里，学习刀术，手要稳、心要诚，唯有诚心正意……”

另一个刀术班已经光膀子操练过一轮，汗水飞扬，喊杀震天，他们这边还在原地听先生讲话。

那个班的教头也是流氓，见状冲他们吹口哨，杨先生不为所动，继续温吞地讲话。

有教头带着起哄，学生们自然得寸进尺，围着他们跑圈哄笑，拉长音调学杨先生说话。

大家都是有血性的少年人，个个忍得面皮通红，青筋暴起，终于等先生讲完，说解散休息。徐冉扛着刀，带头就往那边冲：“走啊，手底下见真章！”

有人拉住她道：“我刚看了他们的腰牌，比我们早入学，都是师兄，还是不要招惹。”

对方还有人笑话道：“你一个娘们，冲在最前面干什么？投怀送抱吗？”

徐冉听了一刀鞘抡过去，直接将那人击飞三丈远，好一阵烟尘飞扬。

“老娘今天就教你做人！”

这下对方也急眼了，两边人纵身翻过栅栏，来到隔壁演武场，摆开架势就要打。

青山院的教员们就在一旁看热闹，还拿出瓜子吃。他们早习惯了，年轻人精力旺盛，打吧，不要憋坏了。

还是黑衣督查队及时赶来镇住场面，道：“打群架违反院规，演武场上必须一对一。你们谁上？”

徐冉长刀一立，道：“来啊。”

对方站出一位七尺大汉，“哐当”一声抽出腰刀，武者威压猛然爆发。众人见状向后退去，给他们让开场地。徐冉抽刀迎上，如开山劈石，招式大开大合，力道劲猛无匹，没走二十招，就将对方打飞出去。

打倒这一个，又在叫好声中迎来下一个。

她刀势不减，愈战愈强，只攻不守，腰腹手臂的伤口血流不止，却似毫不知痛。

打到后来，场上没人起哄叫好，一片寂静。有人路过都停下看她。

最终，她一个人挑翻了对方大半个班。

一身尘土混着血水，站在夕阳下，赤红着眼：“还有谁？！”

长刀立在她身旁。

仅剩的那几位不敢上场了，赶忙扶着受伤的同窗去医舍。

这件事很是轰动了一阵，都知道青山院今年来了个厉害人物，背上双刀，打架时却只用一把。另一个刀术班的人走在路上都抬不起头，被嘲笑车轮战没耗死别人，反被打得落花流水。

然而程千仞那时还不认识徐冉，这场战斗也无缘得见。

在他印象里，关于比斗的记忆，只有去年春天，骑射场上那次。

下午放学，他背着书篓路过骑射场边的建安楼，突然涌来一阵汹涌人潮，他被一路挤到了二楼露台，差点以为哪里发生了暴乱。

听人讨论才知道，骑射场有人要开打了，这里是最佳观战地。

那时程千仞刚来学院，看什么都新鲜，所以站着没走。等他见过这一次，开了眼界，以后再有这种热闹，他也懒得去看了。

他身边那群人虽然同样穿着院服，却珠缨宝饰，华光逼人，像是春波台的学生。

忽听一位女学生急道：“这真要打起来了，师姐你不去拦一拦？”

被她拉扯的貌美师姐斜倚栏杆，打着团扇，闲闲地笑道：“我拦什么，是他们想打，不过拿我寻个由头而已。你且安心看着，打完了都不一定记得我。”

楼上说着话，场间双方也隔着大半个骑射场喊话宣战："输者失去竞争资格！不许再去见李师妹！"

场边早被围得严实，里三层外三层，都伸长脖子看热闹，还不断有人往这边赶来，冲着二楼上引起这场争端的女主角起哄。

只见美人大方坦荡地向楼下招手，团扇轻扬，光彩照人，起哄声都变成了叫好声。

春波台的学生，就是打架，也要讲究风雅。

场地东边那人已飞身上马，反手接过朋友抛来的长剑，挽了个剑花，动作潇洒，英姿勃发。

另一边动作稍慢，有人牵出一匹高头大马道："师兄，骑我的马去！"

被叫师兄的提枪上马，一夹马腹，白马嘶鸣一声，闪电般地向前冲去。

两人向场地中央冲锋，马蹄如雷，扬起漫天烟尘。围观众人高声喝彩。

烟尘中响起短兵相接的铮鸣，长剑与枪一触即分，势弱者当即调转马头，开始游击策略。只见一棕一白两匹神骏在场间角逐，枪与剑相击声不绝于耳，双方一边纵马腾跃，一边舞枪挥剑，令人眼花缭乱。

高速的战马与兵器，带来可怕的冲击力，半刻钟的周旋后，一人明显身形不稳，叫好的众人瞬间安静下来，屏息凝视着场中。

果然，下一次交锋时，持剑者被打落下马，场外立刻有人飞身而至，将他扶下场，以防他被马蹄踩踏，动作之快，可见早有准备。

胜利者在人群的欢呼声中挥舞双臂，打马巡游，所到之处欢呼更甚。尽兴之后，他翻身下马，前呼后拥地离开。

他们如此年轻，快意恩仇的理由可以只是一位美人。

程千仞回忆结束时，徐冉已走了，顾雪绛在院中洗碗。

他给自己倒了杯茶，突然想起什么，问顾二："昨天遇见那人的时候，你给茶里加了什么料？让人家喝了一口就吐出来。"

总不能是茶叶本身的问题吧，那是他买的，物美价廉，家里店里都用这种。

顾二抬头，莫名其妙道："我没加料啊。为什么要加？"

程千仞："……真的那么难喝？"

顾二反应过来："好喝！是他不懂品茶，别跟他一般见识。"

程千仞："……"

根本没有被安慰到。

等顾公子洗完碗走后，程千仞才想起来，关于双院斗法的事情忘记问他了。

下午和逐流一起读书，吃过晚饭，看见墙边的伞，又想起来答应东家今天要还伞。

唉，真是狗记性。

他只好带上旧剑出门，一边吐槽自己：上午还书晚上还伞，总是借东西，都是因为穷。等以后有钱了，要做个大书柜，买几千本书。不对啊，有钱了为什么还要看书学习，当然是天天吃喝玩乐。

要买一百把伞，也不对，有钱了为什么还要打伞，下雨天出门都是坐轿子的，唉，是轿子还是马车？

还是因为穷，有钱人的生活都想象不到……

过了饭点，店里没有客人。

东家瘫在柜台后，见了他难得没说“随便你”，而是略带责怪地说道：“你应该也知道，十方地狱有个魔头逃出来了，现在南方十四州，除了军部精英，小乘以上修行者尽数出动，你们的副院长和院判最近都不在吧……这不是开玩笑的事，你这两天不要大晚上出门，不太平。”

程千仞放下伞，一头雾水，问道：“什么？我不知道啊。”

东家神色僵硬一瞬，程千仞第一次见这人如此尴尬。

“咳，我这里人多嘴杂，也是才听说的，你们学院应该明天就通知了。”

说罢打发他出门。

程千仞在回家的路上想，如果东家说的是真的，是不是明天就要全城戒严了？

突然一个念头闪过脑海，听藏书楼的女执事说，那位年轻书生这两天有事不在，难道他是一位大修行者？最近降服魔头去了？

他又笑起来，摇头抛弃这个荒谬的想法。

“腰牌，好，下一个。”

程千仞晨起入学，见高阔的院门前竟然有人排队，十余位黑衣督查队员依次检查入院者的腰牌。

平日里上下学时间，朱红色院门大开，只有两位督查队员站在两侧，穿院服的都能进。遇到像顾二那种，松松垮垮地披着外袍的，也睁一只眼闭一只眼地让进去了。

今日学生们突然被仔细检查，不明所以，聚在一起乱哄哄地猜测。这里只是东门，北正门比它大一倍，人流更多，不知又是什么阵仗。

有人猜学院里有大人物要来：“师兄们说起过，三年前安山王来拜访副院长，就是全院戒严，为防有人混进来行刺王爷。”

有人猜是院判大人心血来潮：“我听说大人某日遛弯，觉得我院风气清正，查无可查，便让督查队把太液池里的锦鲤都数了一遍！”

南渊学院里教员六百余人，管事的只有两位。副院长负责师生的教与学，院判负责法纪秩序。他定规矩，并让人们守规矩。

入院后却不必再猜，回廊柱子上、学舍门窗下，到处都贴着醒目的公示。

程千仞看后心想：现在的面馆老板，消息都这么灵通了吗？

徐冉拍拍程千仞：“看完啦？上面写的什么啊？”

今天“军事理论基础”课，三人没迟到，正巧在学舍门口碰见。

“有个魔头逃出了十方地狱，往南边来，今日起入城门要查路引，州府衙门官差全天巡卫；入院查腰牌，遇到异常要及时禀报督查队。”

魔头多恐怖，学生们没有概念。这些年轻的脸上满是遇见大事的兴奋，趁着先生还没来，早有见多识广的师兄侃侃而谈，一群人拉桌子推板凳围着他，听他细数“十方地狱”都关押着哪些魔头，谁最可能逃出来。

三人坐在最后一排，与世隔绝一般。

程千仞已经润了笔，翻开书本，顾雪绛似是昨晚没睡好，正闭眼假寐。

徐冉也兴致缺缺，掏出一册话本看，心想你们激动什么啊。但凡这种事，军部都要死很多人，不是战死沙场，而是为大修行者的战斗争取时间，说白了就是炮灰。

忽听“啪啪”两声脆响，老先生拿着戒尺敲桌子，“肃静！”

程千仞推了推顾雪绛道：“上课了。”

徐冉说：“让他睡吧，谁知道他昨晚去哪里喝花酒了，先生眼神不好，看不到。”

先生眼花，顾二却不耳聋，他睁开眼瞥了眼徐冉手里的话本，道：“还看这本呢？看到第几回了？”

徐冉早就放弃了自己的文试成绩，遇见这种不想听，又不能逃的课，看话本就成了打发时间的最好选择。

她买的却不是闺阁小姐们喜欢的风花雪月、才子佳人，多半是大马金刀的侠客，背负着血海深仇，超长待机，开挂升级。

徐冉答道：“第十三回 ，大英雄勇闯龙门阵，美娇娘爱恨两重天。”

“哦。”顾二慢悠悠地说，“王傲天的爹是王大侠，仇人是赵掌门，他没选魔域宫主，最后跟小师妹成亲。他们生了两男一女，全书完。”

徐冉合上话本，连名带姓地叫：“顾雪绛。”

“不谢，举手之劳。”

关于话本，顾二从来鄙视徐冉的品位，说：“整天看这种乱七八糟的东西，这世道哪有什么侠客？”

到后来跟她买一样的，还总是比她看得快，总给她“剧透”。

搞得徐冉每月都有那么几天想砍死他。

程千仞淡定地坐在他们中间，看书写字，只要徐大不动手，就让他们自由放飞。

顾二取出一本册子道：“不看了正好，给你换一本。”

程千仞帮他递过去，徐冉翻开，竟然是一卷凛霜剑诀分析，每一条都有举例：对方出哪些招数时，可用功法中哪几招应对。每隔一页还配了图，画出刀剑走势。

难为她平时慢半拍的脑筋，此刻莫名转得奇快：“你熬夜写的啊？”

顾二没好气地说：“不是！我昨晚喝花酒去了。”

说完又闭上眼睛假寐。

徐冉被他怼得没话，只好默默地看起第一页的凛霜剑图样。

忽听前排喧哗，先生在训人，她抬头，一眼看见真正的凛霜剑，吓了一跳。

她问程千仞：“他们怎么来了？”

“新生入学后要选副课，我们当年也是这时候选的。”

“就正巧跟我们选的一样？！”

程千仞比顾二耐心多了，道：“不是巧，我们上的这门课没人愿意选，剩的空位最多。估计这几个人也是没抢上别的。”

徐冉想起这课是她选的，顾二说选的“绝了”，现在看来，还真是绝了。

十余位新生中，神色倨傲的公子与木讷的仆从最引人注目，甚至有人起身给这两人让位置，使他们不必像其他新生一样，去搬桌椅坐在学舍最后面。

有人看不惯，觉得失了作为前辈师兄的脸面，说道：“这样上赶着攀附，也不嫌难看。”

立刻有人应和道：“看看人家的来头，指缝里随便流点什么，都够我们用到下辈子。我也想去，可我还要脸。”

一时间，学舍里的窃窃私语声不绝，或妒或羡，还有女学生红着脸打听消息。

老先生气得拍戒尺，点人站起来道：“把我刚才的问题重复一遍！”

学生支支吾吾答不上。先生又连点了十个人，竟然没一个答上。

最后还是第一排那位笔记一字不差的学生，终结了这场“惨案”。

“您刚才问，在一百五十年前的东征战役中，若易地而处，你是魔族将领，是否有可能攻下朝光城？"

历史上的东征之战，由当今圣上御驾亲征，从东川山下起兵，打到雪域边界，修筑了白雪关。

在此之前，那里是混乱的无主之地，魔族割据大半部分，天祈王朝之外的几个小部族各自占据一方。

战争开始后，弱小部族投降归顺天祈，魔族却开始疯狂反扑。

大魔王从雪域中抽调十五万兵力，源源不断地赶赴战场。曾有十万魔族兵临朝光城，那是当时王朝版图上最东边的城池。

历史上人类死守朝光城，长达一月。等到被拖住的主力大军成功突围，以及从南方调遣的援兵到来，最终以合围之势，大败魔族大军于城下。那是决定东征之战成败的重要一役。

先生又将问题重复一遍，指着今天引起课堂秩序混乱的"祸端"道："你来回答。"

钟天瑜在万众瞩目中站起来，不慌不忙，道："当时的朝光城，城墙高约三十丈，护城河宽十六丈，深二十丈，城上有十位小乘境以上的大修行者，同时操纵百余架投石机与连弩，射程防线便牢不可破。十日后修行者力竭，魔军步兵突破防线，向前推进二十丈。然而护城河中埋有符文阵法，落之即沉，不得游……"

他说得有理有据，条理清晰，先分析双方情况，再说自己将用什么策略，增加攻破朝光城的可能。

学生们听了一阵便觉惭愧，别人不仅家世好，学识也强过他们。

最后他说道："我的结论是，即使提前建造大量攻城器械，最多可在第三十五天破城，而那时朝光已迎来南方援军……大陆第一要塞朝光城，有最强的防御壁垒，以彼时魔族兵力，不可能在一个月内攻下它。"

学舍里响起热烈的掌声，经久不息。

钟天瑜看似面色平静，嘴角却抑制不住地上扬，泄露出几分骄傲得意。

圣上东征这等千秋功业，是皇都里先生们教学的最好材料。家里为他请来的先生，讲过不下二百遍，也就这群乡巴佬，没背过这种答案。

他转过身，看向学舍后排道："区区拙见，有污耳闻，不知顾二少有什么高见？"

班里只有一个姓顾的。一时间，所有目光都落在顾雪绛身上。

顾雪绛睡得正香，被吵醒一肚子火气。程千仞立刻向他重复了一遍问题，道："能答吗？"

心想，你要答不了，我先胡说几句顶上。

却见顾二揉揉眉心，豁然起身道："当然是明攻，用最强兵力，不惜代价，最快速度攻下来，决不能让城中驻守等到援军。一百五十年前的朝光城，城墙上没铺防护符文，城里只有三万守军，我有十万精兵。"

"步兵昼夜不停地轮流发起冲锋，城墙上大修行者八日便力竭，然后我不用三日就能破城！"

钟天瑜被他突然爆发的气势一震，定了定神，不屑地问道："城墙没有符阵，河中却有，你造渡河浮梯需几日？"

"为什么要渡河？"顾雪绛起床气还没消，看着他冷笑，"战场十里外就有一片村镇，我来攻城时可抓六千平民俘虏，加上原本的四千俘军，一万有余。我将他们绑上沙袋，用长矛兵逼去第一线，难道填不平护城河？！"

有学生听不下去了，指着他哆嗦道："你、你、你有失仁德！"

顾雪绛张口就骂："太祖陛下一统天下时，难道靠的是仁德？靠的是精兵强将，还有无上修为。而且这问题假设我是魔族将领，你还跟我讲仁德！"

"填河之时，全军不断推进，十二座井阑一到城下，我便发起攻城。第十一天城破时，守军必定死伤殆尽。我换下步兵，舍弃伤员，以高速骑兵开路冲锋，兵分两路绕过云中关卡，在折兰官道汇合，之后一马平川，一路能冲到大陆腹地，直取皇都！此时，王朝的精锐之师，还与圣上一起被困在如今的白雪关一带，而南方十四州调派的六万援军，才到南央城！"

顾雪绛说完缓了缓，起床气消了，才发现所有人都用惊恐的目光看着他。

钟天瑜脸色惨白："你、你……皇都有万年不破的生杀大阵，不可能被你的四万魔族骑兵打下来！"

顾雪绛："我没想打下皇都啊，这题是攻城。我就顺手多做一步。"

程千仞大概能读懂先生与同窗们的目光——年轻人，你这种想法很危险啊！

还是钟天瑜最先回过神，又实在无从反驳，只好说句"不可理喻"，转身气呼呼地坐下。

老先生放下戒尺，在名册上记了一笔：思路新颖，我给你年末成绩加分。

随即他带头鼓掌，其余学生如梦初醒，学舍里顿时掌声雷动。

顾雪绛挺拔地站着，像个英雄。

忽然他放松下来，姿态散漫地坐回去。程千仞听到了他的笑声。极轻极短的一声笑，像是笑钟天瑜，又像笑自己。

于是在这样热烈的气氛中，程千仞突然感到有些难过。如果顾雪绛武脉未废，应该还是那个京畿禁卫军副统领。边关若有战事，他可以上殿请缨，领兵出征，与旗鼓相当的对手决战沙场。

现在他却只能坐在这里，跟找茬的纨绔打个嘴仗。

先生已经转回讲台继续上课，学生们对这门课的兴趣，也被刚才的事情激发起来，不少人脊背挺直、下笔如飞地做笔记，学习热情空前高涨。

顾雪绛依然懒散地瘫着，好像刚才慷慨陈词的不是他。

作为朋友，总是忍不住想关心对方，程千仞道："你别太难过。"

顾二不明所以，问："我为何要难过？"

"那你刚才笑什么？"

"我们第一天迟到被扣四十分你忘了？原本死定的课，加分起死回生了，换你你不笑啊！"

程千仞："……"

徐冉听见，两眼放光地看他，道："那如果下次我被点到，你写答案给我啊，让我也加个分呗！"

顾二瞥她一眼，说："好好看你的书。下课就有人找你了。"

巳时一到，钟声响过三下，学生们难得没有争相夺门而出。大部分留在教室讨论，还有人追出去找先生提问，老先生很久没见过这样好的学术气氛了，甚感欣慰，眼眶都微微湿润。

徐冉伸了个懒腰站起来，等程千仞收拾笔墨。

忽然有人拦在她身前，仰着下巴道："战书收到了吗？"

程千仞和顾雪绛立刻站起来。三个人都站着，起码看上去气势胜过对方两人……虽然能打的只有徐冉一个。

"早收到了。"

她昨天去上刀术课，一位同窗转交给她时，一群人围着她问："先生安排你给这位引路，怎么还打起来了？"

"他欺负我朋友啊。"

众人纷纷摇头道："真搞不懂你。"

他们大多撞见过徐冉的两位朋友，一个小白脸，一个寒酸书生，看上去就很"弱"，怎么能玩到一块儿？

"老大，我听说钟十六已经步入炼气大圆满了，这能打赢吗？"

钟十六是那位剑侍的名字。"老大"是徐冉在青山院的绰号。

同窗们有时这样喊，大多因为她头脑冲动，遇事喜欢冲在最前面，有带头大哥的气质，更像一种调侃。

而学院之外，城西那片鱼龙混杂的坊市，才有她真要收保护费罩着的小弟，真心实意地叫老大。

徐冉摸摸刀柄道："打完不就知道了！"

众人拍手大笑："好！休沐日那天，咱们都去给你助阵！"

还有人说："我再叫上其他班的，一起去！"

青山院的武修就是这样，对家世地位看得不重，也懒得攀附权贵，只在乎你有多强，讲不讲义气。

眼下虽然徐冉不在青山院，但她背上双刀太醒目，很多人都认得她。当钟天瑜带着剑侍拦路时，学舍里还没走的学生，都停下动作看他们。

让人失望的是，挑事的一方却没有多说什么，只确定了另一方已收到战书，且没有反悔的意思，便甩袖离开。

钟天瑜今天心情很差，想对顾雪绛说"让你再多得意一天，反正是要下跪道歉的"，然而众目睽睽之下，这样有失世家风度，只好忍下。

学院这两天热闹了一把。

两件事情：一是有魔头逃出十方地狱，因此昼夜巡逻、精神紧张的黑衣督查队。二是休沐日有一场比斗，一方是皇都来的武修，代表四大贵姓里的钟家少爷；一方是青山院双刀徐冉，战绩赫赫，未曾一败。

不了解情况的忙着向别人打探，消息灵通的忙着到处宣扬。

每个人都沉浸在兴奋紧张的情绪里。

"你猜那个魔头是谁？宋觉非啊，原本的剑阁双璧之一，他看见他师兄杀师证道，大受刺激，走火入魔了。谁能想到，十几年过去，他修为不退反进，竟然能从狱中逃出来……"

"我倒是听说，他不是逃出来，是杀出来的。十方苦陀，三死七伤。"

"十位大师都是小乘境以上的佛修，又有阵法配合，守得寺狱百年固若金汤。那魔头现在到底是何等修为，大乘还是伪圣？"

也有人感叹："剑阁真倒霉，三百年才出两个有望入圣的天才人物。好端端的双璧，一个杀师叛山，一个索性成了魔头。非但没能光耀山门，还得负责清理门户。"

以这些学生的年纪，十几年前的事情哪能亲眼得见，都是道听途说来的，感叹起来倒是真情实意。只因为那两人实在太出名。

他们年幼时，因为剑门双璧的轰动，谁不希望自家也能出个天才，然而天才岂是那般易得，失望总比希望更大。

等他们长到记事，就赶上双璧命途倾覆，宁复还杀师证道，宋觉非走火入魔，家长们又念起早慧易折，平凡是福了。

如果说这件是天边遥不可及的大事，徐冉与钟十六的战斗，就是身边可以参与的大事了。

徐冉这两天总不自在，武修五感敏锐，有人自以为隐蔽地偷偷打量她，她其实可以感觉到。次数多了，也懒得管。

就连程千仞都被人在南山学院的山道上围观过，理由是“此人是徐冉的朋友”。

白看不给钱，搞得他很郁闷。

平日里见到他就神色嘲讽的同窗，也屈尊降贵地与他搭话：“喂，徐冉打算怎么打，用哪把刀，你知道吗？”

程千仞背起书篓绕开：“不知道。”

终于到了休沐日。

结束了五天的学习，没什么比约上几个朋友，去看一场精彩比斗更能放松心情。看完之后找个地方聊天，喝点小酒，人生乐事。即使入院要排队查腰牌，也不能浇灭学生们的热情。

可惜天公不作美，南央城这几日阴云仍未散，不见日头。倒是有清风拂面，吹起春装广袖，柔和舒畅。

演武场四周是青石砌成的石阶，辰时已坐满一半。若想居高临下地看，北面看台观战位置最好，但学生不能随便上去，便有些聚在演武场外，建安楼二楼的露台上。

徐冉来时，遥见黑压压的一片人头，问：“大家最近都很闲吗？”

程千仞道：“刚开学，课业少。年末肯定不这样。”

顾雪绛看着徐冉：“按我说的打，不行就立刻认输。”

程千仞将一个小布包递给他：“差点忘了给你。”

顾雪绛接过掂了掂：“这装的什么？”

程千仞：“逐流给你做的护膝，你先试试合不合尺寸？”

“……不试了，不合适也没时间改了。”

程千仞点头：“也对。”

徐冉崩溃：“我这还没去打呢！你俩不要灭我威风啊！”

顾雪绛心想，你求胜心太强，要是重伤不肯退，不如我去跪，嘴上却说道："哪有什么威风，你看那边都是带瓜子点心来的，大家随便看看，你也随便打打嘛。"

程千仞心想，顾二说千万不能给你压力，这种越境战斗，若一味求胜，容易伤及武脉，于是说道："早点打完，逐流说中午做红烧肉吃。"

他们说着话，已经走到了演武场边。

徐冉的同窗看见她，奋力挥手："徐老大！徐老大必胜！"

众人闻声望去，爆发出一阵欢呼，自发让开一条路。

程千仞和顾雪绛混入人群，在石阶上找了个视野不错的位置。

徐冉回头看了一眼他们，在欢呼声中穿过人海，向前走去。

她的朋友在身后，她的对手在台上。

三人来时，钟天瑜也前呼后拥地来了。短短几日，他已交到许多朋友，走到哪里都如众星捧月一般。

他转向身后默默跟从的剑侍，随口吩咐道："去吧。"就像指使什么阿猫阿狗。

于是神色木讷的剑侍抱剑上台。

其余人来到场边石阶，神采飞扬地谈天，不时大笑，早有人为他们占了最好的位置。

有人见状奉承道："钟少爷，您这剑侍教得真规矩。"

钟天瑜故作漫不经心道："剑侍嘛，说白了就是下人，当然要规矩。我家族里养着他，不是让他吃白饭的。"

又有人问："他为什么叫钟十六，是下人里的排行吗？敢问您家里有多少下人？"

对皇都四大贵姓的事情，这些人总是充满好奇。

"下人哪有排行？来南渊之前，这人被拨给我，我问他今年多大，他说十六，那就钟十六呗。"旁人羡慕的目光让钟天瑜很受用，"总共多少个下人谁知道。我只知道我的院子里，武修护卫二十一人，普通仆从也有四十多。"

一时间又是一阵赞叹。毕竟天高皇帝远，说话也放肆得多："不愧是钟鸣鼎食的钟家，天潢贵胄也不过如此了。"

双方上场站定，相隔十丈有余，所有目光都落在他们身上。

平日钟十六跟在钟天瑜身后，神情木讷，像个影子。此时骤然暴露在青天长空下，人们才发觉他真是年轻，面无表情也掩不住稚气。

有些人突然明白，徐冉去引路时，为什么会认错人了。因为凛霜剑这把神兵，拿在他手里时，说不出的合适、顺眼。

很符合武修们关于“兵器与人应该相辅相成”的审美观。

天空阴云未散，徐冉的红色发带，在微凉的春风中飘飞，像是跳跃的明亮火光。

她利落抱拳：“请教了。”

钟十六捧剑回礼。

有身穿黑衣的督查队员站在北面看台上，面色严肃道：“开始吧。”

双方都不是多话的人，刀与剑几乎同时出鞘，两声极端凄厉的铮鸣声，响彻长空！

没有修为的观战者忍不住掩耳，却只见一道银光闪动，如一泓寒水掠来，钟十六人随剑至，一掠便是十余丈！

“铮——”

顷刻间刀剑相击，徐冉迟了一步，刀势未起，只得旋身飞转半圈，避开这一剑的最强锋芒。刀刃在剑锋上拖曳而过，两者狂暴的真元相遇，星火四溅。

“好快！”

凛霜剑不只快，更是去势未减，徐冉错身之际，被割下一缕额发，头发飘落风中。

程千仞脸色骤白，徐冉却神情不变。

那晚风雨黄昏，拿剑的人也不对，此刻她才真正看清这把剑的模样——通体莹白光华，明净如秋霜；裹挟森然寒意，磅礴而至，如风雪起长林，孤月落寒江。

寒意顺剑锋冲入武脉，她以刀背相抵，向后疾退！一退七丈！

钟十六手腕一翻，变斩为横劈。剑身微震，十二道剑光自其上激发。

一剑更胜一剑凌厉，徐冉在极短时间内做出应对，未曾错一招，未曾露破绽。

“铮铮铮铮——”

刀剑相击声几乎没有间隙，连成一道清越长鸣，如风中鹤唳。

钟十六变招越来越快，纵横的剑气如漫天星光抖落。

距离场边最近的观战者，只是看着那把剑，竟感到切肤之寒。

凛凛寒光，肃肃生凉，四野如降霜。

好一把凛霜剑。

程千仞是外行，只知此剑厉害，见徐冉险象环生，忍不住站起来。

建安楼的露台上却有人能看出门道，那些师兄们居高临下，纵观全局。

他们修为胜过场上两人，今天只为看一眼凛霜剑。

“果然锋锐肃杀，不愧名列‘神兵百鉴’。”

“若逢秋冬，剑体自身的威势被完全激发，恐怕还要强上三成！”

“现在他是炼气大圆满，等他凝神，又该是何等光景？”

突然有人道：“可惜，这不是他的剑。”

一时间没人说话。

此人毕竟只是个剑侍，天赋再高，剑法再好，也连自己的姓名都没有，何谈其他？

而徐冉的两把刀，一名“斩金”，一名“断玉”。前者刚烈霸道，后者劲力柔韧。

她平日多用斩金，愈战愈强，今天却用了断玉，一退再退。

这不是徐冉的战斗风格，也不是青山院的风格。

他们喜欢痛快地打，撑不住就痛快地认输。

但是今天徐冉想赢，便不能那么痛快。

她打得辛苦，同窗们看得也上火，恨铁不成钢，道：“徐冉！没睡醒吗？砍他啊！”

徐冉不为所动。

程千仞见顾雪绛始终淡定，才勉强稳住，又坐回去。其实他若细看，便知顾二满额细汗。

剑气所及之处，石台被刻下白霜痕迹，渐渐场间寒意弥漫。

令人心悸的可怕威势下，再没有人说话。

只有徐冉还是那样，只守不攻。

她身法柔韧，像疾风中的劲草，任凭秋霜肃杀，仍是不折。她的刀轻盈柔美，与剑轻触即分，倏忽远逝，像太液池边的春柳。

建安楼上有人看出端倪：“她想做什么？用最少真元，最大程度拖耗对方？”

“胆子很大啊，若是同境对战，正面拼不过时，这种方法或许有用。但她境界稍逊于对手，真元量少，久战于她不利。”

“很冒险的打法，应对时稍有破绽，就是自掘坟墓。”

钟十六或许意识不到她的目的，但是身为武者，从不会让战斗节奏掌握在对方手中。

他攻势一收，剑锋在身前划过半道圆弧。

一弯秋月出现在台上，那是凝结不散的剑气。

这一剑不同于先前迅猛肃杀，反倒显得轻柔美丽。

弯月的光华，映照着少年的稚气面庞，呆滞的眉眼骤然焕发出绚亮光彩！

徐冉面色骤变，咬牙横刀于身前，足下疾退，劲气激荡之下台上烟尘弥漫。

顾雪绛精神高度紧张，忍不住喃喃自语，“退，再退……六、七、八、九……”

程千仞发现，他竟然在数徐冉退后的步数。

露台上有人道：“‘霜月’她避不过，破绽已现。钟十六要出杀招了。”

话音刚落，铺天盖地的月华中，响起三声凄厉剑啸！

众人看不清他如何出剑，剑影纷飞下，一分为三，仿若三只白鹤自月中飞出，扑杀而来！

凛霜剑诀中最快的一招，后发先至地封死对手所有退路。前有“霜月”普照，后有“霜禽”拦道。

杀机毕现！

同一时刻，徐冉退到第十一步，顾雪绛突然道了声：“好。”

这一声“好”，徐冉自然听不到，却与她心中的默数重合。

她突然双手握刀，刀势自下而上劈去，一身真元蓦然爆发！

“轰——”

空气里劲气激荡对冲，发出巨大轰鸣，震耳欲聋。

万丈狂风凭地起，吹散四野月华！

她出刀的角度刁钻，本该显得阴诡，却打出开山劈石之势，意象恢弘万千。

一刀便让月华退散，白鹤折翅！仿佛经年滴水，最后一滴击穿巨石，又似累月暴雨，洪水终于冲开堤坝。

压抑已久的爆发，畅快淋漓！

众人难以抑制激动之情，纷纷喝道：“好刀！”

露台上的人们同样感到出乎意料。

“原来她先前避退百余招，只为了这一刀。”

“‘飞鸟投林’本就是反手刀，更是先抑后扬之式，用在此刻再合适不过。”

“想做到这一点，起码要对凛霜剑法了若指掌。看来替她谋局的是个高人。”

钟十六疾退，广袖在狂风中猎猎飞扬，同时飞速出剑，寒泓似的剑芒挥洒如雨。

他一连出了二十四剑，退到演武场边，稳住身形，勉强接下这一刀。

铺满阵法符文的石台，出现一道浅浅刻痕，一路蜿蜒，在他脚边仅一寸处停下。

风起，吹散石屑，刻痕仿佛消于无形。

少年嘴角溢出一道血线，剑尖指地，剑气四溢。

狂风已歇，尘土静落。

他依然站着。

徐冉与他相隔十余丈，脸色惨白。

在顾雪绛的计划里，如果这一刀消耗大半真元，却没有破局取胜，那之后无论徐冉再出多少刀，都没有意义。

最坏的结果已经出现。对方只是受伤，没有被击败。

他站起身，轻轻笑了笑："就到这里吧。"

饶是程千仞再外行，也意识到了一些事，便随他一同站起来。

"第十一步就是最好的时机，'霜月'势将尽，'霜禽'势初起，不能早一步，不能晚一步……"

昨天在程千仞家吃午饭时，顾雪绛怕徐冉忘性大，再三强调："之后若没有取胜，你就立刻认输。一定要在他下一招起势之前认输！"

徐冉问："他下一招是什么？"

"'霜天'，凛霜剑中最强的一招。"

"与之前的'霜月''霜禽'相连，便是月落、乌啼、霜满天。宋觉非就是靠这三记连招，使凛霜剑一战成名，载入神兵百鉴。"

"凛霜剑诀"流传在先，剑阁双璧之一的宋觉非入道之后，亲自铸造一把佩剑，将剑诀威力发挥到最大。

可惜后来他走火入魔，改修邪门功法，在大空明山弃剑毁道。凛霜剑几经辗转飘零，最后被钟家以重金求来。

十六年过去，物是人非，有人忘了剑的旧主，却忘不了这把剑的霜华。

徐冉眨着大眼道："我试试呗，说不定能接下来呢。"

顾雪绛少有地寒了脸色道："不要试。我没有后悔药给你。"

徐冉又看向程千仞。

程千仞正在沏茶，说："你别看我，这种事情，你还是听顾二的比较好。"

现在钟十六站在场边，两人相隔二十余丈。

在徐冉的惊天一刀之后，这场战斗出现转折，所有人都在等他们下一步动作。

少年擦了擦嘴角血线，站姿微变，垂眸看剑。

他身上也发生了某些细微的变化。一道沛然莫御的强大气息，从剑锋上溢散出来。

同在场间的徐冉，第一时间，最清晰地感受到这种变化。

按照计划，她该认输了。

她转头望向场边，茫茫人海，第一眼就看见朋友们，然后笑了一下。

他们看懂了徐冉的意思，顾雪绛脸色骤白。

与此同时，钟十六突然发力狂奔，衣袂飞扬，剑锋聚来炽盛的银光，越来越亮！

劲气激荡，烟尘漫天，他一跃而起，拔高十尺，凌空挥剑！

那团耀眼的剑芒随之炸裂，化作千万点星火，海潮般奔涌向前。

变局太快，众人抑制不住惊呼出声时，徐冉已飞身迎上！

直面剑威，她看见了明月坠落、禽鸟啼鸣、寒霜漫天。

可她还是不想退。

她想，谁也没有后悔药。如果不试，我才会后悔。

“霜天”大势已成。光华如漫天星河，遍野银霜。

千万点剑芒织成一张巨大的网，轰然压下！

徐冉跃至半空，被剑势压制，寸进不得，突然喝道：“山来！”

随之刀影横来，竟有山岳之气象。直直撞上剑网，轰鸣再起。

真元狂暴输出，战意熊熊燃烧。徐冉仰头，隔着千万银霜，她在对手眼中看见了同样的战意。

战斗至此，已不是境界、招式的比拼，他们的精神、意志、肝胆，同时争锋对抗！

轰鸣之后，刀势溃散，山岳消弭，徐冉再喝：“风起！”

长刀一卷，卷起劲风，冲向剑网。

出招之前自己先喝破来路，这是“明招”。

一般用于喂招教学，对战中是大忌。

建安楼上终于有人察觉不对，问：“这是什么刀法？”

“似乎是……烈阳军法刀！”

徐冉用“明招”。

因为这本就是世间最光明正大的刀法。

钟十六面无血色，剑芒更炽，霜天不破。

风声剑啸中，刺耳的破裂声响起。

徐冉护体真元被千万剑气割裂，持刀的右臂出现无数道伤口，血花炸开，血雾狂涌，身形摇摇欲坠。

这情形实在惨烈，众人心中大骇，场间一片寂静。

忽听顾雪绛断喝道：“换刀！掷刀！”

徐冉毫不迟疑，一手抽出“斩金”，一手将“断玉”向钟十六掷去！

残余刀势裹挟劲风，阻隔对手一瞬。

仅是这一瞬间，顾雪绛又是两声断喝：

“云破！”

“日出！”

今日是阴天。

但顾雪绛话音落下时，沉沉的阴云仿佛裂开缝隙，令四野骤然明亮一瞬！

众人定睛再看，才知哪有什么日光，竟是徐冉刀光已起。

她手腕翻转，刀光向上飞旋，在铺天盖地的银霜中撕开一道狰狞裂口，终于突破万千剑芒，袭向对方手中长剑。

仿佛蛟龙冲出云海，烈日照耀雪山。

锐不可当！

钟十六闷哼一声，嘴角溢出汩汩鲜血。

刀剑相触的瞬间，雷鸣乍响，对冲的真元直接将两人身形击飞出去，空中闪过两道长长血雾。

他们轰然坠落，烟尘滚滚。

烈阳坠地，寒霜融化。

两败俱伤。

两位黑衣督查队员从北面看台飞下，走到两人面前，却没有动作。按照规矩，他们在等。

所有人站起身，屏息凝视，都在等。程千仞与顾雪绛奔至台边，却被阵法阻隔。

这十余秒，程千仞觉得漫长难熬至极。直到徐冉以刀撑地，摇摇晃晃，站起身来。

有人喊了一声，又很快收声。

又是十余秒，钟十六没有站起来。

一位督查队员上去扶起他：“胜负已分。”

“徐老大！”

排山倒海的欢呼声响起，震耳欲聋。

擂台阵法关闭，人海向台上奔涌。青山院那群二愣子，竟然团团围上，想把徐冉抬起来抛两下，在程千仞“她受伤了，先去医馆”的大喊声中，才勉强冷静下来，合力将人抬上担架。

徐冉不肯走，一直向钟十六的方向伸手，众人一头雾水，只好将人抬着，追上钟十六的担架。

“你快说啊！到底怎么了？”

徐冉说不出话，伸出三只手指头。

钟十六看见想了想，颤抖着从怀里掏出三个银锭，每个都有十两。

两个担架并行，三十两带血的银锭递过去，徐冉揣进怀里，才安心晕过去。

又是好一阵鸡飞狗跳，众人抬着两人，飞奔向建安楼边的学院医馆。

建安楼上，那些师兄们想得更多，以至于才缓过神。

“就算烈阳刀之炽克制凛霜剑之寒，但境界差距决定真元数量，先站起来的，怎么会是她呢？”

“此胜不仅在刀兵，更在招式真义。月落、乌啼、霜满天，这三记连招为压制，为困锁。出刀者先前两招山来、风起，只是与之对冲，自然横冲不过，不足为胜……”

“但云破、日出两招，一破一出，登时气象一新。高妙！”

他们越说越觉得妙不可言，这两招竟然找不到更好的替代。

有人突然想到：“那似乎是场边一人喊出的……”

“场上瞬息万变，仅是须臾之间，那人要想得到，要自信说出，听到的人要毫不犹豫地执行。其中差一步，今日之战，都是截然不同的结局。”

他们说得激动：“看来我院还有高人，今年双院斗法的武试，定可一雪前耻！”

被师兄们称为“双院斗法武试之光”的顾雪绛，此时站在医馆里，扶着程千仞的肩，快要把肺咳出来了。

程千仞给他拍背，说：“你先坐，我给你倒杯热茶。”

长时间的精神高度集中，他出了一身冷汗，猛然松懈下来，冷风入体，激起旧伤作痛，咳得没完没了。

诊治徐冉和钟十六的医师们很生气：“医馆都挤破房顶了，还怎么看伤，出去出去！”

五大三粗的青山院武修们被轰了出去。而他们两个因为看上去文弱有礼，顾雪绛又咳得厉害，反倒没被轰，还被指了椅子坐。

医师絮絮叨叨：“现在的年轻人啊，又不是杀妻夺子生死大仇，怎么打得这样厉害……”

建安楼上的师兄们谈笑间下楼，路过医馆时纷纷向里望去。

突然有人想起什么，停下脚步：“你们有没有觉得哪里不对劲……”

“哪里不对？”

“烈阳军法刀。那姑娘好像姓徐。”

一阵沉默。

"……徐神将府上，不是被满门抄斩了吗？"

程千仞给顾雪绛喂了杯热茶。

顾二总算咳得轻了些，一口气缓上来，又下意识去摸烟枪点火。

程千仞拿他没办法："你可少抽点吧。"

年纪轻轻烟瘾这么大，还要不要肺了。

"你先喝茶，我去看看徐冉。"

程千仞走到里间，发现这里原来出奇地大，靠墙置着一排简易木架床，约莫二十余张，床之间有长条凳。房间尽头挂着一道门帘，看样子里面还有屋子。

徐冉已经醒了，正半躺着跟人说话，右臂包着绷带。不知她说了什么，她床边坐着的几位年轻女医师，都双颊绯红，掩嘴而笑。

她们看见程千仞过来，又不好意思地起身告辞。

程千仞坐在长凳上问："怎么样？"

"挺好的。"徐冉脸色略白，但是精神不错，竟然从怀里掏出来半包点心、一包糖，递给程千仞，"拿回去给逐流吃。"

"哪儿来的？"

"姐姐们给的，她们给我包完伤口，说刚才在二楼看见我打架了，夸我刀法特厉害。我说哪里哪里，院判之下，学院第二而已。"

南渊的院判大人是一位大乘境修行者，少年时便以快刀成名。

"她们听完笑倒一片，拿点心和糖塞给我，你知道我不爱吃甜的，又推辞不过，我就说怎么舍得现在吃，一定要回家煮上好茶，在月色下慢慢吃。"

程千仞目瞪口呆。

这是平时反应都要慢半拍的徐大吗？被顾二附体了吗？不对，顾二见着漂亮姑娘的时候，也没这个水准啊。所以是天生自带的技能？

徐冉越说越开心："原来学院还有这样温柔可爱的医师们，这次不亏，下次我还来！"

程千仞赶紧打断："没有下次了，没有！伤到进医馆又不是什么好事！"

徐冉有点失望："哦。"

程千仞："你在这儿歇着，我回家给你带点饭过来。"

谁知徐冉动作潇洒地跳下床说："姐姐们都去吃饭了，我还在这儿干吗？回家吃红烧肉呗。”

程千仞：“……看来伤得不重。”

“钟十六怎么不在？被人接走了？”

徐冉冲着屋子尽头的门帘扬下巴道：“哪有人接，他还在里面呢，听人说有道伤口深可见骨，要除衣敷药，所以一来就抬进去了。真能撑，他脸上根本看不出来。”

两人正说着话，只见那道门帘被人撩起，一位老医师走出来。徐冉行了一礼，方才便是这位老先生为她诊的脉。

老医师摆摆手，看见病人家属，又忍不住叨念两句：“她真元彻底枯竭，这两天养着别动武了。武脉没伤，右臂的伤口注意上药，不然按她现在的境界，自体恢复比较慢……你们还有药吗？”

程千仞：“我去买，这里能买吗？”

他听说学院医馆的药价与外面相差无几，品质却要好上许多。

徐冉赶忙拦他：“我有药，不用买！”

程千仞才想起来，徐冉手头紧的时候，会去城西一家医馆坐堂，身边立两块牌子，左边是“正骨接骨”，右边是“祖传秘方专治跌打损伤”。

老医师又指向里间，说：“他朋友来了吗？他伤得更重一点，除了伤口外敷，还需要温养脏器……”

正说着，面色苍白的少年撩起门帘。

钟十六抱着剑，走得有些慢，面无表情，只在路过他们时，微微点头致意。

程千仞闻到他身上浓烈的草药味，混着一丝血腥气。

少年走出门，望见钟天瑜，便向他身后走去。

钟天瑜抬脚便踹道：“废物！”

钟十六被踹翻在地，猛然咳出一口血，神色依然木讷。

之前观战的武修们还没散，见状怒发冲冠，一拥而上要动手。钟少爷的朋友们赶忙护着他向后跑，大声叫骂，双方乱成一锅粥。

程千仞来不及多想，上前扶起钟十六。少年捡起凛霜剑，慢慢站直。

徐冉和程千仞对视一眼。

徐冉拿出一个瓷瓶，低声道：“这是我家祖传伤药……按照我们打架的规矩，赢的给输的送伤药，有点侮辱人。”

程千仞接过瓷瓶，塞进钟十六手里，却不知道说些什么才能让对方接受。

出乎意料地，少年没有拒绝，只是点点头道：“多谢。”

程千仞第一次听到他说话。因为受伤的缘故，他声音有点哑但还是很青涩。

说完他又向前走去。

双方冲突愈演愈烈，一队黑衣督查队闻讯赶来，大喊“闹事者按院规处分”，众人才匆匆散去。

转瞬间，医馆外只剩下程千仞、徐冉二人。

却见督查队径直向他们走来，黑袍翻飞，虎虎生风，为首一位小队长高声道：“你们竟然以约战之名，公然实行金钱交易，性质等同聚众赌博！”

程千仞行了一礼道：“我们是按照章程下帖约战，不曾聚赌，还请明察。”

小队长转向徐冉，问：“你的三十两呢？”

程千仞没来得及拦，徐冉已经掏出带血的银锭：“这里啊，都是血汗钱。”

小队长劈手夺过去道：“看看！人赃并获，还想抵赖！”他痛心疾首地说，“大魔头逃出十方地狱，何等危险，这两天南渊全院戒严，你们还搞这种事，给督查队的工作增添负担！”

程千仞在他们谴责的眼神下良心不安，无言以对。

而徐冉一向崇敬院判大人，连带着崇敬他手下保护学院安危的督查队，也做不出拔刀不服管教的事情。

此时他们便只能眼睁睁地看着三十两绝尘而去。心里只有一个想法：顾二人呢？我们需要一个顾二。

顾雪绛在医馆二楼，只隐约听见楼下吵闹。

他因为咳嗽还要抽烟枪，被人请上去，开了戒烟的药方。

中午吃饭时，三人在程千仞家碰面。

徐冉右臂绑着绷带，用筷子不利索，够不到的菜有朋友们帮忙夹到碗里。逐流做的红烧肉太好吃，痛失三十两也没那么难过了。

吃饱喝足，程千仞觉得气氛不对，便哄逐流去午睡。

徐冉看着顾二欲言又止的样子，实在忍不住道：“你到底想说什么，直说啊。”

顾二：“我想说什么你不知道？你不该用烈阳军法刀。”

徐冉自知理亏：“我……当时想不了那么多嘛。”

她以为顾二张口就要骂她，谁知顾二叹了口气，起身掸掸衣袍道：“你跟程三解释下吧，让他也好有个准备。我先走了。”

徐冉赶忙站起来：“你等一下！别走。”

顾雪绛停住，心情好点了：“嗯？”

徐冉扶着右臂，咧嘴大笑："你看，我最近都不能洗碗的。嘿嘿。"

顾二气得浑身颤抖，拿烟枪要抽她。

"你走！我洗！你个笨蛋！脑子里一半是水一半是面粉，脑子不动还好，脑子一动全是浆糊！"

程千仞还一头雾水着，转眼就见这俩绕着桌子跑，满院烟尘飞扬。他立刻跳起来拖住顾二："她胳膊有伤，你跟她计较什么，有话坐下好好说。"

于是徐冉跳着出门了，一点没有受伤的样子。

程千仞收拾碗筷："你最近也辛苦了，喝茶吧，我洗。"

顾二缓过气，边点火抽烟，边道："三年前我离开皇都，正是朝堂党争最激烈时，人心浮动，大皇子与三皇子两派……"

程千仞："说点我能听懂的。"

顾雪绛只好略过不提："总之神仙打架，小鬼遭殃。徐冉他爹是正四品将军，掌管三万江州驻军，治军严明，但是性格……你看徐冉的性格就知道了。不管谁上门游说，他一律骂出去，上奏检举结党营私。"

"结果折子还没递进皇都，他们一家就下了大狱，罪状是与魔族勾结，叛国重罪。他爹的故交们全力周旋，最后才以'女子年幼不知事'的理由保下徐冉一个。"

程千仞洗着碗，听见顾雪绛又叹气道：

"南渊学院从不干政，这是对她而言最安全的地方。多一层学院弟子的身份，总比罪臣之后要好。"

程千仞问："你什么时候知道的？"

顾雪绛："昨天啊，我问她除了先生教的刀法，还会什么别的，她说烈阳军法刀。剩下的不用她说，我就知道了。现在，你也知道了。"

程千仞："哦。"

他想起有天晚上，徐冉说天下虽大，强仇更多，原来一点没夸张啊。

休沐日一战，徐冉名声大振，第二天刀术课，同窗们纷纷向她道贺。

然而不到半日，她的身份便传出去了。受排挤倒不至于，只是被人有意或无意地疏远，青山院的武修们虽不在意家世显赫，却也不想跟家中勾结魔族、父母有叛国重罪的人打交道。

一天之内境遇大起大落，换了别人可能受不了，但徐冉心大，什么都不跟人解释，也不觉得如何难受。

钟天瑜似乎心情很不好，连"军事理论基础"课也不来了，倒让他们过了三天清净日子。

三天后阴云散尽，日光明朗。

南央城的春雨季过去，天气似乎是一夜之间热起来的。杂花生树，草木疯长。

入院不再查腰牌，据说那个魔头改道往东去了，整个南方十四州都解除了戒严。

对南渊三傻而言，这些事情与他们没多大关系。

生活还是要继续，要读书算账，要摆摊卖画，要练刀修行；还要想办法坑别人洗碗。

藏书楼外桃花落尽时，程千仞又见到了那位年轻书生。

“您还好吗？”

书生面无血色，像是大病过一场，温和的笑意，也掩不住疲惫之态。难道是阴雨连绵时，染了风寒？

书生低头轻咳两声：“无事。”

程千仞将《梅花易数》捧还给对方道：“多谢您。”

书生接过，问：“你是为谁借的？”

程千仞心下微惊，却见对方亲切如故，丝毫没有责怪的意味，便据实相告：“我弟弟，他天赋不错，明年开春参加入院考，我想让他考‘万法推演’。”

“既然天赋不错，为什么不给他借本剑诀？”

“入院之后再学吧。无力自保时锋芒太露，不是好事。”

“你为你弟弟做周全打算，可为自己打算过？”

程千仞不知对方为何突然这么问，大概是出于对学生的关心。

他笑了笑：“先贤曾言，‘巧者劳，智者忧，唯无能者无所求’。有几分能，便图几分事。我图以后吃穿富足，有人养老送终。”

书生大笑：“你才多大，就想着养老，我都没这种打算。”

程千仞放松下来：“您也十分年轻啊！”

胡易知心想，你还真是一点年轻人的锐气都没有。

自打进了南央城，捞尸杀人时的血光戾气也没有了，像是把过去都忘了，很多东西都藏好了，对外只显出任由磋磨的老练。

“你若真想平安顺遂，今天回家就赶走你弟弟……”

他没有说完，因为程千仞笑意尽散，神色变得有些冷漠。

胡易知话锋一转：“笑谈而已。《梅花易数》看完，该看《理数初探》了。那本书更冷门，要去五楼借。只有一本复刻本，你现在不去，怕是又要被别人借走了。”

程千仞也自知失仪，自己未免反应过度了，一时羞愧，道：“得您相助良多，我姓程名千仞，还未请教？”

“敝姓胡。”

他向对方行礼告辞：“多谢胡先生，来日再叙。”

虽然是比他大不了多少的执事，称一声先生总是没错的。

胡易知目送他的背影消失在楼梯转角，喃喃自语：“傻，你多问我一句姓名，还怎么来得及借书？”

忽然他弯下腰，抑制不住地剧烈咳嗽起来，连忙取出随身的绢帕掩口。等他缓过气，帕上便是星星点点的血迹。

一道凉凉的声音响起：“你老了。这次人没抓到，自己倒是伤得不轻啊。院判也伤成这样吗？”

闲坐案后的貌美妇人，不知从何处取来一套紫砂茶具，正在沏茶。

胡易知在她对面盘膝而坐，毫不见外地端起一杯热茶。

“三娘啊，你怎么只关心院判？”

“好说，你把赊欠的一百两借书费还清，我天天关心你。”

胡易知无言以对。

按照副院长的月俸和身份地位，他欠什么都不该欠银钱。但他偏偏欠了。

胡易知少年时四海游历，一路拜访饱学之士，论道辩难。

当时皇都论道，讲究气势压人。胡易知去了后，温言细语，有理有据，即使被人诋毁辱骂，也未曾失礼人前，总是让对手心悦诚服。

一时间他声名鹊起，博学与气度令皇都的论道风气焕然一新。

安国长公主的生日宴上，曾以“真君子”为题，请大家猜一位当今人物。谜题的答案便是“胡易知”。

他读圣贤书，行君子道，却不迂腐，有名士的洒脱气度，交游广阔，朋友有难必然倾力相帮，仗义疏财。故而皇都兴起一句话：“我是胡易知的朋友”。除了好赌难戒，他几乎是个“完人”。

亦有许多高门贵女倾慕于他，听闻圣上有意指婚，他连夜离开皇都。被朋友问起，也直言不讳：“我心中有大道三千，若娶妻进门，又不能回报她的深情，总归是辜负。这样不好。”

这些都是旧事了，胡易知来南渊做副院长已有百年。虽然他建造了这座南方最高的藏书楼，使学院的阵法更加完整，许多人也因他的名声来这里做教员。他与院判两人，将南渊管理得井井有条。

但时光早把昔日风流名士，蹉跎成了一位赊账不还的老赌鬼。

自打他遇到院判，十赌九输。年轻时仗义疏财的习惯，使他手中不聚财，有钱便拿出来与院判对赌。屡赌屡输，偏偏不服输。

三娘想到这里，忍不住叹气："算了，我不跟你提钱……南方军部强者尽出，加上你和院判，这样都拿不住，那魔头的修为到底有多高？"

胡易知喝完茶，自己续上一杯道："修为未必有多高，但是战力卓绝，不愧是剑阁双璧之一。我与院判本已重伤他，他却不肯被俘，血遁三千里，往东边去了。我们只好通知那边阻截，开启朝光城的城防大阵。总之不能让他闯入雪域，投奔魔族，在东境搅弄风雨。"

"虽说苍生安危，匹夫有责。但这件事由朝廷军方主事，你何必掺和进来？"

胡易知苦笑："我得到魔头消息时，恰逢有人请我入皇都，要我替他们推演寻人，开的条件，很让人心动……"

"难道全皇都、全北方的推演师都不够用了吗？远来南央拜访我，可见欲寻之人，身份定然不一般。比起这个，我更愿意做缉拿魔头的差事。等我受伤回来，他们也找到其他推演师了。"

"寻谁？"

"好奇不是好事。对方没有说，我也没有问，更没有起卦推算。"

三娘点头道："也是，能'看见'多少算多少吧，卦要少起，毕竟折寿。"

她突然想起刚才的事，问："那个孩子有问题吗？你又看出什么了？"

胡易知放下茶盏，面色一肃道："圣上年老昏聩，首辅远行久不归，党争愈烈，天下将乱未乱。南北两院如今的学生里，傅克己的天赋在剑道，邱北的天赋在机关遁甲之术，林渡之天生慧根通万卷书，徐家姑娘背负血仇，花间二郎韬光养晦……"

"此众皆为匡扶乱世之士，遇风云便化龙。只有程千仞，他的过去我看见一半，他的未来无迹可察。"

"唯独一件事我能确定，今日他若听我一言，与家中那位断了瓜葛，一切还来得及，但是这不可能。"

副院长惋惜地叹气："他一生之祸，自此而始。"

程千仞在五楼找到了一本《理数初探》，拿到借书处问，竟然又是原本，外借一天十两。

老执事翻了卷宗，说："复刻本没有外借记录，应该还在这里。"

程千仞谢过对方再去找，这次却只找到一个人。

高大的书架之间，那人捧卷立在窗边，春天清朗的日光透过窗棂投照进来，染亮他绾发的青玉簪，沉静的眉眼。似乎是因为身材颀长、腰背笔挺的缘故，普通学院服穿在他身上，莫名让人想起四个字——木秀于林。

对方察觉到他的目光，抬眼看过来。

程千仞霎时怔愣——好一双剔透的明眸。

两人对视，却不说话，情景未免有些诡异。

程千仞只好上前两步，微笑赔礼道："叨扰了。请教师兄，可是要借这本《理数初探》？"

对方颔首，神色冷淡。

"敢问师兄外借几日？可否与我约个时间，你来还书时，我再来借。"

程千仞这种西市买菜都能拉下脸皮压价的人，丝毫不觉尴尬，大不了是被拒绝，多问一句又不会掉块肉。

对方却微微蹙眉，径直向他走来。

距离拉近，他闻到那人身上书墨与沉香的味道，浅淡地在空气中浮游。

对方将复刻本递给他，又抽走他手里的原本，转身走向外借处，一言不发。

程千仞不明所以地接过书，等他反应过来追上去，对方匆匆离去的背影已消失在楼梯口。

白占了便宜，连人家名字都不知道。

他将腰牌和书册递上桌案，老执事提笔登记，末了让他签字。他便看见上一条记录：《理数初探》原本外借三日，三十两付清。

签字落款是"南山学院，林渡之"。

一笔铁画银钩的好字，风骨俊逸。

程千仞微惊，原来是学神。

学神果然厌憎言谈，性情冷漠却不一定，看来传言不能尽信。

所以南山榜首应该是，寡言少语，乐于助人。

程千仞家午饭吃得丰盛满足，晚饭则简单些，米粥小菜清淡舒服。

午饭后的闲聊逐流很少参与。有时谈到什么麻烦事，大家不想让他听，他总是善解人意地避开。

晚饭时只有兄弟两人与一院暮色晚风，这时才好关起门来说体己话。

“我今天下午上学，看见王婶和张叔家的小儿子都去念私塾了，小流想去吗？不远，跟咱家就隔一条街。”

逐流却没像以前一样，听他哥说什么都答应，他道：“不想去。不如自己在家念书。”

程千仞又给他添了一碗粥。

刚搬来这里时，街坊邻居来串门，见他们家只有兄弟两人，无依无靠，逢年过节还会给他们送点菜，叫逐流多跟自家孩子出去玩。程千仞也想让弟弟从此有个正常童年，但是逐流早慧，玩了半日就回来，撂下一句“幼稚无趣，浪费时间”，又回屋看书了。

程千仞便想送他出去念书，可是离家最近的私塾里，都是街坊邻里的孩子，先生讲得也浅显，哄着教点诗歌儿歌。逐流上过一次课，再不愿意去了。

从此逐流在家自学，有疑惑便问他哥，程千仞答不上的，就去问学院的先生。对于自律的孩子来说，这种学习方法最高效。

但是程千仞今天旧话重提，是有其他的考虑。

逐流明年就要进学院，他该学着与同龄人交朋友，不能每天困在四方小院里看书写字，操持家务。

程千仞想，这么好的孩子，正常童年是没有了，以后做个呼朋唤友、恣意风流的少年人总可以吧。

“不想去附近的私塾没关系，我打听过，城南有家私塾不错。先生教得很好，只是上了年纪，每天讲半日课。你可以午睡起来之后去，我下午放学去接你，咱们一起回家。怎么样？”

逐流放下碗问：“什么时候去？”

“你要是愿意，下月就去吧，也好为来年春天的入院考试做准备。”

逐流仰头看他，问：“要交很多束脩吗？”

城南多是高门大户，贵人云集，最好的店铺酒楼都在那里，东西卖得也比别处贵些。

“谁教你操心这种事儿，哥有钱！”程千仞笑起来，“那就这么定了，过几天等我休沐日，我们去锦绣庄，给你添两套新衣裳。”

“哥哥忘了，年前置办冬衣棉袄时，就给我买了两套春装，一直压在箱底，还没来得及穿。”

程千仞没忘，家里有多少家当，他记得最清楚。

“今春肯定出了新样式，再添两套也不多啊。”

要去新环境交朋友，人靠衣装，总不能让逐流被别的小孩看轻。不该省的地方，就是不能省。

吃饱喝足后，大事也说定了，程千仞心情舒畅地去洗碗。

收拾完院子，又打了一套健体拳。在东境时他养成的锻炼身体的习惯，来了南央城也没有变化，早晚各一套拳。晨起困乏或读书久坐，也要起来舒活一下筋骨。生病误事费钱，是病不起的。

忽然道了声“糟糕”，回屋拿了旧剑便要走。

逐流闻声追出来问：“天快黑了，哥哥要去哪儿？”

“前几天城里戒严，东家不让我过去，这次我也差点忘了。没算的账本都要攒破天了。”

程千仞回头，只见逐流站在一片浅金的余晖里，仰起小脸看他：“那你早点回来啊。”

心里最柔软的地方瞬间被击中，他没忍住摸了一把弟弟的头。

第3章

壁立千仞 无欲则刚

天色将暗，淡淡的冰蓝转向墨色，掩过西天金红交织的霞光。

程千仞提着剑往西市走，有的店铺闭门落锁，收摊归家，也有酒馆赌场刚挂出招旗，开始揽客。路边屋檐下的灯笼被次第点亮，暖黄的光照亮石板道。

正是暮春时节，吃面的客人都爱坐在街边。树荫如盖，凉风送来草木清香，很是舒服。店里反倒没人坐。

程千仞眼看着东家给客人端了面，又躺回柜台后的摇椅上。

他把旧剑靠墙放好道："东家，我来看账了。"

东家懒懒地应他一声。

柜台后空间狭小，两个人难免挨挤，程千仞便取了账本和算盘，坐在方桌前算起来。

清脆的算珠敲击声在店里回响。不觉间天色全暗，客人们都吃完走了，门口的谈笑声散去，他的账还是没算平。

程千仞眉头紧皱，喃喃自语道："怎么回事，账实不符，差了四两对不上。"

柜台后响起一道声音："我今天拿了四两银子买酒，没记上去。"

程千仞差点扑上去拎起他的衣领猛摇：长点心啊我的东家，那么贵，你绝对被人坑了，我们一个月挣不了几个四两的！

"您喝什么酒，下次我去采办米面的时候一起买吧……"

正说着话，紫衣公子走进店来，在他对面坐下道："老板，来碗阳春面。"

东家对这位客人一点尊重也没有，人还"瘫"在椅子上："面在锅里，自己舀去。吃什么料，随便加。"

顾雪绛只好自己进后厨。

他出来时，程千仞已把桌上的笔墨算盘都收拾了，递给他一双筷子道："笑成这样，挣钱了？"

顾二神采飞扬："刚才遇着个出手阔绰的，我这月都不出摊了。"

"你还真是三年不开张，开张吃三年。"

热气腾腾的面条薄而透光，劲道爽滑。剁成碎丁的木耳豆腐胡萝卜，在上面洒了一层，色彩丰富，甚是好看。

顾雪绛一口气吃下去半碗，才有心思聊天。

“那是，别的不敢说，画美人图的手艺，我绝对排南央城里前三甲。”

程千仞笑了笑：“不知道双院斗法考不考画美人图……我打算去报名文试，前二十名有三百两，你觉得怎么样？”

初春招新生入学，初秋开始双院斗法，颇有“春种一粒粟，秋收万颗子”的意味。他现在开始考虑这件事，还有将近半年的准备时间，很充裕。

顾雪绛怔了怔，问：“你看去年的比斗章程了吗？”

“章程还没有看，最近在看文试要考的范围。怎么了，不是抽签制吗？”

“是抽签没错，但初赛必须四个人为一队，两文两武，以总分决定是否能进入复赛。这是去年才推行的新章程，说是现在的学生不能只知独善其身，而要鼓励通力合作。我们仨，只有徐冉一人能参加武试。以前还好，她能随便找个同窗来凑数，现在……”

不用顾雪绛说完，程千仞已经明白了。

现在徐冉的身份摆在明处，同窗避之不及，谁会来跟他们一队？

程千仞叹了口气：“你先吃面吧，要凉了。”

若说就此无缘三百两，他不甘心，总要再想想办法。

东家的声音响起：“你最近很缺钱吗？”

程千仞回头道：“最近还好。明年初春有要用钱的地方……”

却见东家突然抬眼看向店门外，神色微变，长眉蹙起。

程千仞顺着他的目光看去，空荡荡黑魆魆，只有门前纸灯笼被春风吹起。

分明一切如常，他却无端觉得心悸。

两息之后，一团黑影临近门口。又很快全然暴露在灯光下，程千仞松了口气——不过是一个人坐在木轮椅上。

轮椅上的人开口：“老板，我想买碗面。”

声音飘散在春风中，清越好听。

顾雪绛背对着门口，还在埋头吃面，闻声只道：“来客人了。”

程千仞起身，想帮那人推轮椅进门。腿脚不便还要出来吃面，也不容易。

此时他若回头看一眼东家的神情，借他一万个胆子他也不会动。

轮椅很轻，人也轻，轻而易举就进了门槛。程千仞低头看去，恰好撞上一双黑眸。

灯火通明的店里，客人的容貌被彻底看清。

顾雪绛吃完面，抬眼看来，惊掉了筷子。

程千仞与逐流日日相对，普通美貌很难给他造成冲击。

但这个人不同。

素白的衣袍，柔顺的黑发，肤色瓷白，薄唇殷红，眉淡而远，几种简单的色彩，美得惊心动魄。

若说逐流之美，是天工造物的恩赐，美而不妖。

此人便恰好相反，眼角眉梢都带着邪气，令人心神摇曳。

程千仞先回过神，轻咳一声，惊醒顾雪绛，一边推着轮椅将人安置在另一张桌子边。

“鸡汤馄饨、阳春面、酸汤面，吃点什么？”

客人笑了：“这么晚了，还剩什么吃什么吧。”

程千仞看向东家。

东家没有去后厨的意思，依然稳稳地“瘫”着，眼帘低垂：“这么晚了，不吃面的人就走吧。”

这话有点蹊跷，像是在赶程千仞和顾雪绛出门，店里气氛陡然僵化。

程千仞此时离客人最近，目光落在他白皙如玉的双手和不染尘埃的衣摆上，突然有种不妙的感觉。

一个没有仆从服侍，需要自己推轮椅行夜路的人，手掌和衣角会如此干净？

他不动声色地给了顾雪绛一个眼神。

两人对视，明白了彼此的猜测——坐在轮椅上、看似柔弱的客人，极可能是位大修行者。

在东境摸爬滚打，无数次生死边缘，程千仞对危险降临的预警，虽不如五感敏锐的修行者，也远超普通人。

店面小，他那把靠在墙边的旧剑，只离他三步远。

他快走三步拾起剑，且突然明白为什么东家让他带剑出门，手里有件趁手的家伙，总能安心许多。

客人却突然抬头，看了他一眼。准确地说，看了他手中的剑。

这一眼让程千仞感到的心悸，甚至远胜雨夜直面凛霜剑的威压。

顾雪绛依然坐着，面前是凉透的面汤。

根据以往与修行者的对峙经验，在情况不明与巨大的实力差距下，任何贸然行动，都可能会激怒对方。

空气近乎凝滞，可是东家无动于衷。

直到客人开口，轻轻地说：“师兄，十六年不见，你过得怎么样？都说南央水土养人，想来是比山上好的。”

顾雪绛听见“师兄”二字，松了口气。

“原来是认识的啊。”他站起身，想拉程千仞一起出门，“那你们聊，我俩先走了。”

客人笑意愈深，面露怀念之色，声音依然很轻，却带了冷意：“当然认识。杀师之仇，生不敢忘啊。”

顾雪绛僵在原地。

十六年、山上、师兄弟、杀师之仇……无数零碎线索在他脑海中一闪而过，迅速连成一条线，豁然开朗。

他指着“瘫”在摇椅上的面馆老板，不可置信道：“宁复还！”

程千仞悚然一惊，第一反应居然是顾雪绛搞错了。

传说宁复还少年成名便性情狂妄、行事荒唐，因为有师父护着，修行界很多人都敢怒不敢言。谁知他后来杀师叛山，离开剑阁，这才落得人人唾弃。

有人说他证得大道，修为突破圣者境，寻海外仙岛开宗立派去了；也有人说他被强敌寻仇，已经悄无声息地死在了东境。

不管怎么说，这等惊动天下风雨的大人物，总不可能来南央城，开一个小面馆吧？

更可怕的是，如果说东家是杀师证道的宁复还，那客人岂不是走火入魔的宋觉非？

程千仞这般想着，却被现场打脸了。

经顾雪绛一语道破身份，东家撩起眼皮，淡淡地应了一声，却不惊慌，慢慢坐直，直视来者：“让来吃面的客人先出去，你我慢慢叙旧。”

宁复还坐在柜台后的摇椅上，宋觉非坐在桌前的轮椅上，却让站着的程千仞与顾雪绛，生出居高临下俯瞰的错觉。

宋觉非听罢，冷笑一声：“吃面的客人手上拿着‘神鬼辟易’？！”

店里四个人，只有程千仞手上拿着剑。

事情发展迅速，远超他的认知范围，他看着旧剑，说不出话。

此时还能镇定说话的，只有宁复还，他道：“好吧，他是我店里伙计。每月算账采买，才挣三两银子辛苦钱，不好让他把命搭上吧。”一边抬手指向顾雪绛，“这个是真正的普通客人，总得先让他走吧？”

宋觉非又是一声冷笑：“什么样的普通客人，武脉里有魔息？十六年过去，你还当我是傻子？”

宁复还更无奈了，说：“你都能看出他武脉里有残留魔息，会看不出他的武脉早就废了？师弟啊，大家都是成年人了，讲点道理吧。”

方才淡定的宋觉非却像受了莫大刺激，身形微微颤抖，声色一厉：“你别叫我师弟！今天谁也别想走——”

话音刚落，店外灯笼骤熄，两扇门板无风自动，轰然关闭，“哐当”一声扬起满室烟尘。

程千仞下意识地横剑挡在身前，向柜台方向退去，猛然拉了愣怔的顾雪绛一把。

铺天盖地的威压紧随其后，就在他心神剧震、身形被困之际，又被人飞速拎起衣领，一晃就换了地方。

厨房的门在柜台后，平时不关，单放门帘下来。东家一手一个拎着他俩退进来，用脚关门，一气呵成。

转瞬之间尘埃落定。

等程千仞回过神来，只听见门外厉喝：“宁复还，你躲什么？！”

接着就是门板被撞击的闷声巨响，单薄的门板竟挡住了恐怖的劲气，只余尘埃簌簌。

顾雪绛扯回衣领，剧烈地咳嗽起来。

他先前愣怔，并不是反应慢，只因宁复还与宋觉非都不是善类，谁能比谁更无害？比不出。

程千仞却没想这么多，东家给他开了一年多的工钱，潜意识里自然信东家。

如今他们三人同在昏暗的后厨，与杀出十方地狱的魔头仅一道木板之隔。

对方境界深不可测，方才店外灯笼熄灭时，此间气机已被完全封锁。无论发生什么，外界无知无觉，推算不到。

南方军部与学院里的大修行者，恐怕要等魔头离开，才能察觉到这里的事，那时他们也化成灰了。

顾雪绛心念电转，勉强镇定下来，看着曾经很熟悉的面馆老板道：“前辈，您有办法的，对吧？”

东家竟然还是那副懒散样子，慢悠悠地去灶台边，蹲在一堆杂物间摸索，喃喃自语：“我能有什么办法，真不知道他怎么想的，我死了，连个给师父扫墓的都没有了。”

门外的声音再度拔高：“我能听见！你还敢去扫墓？！你出来，我今天就替师父清理门户！”

更为激烈的撞击下，门板发出不堪重负的“吱呀”声，如暴风雨中的一叶小舟。

程千仞崩溃，既然没办法，就不要打嘴仗拉仇恨了啊！

但他当惯了伙计，见东家要找东西，顺手就拿灯台跟过去照亮，一边急急问道：

“门上有阵法？能撑多久？你找什么？法器吗？”

法器会放在一堆菜篮子和木料中间？！

可他一时却被东家的“淡定”感染，心想你既然是传说中的人物，应该很厉害吧。

谁知东家道：“阵法很久没用了，能撑多久，不好说呀。”

程千仞彻底急了，比听见他花四两银子买假酒更气，喊道：“那你快一点啊！现在生死攸关啊，老板！”

东家豁然起身：“催什么啊，这不就找着了！”

他手里拿着一柄漆黑的长剑。

他扔掉剑鞘上粘连的菜叶，拍打着拂去灰尘，对程千仞笑道：“看来你走不了了……你不是缺钱吗？不如留下来帮我一个忙，我给你三百两。”

程千仞差点摔灯台，道：“这都什么时候了，我不仅缺钱，更惜命啊老板！”

“那就好说了，这里总共三个人，现在两个都是废人，暂时只能靠你……”

他说到废人的时候，心安理得地指了指顾雪绛和自己。

程千仞不知所措。

伴随着震耳欲聋的回音，整间后厨摇摇欲倒，木石碎屑与积灰漫天飞扬。

那道凶狠的力量，仿佛下一秒就要破开门板，将他们统统轰成血肉碎块。

程千仞灰头土脸地站着，急道：“别开玩笑了！”

东家摸出一块磨刀石，又端了一盆水摆上案板，竟然还搬来凳子坐下，说：“谁开玩笑？他武脉都废了，当然是废人；剑不能用，我也是个废人。你先去撑一下，等我磨好剑。”

因为关于宁复还的传言，顾雪绛忌惮防备他。但见程千仞和他相处如故，也放松下来道：“危难当头，我们当然听前辈安排，可程三真的不行，去送死都拖延不到一息。您有阵旗吗？我试试去加固阵法……”

程千仞没他淡定道：“我怎么撑？！”

东家稳坐如山，舀水浇在磨刀石上，缓缓拔剑，沉钝的出鞘声令人牙酸。

“太不仗义了，这种时候你还装？把你武脉上的封印解开吧。”

程千仞扑上去拽他衣领，问：“你到底在说什么，我听不懂啊！”

东家侧身闪过道：“你不解我给你解！”

他五指成勾，顺势抓住程千仞袭来的手臂，向下扣紧脉门，猛然发力。

“啊——”

程千仞嘶声惨叫，一道狂暴的力量冲进脉门，剧痛传来，如烈火烧进身体。

他听见了清脆的断裂声。但腕骨没断，反倒像某种无形屏障被打碎了。

东家皱眉自语“封得挺严实啊”，手上不停，一掌打在程千仞右肩，扳他左臂，将人转了个圈，又在脊背上连拍三掌！

断裂声再起，这次程千仞额上青筋暴起，疼得根本喊不出。

清晰的灼烧感，好似火焰在骨骼经脉中蔓延，但每烧过一处，都如穴窍被冲开，身体更轻盈一分。

宁复还下手极快，顾雪绛冲过来看清时，目瞪口呆。

程千仞周身劲气激荡，墨发四散飞扬，一身威压节节攀升，直到炼气大圆满才慢慢停下！

“你以前怎么打，现在还怎么打。”

“管他对手是谁，你只需要知道自己是谁！”

程千仞头痛耳鸣，隐约听见东家说完这两句，随着轻飘飘的一声“去”，只觉背心一股大力袭来，足下生风，人已向前飞去。

恰逢轰然巨响，门板炸裂，纷落的碎木中，宋觉非显出身影。

他依然坐在桌边轮椅上，还是白衣，手中却多了一条朱红长鞭，衬得他气势凌厉，容貌愈加秾丽邪气。

他们之间只隔一道金光流转的屏障，然而这道是单隔阵，外面人进不得，里面人却能出去。

程千仞去势不减地冲出屏障，眼看长鞭袭来，本能地侧身闪躲。

宋觉非没料到冲出来的是他，鞭子一偏，抽在柜台上，将整个柜台打得稀烂，地砖碎裂，喝道：“宁复还，你居然推别人出来送死！”

宁复还不为所动，仍坐着磨剑，只是看了眼脸色惨白的顾雪绛，从怀里取出一个布卷抛给他道：“我腾不出手。但我太虚脉断了，你帮我暂时接上，不然还是打不过。”

顾雪绛展开布包，里面竟是一排寒光闪动的金针。他立刻比程千仞还崩溃：“前辈，我不会啊！”

他心想：用外力连接断裂的武脉，闻所未闻的事情，这人疯了吗？！就算你的金针是什么厉害法器，我现在一分真元也没有，无法激发它，怎么用？！

“不用你会，照我说的做就行，手稳一点。针上刻有符阵，你没有真元，但我的武脉里有……”

顾雪绛依言抽出金针，竭力让自己冷静，指尖不要颤抖。

与此同时，宋觉非怒意更甚，道："你要躲到几时？好，反正你们都是要死的，我就先杀了他！"

说罢手腕翻转，鞭舞如游龙，带着猎猎劲风向程千仞袭去！

长鞭未至，劲气扑面而来，程千仞就地一滚，滚过桌底，起身抛桌去挡。

"啪——"木桌在半空碎裂，鞭梢被阻一瞬，依然来势不减，将他轰然击飞！

程千仞前胸正中一鞭，口鼻鲜血狂涌，跌落在地，地砖被砸得粉碎。

他浑身剧痛，火烧一般，视线昏花，也不知肋骨断了几根。

宋觉非冷笑道："凭你，也配拿'神鬼辟易'？天下只有我师父堪配此剑！"

程千仞勉强抬头，眼见鞭鞘向他拿剑的手腕袭来，所过之处劲气纵横、地砖翻卷。

东家的话在脑海里闪过。

他以剑撑地，咬牙起身，霍然拔剑出鞘。

长鞭已至，威压盖顶，生死系于一发，浑身经脉里像有什么东西燃烧起来，迅疾如电的鞭影，在他眼中突然放缓一瞬。

就是这一瞬，程千仞一剑砍在鞭上，清鸣顿起，星火四溅。

劲气传来，腕骨刺痛，他双手握剑，连砍三记。

"铮铮铮——"

剑刃几经磨砺，锈斑震落，露出平滑如镜的雪亮本色。

宋觉非本想将这人手腕绞断，与神剑一道卷来，不料竟被剑锋再三阻隔。

他怒火中烧，鞭势一变，运足磅礴真元，将人拦腰卷起半空，狠狠地向下掼去！

"轰——"

巨大的境界差距如天堑难越，程千仞根本躲闪不及。地面被砸出大坑，整间面馆在劲风中颤抖，摇摇欲坠。

待烟尘散去，血泊中的人，手里依然握着剑。程千仞眼前一片模糊血光，只残留一丝意识。他想，我不能死在这里，逐流还在等我回家。

宁复还一手摁着磨刀石，一手拇指压剑，不时舀水浇在上面。心想，这块磨刀石买得值，平时用来磨菜刀，砍瓜切菜，现在拿来磨剑，也是一样好用。

他背上插着数十根金针，面色如常道："大枢穴的针拿稳，向东转半圈。"

顾雪绛拧针微转，面无血色，额上冷汗涔涔，竟比被施针者更紧张百倍。

宁复还不说，他却知道自己正在做的事多危险，稍有不慎此人便将武脉爆裂，登时殒命。宋觉非无人可挡，他们一个也活不了。

听见店里打斗声，更不敢分神。仿佛每一秒都被无限拉长，不知过去多久，终于听见一声——好。

顾雪绛像被卸去浑身力道，瘫坐在地，长舒一口气。

而宁复还吹了吹剑上水滴，站起身来。

高耸入云的学院藏书楼。

顶层没有一排排高大书架，取而代之的是一地灯台，都是铜雕莲花模样，像是榉木地板上开出的花，烛火在风中明灭，光影交错。

窗边置着低矮方几，有两人盘膝，对坐下棋。

月朗星稀，春风送暖。

一人是年轻书生，另一人身着黑衣，五官凌厉，身边放着一柄黑色长刀。这是大陆南方的最高处。若向窗外远眺，头顶是细碎的星河微光，脚下是学院雄伟建筑群的阴影，远处是南央城千家万户的灯火。

目力再好一点，可以看得更远。

这座楼刚落成时，书生喜欢看四方景致。

穿过浮云，可以看到崇山间剑阁之巅的白雪，皇都巍峨宫殿上的脊兽，阻隔荒原与雪域的城墙。

如今都看厌了，便只剩与人下棋。

他的对手持黑，将白子困杀到山穷水尽，却不收子，缓缓开口："你心神不宁，还是先不要下了。"

年轻书生叹气："我总感觉，宋觉非还会来南央城。"

黑衣刀客责问道："你起卦了？"

书生摸摸鼻子道："直觉。"

黑衣人道："他施展血遁之术时如何惨烈，你也是亲眼看见的。没道理付出这么大代价，还回来自投罗网。"

"也是。可能我想多了。"

"整天胡思乱想！"

书生被斥责也不恼，随手将棋盘上黑白子打乱成一锅粥，笑道："不光胡思，我还胡行。现在这局你怎么赢？"

黑衣人感到无言以对，只道："……什么真君子，无赖一个。"

这书生便是南渊副院长胡行，易知是他的表字。黑衣刀客名叫楚岚川，南渊学子都称他院判大人。

他们性格迥异，但年岁相仿、境界相似，共同统管学院，闲暇时下棋、看花、喝茶，还有对赌。

院判正将棋子逐一复位，忽而春风起，此间气息惊动，一室灯火纷乱，灯影憧憧。

两人神色微变，同时起身。

“有人进城，来得很急。”

“大概十人，从北边来的……皇都的人？！”

南央城是南方诸州最大首邑，明处的政事由朝廷管辖，但护城阵法的核心却由南渊学院主持。这份至高的权力，同样意味着要担起护佑南央安危的责任。

阵法中枢设在藏书楼顶层，无数道天地灵气交汇于此，可以最敏锐地感知到城中气机变动。

凡是境界高超的大修行者，路过或来访时，若不愿遮掩自身气息，必会触动无处不在的阵法的灵气线。所以通常会事先传信告知学院，以免被当作来意不善者。这是约定俗成的规矩。

此时阵法示警，有人夜入南央，来势汹急。

胡易知凭窗远眺道：“反正不下棋了，闲着也是闲着，看看去？”

院判拾起刀，说：“你伤没好，在这里等，我去。”

说罢飞身登窗，一跃而下。

直入云霄的楼顶，疾风借力，他的身形隐没在茫茫云海中。

烛火幽微，照亮一角桌案，也落在孩童灵秀的眉眼间。

逐流合上书，揉揉眉心。已经很晚了，哥哥即使在西市遇上顾雪绛或徐冉，几人吃饭说话，也从没有这么晚还不回来。

我得去寻他。

他披衣推门，春日夜风扑面而来，走到院中忽然停下。

夜静，各种声音便听得真切，屋里的更漏声、院中风吹树枝的响动、虫鸟的鸣叫，还有脚步声，从四面八方来的脚步声。

于是他没有再向前，而是转向后厨。

去摸柴刀。

程千仞拄剑跪在地上，浑身浴血，视线一片模糊。

赤红鞭影裹挟恐怖威势袭来时，他什么也做不了，每寸骨骼都像被碾碎了，用尽全身力气，只能支撑自己不倒下。

劲气狂暴，额发被割断，面颊被刺破，细碎伤口渗出血来。

千钧一发，忽有剑光刺痛双眼，程千仞下意识闭目一瞬。

只听一声清脆铮鸣，再睁眼时，一柄长剑横在鞭梢与他眼睑之间，近在毫厘。

剑面雪亮，映出他满目血污。

剑背一翻，竟然震开长鞭。

宁复还人随剑来，施施然落在程千仞面前。

宋觉非收手，轮椅无风自动，逼近两步道："肯出来了？"

宁复还侧身喂了程千仞一颗丹药，缓缓答道："你我恩怨，何必要伤旁人性命？"

程千仞勉力吞咽，竟觉得这人不是东家。

东家怎么能站这么直，说话这么正经？

宋觉非却一时恍惚：这才是宁复还。

十六年离山隐世，不动刀兵。但当他持剑在手，剑还是那把剑，人还是那个人。

这让宋觉非感觉很糟，仿佛无论过去多少年，都还在当年。

他握紧长鞭，指尖泛白，道："为何弑师你不肯说，我不问你。我只最后问你一句，这十六年间，你可有半分悔过？"

宁复还垂眸看剑，漠然道："不曾。"

宋觉非气急反笑道："好好好，今天我便杀了你，为师报仇！"

长鞭再起，气势凌厉，宁复还反手一掌将程千仞送入墙角桌下，同时飞身迎上。

这一掌力道轻柔，不知是不是丹药开始生效，程千仞感觉浑身剧痛缓下一半，只剩胸腔火辣辣的疼。

疼痛让他感知到自己还活着，心想总比失去知觉的好。

他靠在墙角，感到身后墙壁剧烈晃动，然而上有方桌遮蔽视线，只见积灰与石屑簌簌落下，鞭影与剑光交错纷乱。又听铮鸣急促刺耳，想来房梁被劲气波及，此间随时可能坍塌。

忽听东家闷哼一声，应是受了伤，嘴上却道："师弟修为长进了啊，就是鞭子太差。"

这时候你还打嘴仗拉仇恨？程千仞握紧剑，从方桌下探出头。东家要是死了，他们谁也活不了。

他顶着恐怖威压去看二人，见宋觉非虽坐在轮椅上，然而进退自如，毫不滞涩，长鞭如游龙一般，几次随剑缠上，正好被剑势震开。

宁复还吐出一口血，还是一脸混不吝道："你要用剑我早就死了，你的凛霜剑呢？"

含怒出手的一鞭被他闪过，鞭鞘击在房顶，乌瓦爆裂，破开斗大的洞，夜风呼啸灌入。

宁复还趁机飞身跃出，宋觉非一拍桌案，连人带椅飞起，随之破顶而出，小店终于不堪重负，半壁墙轰然倒塌。

震耳轰鸣与碎石烟尘中，有人搀上他臂膀，程千仞转头，原来是顾雪绛。

顾二拉起他："走。"

宋觉非浮在半空，劲气激荡，墨发飞扬，双目泛红。

宁复还心知他已打出凶性，走火入魔后愈战愈强，又不愿伤他，只得节节避退："气机既破，踪迹易察，再不走，抓你的人就到了。"

宋觉非遥望一眼，远处亮起一片火光，正飞速向这边赶来。他却冷笑道："偏不走，我从十方地狱闯出来，就是为了杀你！"

宁复还被密不透风的鞭势逼至屋脊边缘，无奈道："你留着这条命，我们来日方长。若被抓回去，几个十六年能再逃出来？你杀了守狱苦陀僧，慈恩寺那些秃驴会放过你？"

程千仞被顾雪绛搀扶着跑出店门，还未走远，忽闻飒然微风，眼前一花，宁复还落在他们身前。

他扛着剑，一身散漫："打完收工，没事了。"随手扣起程千仞脉门，"忍一下。"

丹药的药效被外力加快催发，紫府热意升腾，数道暖流经过四肢百骸，却伴着刺痛与微痒，程千仞咬紧牙关，一言不发。

"走，帮我把针拔了。"

地砖尽碎，满店狼藉，还塌了半面墙，所幸门外街边的桌椅完好。

顾雪绛站在宁复还身后，为他拔针放回针包，一回生二回熟，手稳了很多。

程千仞坐在他们对面，夜风一吹，方觉满身黏腻，尽是冷汗与血污，极不舒服。

他才经生死变故，思绪杂乱，最后想的却是逐流还在等他，见他这副样子，怕是要被吓到。

"你师弟不杀你了？"

"杀，只是今晚他行踪暴露，就破开空间先走了。"

程千仞一惊："他是什么修为？"

那不是传说中的圣人神通吗？难道自己刚才挨了圣人的打，还有命在？

宁复还知道他想问什么，只道：“大乘圆满。破开空间的法门是血遁，他的腿就是那样废的，不知道这次又要废什么……”

金针尽除，他捶捶腰背，转头拧肩，骨骼摩擦发出嘎巴脆响。

顾雪绛功成身退，放松坐下，点上烟枪，吞云吐雾。

程千仞忍不住说他：“上次在学院医馆，不是有人给你开了戒烟的方子，怎么一点用都没有？”

顾雪绛苦笑：“你就让我抽一口吧，我心里乱得很，面馆老板是剑阁双璧之一，朋友是武脉被封印的修行者……”

换谁都要怀疑人生。

经他一说，程千仞才想起来自己的事，道：

“如果我说，根本不知道自己身上发生了什么，你们信吗？”

顾雪绛打量他：“看你这副样子，我信吧。”

东家：“我原本以为你的武脉是自己封的，从东境来南央别有目的……直到看见你跟觉非过招，说句闭眼胡打都是抬举你。”

三人也算同生共死过一次，说话随意多了。

那丹药真不是凡品，程千仞身上不疼，中气十足道：“打住，我只记得在乌环渡捞尸那几年，来南央只是想过安生日子。”

顾雪绛蹙眉：“能封你武脉的人，修为定远超于你，本可以抓你囚你甚至杀了你，都没有。或许是出于某种需要，不得不让你隐藏，其实是在保护你……”

换言之，现在程三没藏好，可能有麻烦。

程千仞想起刚穿来时的境遇，觉得荒谬至极，谁保护人会把人扔在兵荒马乱的东境，说自生自灭更合适吧。

“要真有人惦记着我，先来给我点银子花啊，唉，我现在什么境界啊？”

顾雪绛没好气道：“炼气大圆满，跟钟十六一样，比徐冉略强一点。”

程千仞怔然，往前推五年，原主十三四岁而已，如此好的资质，恐怕真有些来头。

未知令人恐慌，自身的未知更甚。

三人面面相觑。

程千仞没想到东家跟他俩一个表情，问他：“既然你也什么都不知道，为什么还把剑给我？”

这神兵听上去来头不小，刚才没少拉你师弟的仇恨啊。

“我手上就两把剑，总不能把自己的映雪给你，当然给你这个了。”

什么道理，程千仞气结。

东家从怀里掏出两张银票：“别生气啊伙计，之前说事成之后给你三百两……喏。”

“你蒙我，这是二百两。”

君子一言，快马一鞭，宁复还只好又摸出两张黄纸道：“反正我也要走了，这店的房契地契都给你。”

“顶多八十两。”

二十两难死英雄汉，宁复还摸出一块青玉璧，说：“这个也抵给你！我真没别的了，映雪是我的命，不能给。”

程千仞想，说得好听，谁把命放菜堆里，还现磨现用？

“你刚才说你要走了？去哪里？”

剑阁和你师弟都不会放过你，天下之大，何处容身？

“往东去，找我师弟。他旧伤未愈，又被一路追杀，今晚恶战之后，再次血遁，一定伤势更重，撞见仇家就是去送菜。我找到他之后……”

程千仞想，杀了他，永绝后患？

“才能护他性命无碍。”

程千仞懵了：“你想救他，为什么还要跟他打？若是有苦衷，为什么不告诉他？”

宁复还叹气：“我在你们这个年纪，也觉得人生有何难？万事非黑即白，清楚简单……可惜人事消磨，天意难违，再好的剑，一旦沾了情义，便难斩恩怨，才知言不由衷、身不由己之苦。”又突然笑起来，“所以我很喜欢你的名字，缘木求鱼，有求则苦，壁立千仞，无欲则刚。”

程千仞默然无言。

顾雪绛看着这个人。此时他不像懒散的面馆老板，也不像传言中离经叛道的狂人，只像个历经沧桑的长辈，对后辈说点无奈心酸。

忽而宁复还对上他的目光，取出一支金针道：“送你了，你可以找人仿制，其他就看你造化了。”

顾雪绛立刻起身拜道：“多谢前辈。”

宁复还站起来，掸掸衣袍感叹道：“本来该多教你们一点东西，才不枉相识一场，可惜没时间了。”

话音刚落，程千仞豁然起身，他听到了脚步声。很多人从城南来，向这边飞奔，与他们大概只隔三条街。有修为后感官敏锐，刻意去听，甚是能听到乌屋被踩踏的声响。

“东家，剑还给你，你快走吧。”

他们若被抓到，免不了去州府衙门里走一遭。

顾雪绛想的更多，剑阁双璧今夜显出踪迹，南方军部与剑阁都要寻人，事情发生在南央城，学院少不了也要出面。还有宁复还与宋觉非的仇家……真是举世皆敌。

宁复还最后看了一眼破败的面馆，忽然足下发力，乘风而起，直上云霄。

只余声音飘飞落下：“你们快回家去，别回头。”

程千仞：“你的剑！”

他们住城东，宁复还便向西去，去势极快，遥远的声音几不可闻：“送你了。”

顾雪绛拉起程千仞飞奔道：“听前辈的，快走。”

程千仞耳中风声呼啸，夜虫凄鸣，海潮般的脚步声伴随着兵甲撞击声，不断逼近。

他们埋头奔出西市，抄小道在狭窄的长巷间穿梭，大道上已有巡逻兵队列跑过，火把熊熊。

“不行，我跑不动了。”

顾雪绛踉跄几步，弯腰喘息，强忍咳嗽。

程千仞起初也觉得累，后来像是有某种力量自经脉中涌出，疲惫一扫而空。他感受着真元运行，试图尽力催动，背起顾雪绛继续跑。

“撑住，快到你家了。”

小巷坑洼不平，伸手不见五指，但程千仞足下生风，未曾磕绊。

忽然天空一声巨响，回音不绝，远胜雷鸣。两人心悸，忍不住回头看。

这一看便愣在原地。

只见一道雪亮的剑光，横贯东西，延绵十余丈，将夜幕割裂两半。

它照亮南央半边天，逼得明月无光，星辰失色。

程千仞目力远胜从前，定睛望去，隐约有人影随剑势突破重重包围，一掠十余丈，隐没在夜色中。

然而巨响之后，天际明光久久不散，许多人从睡梦中惊醒，推窗出门来看，越聚越多。府衙兵将要赶人维持秩序，长街被围得水泄不通，一片混乱嘈杂。

顾雪绛依然看着剑光：“映雪剑宁复还，名不虚传。”

程千仞想，看来他们在面馆打架时，还真是多有收敛，不然半条街早都塌了。

他将顾二送到，又匆匆往自己家赶。

“外面正乱，你这一身的血，起码要进来换身衣服再走。”

“不换了，离得不远，没那么倒霉撞见人。逐流等不到我，怕是要出来找。”

天际剑光凋落，春夜微风忽而寒凉。

像是下了一场雪。

巡逻兵都被引去西边，程千仞继续抄小道赶路。

终于拐进自家所在的巷子，长舒一口气。

此时他并不知道，漫长的黑暗还没有过去，今夜最大的变故就在前方等他。

程千仞向家走去，脚步都轻快起来，却在碰到院门时心里晃过不妙的预感，略有迟疑，猛然推开门。

院子幽静，只有槐枝摇曳，明月相照。逐流的房间亮着烛火，透过窗纸，洒下一角暖黄的光晕。

就像每个寻常的夜，没什么不对。

似乎昭示着程千仞因为今晚的事，精神过于紧绷了。

但他无法放松，没有喊“我回来了”。只是不动声色地环视四周，握紧了剑，沉心静气，想要感知些什么。

墙外虫鸣鸟飞，风过叶间的声音倏忽淡去，更细微响动成倍放大，如果他多一点修行知识，会知道现在他一身真元，尽在耳目之间。

他听到了不止一人的呼吸心跳声，于是张口喝道：“出来！”

春风骤急！数道黑魆魆的影子从墙外、屋顶掠来，无声落在院中。

十位黑衣人恰好站在程千仞周身十处方位，院里空间登时显得狭小。

程千仞借着月色打量着对方，他知道有人，却没感知到这么多，深觉自己冒失。

十人都是青年面目，黑色武服，配三尺腰刀。

若说是夜里潜伏，却没有遮面，何况月夜穿灰衣更隐蔽。被喝破踪迹没有动手，只是现出身形。

他们是谁，多高的境界，有什么目的？在南央城里，想做什么？

最重要的是，逐流怎么样了？

与此同时，对方也在打量着他：南渊学院服上血迹浸透，脸上亦是血污斑斑，却遮不住清亮眉眼。

像是才经一场恶战，气势正盛，战意未散，连他们的行迹也能察觉。到底还是轻视这人了，没有藏好，失策。

不过二十岁，就达到炼气大圆满的境界，说天资出众不为过。为什么带着少爷住在这种地方？

他们在推演师算出方位的第一刻启程，全力赶路，很多事情没有时间查，只好猜测。

程千仞飞速回想着东家一剑横来，站在他身前时的姿势、出剑的角度，略微调整身形。

随着他步履微动，手中剑被月光照亮。

于是他面前的人彻底看清了那把剑，不由惊骇更甚。此人与剑阁有什么关系？

为什么不在澹山上，而在南央？

双方在猜疑中僵持，气氛剑拔弩张。

静谧中“吱呀”一声微响，孩童的声音冷冷响起：“嘴上叫我少爷，心里却没把我当主子。”

只见程逐流立在房门口，手持灯台，明黄的烛光将一切照亮。

话音未落，黑衣人齐齐低头跪下。只有稍显年长的一人出声回道：“属下不敢。”

程逐流穿过跪地的众人，向程千仞走去：“那我叫你们滚，为什么还不滚？”忽而他神色一变，“哥哥怎么弄成这样？”

院中情形陡转，乖巧的逐流也变得陌生。程千仞怔了一瞬，才反应过来自己一身是血被人围着，实在容易引起误会，急忙道：“不碍事。在面馆遇到点麻烦，等下与你细说。他们是……”

逐流笑起来，拉起他衣袖向前走，说：“灶上烧了热水，哥哥沐浴更衣好好休息，其他事明天再说也不迟。”

走到房门口时，逐流突然侧身道：“滚。别再让我看见。”

飒然微风起，程千仞回头，只剩空荡荡的院子，那些人好像从来没有出现过。

逐流关上门，彻底隔绝他的视线。

只剩兄弟两人对坐，程千仞面色严肃，问他：“到底怎么回事？”

逐流却不急，给他倒了杯茶，反问道：“哥哥是怎么回事，受伤了吗？”

“没有。”

“我不信。从前你骗我太多次。”

程千仞只好简单交代一番，隐下剑阁双璧、他武脉被封印的事不提，只说东家原是修行者，有个麻烦师弟来寻仇，自己被他们打斗的剑气波及。现在两人都走了，没事了。

逐流依然拉着他染血的衣袖道："那也太骇人了，我去给你打热水。"

"你别出去，我去。"

房间小，要推开桌子，才有地方摆木桶。

没有屏风遮蔽，袅袅白雾升腾。逐流搬来凳子，拿布巾和皂角给程千仞擦背。

兄弟两人彼此帮忙擦背，早就成了习惯。

程千仞喟叹一声，热水洗去黏腻，浑身舒畅。

逐流看着哥哥的身体，没有虬结的肌肉，肌理分明，线条流畅。前胸后背却疤痕遍布，有些是捞尸时被锐器划伤，也有从盗匪手下逃命的刀伤。

各种形状，无声复述着他们这些年的生活。

程千仞天生肤色偏白，风吹雨打也没磋磨黑，疤痕便更显狰狞。

逐流每次看到，都觉得刺眼。

热水一泡，背上血痂脱落，露出嫩粉颜色。

逐流问："是鞭子？又骗我，这道分明是新伤。"

新生嫩肉敏感，程千仞背上泛起一阵痒意。

"看着吓人而已，东家给的灵药，早就不疼了。行，我洗好了。"

换了干净衣裳，两人盘膝坐在床上，逐流给他擦头发。

"那些人，你都认得吗？"

深冬时节，程千仞在江边捡到个小孩子，不忍心看他冻死，便起了个随波逐流的名字，拎回家养。

最初以为是个哑巴，问他什么都不说，后来开口说话了，问他什么都不知道。想来是年纪小不记事，或者家里遭遇大变故。

程千仞便不再问，怕逐流回忆起来不好的事。

都说穷人的孩子早当家，话不假，逐流懂事又勤快。兄弟俩相依为命，一晃这些年就过去了。

"也不怎么认得。"

程千仞侧身看他："说实话。他们是谁，为什么找你？"

逐流也知道这么大的事，不可能糊弄过去，索性一针见血："其实，我姓朝歌。"

程千仞脑子里一声轰鸣，猛然起身："啊……"

"哥哥小心！"

他忘了湿发还握在逐流手里擦干，一下子扯得生疼，急忙又坐回去。逐流心疼地给他揉头皮。

程千仞半晌失语。

揽剑朝歌，诗酒花间，钟鸣鼎食，白露横江，“朝歌”这个四大贵姓之首的姓氏，显赫堪比皇族。

他声音有些哑：“你……一直都记得？”

“不是，他们晚上来找我，拿了很多东西给我看，我才隐约想起来一点。”

程千仞勉强理清思路，心里滋味说不出，只觉刚才挨鞭子都没这么难受。

“是来接你回去？”

“回去干吗？”逐流叠好布巾，从背后抱住程千仞，去蹭他犹带水汽的乌发，道：“现在才来找我，一定别有用心，哥哥难道要让我去受苦？”

孩子早慧又乖巧，很少像同龄人一样撒娇，突然变得可怜兮兮，程千仞心都化了，立刻回身将他揽进怀里，说：“怎么可能，你别怕！”

逐流抱着他的腰道：“这世上只有哥哥待我好。我永远不走。”

程千仞揉小孩的发顶道：“很晚了，好好休息，别想太多，交给我。”

逐流不撒手，说：“哥哥能陪我睡吗？晚上几次惊险，我怕是要做噩梦。”

“好。”

程千仞下床吹熄烛火，放下帐幔。

黑暗里逐流拉着他的手，像小时候一样。

荒郊野岭，寒鸦纷飞，月色惨白。

楚岚川看着一丈远处的人。

他本是追着十道气息往东去，然而刚落下藏书楼，那些气息悄然隐匿，不再有挑衅之意。同一时刻，西边雪亮剑光割裂夜幕，气势冲天。

楚岚川只得中途立刻改道，将人拦在城外一百里的荒郊。

宁复还一路且战且退，眼看无法摆脱，索性不逃了。

于公，南渊学院有责任追捕十方地狱出逃的魔头；于私，宋觉非打伤了胡易知。

反正梁子是结定了。

寒光如雪，铮鸣乍起，刀剑一触即分。

院判退开三步，收刀归鞘道：“你武脉有问题，这样赢不了我。”

宁复还道：“我没想赢你。”

院判：“那你拔剑逼我作甚？”

宁复还诚实道：“拖延时间，好让你不要传讯，让我师弟跑得远点。”

楚岚川常年不变的冷漠表情，终于出现一丝裂痕。他长眉微挑："你有病吗？"

他心想，你师弟逃出南方重围，却冒险折回，锲而不舍地来杀你。你们剑阁澹山一脉，徒弟杀师父，师弟杀师兄，爱怎么折腾是你们的事，非要拉上外人一起折腾？

"当然有，你刚才还说我武脉有问题。你健忘吗？"

"……"

院判不语，宁复还却感到丝丝冷意，从他周身溢散。

是未尽的刀意。

他想，楚岚川这些年，身边都是胡易知一般的正派君子，没见过无赖，怕是要气得不轻。

楚岚川想，胡易知下棋耍赖、好赌成瘾欠账不还，自己都能忍。今天居然见到了比他更无赖的人。

应该让他们认识一下。

他心中叹气。对手难逢，可惜此夜两人心绪杂乱，对方武脉有碍。纵使分出高下，也是扫兴。

"你走吧。"

宁复还向他抱拳，身影倏忽远逝，消失在夜色中。

一室幽暗，唯有月色入户。

身边弟弟呼吸沉稳绵长，到底是小孩子，疲累了渴睡，一会儿就入眠。程千仞依然双眼圆睁，毫无睡意。

对方会不会是看逐流资质好，想要骗走他，听顾二说过，世家里有将人神智洗去，做成傀儡的禁术。

他很快否定了，如果是那样，大可直接抢人，越快越好，等自己回来，已经看不到逐流，寻都无处可寻，线索全无。为什么要冒险留在南央城，为什么要给逐流下跪？

只要弟弟乖巧可怜地看着他，程千仞的判断力立刻为零。现在仔细想想，太多疑点了。

还有这副身体的原主……是家里得罪了大人物，不得不将他藏匿，好留下一丝血脉？或是犯了大错，却罪不至死，便被封印武脉和记忆，抛在边境，让他自生自灭？

自己未来到底要面对什么？

今天晚上的一切，都像匪夷所思的诡谲梦境，令程千仞头疼欲裂。

他小心翼翼地披衣起床，没有惊动熟睡的弟弟。拿起桌上旧剑，轻轻带上门，出去了。

枝丫间的月色更亮，照得院中一片空明，如水银泻地。他听到远处传来三更天的打更声。

程千仞忽然轻声道："出来吧。"

一道黑影跳进院墙，落在他面前。

程千仞记得，这正是刚才给逐流回话的那位。他这次其实毫无所觉，只作试探。没想到还真的有人没走。

是不是说明对方修为远胜自己，所以无法感知到？

对方压低声音，似乎在顾忌房间里睡着的那位，道："我想跟阁下谈谈。"

"谈什么？不请自来是恶客。"

对方被噎了一下，显然不擅长应对这种场面，又道："我们没有恶意，是来接主子回去的。"

"说接就接，当年为什么丢下他？"

那么小的孩子，如果不是被他捡到，很可能早就死在东境了。程千仞劝自己冷静，好好说话，多得到一些有用信息。但与逐流有关的事，他总是无法沉稳。

"不是丢，这些年一直在找。他的重要程度，你很难想象。只是我不能说得更多。"

此事牵连甚广，家族只敢暗中探查，然而最近局势愈发危急，已至刻不容缓的地步，才决定冒着走漏消息的风声，请其他推演师来。

按理他什么都不该说，但就现在情况来看，不得不说服这个人。

"首辅远行五年不归，朝局不稳，党争愈烈，家族需要……"

程千仞道："我不在乎这些。"他眉眼间尽是漠然，"我只在乎逐流能不能过得好。"

众生皆苦，与我何干？

顾雪绛得了宁复还的金针，夜里挑灯将针上符文画下来，心中思虑万千，四更天才去浅眠片刻。

清早出门神思恍惚，竟然看见像程千仞的人影，站在他家门口。

"真是奇了。"走上前碰了一下，人影没散，他猛然跳开，"哎呀，还真是你！"

一声不吭地杵在门口，让人以为自己出现幻觉了。

程千仞是通宵没睡，但以他现在的修为境界，精神强于普通人，一夜不眠也抗得住。

他开门见山道："问你点事，关于朝歌家，你知道多少？"

顾二掩嘴打哈欠，说："怎么突然想起问这个？"

程千仞不答，他也不追问："走吧，边走边说。圣上少年时肃清异己，壮年时推行'居山令'，逼得七大宗门远离朝堂权力核心，集权于一身。年岁渐老后，没有了诸事亲断的精力，便开始放权，皇都四大贵姓，由此而兴。"

"再后来，圣上老得糊涂，我进宫时，还被他拉着手聊天，说要让我继承大统。天下多少大事，有这样的帝王，为什么还没乱起来？"

"因为首辅大人在，统管三司，权倾朝野。你知道首辅姓什么？"

程千仞听了一堆与他问题无关的事，讷讷道："不知道。"

顾雪绛终于说到了点子上："他姓朝歌。"

"其余三家力量再强，都比不上一个首辅，只要他在，朝歌永远是四大贵姓之首。"

"他们家孩子多吗？"

顾雪绛聊得开心，也不在意他这问题有点奇怪，道："我还姓花间的时候，不算旁支，嫡庶加一起，我有二十多个兄弟姐妹，根本认不全。其余两家，比我家只多不少。只有朝歌家，功法清心寡欲，子嗣单薄。据说首辅大人就是出于这个原因，才培植了朝歌十卫。"

"朝歌十卫？"

"嗯，一共十个人，跟钟十六那种剑侍不一样，都是在军部有官职的……你今天怎么回事？以前都不喜欢听这些啊。"

"好奇……帮我给先生请个假，就说我病了。"

两人走到街口时，天光未明，顾雪绛起得早，只因家中不开灶，要去早点摊吃饭。去晚了没位子，还得排队。

街边摊位刚摆好，蒸笼一开，热腾腾的白雾混着香气飘散在晨风中。

顾雪绛买了灌汤包和八宝粥，说："你确定要请假？军事理论基础课，扣分很厉害的。"

程千仞心不在焉，应道："请吧。"

换了平时，顾雪绛肯定会多想，但现在他心思都在金针上，只以为程千仞需要一点时间，接受昨晚的变故。

"那成。你吃吗？"

"不吃。我回去了。"

程千仞走在空荡的长街上，晓风残月，晨鸟啼鸣。

随着各类早点摊子陆续摆出，渐渐有了人声。清晨里逐渐苏醒的南央城，还是熟悉模样，就像逐流和他刚来时看到的。

他不知道自己想了什么，似乎想了很多事，走了很长的路。又似什么也没想清楚，转眼就到家门口。

在脑海中响彻通宵的声音再度响起。

“你能给他什么？就算攒够入院束脩，没有丹药，没有灵石，比得上他家中万分之一吗？难道要他蹉跎天赋，跟着你受苦？”

另一道声音恼羞成怒：“我不管，是我捡到他，我养大他，他跟我姓，命都是我的！以后的事，我们兄弟两个一起扛！”

“你能扛什么？连这副身体原主的来路都不知道，若明天有人上门寻仇，要让逐流跟你一起死吗？”

另一道声音蛮不讲理：“一起死就一起死！他是我弟弟，凭什么不能跟我一起死？！”

“那些人你怎么对付？你要跟世家对抗，哪里能让你们过太平日子？”

“逐流是当事人，尊重他的意愿，他自己说了不愿意走，那就不走！什么朝歌，什么贵姓，都见鬼去。大不了我带他跑路。”

“他年纪小不懂事，让吃饱饭就知足，你现在带着他亡命天涯，等他长大，不会怨恨你？”

昨晚程千仞自问自答，近乎崩溃，还是以拖延告终：“再等等，晚上不清醒，不能做决定。”

今天他突然明白，多拖延一刻，便是成倍爆发的逃避情绪。

程千仞站在家门口，怔怔看着破旧的木门。

忽而“吱呀”一声门开了，逐流探出头：“哥哥，刚去哪里了？我正要出去找你。”

逐流拉他进来：“请假了也好，昨晚都没睡好。好好休息一天。我们先吃早饭。”

程千仞坐在饭桌前。逐流从厨房端出米粥馒头、几样小菜，给他摆好碗筷，跑进跑出，忙里忙外。

他看着孩童的侧脸，眉眼灵秀，皮肤细嫩，好看的不得了。

长大之后会是什么样子呢？

个头一定比哥哥高，模样也更俊美。会不会还是这么乖？

不会了吧，长大了就要沉稳老练，一定很招姑娘喜欢。

他该有最好的人生，比学院里那些恣意潇洒的同窗，都要好。

程千仞端起粥盆道："有点凉了，我去热一下，再加点糖。"

谁知一去不回，逐流等了许久不见人影，心里发慌，就要起身去找，程千仞才慢腾腾地出来。

他给逐流盛满一碗，说："喝。"

孩子舀一勺吹散热气，乖乖喝起来道："好喝。"

就是糖加多了，甜得齁嗓子。

程千仞慢慢嚼着馒头，味同嚼蜡。

逐流把一盘醋熘土豆丝向他推过去，问："哥哥怎么不吃菜？我觉得今天这道炒得最好。"

程千仞尝了一口，勃然变色，狠狠摔筷，掀翻碟子道："炒的什么！真难吃！"

粗瓷盘滚落桌边，菜洒了一地。

逐流不知所措地站起来，哥哥以往对他一句重话都没说过，更别说摔盘子。

他想问"你怎么了遇到什么事了"，不等开口，第二句晴空霹雳接着就来："吃完这顿饭，你就走吧，跟你家里人回去。"

逐流彻底傻了："你说什么？"

程千仞又掀翻一个盘子："我说让你回去，听不懂吗？！"

逐流脸色煞白："今天的菜不好吃，我会做得更好的。我不走。"

"洗衣做饭，天桥底下买个丫鬟，都比你会得多！我受够你了。要是没有你这个拖累，我不知道过得有多好！用天天吃这些？"

万般情绪涌上来，他昏了头，根本不知道自己在胡说什么："我挣的钱，够我天天上花楼，夜夜做新郎。你为什么不走啊，为什么还要拖累我啊？！"

小孩子不明白发生了什么，一觉醒来天都变了，只得扑进他怀里，死死抱住他的腰，说："我会努力读书、努力挣钱，打死我也不走，说好了我给你养老！"

程千仞闭上眼，再睁开时神色冷漠。

起身一把将人推开，掏出东家给的二百两银票，哗哗作响地甩起来："你家里人给了我二百两！看到没？你多少年能挣来？！"

逐流被推得踉跄两步，不可置信地看着他，眼泪抑制不住道："不可能，你骗我。一定是他们威胁你，我去找他们。"

他跑出两步，忽觉头重脚轻，一阵眩晕，扶着桌沿勉强站稳，余光看见桌上的粥碗，他喝完了，程千仞一口没动。

这药粉他知道，四年前哥哥接到镖队的生意，捞两具尸没收钱，只说想讨点防身的小玩意。后来真用到过一次，下在盗匪的热酒里，是为了救他。谁能料到今天又派上用场。

小孩仰起脸，泪眼婆娑道："哥……"

程千仞退后三步，冷冷斜睨他，说："别叫我哥，滚吧。"

药效彻底发作，逐流视线里一片昏暗，狠狠地咬下舌尖，以剧痛维持清醒。

终于听见这些年最熟悉的声音、最亲近的人，他说的最后一句话是："出来吧。带他走。"

世界彻底陷入黑暗。

在后厨里，程千仞说："我要你们每一个人都立道心血誓。昨晚所言没有一句虚假，永远忠于他，不背叛不欺瞒，若别人欺辱他，要尽一切努力护他周全，否则修为全失、不得好死，敢吗？"

他们发誓时，没想到事情解决得这样快、这样容易。

程千仞看着昨晚与他谈话的人，将逐流抱上门外的马车，又过来对他行礼道："这些年少爷受您关照，多谢您。"

他面无血色，很想说"我照顾自己的弟弟，这声谢，当不得"，然而很快发现，自己并没有立场说这种话。

他们本来就是两个世界的人。

"你说的灵石和银子，我都不要。以后再不见他，我也做不到。"

程千仞转身回屋，出来时提着旧剑，豁然拔剑出鞘，清鸣之音在院中回响。

黑衣众人下意识去摸刀，硬生生忍住。

"五年之后我若活着，会去皇都寻他一次。他过得好便罢了，我只当从未见过他，否则不等你们的誓言应验，我定先取你们性命。"

他忽然手腕一翻，剑尖倒转，向左臂刺去，登时鲜血喷涌！

"我如违此誓，武脉爆裂而死！"

修行者相信一旦入道，便与天地生感应，因果言灵。很少有人愿意立道心血誓，就算要立，也是以真元刺破指尖，鲜血落地，则誓成。

在场所有人，从未见过这样惨烈的立誓方法。

血流汩汩，染红他半边衣袖，"呛啷"一声长剑归鞘，程千仞神色不变。

"快走吧，在我后悔之前。他若醒来了哭闹，就说我已经离开南央城，不知去了哪里。”

“程三居然请假了，为什么啊？去年他染了风寒都不肯请假的……唉，你别睡了，先生看你呢！”

顾雪绛觉得自己快猝死了，实在没力气再怼徐冉，只道：“先生看不清的，我昨晚半宿没睡，你让我清净会儿成吗？”

“你求我。”

“求你了，好姐姐！”

徐冉见这人真困得要命，逗起来没趣，也不再说话。

上课睡觉，果然睡眠质量高。两个时辰后顾二睡醒，神清气爽，凑过去看她手里的话本：“《风雪豪侠录》？”

徐冉正看到精彩处，全神贯注，没空理他，只胡乱地应一声。

“凶手是主角最好的朋友，背后策划阴谋的是他师父。都是老套路了。”

“……我才看到第二十回，怎么可能知道？”

“我看到第十四回就猜到了。”

“你能不说话吗？”

“你求我。”

徐冉合上书，怒道：“求你个大头鬼！”

没人拦着，两人差点打起来。

阴天不见日头。春末夏初天气闷热，却还不到置冰盆的时令，窗外的空气像是凝滞了，一丝凉风也吹不进学舍，先生讲得人昏昏欲睡，莘莘学子更觉燥热。

终于挨到下课，顾雪绛想起早晨程千仞的种种反常，对徐冉说：“程三今天不对劲，我总觉得要发生什么事儿。”

“那我们走快点！”

顾雪绛：“我们走得快吗？”

他们被人潮推着向前，两人因为身高优势，绝望地看到直到藏书楼前，都是黑压压一片人头。

先生放晚了，又赶上最拥堵时段。

转进程千仞家巷口时，徐冉早被一路饭菜香气勾得心痒难耐。

“不知道逐流做了什么菜，想吃红烧肉。好重的血腥气，家里杀鸡了吗？”

她率先推开门，惊呼出声。

只见程三半边袖子染血，手中拿剑，目光失焦，怔怔地坐在桌前。

桌上残羹冷炙，地上血迹不多，菜却洒得到处都是。逐流不见踪影。

程千仞是清醒的，他的眼睛看到两个朋友来了，就在他身边，扯他衣袖，喊他名字。脑海里却还是逐流的影子，纷繁的记忆碎片，走马灯一般晃过。

“没反应啊，现在怎么办？”

顾雪绛懵道：“不敢让他变成游魂症，先敲晕。”

徐冉更懵，怎么一夜之间，程千仞变成了修行者。

程千仞做了很长一个梦。

梦里是上辈子高考成绩出来的时候，跟一帮同学去吃饭唱K、泡网吧打游戏，打得昏天黑地。

他一直是个普通人，样貌不帅不丑，成绩不好不坏，翘课打架没他，评比优秀也没他。算起来，高三发奋读书，考上不错的一本大学，竟是他二十多年人生中，最值得开心的事。

没有爱好特长，大学生活在上课、做题、跟舍友打游戏之间循环。

芸芸众生，出类拔萃者凤毛麟角，大奸大恶之人也是少数，大多都是像他这样的人。

所以他刚来到这个世界的时候，问了几百遍，为什么偏偏是他？

漏风的破草房，粗蛮的村民，无法接受的工作，饥饿与寒冷令人想法疯狂：如果这样死了，是不是就能回去了，回归他庸俗又幸福的人生？

那段日子他再也不想经历第二遍，不能好好活，又舍不得死。

后来他在江边捡到个孩子，已经冻晕过去，脸色青紫，气若游丝。

擦掉脸上泥灰，露出白皙细嫩的皮肤。不像东川人，像他从前世界的孩子，被父母保护得很好，无忧无虑地长大。

心里一丝微弱善念作祟，唤醒他对美好事物的向往。

捞尸的同伴笑他：“这世道活人还不如死人值钱，你捡个崽子回去，养得活吗？”

大家都以为他养了个劳作的苦力，甚至是饥荒时的口粮。

程千仞跑遍全村求来一块红糖，煮了红糖姜水喂给孩子。心想，听天由命吧，你要是能活下来，我就拿你当亲妹妹养。孩子命大，当天夜里就醒了，程千仞才发现是个五官精致的男孩。

某种意义上讲，不是他大发慈悲救了逐流，是逐流救了他。

他变得很勤快，别人不接的生意他都抢着接，一整天泡在水里，多挣一点都开心，时常念叨“再苦不能苦孩子，再穷不能穷教育”。

他努力与客人攀谈，增长见识，被人笑话“问这么多干吗，反正一辈子都走不出东川”也不在意。

一个人的时候，活的再怎么糟糕都可以自暴自弃，但现在不一样。他当哥哥了，他有家人了。他得为他们的家去战斗，为他们的未来筹划。

逐流是他在这个陌生世界的精神寄托。

教他开口说话。指着自己叫了无数声哥哥，终于听到小孩开口：“哥……”

教他写字读书，先学姓名，逐流问：“为什么给我起这个名字？”

自己怎么答的来着？

“我叫千仞，你叫逐流，一山一水，山水相依，是个能长久的好名字。一世人，两兄弟。”

程千仞攒够了钱，要带逐流离开东境，路上险象环生，从山贼盗匪手下逃命，甚至远远见过吃人的魔族。

也遇见过人牙子，指着逐流问：“你这丫头卖不卖？”

“他是我弟弟，不卖！”

“男孩也可以卖的。”

程千仞那时打赤膊，带柴刀，满身伤疤，凶相毕露：“多少钱都不卖！”

再多艰难都挺过来，终于到了南央城。他考入学院，找到好差事，机缘巧合认识了狐朋狗友，过上梦寐以求的安乐日子。

以为一切都从此不一样，生活会越来越好。

命运的恶意扑面而来，一夜之间天翻地覆。原来没什么不一样，都是他的错觉。以前没本事挣大钱，现在没本事带逐流跑。

他依然是贱命一条。

梦里逐流擦干眼泪，冷冷地看着他。

忽而刺目的明光亮起，逐流的身影被光线刺穿，直到消失无踪。

他听见了徐冉的声音：“哎呀，醒了，终于醒了！”

视线逐渐清晰，他躺在自己床上，床边围着徐冉和顾雪绛。

徐冉与学院医馆的几位女医师相熟，原本想请来看看。顾雪绛不答应，将昨晚的事简单说了一遍，面馆老板宁复还、来寻仇的魔头宋觉非，还有程千仞被封印的武脉，听得徐冉目瞪口呆。

“你不会编故事骗我吧？”

“程三都这样了，我有心情编故事？”顾雪绛烦躁道，“我探了他的脉，没大碍。现在情况不明，不能让外人探查他武脉，只能等他醒来。”

所以程千仞一睁眼，两人都如释重负地松了口气。一人扶他起来，一人给他倒水喝。

顾二伸手指在他眼前晃动：“还认得我俩不？这是几？”

却被程千仞一把挡开：“我又不是笨蛋。”

听见久违的“笨蛋”，徐冉乐道：“看来真清醒了。”

“怎么回事啊，逐流呢？”

“他家人来找他，我送他走了。”

“走了？！什么时候？今天早晨？！”

徐冉想起早上看到的院中狼藉，抄起刀就要走，说：“是不是被抢走的？我帮你追！”

程千仞一把摁住她。

两人不信，都知道程三把弟弟看得比命都重要。怎么可能说送走就送走。

没等再问，程千仞又开口：“我以前到底发生过什么，武脉上为什么有封印，我不知道。”

“逐流，是我让他走的。以后别再提他，也别再问我。”

三人相对无言。

顾雪绛从不提武脉被废的经过，徐冉不愿说抄家灭门的旧事。

再好的朋友，也有不想示人的伤疤和秘密。

顾二先笑起来：“反正也翘课了，我们去喝酒吧。”

他们虽然日日相见，却总在奔忙，饭后喝茶闲聊也要注意时间。上次聚在一起喝醉，还是过年的时候。

入夜，灯火辉煌的飞凤楼。

大堂有口舌伶俐的说书先生，座无虚席，人声鼎沸。二楼是雅座，座席宽敞，两侧由泼墨山水屏风隔开。程千仞和顾雪绛点菜，徐冉伏在栏杆上，居高临下地看堂中热闹，跟着拍手叫好。

他们本是要去西市小酒馆，走到半路，程千仞突然说：“去城南喝吧，我请客”，一行人便改道城南，上了雕梁画栋的飞凤楼。

程千仞进门就出手打赏，被跑堂伙计引至二楼雅座，坐下先点酒道："三坛竹叶青。其他你点吧。"

顾雪绛侧身低声道："你想吃什么价格的？"

"最好的。"

顾雪绛轻咳一声道："我们只有三个人，吃不了多少，也别太铺张了……"转向姿态恭敬的伙计，"不如这样吧，三碗白玉粳米饭，凉拌青红丝、碧螺虾仁、芝麻里脊、酒酿清蒸鸭子，三盅鱼头豆腐汤，点心要金丝玉枣糕配木樨清露。还有刚才点的竹叶青，要配粗陶梅枝碗。"

伙计一边记，心中暗道"了不得，遇见个行家"，这桌菜不仅荤素搭配口味丰富，更胜在雅俗共赏，上桌之后颜色也漂亮。

恰逢徐冉回来，她问："都点了什么？有红烧肉吗？"

顾雪绛："……给我把酒酿清蒸鸭子换成红烧肉。"

上菜很快，摆盘精致，满桌金玉佳肴。

现在的顾雪绛会讲究也能将就，吃什么都一样。

程千仞吃了几口，食之无味，便只顾喝酒。

上次到这里，是他考上南渊学院那天，带逐流来庆祝。坐在大堂，喝到酒楼打烊，酩酊大醉。

时过境迁，不知是否因为莫名其妙成为修行者的缘故，这次怎么都喝不醉。

三人只有徐冉埋头狂吃："唔唔，这肉烧得太好了！"

"就是分量少，逐流每次都做一大盆，够我添两碗米……"又及时反应过来，后半句没说。程三不想再提逐流。

不由思忖，如果事情摊在自己身上，有一个相依为命的妹妹，即使最后决定送走，也要先拖延十天半月。不然哪里舍得？然后越拖越难过，横生事端。

谁知程三做事之决绝，比她的刀法更狠。

顾雪绛举酒碗邀程千仞道："以后有什么打算吗？"

他很怕听见对方说，逐流都走了，我这辈子就随便过吧。

程千仞一饮而尽道："不急着挣钱了，东家给的足够花。开始修行，想办法搞懂自己身上到底发生了什么，既然武脉封印被解开，若有麻烦找上门也避不过去，总要早做防备。"

顾二笑起来："先学会控制威压行吗？不然哪天你不高兴，徐冉没事，我要先吐血。"

徐冉："不怕，我给你挡着……不对啊，程三现在境界比我高，那你还是自求多福吧。"

程千仞无奈道："我会好好学的。"

一月前雨夜书画摊，第一次直面修行者威压，他还是个普通人。昨晚遇到大乘圆满的宋觉非，他只有炼气境界。

总是在感受超出承受力的恐怖威胁。

钟天瑜众星捧月般地坐在主座，左右手是春波台的学生，席间陪坐还有程千仞的同窗，以张胜意为首五六人。

酒过三巡，气氛正好。钟天瑜悠悠道："诸位今晚请我飞凤楼一聚，所为何事啊？"

有人道："秋天的双院斗法已经开始报名了。今年是我南渊做东，可不能像去年一样不济。"

其他人嫌他说得不够直白，道："我们想请教，北澜那边，今年的情况怎么样？"

钟天瑜是新生，没有报名资格，但他来自皇都，消息灵通，便有人提出向他打听。最初这个想法遭到南央城本地学生的反对。比如张胜意之流就说："低头去问，显得我们南人不如北人。"

与他同队的朋友劝道："知己知彼，百战不殆，及早了解对手底细，比其他队伍赢面更大。"

南央与皇都，一南一北，汇聚了全天下最才华横溢最野心勃勃的少年们。

近几年南渊在双院斗法中连连失利，说出去面上无光，大家都憋着一口气。这次报名的学生，不仅想在南渊崭露头角，更想胜过北澜，一雪前耻。

恰逢堂中响起一片喝彩之声，原是说书先生讲到精彩处道："出身剑阁的傅克己，离山游历，去年拜入北澜学院，才二十有一，便达到凝神境界。接下来，我们就讲他成名之战，四年前的'夜战淮金湖'！"

小厮捧着青花红彩碗，在桌席间讨听书的赏钱。

钟天瑜不屑道："嘁，道听途说一点也敢来卖弄。"

身边众人立刻做出洗耳恭听的姿态，令他极是受用，道："岂止凝神？我离家时，傅克己已经到凝神六层了。还有半年，谁知他能突破到何种程度？今年双院斗法，他必是北澜派出的最强武修。"

席间都是春波台和南山后院的学生，没人修为超出傅克己，更关心文试问道："这样的人，一定跟文试最强者组队，不知是谁……"

钟天瑜："我猜他会请邱北一起，再加原上求的弟弟，原下索。正好两个文试者。"

有人给他倒茶道："还请细说。"

"邱北虽是修行者，但心思全在制造一道，先后拜了两位师父，沧山炼器师玄一真人，皇宫铸造师梅老先生。他博学广识，上通天文，下知地理。原下索也是修行者，尤其精通算术，亦修推演术，爱好下棋，去年下赢了'千变万化鬼手张'，今年去拜访慈恩寺苦心大师，手谈三个时辰，只是无人观棋，不知输赢……"

钟天瑜说得开心，讲起来滔滔不绝，北澜各路人物如数家珍。

众人在心中掂量，想拼进前二十，需要怎么样训练，达到什么程度，发现对手很强，时间紧迫，又萌生出同样的念头：若不想止步二十，有志争前三甲，恐怕只有拉"南山榜首"林渡之同队，才有一搏之力。

与他们仅两个雅间相隔的地方，有三人已酒足饭饱。

程千仞几乎没有动饭菜，一人喝完两坛竹叶青，依然眼神清亮。

顾雪绛听着说书先生胡诌，笑道："吃饱了我们就走吧。"

徐冉指指堂下道："正讲到厉害处，夜战淮金湖，让我听完……"突然反应过来，"淮金湖？你的湖啊！湖主，你知道这事儿吗？给我们讲讲呗。"

顾雪绛摸摸鼻子道："没什么好讲的。"

徐冉一脸期待地看着他，就连程千仞也面露好奇之色。

顾雪绛心想，今晚程三心情郁闷，刚才说让他控制威压之类，也是为了逗他。自己说点旧事，说不定能让他开心些。

"四年前，傅克己刚来皇都，这里有病。"顾二指指脑袋，"原上求也是有病，两人都用剑，互相看不顺眼，仲夏六月夜，非要效仿先贤，来淮金湖上切磋，请我在一旁掠阵，做个见证。"

"傅克己毁去半湖荷花，原上求惊扰了画舫上的姑娘。我骂原上求，谁知他疯起来连我也打。那时我年轻气盛，心想你有种，敢在淮金湖打我，你是第一个。"

徐冉问："然后呢？"

"然后我跟傅克己联手，把他摁进湖里，让他喝点水，醒醒脑子。"

徐冉："你们两个打一个啊？！"

说书先生："两位白衣少年，点荷飞掠，剑光交织起舞，荷香满袖。"

顾雪绛："原上求挣脱我俩，拼命爬起来，吐出一嘴淤泥，直接吐在傅克己身上。"

说书先生："只见湖面水雾花雨，纷纷落下，映照花灯游船，似在梦里。"

顾雪绛："原上求泥没吐完，又冲我吐，我有防备，侧身一闪……然后不知道为什么，我们就开始互相甩泥。”

徐冉：“……”

顾雪绛：“是你要听的。”

堂中欢呼热烈，拍手称快。二楼雅间愁云惨淡。

程千仞也心疼徐大，活在梦里不好吗？

堂中故事讲完，喧嚣暂歇，席间酒尽羹残，杯盘狼藉。

钟天瑜一行人醉醺醺地起身向外走，恰好看见不远处，另一间雅座走出三个人，其中一人身着学院服。店里伙计正在一旁点头哈腰地送他们。

南渊院服像是某种易于辨识的身份标志，经常来城南吃喝玩乐的彼此都面熟。偶尔在酒肆花楼遇见了，还会打招呼。

“那桌什么来头啊？看着眼生。”

徐冉和顾二走在前面，程千仞结了账落后一步，忽然感知到有几道目光落在他身上。入道之后，各种感觉都变得敏锐。对方的打量虽然没有明显恶意，却让他不舒服，于是本能地回头望了一眼。

原来是认识的人。

程千仞平静地收回目光，脚步不停，下楼去了。

张胜意却惊道：“怎么是他？！”

程千仞是他们班过得最寒酸仔细的人，有人说他在一家面馆帮工，还有人撞见他跟卖菜小贩讨价还价。但自己刚才看到对方，只觉得很眼熟，久久不敢确认。分明衣着样貌毫无变化，偏偏就是有哪里不一样了。

有人问：“你认识的？”

张胜意还未答，钟天瑜冷哼一声：“看他们能得意到几时。”

说罢甩袖便走，一行人忙不迭地追上去。

演武场之战，不仅没让花间雪绛下跪道歉，自己还跌了面子，钟天瑜心中郁气难消，选的副课也不愿去上了。

对方从前耀武扬威令人羡恨，现在武脉废了，成了废人，凭什么还能过得好？

不止他，许多知道顾雪绛身份的春波台学子，都有类似想法。只是畏惧花间家声威，不敢出头，最多背后酸几句。是故钟天瑜刚来，就有人给他递消息，挑唆他去西市书画摊找人。

眼看两次不成，钟天瑜正为此气闷，少不了有上前凑趣的人说：“愿献计献策，为钟少爷分忧解难。”

南渊三傻向城东走去，把车水马龙的繁华夜市抛在身后，喧嚣渐远，转入老街长巷，四下里只有呼呼风声。

白日是沉闷阴天，入夜后起了风，吹得枝叶簌簌，烟尘迷眼。

徐冉抬头，苍穹如泼墨，浓云遮蔽月色，星星也不见一个。

“不会是要下雨吧？咱走快点。”

顾二想了想，说：“按南央的气候，春夏换季要落一场大雨。雨过天晴，就是夏天了。”

徐冉又问：“我们以后是不是要吃学院大灶了？”

话题跳跃之快，令其他两人猝不及防。

一时沉默无言。

逐流没了，程千仞东家的面馆也没了，南渊三傻面临最残酷的吃饭问题。

程千仞：“不用。带你天天飞凤楼，顿顿红烧肉。”

东家给的二百两、房契地契青玉璧、家里压箱底的四十两。现在他孤家寡人一个，还要这么多钱做什么？不如给朋友买肉吃。

徐冉很感动道：“好兄弟！”

顾二嫌弃她，说：“那种油腻的东西有什么好吃的，连吃半月你就腻了。”

徐冉：“没有品位，不懂生活。”

顾二觉得很荒唐，问：“你居然说我没有品位？”

两人怼了一路，在程千仞家门口分道扬镳。平时摆摆手转身就走，今天他们却认真道：“你早点睡”“明天见”。

程千仞知道这是他俩担心自己，道：“我没事，快回去吧，等会儿真要下雨了。”

打开门锁，小院漆黑寂静，再没有暖黄烛光透光窗纸，再没有人出来迎他。

程千仞点上灯台，打一桶井水，洒扫庭院，整理后厨，进屋又看见一堆被血污弄脏的衣服，有昨晚的，也有今天下午出门前换下的，统统洗干净晾在院里。

他像往常一样，做着最琐碎的事，把一切打理得井井有条。

忙完坐下，想起该看看修行方面的书，于是去逐流屋子，将书卷搬到自己房间。

搬家的念头终于抑制不住，他实在不想住这里了，到处都是避不开的回忆。这太残忍了。

去住客栈也好，有个能睡觉的地方就行，不需要有家。

程千仞揉揉眉心自言自语道：“早点习惯，别瞎矫情。”

摊开书册，逼自己沉下心去读。

给逐流准备的基础入门，不外乎《引气道》《太上气感》之类。

有了修为，耳聪目明，似乎脑子也比以往好使，他从经脉穴位图解开始看，读两遍就能背记。看到如何冥想打坐，感知天地循环的气息，从中分辨灵气，完成踏入修行门槛的第一步，引气入体。

一边试图引导真元，从紫府升起，途径每条武脉，完成一次大周天循环。

程千仞闭着眼，试了几次不成，默念书中“摒除杂念，凝神静气……”，不知过了多久，终于在紫府处感到微弱的热意，随着他的心神牵引，越聚越多，像是有火焰在燃烧。

就在他要忘记周遭环境，渐入佳境之际，轰鸣乍响！“轰隆隆！”惊雷滚滚，震彻天际。

程千仞睁眼，胸中泛起一阵难言的烦恶，起身推门，狂风灌入，沙尘混着雨水扑面迎来。

刚打扫干净的院子狼藉一片，落叶纷飞，搭在绳上的白袍满是泥灰脏污。

他拿起衣服，又狠狠扔在地上：“明知道晚上要下雨！为什么洗了晾外面！活该你傻！”

为了教养弟弟戒掉的脏话，都在今夜重现。

雷鸣之后，雨势骤急，寒风凄厉。

雪亮的电光劈裂黑夜，映亮程千仞半边面容，狰狞如恶鬼。

“你说！老子造了什么孽？为什么让我来这里？！”

他站在倾盆大雨中，仰起脸，雨点狠狠地砸在身上，浑身湿透。

“现在逐流也没了！我到底做错了什么？！”

“不够努力吗？不够拼命吗？不够小心翼翼吗？！”

对命运恶意的怨恨、对自身无能的愤怒，所有压在心底的激烈情绪，在这个春夏交替的雨夜，一齐爆发。

他破口大骂，骂天骂地！漫天神魔、佛祖道祖都骂了个遍！

大雨洗刷天地，雷声盖过他的声音。

没有人回答他。

却有人能听到。

“现在的年轻人，口无遮拦，一点敬畏也没有。你为什么让我看他？”

被雨幕笼罩的藏书楼，愈发显得高大巍峨，独傲天地。顶层灯火摇曳，满地莲花灯台，像是闪烁的星河。副院长与院判站在窗边远眺，目光落在黑暗的雨夜。

他们看着那个孩子骂天地，尤不解气，又拔剑出鞘，狠狠劈斩，乱砍一气。劲气纵横，剑锋割裂雨滴。

胡易知只是摇头叹息：“一生之祸，自此而始，自此而始啊！”

夏天的雷雨，来得快去得快。

程千仞在鸟雀清鸣中醒来。

天光微亮，东方泛起鱼肚白，愈往西去，冰蓝渐深，未褪的夜幕中缀着半牙残月。

正是昼夜交替。

他站起身，活动一下略有僵硬的筋骨。小院近乎全毁，地上剑痕遍布，正对巷子的院墙塌了半人高的豁口，槐树被拦腰砍断，压在井口，枝叶四散。

剑在不远处。

程千仞心想，幸好没来得及学会掌握真元、发挥修为，不然邻居该报官了。

不，或许已经报了，谁知道昨晚自己疯成什么样。管他呢。

他搬开槐树残枝，打水洗脸，脱下湿透的衣服，找出最后一身干净院服换上。

院墙塌了一半，门锁形同虚设，他随身带上所有银票银锭，其他也懒得管。

朝阳大放光彩，千万缕金色光线，穿透云层。

程千仞背着书篓，腰间佩剑，显得有些不伦不类。

他今天来得稍晚，先生虽没到，学舍里已经聚了不少学子。

最近双院斗法报名开始，大家都在聊与之相关的话题，拉人组队、复习近况、买书借书，还有各种“独家消息”。

忽而谈笑停下，有人走到他前面，扬了扬下巴，问道：“昨晚在飞凤楼的，是不是你？”

程千仞刚翻开书，闻言抬头，淡淡看了对方一眼。

这一眼让张胜意无端心悸，暗恼自己多事，为什么非要问一句。但是跟班们都在身后看着，怎么能输了气势？

刚才聊天时还说起“昨晚遇见程千仞，好像变了，很奇怪，不知道是不是错觉”。

对方素来胆小怕事，是个被人骂到眼前也能忍的懦弱性子，一夜之间能有多少变化？这样想着，他伸手就去打程千仞肩膀：“喂，我在跟你说话，听到……”

指尖还未碰到对方衣料，“没有”两字还未出口，一股巨力袭在心口，顷刻眼前一黑，背后剧痛。

众人只见张胜意被高高掀飞，砸在后排桌子上。桌面书本杂物“哗啦啦”滚落一地。

程千仞一根手指也没有动。

满室学子被这变故吓傻了，空气凝固。

还是张胜意见多识广，最先反应过来，面色惨白，顾不上疼痛，惊呼道：“你怎么成了修行者？！”

尖利的声音响彻南山。

程千仞站起身，无形的威压随之升起。

众人如梦初醒，哗然生变，争先往最远角落跑。桌椅倒塌，笔墨乱洒。

程千仞周身三尺空无一人，人们眼睁睁地看着他向前走去。

学院里修行者常见，但对方是一夜之间变成修行者的，且现在明显具有攻击性。固有认知被顷刻颠覆，尤为令人恐慌。

张胜意想躲避那只伸来的手，却动弹不得，抑制不住地微微颤抖。

谁知对方只是扶起了他。

程千仞扶他坐下，低头道歉：“对不住。我也不想这样，可能是心情不太好。”

看来顾二让他先学会控制威压，不是没道理的。

他在众人各异的目光中，兀自将几张桌椅归位，坐回原处。

忽而隐含怒意的苍老声音响起：“晨钟即响，何事喧闹？成何体统！”

“徐老先生！”

学舍里又是一阵慌乱。众学子行礼问好，推桌扶椅，捡拾书本纸笔。

老先生眼光毒辣，一眼看出始作俑者：“你是怎么回事？！”

程千仞答不上来，只得沉默。

“说话！不然我叫督查队来问！”

“先生别动气。我正好路过，不用劳烦督查队了。”

两道声音先后响起，后者如春风化雨，浇熄满腔怒火。徐先生闻声回头，神色微惊，将人迎进来：“您来了。”

毕竟是自己的学生，说叫督查队只是吓唬他。不知为何惊动了副院长，真闹大了这孩子被赶出学院怎么办？

老先生轻咳一声：“你想清楚再开口。”

程千仞抬眼，竟是那位胡先生。难道他不是藏书楼执事，也是一位教习先生？他冲对方微微摇头，示意别管自己，快走吧。

年轻书生不为所动，打量四周，走到张胜意身前："是你受害，理应由你先说。"

他气质温和至极，令人镇定放松。张胜意断断续续陈述之后，其他学子也开口，你一言我一语地说起来，对上书生沉静的眼睛，不敢隐瞒谎报。事情被拼凑完整。

"这种程度的恃威行凶，按例抄十遍院规。有何难办？"

众学子支支吾吾道："主要不是这件事……"

书生笑了笑，说："道途万千，缘法各不同。古往今来，有人梦中得道、观星入道，亦有以凡人之身修习佛法，一朝顿悟，便立地成佛的。你们是学院弟子，更应该知道百万年前，我院也有读书一甲子无成，忽而一念通明的圣人。"

满室安静，气氛古怪。

程千仞想：这都什么跟什么？

虽然说的都有史可查，但一个也按不到他身上。真照这个道理，岂不是人人都能睡一觉，便莫名其妙地入道了。

就算想办法替我解围，也不能胡诌啊，唉，肯定要挨老先生骂了。

"您说的对。"徐先生像是认真思考之后，表示认同，"副院长高见。"

众人惊骇，纷纷行礼："见过副院长。"

胡易知摆摆手，示意大家入座，对徐先生道："不耽误先生上课了，我将他带下去查问如何？"

程千仞在原地傻愣着，被喊了一声，才云里雾里地跟着出去。

到底是两日连遭剧变，心理承受能力飞速提升。面上不动声色，一边头脑发晕地想：原来哪个世界都一样，同样的话，常人说是胡诌，大人物说是有深意，值得揣摩，就算没有深意，也要揣摩出深意。

他跟着副院长走，这次还是藏书楼四层，靠窗老地方。

程千仞长揖及地："多谢您。"

似乎自从认识对方，他总是在道谢。

胡易知无奈地笑了笑："我真的是来查问你的……你的剑哪里来的？"

"故友之物，暂为保管。"

程千仞握紧了旧剑，心中一紧。

他认为自己没有什么值得图谋的价值，偶然相识，对方的善意大概是出于对学生后辈的关照。真是个好人。

但如果要问宁复还和宋觉非的事，他恐怕要欺瞒了。

同样于他有恩，东家恩义更重一分。

“不要紧，没多少人认得它，你带着也无妨。”

程千仞心想，不带也没办法啊。这把剑似乎很重要，重要往往意味着麻烦。他的麻烦已经够多了，若东家哪天回来，自己再还给他。在此之前，剑不能丢。

胡易知的下一个问题与东家无关，让他松了口气。

“以后修行，想过学什么吗？”

“打算学剑，剑诀还没选。”

“如果我说，可以为你写一封推荐信，送你去宝华寺，拜一位半佛境界师父，带发修行学大乘佛法，你愿意吗？古寺远在海外浮岛，如蓬莱仙境，有阵法遮蔽，踪迹难寻。外面就算改朝换代，也扰不到你清净。”

程千仞怔然。

突然出现的机缘，地位崇高的隐世佛门，如果是个一心追求无上修为的人，应该立刻应下。

有一瞬间，他怀疑对方是不是知道了什么，若依此法，不管他未知身世会带来怎样的危机，全都能避过去。

程千仞再次行礼：“抱歉。”

胡易知认真道：“你想好了吗？仅此一次机会。以后你就算捅了天大的篓子，我也不会帮你兜。”

程千仞点头。

他不打算避，不管未来是什么。他还要去皇都找逐流。

胡易知沉默片刻。

“罢了。二楼都是剑典，去选吧。太柔韧的不要选，与你手上这把锋锐霸道的剑不合，太酷烈的也不要选，更激你一腔戾气……”

他就像个不厌其烦、谆谆教诲晚辈的老师。

“剑典万千，浩如烟海，耐心选。不要图快，修行之道，欲速则不达。不要贪多，找一本你选它，它亦选你的，从一而终，就足够了。如果有什么不懂的地方……”

程千仞感动不已。难道对方要说不懂的地方可以来请教他？这也太好了吧，副院长亲自指点，自己是不是否极泰来撞大运了？

“你就自己瞎琢磨吧。”

只听副院长如是说道。

程千仞心道：什么？

南山后院，出了一位林渡之以外的修行者。不过半日工夫，这个消息以最快速度流传出几十个版本。

传到青山院时，徐冉听见那位少年天才横空出世，一夜入道，直接进入炼气大圆满境界。传到春波台时，顾雪绛听到程千仞已被副院长收作亲传弟子了，说不定就是下一任副院长。

终于挨到中午吃饭。

徐冉："传得特别真，拿你与林渡之对比，要比出谁才是天生慧根，通万卷书与一夜悟道哪个更强。"

程千仞："别说了，让我去死。"

顾雪绛："所以副院长没有收你做弟子？"

程千仞："人家给我解围，没逼问我一身修为怎么来的，已经仁至义尽了好吗。收我为徒？都活在梦里呢？"

余生不会给我指教，让我自己瞎混。

话都问清楚，顾雪绛才有心情点菜。一凉三热四碗米饭。徐冉一人两碗。

程千仞喝了口茶水，飞凤楼的待客茶，回味余甘，他却喝了一嘴苦味道："刚才路上总有人看我们，都是因为这些？现在人都疯了吗？"

顾雪绛："不是看我们，是看你。"

徐冉："你居然不知道？！"

程千仞："我一上午都待在藏书楼选剑诀。"

"选出来了吗？"

"没有，下午接着去。"

饭菜陆续上来，香气扑鼻，徐冉迫不及待地动筷子，含混不清道："程三，你出名了。"

顾雪绛："事情发展到这一步，三个原因。副院长惯来低调，非大事不现身人前，这次露面，必然引起轰动；双院斗法报名开始，文试方面人才匮乏，林渡之这个名字，每天要被提起一百八十遍，人们恨不得出一个，能与他相比的人。"

程千仞："还有一个？"

"正是上次徐冉与钟十六约战时，你说的那个原因，最近考试少，大家闲，年末肯定不这样。"

原来没他什么事，都是别人的原因。

程千仞叹气："这不是好事。"

徐冉半碗米饭都吃下去了，问："为什么？都是夸你吹你的啊。"

顾雪绛道："很快就会有人找上门，试修为，比学识，要看你是不是名副其实的少年天才。你在南山后院，论法辩难的邀请肯定很多，可你又佩剑，约你拔剑一试锋芒的也少不了。"

程千仞接道："但是很不幸，我的剑诀还没选出来。"

与之相比，这才是当务之急。

"你们刚入道时，刀法剑诀怎么选的？"

徐冉想了想，说："没选过，都是我爹和叔伯们教的，教什么学什么。"

顾二："家里的几位大供奉试了我的根骨，问了些问题考校心性，选出一人开始教我。"

徐冉："你现在这种情况，最需要良师指条明路。副院长他真不给你指教？"

程千仞无语。

顾雪绛看着他腰间旧剑，说："既然它来自剑阁，你试试先找剑阁的剑诀看。可惜我不使剑，说什么都是纸上谈兵。"

徐冉："那你使什么？"

顾二："当然是刀。不然怎么教得了你？"

程千仞："还以为你从前是个白衣轻剑少年郎，剑是我东家那种。"雍姿相似的人，剑也该相似吧。

徐冉："真看不出来……"忽然她眼神一变，"我想起来了！花间湖主的'春水三分'，对不对？！"

程千仞眼神也变了。原来你不仅名字和外号那么"中二玛丽苏"，刀也很"苏"啊。你们皇都人都这么画风浮夸吗？

顾二心领神会，尴尬地轻咳一声道："'春水三分'是做了禁卫军副统领之后，御前赐下的腰刀。我从小练的是凝光刀诀。怎么又说到我身上，说程三啊。"

程千仞起身去结账："也别说我了，吃饱喝足，咱走吧。"

两人走出飞凤楼，面对车马辚辚的城南大道，等了片刻，才见同伴出来。

程千仞解释道："提前买了两桌菜，你俩明后两天记得来吃，不然银子不给退。"

徐冉："你这两天在哪儿？"

"藏书楼。"

两人目送他步履匆匆，转瞬没入人海。似是知道他们在看，也没回头，扬起右手挥了挥。

徐冉突然道："我有点想逐流了，洗碗我也认了。"

"站着说话不腰疼，你洗过几次碗，十次有八次都是我洗……"顾雪绛话锋一转，"心里想想就行，别说出来，他受不了。"

徐冉闷闷地"嗯"一声道："坐吃山空，我该去西街收保护费了，可不敢丧失谋生能力。"

从前最精打细算的程三现在花钱如流水，他们三个都成了一人吃饱全家不饿的光棍，实在太危险，逼得徐大也学会用"坐吃山空"这种词。

顾二："我也该出摊去。久不提笔，手艺就退步了。"

"走吧走吧。"

一场暴雨后，南央城的初夏悄然而至。

午间日光明亮耀眼，穿过郁郁葱葱的枝叶，在泛黄的书页间投照下星星光斑。

钟声响过，学子们开始上课，留下空荡寂静的藏书楼。

青山院的武修入学前都有了功法，平时还有教头指导，不少人整日泡在骑射场，却直到毕业也没进过藏书楼，以至于这一层齐全的剑诀收藏，鲜有人问津，好似明珠蒙尘。

程千仞只能听到自己翻书的声音。

顾雪绛建议他从剑阁的书开始看，他本就是这样做得，毕竟天下名剑虽多，他亲眼见过的剑只有两把：从前拿在宋觉非手上，如今易主的凛霜剑，还有东家斩破夜色的映雪剑。

剑诀与剑同名，放在很显眼的位置。《凛霜剑诀》他看了半日，头昏脑涨，只见最后一页上写着一句五言：凌霜知劲节。

下午来时去翻映雪剑诀，映入眼帘的又是一句：负雪见贞心。

昔日剑阁双璧最能担得起这两句。

程千仞念及东家临别之际赠言，直到这一刻，才真切感到"人事消磨"之苦。他们的师父，教他们习剑的人，大抵是希望两位弟子凌霜傲雪，高洁志远，守望相助。

好似自己，前几日还为逐流如何考入学院筹划，谁知对未来的千种期盼，都是白费工夫而已。

他看着那些招式要点、真元运行轨迹和简笔画，试图集中精神，想象身体应该如何动作，再按其上所示运行真元。没人教过他怎么读剑诀，他只能如副院长所说，自己瞎琢磨。

程千仞读完一本又换一本，日影西移，榉木地板上的影子悄然变化，有几位学子来了又去，借书处老执事打盹的姿势换了一个又一个。他依然捧卷站在原地。

“要关门了，走吧。”

直到听闻人声，霍然抬眼，惊觉周遭一片昏暗，不知何时，每座书架边的青铜灯台早已点亮，烛火幽幽。

窗外明月当空。

负责这层楼的老执事对他喊：“就是说你，明天再来。”

程千仞又抽了两本，拿腰牌去登记外借：“劳烦，敢问楼里收录的剑阁剑典有多少本？”

老执事不假思索道：“二百三十六。”

“各家各派的剑诀总共多少？”

“这层楼有五千余本功法，其中剑诀一千七百三十四本。”

程千仞行礼谢过，抱书下楼。

才踏出门槛，夜风扑面而来。

酸涩的双目，沉重的头脑，被风一吹，顿时清醒不少。

学院夏天的风，有太液池潮湿的水汽，荷田初发的清香，吹入怀中，又混了浅淡的油墨味与药味。

程千仞想，听说楼里有些藏书会涂一层药，使纸张更韧，也为避免虫蛀。从前未曾察觉的各种细微味道，此时盈满胸腔，修行者的世界，果然大不相同。

一千七百多本剑诀，照今天的速度，要连续一百多天才能看完。哪来这么多时间？

他仿佛又回到初来南央，准备入院考的时候，走路算题，神经紧绷。

家里院墙没补，还是清早的混乱模样，程千仞跨过碎砖断枝，回到屋里，点灯看书。

夏夜虫鸣不绝，精神在书中，便什么声音都听不到。到了后半夜，脑海中画面愈发清晰，随着书页翻动，不时听到出鞘时的剑啸、突刺时的破风声，还有剑刃相击的清鸣。

他看完一本，头痛欲裂，自我唾弃道：“以前能一口气读到半夜，今天怎么回事？真是废物。”

又逼着自己读下一本。程千仞尚不知道这是识海演剑，极耗费神识。真元虽没有输出，也在经脉中不停歇地循环，自然浑身酸痛。

第二日从桌上醒来，天不亮出门，还去昨天的地方看书。

忽然被人推肩膀道："你怎么搞成这副样子？"

程千仞抬头，原来是顾二，徐冉也来了，手上拎着个食盒。他看见他们眼中的自己，红眼乱发，脸色青白，一副憔悴样。

"你们不去上课？"

"已经晌午了，而且今天休沐日啊！"

"哦。怪不得路上人少。"

顾雪绛望了眼打盹的老执事，低声道："快点，楼里不让带吃的。"

三人做贼一样躲在书架后，席地而坐，食盒打开，三碟小菜，一碗米饭，一盅清汤。饭香扑鼻，程千仞才觉饿急，抄起筷子闷头扒饭。他修为远不到能辟谷的境界，昨晚开始忘记吃饭，还在大量消耗体能。

徐冉叹气："顾二说要是我们不给你送，你能活活饿死自己，我原本还不信……"

顾雪绛认真道："何至于此，又没有人逼你。"

程千仞只吃不说话。

吃饱喝足，徐冉问他："选得怎么样？"

"这里有一千多本剑诀，毫无头绪。"他想起昨天下午有副课，"先生问起我？"

徐冉："不是先生……"

顾二打断她："没有，可能是副院长交代下去了，你就安心看书吧。"

"副院长替我请假？我没那么大脸。"

顾雪绛调侃他："你有。你现在也算名人，依然有人相信副院长收了你做亲传弟子。"

徐冉接道："听说林渡之就经常缺席早退，可见南山后院的天才有特权啊。"

程千仞头大，道："快打住。"

忽而脚步声响起，徐冉神色一变，抓过地上食盒，如离弦之箭，飞身跃出窗外。程千仞转头，只见她稳稳地落在楼外一株槐树上，几个腾跃便不见踪迹。同一时刻，顾雪绛抽出一本书，装模作样地看起来。

老执事从书架外走过，动动鼻子。

顾二放回书，绕到书架另一侧，悄无声息地走了。

这天晚上，程千仞被催促离开时，又去登记外借两本。

他惊奇地发现自己看书速度略有提升，却不知是因为识海演剑和真元运行的速度比昨天快。

走到楼梯口忽然回头，放眼望去，重重高大书架在烛火夜色间沉默着，好似在等待明日的他。无数伟大人物的才思，如星河熠熠，在他面前流淌而过。

每日睁开眼就看剑诀，走路、吃饭、洗漱甚至睡梦中也在演剑。顾二和徐冉不知在忙什么，不见人影，只有食盒架在窗外槐树的枝丫间，程千仞吃完放回去。

就这样一直持续到下一个休沐日。初窥门径的欣喜淡去，脑中剑鸣令人烦躁，满腔郁气达到顶点。

似乎每本尽是相同路数，又似每本都截然相反。他已经读完一个书架，却还有无数个书架，不知什么时候是尽头。

程千仞想起副院长的话，差点崩溃道："我选它，它也选我，怎么可能？！我是活的，它们都是死物。选我？跟我说句话啊！"

赤日炎炎，学舍里置着一地冰盆，丝丝缕缕的白气升腾萦绕。

窗外蝉鸣聒噪刺耳，老先生拖长调子慢悠悠地念书："兵胜之术，密察敌人之机而速乘其利，复疾击其不意……"

这样的夏天，最容易让人心浮气躁。

徐冉躁得连话本都看不进去，道："他这样下去不行的！十天了，每天都在神识透支。我嘴笨不会说，你怎么不劝劝他？你不是很会讲道理吗？"

顾雪绛不急，画完最后一笔才答话："你觉得程三会听人劝？"

"怎么说？"

"看似好脾气，其实他最倔。以前是带着逐流，怕惹麻烦，瞻前顾后，小心翼翼。现在逐流走了，他没了顾忌，想做什么做什么，谁劝得住他？"顾二吹干纸上墨迹，"别急，剑阁的该看完了，下课我去找他。"

徐冉想了想，道："那你记得去，我等会还有架要打。"

"不吃饭就打？昨天我跟你说的都练了吗？真元输出掌握分寸，换刀之前记得蓄力……"

课没意思，一众学子交头接耳，窃窃私语，如蚊飞虫鸣。学舍又闷热，钟声一响，徐冉就踩上窗槛纵身飞跃道："啰嗦，管他那么多，我瞎打吧！"

不等各学舍人潮涌出，她已蹿出老远，只有声音传来："你先去吃，你没吃完我就打完了。"

顾二慢慢收拾纸笔："啧，跳窗跳上瘾了……"

宁复还金针上的阵法极为繁复，他画了无数遍，不断修正。直到今天，才敢说彻底画成。

最近徐冉很忙，接的约战已经排到了下月。遇到境界比她高的，顾二会陪她去，同境则不用。

有些是找程千仞，说这人只是徒有虚名，现在躲起来不敢见人，徐冉说“凭你也配见他，他比我修为高，有种你先打赢我”。

有些是受人所托，被许了什么好处，顾雪绛不知道，但他知道是受何人所托。

他对徐冉说：“你不想接，就不要接，我有办法。”

徐冉大手一挥道：“要是不接，姓钟的还会找其他麻烦，不如打架痛快。”

于是演武场几乎每天都有比斗看，有时还一天两场，赶上演武场没地方，就在骑射场打。因为主角之一总是同一个人，便生出打擂的意味，显得气焰嚣张。

围观者越聚越多，加之有人暗中挑唆，凡是被激起不服之心或意欲扬名立威者，都要下封战书，去排个队。

这件事甚至传到了徐冉刀术课先生的耳中。

杨先生是个温吞性子，穿青色长衫，平时言辞有礼，从不动怒，简直不像青山院的教员。这次却有些生气，叫徐冉去青台阁听训。

“你出了风头，谁胜了你谁便更有名，风头更劲，于是大家一拥而上。”

“你能胜一场，但能胜一百场吗？你不能流血受伤，不能气力不济，而你的敌人，每天都是新的，他们准备充分，源源不断。你的刀法，被无数双眼睛看着，抓你的短处破绽……你想不想参加秋天的双院斗法？如果想，现在被人摸清刀法路数，到时候怎么办？”

先生最后总结十六个字：“过刚易折，善柔不败，意气之争，最为无用！”

徐冉低着头乖乖听完，才笑嘻嘻开口道：“先生别气，我今年双院斗法争个前三甲回来，给您长脸！”

杨先生拍桌子道：“端正态度！我不要你长脸，要你少惹点事。”

徐冉抿了抿嘴唇，说：“我这两把家传宝刀，拿在先辈手里战千军万马，何曾避退？你现在让我退，道心不圆满，瓶颈如何破？”

“我不怕他们琢磨我刀法路数，只要我比他们进步得快，来再多人，都是我的磨刀石。”

少女说得很认真，很固执：“或许终有一天我会明白‘过刚易折’的道理，但是在那之前，我想痛快地打。”

程千仞不知窗外事，仍在看剑诀。

这一天似乎与从前痛苦的日子没有不同，直到他又看完一本。满腔焦灼浮躁，瞬间归于寂静。

那种感觉无法言说，他莫名想起一句话：我未见花时，此花与我同归于寂，我来看此花时，花的颜色一时明白起来。

何止颜色，整个世界都明白了。

青山碧水、白日流云、大海沙漠、城池楼台，次第展开，天地间种种，尽数开阔。

再翻回扉页，原来是《见江山》。

“你选它，它亦选你。”

如此才知副院长所言非虚。

他激动难自抑，捧着书来回疾走，直到被执事喝止，他在识海演剑，一遍又一遍，不知疲倦。

江山如画，怎么看得够？

顾雪绛来时，便看见精神亢奋、不太正常的程千仞，只得拿过他手中剑诀翻了翻，叹气。

又看向他腰间的旧剑：“我原本以为，你会选‘秋暝’。”

毕竟那是此剑旧主，剑阁双璧的师父，澹山山主的剑诀。

程千仞道：“《秋暝剑》我读过，孤高寡淡，我不喜欢。我只喜欢《见江山》。”

顾雪绛摇头：“你学剑阁的剑法，毕业之后，水到渠成地拜入剑阁。学它，玄妙之处全靠自行体悟，修行遇到瓶颈时，谁能指点你？当今圣上还是安山王？！”

程千仞微怔：“没这么夸张吧……”

“这是太祖创立的剑法。先皇尚在时，包括圣上在内的二十余位皇族子弟，都曾修习此剑。现在，就只剩两个了。你没赶上好时候。”

有些事世人皆知，却不能放在明面上说。比如圣上杀父弑兄继位，皇族内部的血腥清洗。

程千仞只关心剑诀，问：“除了皇族，没人练过？”

“当人有，除了皇宫里，南北两大学院、剑阁、沧山，都有收录它的拓本。但是没人练出名堂，有人猜测，怕是与血脉传承有关，皇族血脉者修习此剑，才易得真义。”

血脉这种玄乎的东西怎么能信，难道皇族的血跟我们不一样？又忽然想起，这本就是一个玄乎的世界。

他开始思量，说是思量，却不过片刻便做了决定，像是决定中午吃什么一般，神色一肃道："就学'见江山'。"

顾雪绛看着他，也思量片刻，忽然笑了："睥睨江山，神鬼辟易，倒也相配，好，就学'见江山'！"

徐冉坐在热闹的飞凤楼大堂，大碗吃肉。

一把长刀负在身后，另一把立在脚边，刀尖淌血，往来客人忍不住打量她。周围的桌子都空着。

忽然刀背被人弹了弹，回声清亮。

顾雪绛施施然坐下："这是做什么？穷到卖刀吗？"

徐冉抬头刚想怼他，却看见他身后的人，开心地招手道："程三，你终于出来了！"

程千仞倒茶递上前："慢点吃，小心噎着。"

她大口喝茶，满足喟叹道："舒服，好吃，想喝酒。"

程千仞招来店里伙计道："一坛女儿红。"

他又点了几样菜，敏锐地感知到不止一人的目光落在背后，不禁蹙眉。

徐冉见状低声道："我正对面二楼雅座，就是你们背后，坐着钟天瑜一伙，一直往这边看，特烦。钟十六不在。要不要套麻袋打他们一顿？打完就跑。"

顾雪绛："所以你立刀在此？你还是劝劝自己，冷静一点吧。"

程千仞："你今天怎么……格外激动亢奋？"

徐冉举酒碗邀他们："高兴啊，看见你出来，高兴，打架赢了，也高兴。来，走一个。"

两人只好陪她喝。

"刚才打完，有人问我你在哪里，莫非是怕事躲起来，我说你在藏书楼上闭关，是为了双院斗法夺得三甲，闲时约战与南渊荣誉相比，哪个事大？"她说着大笑起来，"当时他那个脸色啊！不只是他，所有人都被我震住了！我第一次这么会说话！像顾二！哈哈哈哈！"

程千仞懵道："有人找我？"

"之前有，现在没了，以后也没了，都等着看你双院斗法。没想到我一句话解决这么多麻烦，高兴，来，再喝一碗！"

程千仞怔怔道："你说我双院斗法要夺下前三甲？"

顾雪绛低头点上烟枪，闷声不响地抽烟。

徐冉眨着大眼睛："文试三甲应该没问题吧？你不是成绩挺好的吗？"

程千仞："……你为什么会这样觉得？"

"去年我们先生布置课业，一篇论道文章，我写不出，你替我写的。那次同窗们都被批'满纸胡言，离题万里'，只有我的批语是'行云流水，击节而歌'，先生当众表扬，全青山院传阅。"

程千仞有点明白了。

如果你周围人的成绩一个比一个差，只有一位朋友勉强算不错，便很容易产生错觉：我这位朋友世界第一厉害。

顾二吞云吐雾，懒得说话。程千仞对着徐冉却没脾气，耐心解释道："那篇文章在青山院传阅，只是因为它语句通顺，且没有错字。"

徐冉终于意识到气氛不对，放下酒碗问："是这样？"

程千仞："放到春波台和南山后院，它就是'满纸胡言，离题万里'。去年年末综考，我在班里排第六名，全南山四十六个班，假设我在每个班都能排第六，前面也有二百三十个人……现在你有概念了吗？"

徐冉低头自语："我只听说你们院林渡之厉害，谁知道还有这么多厉害的。"

程千仞："不是他们厉害，是我太弱啊。"

徐冉还想垂死挣扎下："可是君子一言，驷马难追……我只说了三甲，没说文试武试，要不你练剑试试？"

程千仞："……"

唉，嘴炮一时爽。假酒喝不得。

却见徐冉无精打采，像被霜打的海棠，不禁安慰道："说就说了，随它去吧。起码双院斗法之前清净了，挺好！"

反正他现在孤家寡人一个，任何麻烦都不怕。

顾雪绛擎着细长的金玉烟枪，忽而回眸，挑眉一笑，朱唇微启，徐徐吐出白烟。

程千仞随他回头，相隔半个喧闹大堂，望见二楼雅间外，七八位锦衣华服、朱缨宝饰的公子凭栏而立，居高临下地看着他们。

都是面熟的人。

目光交汇，钟天瑜神色倨傲地遥遥举杯，一饮而尽。

三人走出飞凤楼，漫步在车水马龙的城南大道。

徐冉："不懂你们皇都人。要对骂就开口，要打架就动手，举杯喝酒什么意思？"

顾二无奈道："他这样的，我以前根本记不住名字，怎么能代表皇都？！"

程千仞心想，我明白你的意思，拒绝地图炮嘛。

徐冉："那湖主能记住谁的名字？跟你甩过泥巴的傅克己和原上求？唉，这俩是什么样的人？"

顾雪绛略感尴尬，不想多谈，只说："他们二人远非一句'脑子有病'能讲清楚的，以后若有缘相遇，你自然就明白了。但我还是希望，你们能见到邱北或者原下索这样的正常人，也好改善对皇都的印象。"

他此时未料自己一语成谶，几人在不远的未来狭路相逢。

闲聊间程千仞已拐进一家布行，徐冉和顾二不明所以地跟进去。

城南最大的布行，琳琅满目，锦绣成堆。买布裁衣的客人、来往招呼的伙计，不乏试新装的贵人，被一众小厮丫鬟围着，打扇捧镜，阿谀奉承。

口齿伶俐的伙计迎上前问："几位公子小姐，选布料还是看成衣？"

徐冉第一次被人叫小姐，浑身僵硬。

那伙计认出程千仞，喜道："程公子啊，您订的雪华锦到了，稍坐，这就给您取。"

他们被请到窗下的茶座，桌上瓜子点心俱全。两人不可思议地看着程千仞。

只听后者解释道："之前打算送逐流上私塾，想着不能没新衣，给他订了几匹锦缎。"

于是再没人说话。直到三个伙计捧着木盘一字排开，或雍华瑰丽，或清雅素淡。

"雪华、云中、软烟，都是今年顶好的料子，才到的新货……"

程千仞就一个字："买。"

入学时南渊发春夏装、秋冬装各一套，学生们一般会照着样式多剪裁几身，方便换洗。手巧的女学生会绣些不显眼的花草彩蝶上去，富家子弟更不甘平俗，院服远看别无二致，近处才见暗纹刺绣等玄机。

程千仞从前的院服都是最普通的衣料，那天雨夜失控，洗净的衣服都被他毁去，现在更没几件能穿的。

"既然来一趟，去看看成衣。"

伙计们紧忙引路。整齐排列的木桁上挂着各式成衣。

徐冉看见一件红底金边骑装，怀念道："像小时候我娘给我做的那身。"

"买。"他转向顾二，"你挑几件。"

"我不挑。"

程千仞："那我给你挑，我的眼光，你可想清楚。"

顾二："……还是我给咱们挑吧。"

每人添置七八件，四季兼有，几位貌美女侍请三人站定，拿卷尺为他们量身。

伙计捧上笔墨道："烦请留个宅号，所有衣物三日内制成，给您送到府上……方才您买的锦缎裁什么？裁衣的边角余料又做什么？"

程千仞："南渊院服。一人两套。若有余料，给他做几个烟袋。"

顾雪绛："……"

程千仞别过朋友，到西市天桥下找了五六位泥瓦匠和木匠，去修葺自家院墙和东家的面馆。

选剑诀时心无旁骛，眼下才想起这些凡尘俗事。他也不嫌麻烦，一件件安排妥帖。或者说只要愿意花钱，这些事都不麻烦。

工匠看他腰间佩剑，又穿南渊院服，想来是学院里的修行者，不敢偷奸耍滑。天黑时一切妥当，程千仞给面馆封门落锁。

长街空寂，只有店门前老树在夏夜凉风中招摇，沙沙作响。

"这房契地契，原本想卖了换银子，可是万一哪天你回来，总要有个落脚地。所以你小心点，别真被你师弟杀了……"

几句自语飘散在风中，渐渐听不真切。

夏季的南山后院，草木葱茏繁茂，树荫遮天蔽日，远望像一整块明净碧玉，其上蜿蜒石阶是玉的纹路。

学舍在花木掩映间，墙角不用置冰盆，自有山间凉风徐来。

早来的学子们照例呼朋引伴，高谈阔论，与夏蝉虫鸟争着给这南山添热闹。

却不知说到什么，忽而声音低下去，几人凑近了窃窃私语。

"那位放话要夺双院斗法的三甲，可我昨天去问登记处的师兄，他尚未报名。"

"我记得下月就截止，他还在等什么？"

大家平日无甚差异，偏只有他一夜之间入道，成为修行者，每思及此，难免羡恨。又因为对方能为南渊争光而喜悦，这样的人与自己同师同窗，当然与有荣焉。这便汇成奇怪复杂、难以言说的心境。

正说着，一人走进来。

学舍里须臾静下，闲谈的尴尬散去，自顾坐回原位，翻书舔笔。

这是程千仞长达数十天缺席后，第一次来上课，但那天蓦然爆发的威压，所有人都还记得。

他看上去无甚差别，还是独来独往，寡言少语，除了腰间佩剑。

钟声响过，徐先生抱书进门，惊觉今日风纪不一般，满座学生都在安静温书，见他齐齐起身问好。

“都坐吧，上课。”

完成课业后，不用谋划生计，不用去面馆算账，不用管照弟弟，吃饭也是下馆子，程千仞突然发现时间宽裕起来，便都拿去练剑。

他心想自己终究会习惯这种生活，就像习惯刚来这个世界时，一个人捞尸的生活。

顾雪绛和徐冉还是觉得程千仞变了。

即使这种变化不明显，表面不见异常，开玩笑照旧，只是话更少，笑的也少了。

关系浅薄的同窗们反倒深有体会：从前这人不说话，遇着当面嘲讽也没有反应。现在这人不说话，单是坐在那里，便生无端冷意。张公子有次试图搭话，被他抬眼一看，忘记要说什么，只得讷讷走了。后来酒桌上说起，抱怨道：“原本是想问他双院斗法有没有找到合适队伍，干吗那么冷漠，我差点以为他要拔剑。”

天气日渐炎热，程千仞被先生叫去瀚海阁一趟，中午三人又聚在飞凤楼吃饭。

楼里的菜已换着花样尽数点过一遍，现在每个伙计都认识他们。

“日头毒，后厨有新做的冰酪，先给您上三份？”

徐冉吃着清凉解暑甜丝丝的冰品，心情大好。

“先生叫你去干吗？催你报名吗？可我们还差一个人啊……哎呀，顾二你到底吃不吃，不吃给我！”

顾二端碗躲她：“你懂什么，就是要来回搅动，淋在上面的蜂蜜才好拌均匀。”

程千仞：“不是报名的事，徐先生叫我最近不要上课了，没说什么时候让我回去。”

他想起先生说的话。

“你心思不在算经，从前在幼弟，眼下在剑法，强求不来。”

“但不管你以后做什么，我教过的东西不能丢，若是学了剑，便忘了怎么打算盘，就别说你做过我的学生。”

“大道三千，没有哪种学习是无用的。只要学了，都不是白学。”

顾二：“既然如此，你有什么打算？”

“打算天天练剑。家里不行，周围都是普通人，剑气容易扰民，骑射场人又太多，想在学院里找个清静地方。”

清静地方，徐冉第一反应是太液池白鹭洲。湖上再多船舫来往，都会远远避开湖心小洲，遥望那边水草丰茂，烟波浩渺，时有白鹭点水飞出。

顾二：“你知不知道谁住在那儿？”

徐冉：“有人住？”

“院判大人。”

“……当我没说。”

顾雪绛转向程千仞：“我倒是知道个地方，恰好明天休沐日，我带你去。”

第二日休沐日清晨，天光微亮，人声寥落。

南渊如一座城中城，有主干大道，也有小径回廊。建安楼临近大道，可登高远眺演武场，平日往来络绎不绝。医馆则坐落在建安楼后，一座三层木楼，专作看诊之用。

“这不是学院医馆吗？”徐冉问道。

顾二：“多点耐心，我们还没到。”

顾雪绛在前引路，穿花拂柳，绕过医馆楼，偌大一片青青药田便展现在三人眼前。

七八座白墙灰瓦的简朴院落点缀其间，作为医师们的日常起居处，有鹅卵石小路相连，将碧绿药田划分为不规则的数块。晨雾清风中，田园野趣盎然。

几位女医师在药田间忙碌，竟都认得徐冉，远远同她打招呼。

“这么早，来开药吗？”

“莫不是受伤了？”

徐冉快步迎上前，先叫几声好姐姐，又不知说了什么，把姑娘们逗得“咯咯”直笑。

顾二第一次见这阵仗，惊叹道：“平时看不出啊。”

程千仞心想，天生的技能，没办法，你羡慕不来。

待两人走出老远，徐冉才从她的“好姐姐们”那里脱身，喊：“等等我。”

鹅卵石小路已尽，药田渐荒，没有院落遮蔽，僻静的梧桐林映入眼帘。

仲夏时节，林木最为繁茂，墨绿老树又生鲜嫩新芽，交织成一片深深浅浅的碧色。三人走在雾气未散的林间，满目苍翠，也不知随风浮游的是晨雾还是碧色了。

此处人迹罕至，落叶残积，土地松软。四下里只有蝉声，徐冉拍拍顾二，想开口说话，声音都不由轻下来：“你怎么找到这儿的？”

“你和钟十六约战之后，我在医馆咳得厉害，被人叫去二楼开药方，望见窗外一片绿色，想来该是荒林。”

徐冉：“挺好，程三以后有地方呆了……”

正说着，程千仞忽然放轻脚步，回身给了他们一个“嘘”声的手势。

如今三人中数他最五感敏锐，徐冉、顾二默契地静下来，悄悄随他走。

隐约望见林木深处有一人影，身姿挺拔，侧颜冷淡，正捧卷而阅。

程千仞忽觉这一幕似曾相识，还未等他想起，只听顾二扬声招呼："林鹿！"

那人闻声转头，神色有些惊慌。

熹微的晨曦光彩穿叶而过，落在他身上，照亮一双剔透明眸。

程千仞恍然，林渡之！

对方匆匆看了他们一眼，然后转头跑了。

……跑了？

顾雪绛上前追了两步，深林无处可觅，只得怔然立在原地，奇怪道："他跑什么？"

程千仞有点惊讶。花间公子从前如何他不知道，现在的顾二确实性情懒怠，除了对姑娘和画像的客人多几分耐心，其余一概懒得交际应酬。何况以顾二良好的家教与修养，怎么也做不出高声招呼陌生人，吓跑别人的事。

所以是认错了人了？

听见程千仞的问题，顾雪绛反驳道："分明就是林鹿。认错？难道你认得他？"

"他曾在藏书楼上，让一本《理数初探》给我，借书登记的落款是林渡之。"程千仞又重复一遍，像在自我肯定，"他是林渡之"。

顾二："那天在医馆二楼，他开了一副戒烟的方子给我，亲口说他叫林鹿。"

徐冉一头雾水，听见南山榜首的名字才激动起来，来回指着两人："你说他是林渡之，你说他是林鹿，他到底是谁？程三你居然认识林渡之？原来顾二戒烟的药方是他开的，看来没什么用嘛……"说到最后先绕晕自己，"不对啊，你们说的完全是两个人吧，南山林渡之，医师林鹿，长得很像而已。"

程千仞和顾雪绛都表示不可能。

"奇了。"徐冉精神头上来，侃侃而谈，"如果真有'人如其名'，说他叫林鹿我比较相信，我小时候随我爹秋猎，一路马蹄如雷，烟尘漫天，小鹿受惊都是他那个眼神，你们觉不觉得，咱仨刚才悄悄靠近他，吓跑他，就像在捕捉一只鹿，哈哈哈哈哈。"

这笑话太冷了，程千仞根本笑不出来，说："我在藏书楼遇见他时，他仪态沉静，态度冷淡，一点都不像……鹿。"什么乱七八糟的，关鹿什么事。

顾二居然跟着徐冉"开脑洞"："那当然，鹿要在林子里才像鹿。"

程千仞："……神经病啊！！！"

时间回到春天。

顾雪绛坐在医馆外间咳嗽，一边摸烟枪点火，尽管程千仞去看徐冉前，嘱咐他少抽点。

以他现在的身体状况，完成一场战斗的全神计算，到底是太勉强了。除了烟草，没什么能让他感觉好受些。

烟气缭绕，不时有医师或伤员从面前路过，忽有人折回来，定定地看着他。

顾雪绛抬头。来者身穿学院服，风姿清朗，眼神透澈，即使目光冒昧失礼，也让人生不出恶感。

“你看什么？我长得好看吗？”

对方不理他言辞轻薄，径直问道：“这方子谁给你开的？”

他在抽烟，对方却问药方，换了别人，必然听不懂这话。

顾雪绛重新打量眼前人：“方子怎么了？有问题？”

“我第一次见到将草药配制成烟丝，且不损药性的，这固然是个好办法，可以随时取用，即刻止痛，但百忧解容易成瘾，饮鸩止渴，不治根本……开药方的人可能想害你。”他越说越生气，“如此行医有辱医德，你告诉我，是哪个医师开的，我带你去找他理论！”

顾雪绛觉得这人耿直到古怪的地步，不由笑起来：“这方子是我自己开的。”

对方沉默半晌，问他：“很疼吗？”

顾雪绛认真道：“很疼。”

“你随我来。”

这一天是南渊学院的某个春日，即使有徐冉与钟十六战斗在前，看完热闹的人群已渐渐散去，它依然寻常至极，显得这一场相遇也是寻常。

顾雪绛随那人上楼，楼梯陡峭而古旧，踩上去“吱呀”作响。他却无端有些惶惑，似乎在冥冥之中，感知到命运微不可查的转机。

对方引他进门，阳面有窗，光线顿时明亮起来。靠墙置着药柜，桌上一边是药秤、药舀、药杵等等，一边是书本笔墨，中间放着号脉枕和白绢布，皆摆放整齐，纤尘不染，看布置是间独立诊室。

“请坐。”

顾雪绛依言坐下，对方又敲了敲桌子，他神色困惑。

对方无奈道：“手腕，号脉。”

“哦。”

顾雪绛不喜欢被人把持脉门，通晓医理之后，便自诊自医。然而对方眉眼沉静，搭在他脉搏上的手指修长白皙，一看就是翻书抓药的手，即使注入真元在他体内游走，也未让他感到不适。

窗外视野开阔，远远望去，漫山碧透。

"怪不得会疼。你全身武脉碎裂，大小二十四处断口，且有魔息残留，根深蒂固……"那人也不问他魔息是怎么来的，只是蹙眉，"雪上加霜，搅乱体内气机。"

"你能治吗？"

"若先续武脉，必会牵动魔息乱窜，冲入幽府则有性命之危；先从武脉中拔除魔息，则容易造成武脉二次断裂，断口更多……"

顾雪绛忽然站起来，欺身上前，眸光灼灼，问道："你可以再续武脉或者拔除魔息？"

对方被他吓了一跳，怔怔道："……若是其一，我可以试试，但你两者兼有，我毫无办法。"

仅是一瞬，顾雪绛已冷静下来，坐回原处道："失礼了，抱歉，医师。"

"我不是医师，是南山学院的学生，闲时在这里帮忙。"

顾雪绛笑了笑，又是翩翩公子模样，道："学院既然能认可你，开诊室给你，你当然也是医师。请教如何续武脉？"

"我刚才说得不严谨，你莫要抱期望。稳妥方法是药物内调，兼以真元引导，五年初有成效，所需药物也难寻……"

他试着劝解，不料这个病患毫无失望之色，还能与自己沟通续脉方法，不觉间说得越来越多。

顾雪绛心中暗惊，南渊竟有这等人物，医术一道钻研精深至此，这样的人，竟然能被自己遇到。

二人皆通晓医理，且不循旧典，大胆敢想，往往一人说一句，另一人立刻能接上，说到最后，已不再拘泥于再续武脉，各种疑难杂症的解法、天材地宝的药性，都恨不得聊一遍。

"我先给你开一副戒烟的药方，也有缓解疼痛之效，名为戒烟，实际是戒掉已经成瘾的止痛药。慢慢来，逐月减量，半年戒除它。"

顾雪绛聊得兴起，忘了时辰，收下药方时，才想起两个朋友在楼下，还不知怎么样了。

"鄙姓顾，顾雪绛。还未请教姓名。"

“我姓林，林鹿……”

“鹿”音一出，他忽然脸色惨白，急忙闭口。

为什么会发这个音？不是鹿，是渡啊！

他此时才意识到，不知何时开始，自己说起了家乡口音，对方居然全听懂了，也没有笑他！

顾雪绛只听见“林鹿”二字，满心欢喜地约人下次再聊，却见对方蓦然起身，神色倏忽变得冷淡道：“走好，不送。”

他心道今日初见，便耽误对方太多时间，也是冒昧，连忙告罪：“多有叨扰，不劳相送。”

眼见病患出门，“性情冷漠，厌憎言谈”的南山榜首林渡之，颓坐在一室明亮的春光中，想要跳窗。

自当日一别，顾雪绛再未见过林鹿，直到今天。

他曾去医馆二楼寻人，却见门牌上刻着“林”字的小诊室闭门锁户。

现在仔细想来，或许那人真的不叫林鹿。学院没有林鹿，他找不到一个不存在的人。

顾雪绛略过烟丝止疼的事，寥寥几句地说完前因后果，徐冉觉得很有趣，程千仞却没什么反应。

“不说真名，大抵是有苦衷，不用计较。”

“我不是计较他身份姓名，我需要找到他。”顾二略一思索，“既然他曾让书给你，不如这样，你帮我……”

程千仞不同意。他对林渡之印象不错，对方似乎是不喜欢被人打扰的。

顾二猛然握住他肩头摇晃道：“此人医道造诣超群，敢想敢为，关乎我武脉能否重获生机，下半辈子怎么过！你帮不帮我？！”

程千仞咬牙：“我帮！”

于是顾雪绛定下计划，称之为“守株待鹿”。

徐冉哈哈大笑，说不如叫“手把手教你如何捕鹿”。

程千仞摇头。唉，俩神经病。

南央城的仲夏，赤日炎炎，暑气蒸腾。

白昼渐长，被炙烤的雄城迎来一年中最难熬的几天，日落时分才热闹起来。晚饭后的人们聚在街头巷尾树荫下闲聊，店铺酒肆华灯初上熙熙攘攘，姑娘们换上轻薄水滑的新裙，结伴逛市坊。

天热人心浮躁，南渊学院又尽是些年轻气盛的学子们。平日习惯了放学人潮拥挤，此时却觉得格外难挨。

“前面的走不走啊？怎么回事？！”

“怎么走？你有本事打洞钻过去！”

几路人潮汇流，地上吵成一锅粥，半空中武修们飞檐走壁，踏枝点花。黑衣督查队员紧追其后，高声喝止：“站住！这里不能飞！”

那些凌空腾转的潇洒身影，看得徐冉好生心动，说：“程三，咱也飞吧，我背顾二，我们兵分两路，东门见。”

顾雪绛懒懒抽着烟道：“不飞。”

程千仞如今不用上课，每天在荒林练剑，放学时与两位朋友在医馆门前汇合。可是自打他们见面，就没挪开几步。

“不如下次晚些出来，钟声响后半个时辰，总该好点。”家里无人等他吃饭，回去早晚有什么不同。

徐冉应了一声，忽然跳起来张望道：“原来是建安楼出事了，扎起木栏白布围楼一大圈，不知在干什么……有砖瓦木料，好像在修楼。”

周围人听见纷纷抱怨。

“怪不得堵成这样。”

“好端端的大夏天修楼干什么？有钱来扩路啊。”

反正大家都走不了，不如八卦闲聊，总有人消息灵通。

“你们不知道？双院斗法时，皇都有一位贵人要来观战，学院负责接驾。建安楼临近演武场，居高临下视野最好，当然要翻修一新，迎贵人入住。”

“这是真的，我昨天亲眼看见南门运来几大车奇花异卉，都是叫不出名儿的珍奇，往建安楼方向去了。”

“我南渊不知接过多少大人物，这次的贵人有多贵重？一座城够不够？”

督查队在前方疏通道路，人潮缓慢移动。众人一通乱猜，热火朝天，闲聊范围越来越大。

徐冉听了很多陌生的名字身份官位，悄悄问顾二：“湖主，你觉得是谁？”

顾二不吭声，长眉微蹙。徐冉知道他惯来不耐拥挤，懒得说话。

程千仞对于这些热闹向来不上心，听完便过去了，依旧在脑海中琢磨剑招。

他现在的生活比从前更简单。虽然练剑不比读书容易，但若要选，他选练剑。

一人困于旧人旧物，总需要做点什么不会走神的事，令自己每天精疲力竭，无暇多思。程千仞便将练剑当作解脱之道。

走路吃饭喝水，只要不说话的时候，都可以想想“见江山”。

日子一天天过，随着建安楼的白布越围越高，学生们还是没猜出所以然，却已想到许多分流办法。不少人去太液池坐船，将水泄不通的路段绕过去。

六月天，正是湖景最美时节，半湖接天蔽日的荷田，怡红翠绿；半湖澄澄碧水，倒映着天光云影，亭台楼阁。

“那个就是南山后院一夜入道的程千仞”“就是他放话要夺下双院斗法前三甲”等闲言，早已被新鲜事、新热闹覆盖，少有人提起。

程千仞抱剑行走在学院，已不再引人注意。或者说，人们会下意识地避开看上去一身冷漠的人。

大家更愿意聊青山院的徐冉。她接下的约战终于打完了，一直是旧伤未愈又添新伤，医馆常客，却胜多败少。比她修为低的不敢来战，同境的胜不了她，境界高的自持前辈身份，鲜有下场。胜过她的那几人都是险胜，没有可夸耀之处，反倒让她显得风头无两。

于是最后一场，顾二叫她想办法输。好对手难逢，天气又热，徐冉也懒得再打，索性揍对方一顿，然后认输了。

顾二气得拿烟枪敲她道：“你这不叫想办法输！要让对方赢得漂亮，才能替你当靶子推出去！”

徐冉不服：“什么乱七八糟的，我都认输了，这事儿不就完了吗？！”

不料幕后推手真的沉寂下去。是否还有下一步动作不得而知，总之南渊三傻的日子彻底清净了。

清净到程千仞快要忘记所谓的“守株待鹿”计划。

那天他夜不成寐，在识海中演剑，有些地方想不清楚，天色未亮便迫不及待地出门，照例去荒林练剑。

晓风残月，学院大门初开，人声寥落，空空荡荡。程千仞走在药田间的鹅卵石小路上，忽见不远处一道人影，转瞬没入林中。

他感叹莫道君行早，更有早行人，却没想到竟是熟人。

那个人还是藏书楼初见的模样。

“林师兄，叨扰了。师兄上次让书给我，还未曾正式道谢。”

林渡之目光游移，似在确认程千仞身后有没有其他人，很快松了一口气，惜字如金道："不谢。有事吗？"

程千仞被一双剔透明眸淡淡注视着，略感压力。想起顾二的托付，只得硬着头皮搭讪，没话找话："……林师兄报名双院斗法了吗？"

"没有。"

"林师兄需要一起报名的同伴吗？"

"不需要。"

程千仞正想告辞，忽见对方握书的指尖极用力，微微泛白。

原来很紧张啊。

他不禁笑了笑："我在此练剑，是否会叨扰师兄？"

"我会布隔音阵。"

"……"

好吧，学霸什么都会。顾二，我尽力了。

两人各占半边林，互不干扰，程千仞一套剑诀练完，落叶萧萧，不知何时对方已走了。

午饭时他告诉两个狐朋狗友，徐冉比顾二还来劲："好！捕鹿到了关键时期，稳住！"

林渡之是个生活极有规律的人，一天的安排从晨读开始，来得早走得也早。后来几日，程千仞每天早起，赶去林间寻人，却只打个招呼，说几句闲话。

直到林渡之已不再紧张，两人见面可以轻松点头致意时，顾雪绛出场了。

顾公子换下绛紫色外袍，全套学院服一丝不苟地穿好，半挽半放的墨发束作发髻，与程千仞平日打扮相同，完全是个正经人模样。

清晨林间雾气弥漫，林渡之余光瞥见人影走近，以为又是程千仞来打招呼。等他抬头，已被近身三尺之内，跑都来不及。

顾雪绛就站在他面前，笑眼弯弯，歪头看他，只唤了一声"林医师"。

仿佛在说你跑啊，怎么不跑了？

"我不是医师！"

"林师兄？林师弟？"

"……叫师兄吧。"林渡之退开两步，浑身紧绷，神色冷淡，"你们认识，戏弄我？"

顾二恳切道："绝不是。是我想找到你，我们没有恶意。"

林渡之面无表情。

顾二去拉他衣袖，语气放软道："你对他说真名，却编假名骗我，我以为你只愿意结交他那样的正经学生……"

林渡之甩开手，不为所动。

顾二没招了，只得叹气："上次开的药不顶事，疼得越来越厉害了。"

林渡之面色一变，连声喝问："不顶事？你按时吃了？经脉断口还在疼？百忧解戒掉了吗？看你还带着烟枪，定是没戒！我说那是饮鸩止渴，里不信窝（你不信我）？！"

顾雪绛暗笑，这人真怪，表面上什么都不在意，冷淡孤僻，却对行医救人有种古怪的执着。忽见他闭口不言，薄唇紧抿，神态与他说自己叫"林鹿"时一模一样。

于是顾雪绛问道："里怎不索话咯（你怎么不说话呢）？"

林渡之瞪大了眼睛。

顾雪绛笑了："蓬莱话嘛，我也会，你看，我们交流没什么问题。"

除过偏僻地区和魔族领域，大陆上都讲字正腔圆的官话，方便沟通。即使南人口音温软，北人稍直硬些，也相差无几。

偏林渡之出身海外蓬莱岛，一口乡音难改，被人一路笑话到南央城，进学院后，已不愿开口多言。他学什么都快，唯独说话，需要全神贯注才能发音标准，稍一放松，就错得一塌糊涂。

此时他垂下眼帘，不知在想什么，片刻后轻声问道："你不觉得……很奇怪吗？"

"什么奇怪？我主修课是'博物志'，各地风物都略知一二，蓬莱话哪里奇怪了，程三的家乡话才叫奇怪，全是听不懂的词！我给你学两句吧……"

顾雪绛当真学了两句，大抵是"六六六"之类的。

林渡之没忍住，笑了。

风声乍响，落叶凌空飞扬，一道人影破风而至，稳稳地落在他们身后。

程千仞实在听不下去了，抱剑现身。

徐冉也从树上跳下来。

"徐大在啊？她还会说江州话呢，来，说两句听听！"

徐冉抄起刀要拍他。

顾雪绛跳到林渡之背后，眼见不管用，转身就跑。静谧的树林顷刻间乱作一团，鸡飞狗跳。

程千仞暗道糟糕，走到林渡之面前，十分头疼道："他们俩……就是那副样子，很抱歉，林师兄。"

说罢端正行礼，林渡之伸手扶他。

程千仞道：“顾雪绛从一位前辈手中得到一支金针，我与他曾亲眼见到，那位前辈以金针暂续武脉，恢复修为。对他来说，这或许是个转机。所以想请你帮忙看看。如果为难的话……”

话未说完，对方扶他的手忽然收紧，急道：“那还等什么？若是真的，何止是他的转机，是医道的重大突破。”

医馆二楼，向阳的小诊室光线充足，窗明几净。

两人在桌前激昂地讨论，有问有答，语速极快，不时伏案奋笔疾书，不时起身来回踱步；另外两人坐在靠墙的矮凳上，面色茫然，仰脸看他们。

程千仞头脑发懵，看徐冉的样子，似乎也是懵的。林渡之行动力太强，说一不二，说金针就要见金针。

果然，徐冉碰了碰他胳膊，问：“你听懂了吗？”

程千仞道：“没有。”

他因为练剑的缘故，穴位武脉早已烂熟于心，各种药物名称、医典医理，却是一窍不通。徐冉武将世家出身，粗暴地接骨正骨不在话下，但也仅限于接骨正骨。

桌上铺满顾雪绛从前画的图纸，纸上是些繁复墨纹。林渡之看完一张又换一张。

程千仞在识海中演剑，徐冉四处打量诊室的摆设。

不知过了多久，他们终于听到了能懂的部分。

林渡之放下图纸，感叹道：“针上的微缩聚灵阵很巧妙，不需要施针者注入真元，是以被施针者武脉内残留真元激发，便可引天地灵气强行灌入经脉……我从前只想如何以药物内调，使破碎的武脉复生，却没想过纯粹外力施压。这位前辈真是了不起！”

“确实了不起，他……”顾雪绛突然语塞。

林渡之追问：“他怎样？”

面馆老板懒怠的瘫姿浮现在顾二眼前，一时竟没想出该怎么夸，只说道：“他煮面很好吃。”

林渡之：“……”

程千仞怕顾二尴尬，接道：“是挺好吃的。”

徐冉不明所以，跟着点头：“煮馄饨也好吃！好吃！”

林渡之：“……”

话说到这里，程千仞才想起来他们还没吃午饭。

等他和徐冉拎着食盒回来，诊室里的两人依然在案前讨论。顾雪绛整理好桌上的医书图纸，打开食盒，顺手为林渡之端碗递筷，道："来。"

林渡之面露犹疑之色："你们吃吧。"

徐冉："渡啊，别客气，吃饱了才有力气陪他接着聊。"

她念"渡"字有点像"鹿"，林渡之听见耳朵尖微微泛红，道："不是客气，我，我已辟谷了。"

修行者吸收天地灵气供养自身，代替五谷，便是辟谷。提升吐纳之道，对精神境界要求很高，不比练习招式拳脚。但年轻人往往想要的很多，心浮气躁，口腹之欲也是欲，能在这个年龄辟谷的寥寥无几。

程千仞想起从前与林渡之的接触，对方虽然神色冷漠，却没有武者身上的杀气锐气，境界威压分毫不露，不会给人凶煞危险之感。此时再看，那人站在光线明亮的诊室，药杵药秤为伴，又多一份医者慈悲。

徐冉肃然起敬道："真厉害。"

林渡之被夸得不好意思，说："可以教你们一些心得。"

徐冉挠头道："我跟程三才炼气大圆满，等到凝神境再来请教你。"

顾二吃相文雅，不忘怼她："你那个饭量，就算小乘境也辟谷不了。程三希望大点，他现在吃的越来越少。"

程千仞怔了怔道："顺其自然吧。"

他确实饭量锐减，每天只中午陪朋友们吃一顿。或许修行吐纳有收获，或许是因为南央城最好的酒楼，也比不上逐流做的家常便饭。

与南山榜首成为朋友之后，顾雪绛开始频繁逃课。主课不敢逃，副课总可以，"军事理论基础"首当其冲被他翘掉。徐冉独自听李老先生唠叨，百无聊赖，囤了许多话本消磨上课时间。

学院医师大多住在药田间小院，单人独院，林渡之也有自己的院子，顾二清晨便去那里寻他。

没了晨读的同伴，程千仞一个人占据荒林。

成片梧桐遮天蔽日，步入林中，凉风混着的草木清香扑面而来，燥热暑气登时散去。

程千仞踩过松软的泥土与落叶，以往练剑前心无杂念，今日却无端感到不安。仿佛深林之中，有什么东西注视着他一般。

他试着感知这片林，神识发散，意念如千万条无形的丝线抽离探出，将肉眼难察的细枝末节回馈于他——树木的纹路，蝉翼的扇动，风的温度，人的呼吸。

他忽然停下，喝道："出来！"

葱茏枝叶随风颤动，蝉声鸟鸣如故。

祥和静谧中清光陡现，程千仞手中旧剑出鞘如电，身形随之腾跃而起，几乎同一时刻，雪亮的刀锋划破晨雾，从他身侧一尺外的巨树上扑杀下来！

"铮——"

对方潜伏已久，誓要一击必中，雷霆万钧之力自刀刃爆发，风中碧叶片片炸裂。

程千仞手腕一麻，心知此人修为不在他之下，不愿硬接，飞身疾退，剑走游龙，刀剑瞬间交击数十下，铮鸣如疾雨震彻深林。

对手居高临下的扑杀先机转瞬即逝，倏忽落地，"神鬼辟易"便在此时变招，剑身一抖，搅乱风烟突刺而出。

劲气激荡，震散他们周身烟尘碎叶，视野陡然开阔。

来者身影终于被看清，程千仞仓促收势，道："是你？搞什么？！"

只见徐冉大笑道："试试你的剑！"

斩金刀去势不减，挽作一团炽烈金光，狂暴的真元向他迎面冲杀。

程千仞不言，剑锋飞速在身前划过半圈，漫天落叶随之飞旋聚来。风声呼啸间，千万片碧叶如天瀑悬空，长河倒贯。

徐冉只觉呼吸一滞，却断喝道："来得好！日出！"

她双手握刀，刀势横斜，金光大作，碧叶长龙被从中斩断，在刀焰炙烤下竟燃烧起来，化作簇簇烈火，顷刻灰飞烟灭。轰鸣如雷，长刀与剑再度相击！

她与朋友过招，毫无顾忌，顺手用了最熟悉的刀法。

"烈阳军法刀"至刚至猛，皆是明招，"见江山"亦是大开大阖的路数，细微之处却见精巧，刚中带柔。

两者相斗，劲气狂风令深林震动，无边落木萧萧，蔚为壮观。

缠斗百余招，程千仞被激起斗性，徐冉却已尽兴，甩手将刀一掷，程千仞猛然侧身。只听"咄"一声，长刀钉在树干，入木三分，刀柄剧烈摇晃。

久战难胜，她便心生不耐，摆摆手道："不打了！"

所幸程千仞收招快，手腕微偏，避开空门，未散的剑气只是刺破她衣袖一角。

他收剑回鞘，蹙眉不语："以后不要这样，危险。"像徐冉这类战斗经验极为丰富的人，怎么会有临阵扔刀这种任性的打法？

“你那什么表情，我又没伤着。再说，我背后还有一把刀呢。”

程千仞看着她衣角叹息：“这衣服我买的，红烟缎，很贵。”

徐冉气结，拔出断玉就要再战。

那天去城南布庄，他们添置了许多新衣。人靠衣装马靠鞍，顾二眼光又好，南渊三傻风貌焕然一新。走在街上也是飒爽少女，翩翩少年，只是徐冉和程千仞不自知而已。

程千仞不愿再跟她打：“怎么突然想起找我对招？”

“别提了，最近顾二忙，我又买不到好看的话本。”

程千仞心想文荒的人真可怕，便道：“走吧，给顾二送饭去。”

以前他在藏书楼闭关，两位朋友溜进楼里给他送食盒，现在轮到顾二废寝忘食了。

徐冉边走边比划道：“你刚才这招叫什么？很厉害的样子。”

“‘见江山’第三式，瀚海黄沙。”

“那这两招呢？”

“孤峰照月、平湖落雪。”

“有意思！”

这句有意思不得了，程千仞从此除了练剑，还要应付徐冉心血来潮的突袭。有时是饭桌上争菜的筷子，有时是谈笑间突然拔刀。

大部分武修都像徐冉这样，长时间独自练习便觉枯燥，总要有人过招，才知自身进退。

程千仞不同，他可以一个人练剑很久，反倒觉得杂念一空，心无旁骛。

某天吃饭，茶水在剑气刀意下震落满桌，顾雪绛终于看不下去了。

“他挨过宋觉非的鞭子，大乘圆满的魔头你见过吗？你这几招，吓不到他的。”顾二现在抽烟少了，衣冠也端正，一副要奔向美好明天的上进青年模样。

看徐冉这么闲，把她的市井话本都换成了兵法书：“课不听就算了，书总要看，不然你年末考试怎么办？李先生好糊弄？”

徐冉眨着大眼睛，问：“我能抄你的吗？”

顾二温柔地笑了笑，答：“你做梦！”

不等两人开怼，程千仞抢先说道：“有件事情要跟你们商量，我想新置一处宅院。”

他也觉得自己矫情，可是没办法，独处旧地，到处都能看见逐流的影子。

“我从前的积蓄快花干净了，东家给的都还在。”银票、房契地契、青玉璧摆在桌上，一字排开。

“面馆我给他留着，万一他以后回来，还有个落脚地。玉佩就当掉，加上二百两银票，置个新宅院。”

几人心照不宣，没问他为什么要换住处。徐冉的目光落在玉佩上，道：“好精细的山水纹，能当个几百两吧。”

顾二拿来端详，沉默片刻，神色古怪道：“这不是青玉，是染玉，最多二两。”

程千仞目瞪口呆。

徐冉：“别胡说啊，那可是宁复还！堂堂剑阁双璧之一，身上带的怎么会是染玉？！”

“这些个古玩玉器，别说真假，就是年代产地，我都能给你摸出来。独门手艺，明白吗？”顾雪绛举起玉佩正对刺眼日光，微微眯眼，“染得挺好，一般人还真看不出来。你拿它去骗当铺老板试试？”

程千仞气结，什么混账东家，欠下二十两血汗钱，带着他师弟跑路了，临走还要骗他一回：“扔了。”

“扔了不吉利，古人云‘玉有六德，以玉比君子。君子无故，玉不离身。’你看我娘给我的这块，也不是什么值钱东西，我一直系着。来，我给你戴上，以后我们都是有玉的人了。”

程千仞拗不过，只道：“好好好，说回新宅的事吧。”

徐冉忽道：“不如大家凑点钱，搞个大宅子，一起住。”

“那至少要三进三出，府在前园在后，东中西三路分别三个院子，免得你练刀吵到我看书……钱怎么凑？”

“双院斗法的彩头啊！前三甲五百两，前二十名三百两，我们三个，至少能挣九百两，运气好一点，一千一百两，天降横财，什么宅子买不了。”

顾二夸张道：“哇！你居然会算这道题！”

程千仞很早就考虑过双院斗法，那时是为了给逐流凑学费，没想到现在还是为了钱。

“四人成队，我们差一个人，林渡之愿意参与吗？”

顾雪绛：“难。他不缺钱，也无意扬名，对这种比斗不感兴趣。”

徐冉挠头：“没了鹿，上哪儿找第四个人啊。”

顾二：“我问问他，如果他稍感为难，就作罢。”

程千仞：“不行的话，我们再想其他凑钱办法。”

南渊三傻满怀对新生活的憧憬，宅子还没买，已经说起池塘要养什么鱼，院里要栽什么花了。

两天后，徐冉在副课的学舍见到顾二时，还以为自己看错。

顾公子又回到从前，擎着烟枪吞云吐雾，瘫姿懒怠，衣衫散乱。

“你今天怎么没跟林鹿在一起？”

顾雪绛脸色发白，回道：“看你的兵书。”

“你俩吵架了？”

顾二斜她一眼，徐冉怒瞪他，转头看书。

教室坐满，老先生开始摇头晃脑地念文章，学生们窃窃私语聊着天，她听到身边人应道“嗯”，声音闷闷的。

她忽然就不知该如何开口。对方从未有这般丧气模样。

顾雪绛为修复武脉做过无数尝试。正因为他精通医理，所以知道有多难。

认识林渡之后，有人和他一起做这件难于上青天的事。他们想了许多办法，克服无数困难，拨云见日，滴水穿石。

“你武脉二十四处断口，所以还需要二十三根针。将聚灵阵刻在这种细针上，必须顶尖炼器师出手，整个南央无人能做。”

“沧山的炼器师、皇都的宫廷铸造师都不会轻易出山。梅大师有位关门弟子名叫邱北，或许今年的双院斗法会来南央……”顾雪绛很快自我否定，“不行，太慢了，我们另谋他法，一根针多次使用。”

问题解决后，顾雪绛跳上椅子，手舞足蹈，林渡之跟他一起傻笑。

可惜再多默契与才思，也避免不了分歧。

“如此接脉，只是暂时复原，金针一除，灵气乍泄，容易对你武脉造成第二次伤害，风险太大。”

顾二不赞同：“这是最好的方法了，世上哪有万无一失的事？”

“针上聚灵阵被你脉中真元激发时，我再注入真元锁住被吸聚的灵气，间接锁住成形的阵法……理论上可行，但我怕自己出错。”

“上次我替宁前辈接脉，每一秒都觉得他会武脉爆裂而死。但他死了吗？林鹿，你太小心了！”

“你接脉时有二十余根针，我们却只有一根！风险和难度翻了二十多倍。”

林渡之思虑一整夜，第二日回复他：“我不会为你施针。”

顾雪绛惯来散漫，武脉却是他心结，闻言立刻暴躁拍桌道：“我们研究了这么久，最后关头你说放弃?！"

"不是放弃。我依然倾向于最早的稳妥方案，药物内调，辅以真元灌脉，引导它自然生长……"

"现在有了金针，只需要两年，武脉重生。新生的武脉很脆弱，却依然可以吸收灵气。你要避免大量输出真元，也就是不能与人动刀兵……"林渡之着实觉得，这才是最好方法，"以你的资质悟性，只要心意平和，继续吐纳修行，起码有两百年寿元。"

顾雪绛忽然泄了气，坐在夕阳的余晖中，静静地看着他，问了一个问题。

"不能再使刀，我为什么要活两百年?"

林渡之沉默半晌："生命可贵，你不愿意活，我何必治你?"

顾雪绛甩袖而去。

他们再没有见过面。

七月最后一天，双院斗法报名截止日。

谁也想不到，徐冉竟然找到了队友。那人与她同班，名叫李正生，从前跟着起哄时也叫她徐老大。下课后主动找上她，说自己修为不济，原本不打算报名，所以一直没有组队。最近见人人都报，也心热，可是别的队伍早就人满了。

徐冉狠拍他肩膀道："你早说呀！"然后急冲冲地去找两位朋友商量。

程千仞沉吟片刻："既然他是武修，我报文试好了，这样凑够两文两武。你跟顾二希望较大，起码我们有六百两。"

顾雪绛无甚精神，只是抽烟，懒懒地点头。

徐冉罪臣之后的身份已不是秘密，青山院的学生们多有顾忌。她本以为要无缘双院斗法，谁知峰回路转，立刻拉上两人，说："那行，咱快走，李正生在勤学殿外等我们！"

勤学殿坐落在南渊中轴线上，坐北朝南，气势恢弘，殿宇高阔，学院用来举办大规模集会。新生入学、老生毕业、商榷大事统统离不开这里。

放学不久，大道上人流如织，三人绕石穿廊，一片开阔广场豁然映入眼帘。

四野无树荫遮蔽，大块青石方砖在烈日炙烤下，泛着一层朦朦白光，可鉴人影。远望便觉刺目又燥热。

更可怕的是，广场上密密麻麻聚满了人。大家高声谈笑，聒噪更胜一万只蝉，竟然不畏酷暑，好像每个人都有十二分精神一般。

殿门的石阶下设有一排桌椅，大油纸伞遮蔽阳光，伞下坐着四位负责登记报名的非参赛学子。

徐冉费力地在人海中找到她同窗，拉着朋友往前赶，立刻引起众人抱怨。“挤什么啊，还没到时辰，殿门关着”“先来后到不懂吗，后面来的后进殿。”

她只得高声呼喊：“得罪了各位！我们是来报名的，赶时间。”

动静不小，整个广场的人都听见了，还真有傻子拖到最后一刻才来报名。已有不少人认出他们。

徐冉这位同窗，面方口阔，看上去老实巴交。

此时他脸色微白，额上汗珠滚滚，踟蹰着向三人解释：“酉时报名截止，所有参赛者才能入殿。院判大人会来讲比赛规则，现场抽签决定初赛安排。现在马上酉时，所以大家都等着入殿。”

徐冉兴致高昂道：“还说这么多干吗，我们快去报名，然后给你介绍他俩。”

报名处原本有学院执事坐镇，但临近结束，久无人来，只剩下几个学生负责。听见动静，看了眼计时更漏，说道：“拿腰牌报姓名，酉时快到了。”

笔墨潦草，三个名字记在典册最后一页。

“南山后院程千仞，青山院徐冉，春波台顾雪绛……”

“怎么差一个人？”报名处师兄摔笔不干了，“明确通知过四人成队！大热天的，别拿兄弟们消遣成吗？！”

“不是，我们……”徐冉突然语塞。

她看见不远处走来一伙人，而李正生站在他们身后。

钟天瑜华服金冠，越众而出，悠悠笑道：“哎呀呀，还差一个人。这要怎么办呢，不如你们问问在场诸位，谁愿意跟你们组队？”

程千仞从一开始就觉得不对劲。但他说不上哪里不对，又不忍心扫徐冉的兴。尽管猜测了几种坏结果，也远远没想到会是这样。

竟然是个低劣又恶意的局。

钟天瑜使了个眼色。像他们这样的人，很多事不好亲自做，跌世家公子身份，有失体面，便需要几个凑趣的狗腿，关键时刻撑起场面来。

立刻有人站上石阶，运足真元，对满广场学子高声道：“有人愿意跟他们三个组队吗？站出来！”

在场都是报过名，等着进殿听训的参赛者，恨不得少几人竞争，登时炸开了锅，兴致勃勃地看戏。

“那是打了一个月守擂战的徐冉？背后双刀果然威风啊！”

“威风什么，你看皇都的钟少爷，明显是跟他们有过节，摊上事儿了。”

“还有据说一夜入道，放话要拿斗前三甲的程千仞，他是我朋友的同班同学，很久没去上课了！”

种种讨论入耳，钟天瑜身心舒畅，胸中一口浊气终于吐出。他连连摇头：“真可惜，没人愿意啊。看来你们报不成名了。”

顾雪绛点上烟枪，漫不经心地笑笑，丝毫没有难堪之态。

石阶上喊话的几人忽觉锋芒在背，纷纷避开他的目光。

钟天瑜冷笑，回身叱骂道：“怕什么，他现在姓顾！”

他身后的李正生也垂下头，不敢与怒火中烧的徐冉对视。

钟天瑜摆摆手，微觉扫兴：“没你事儿了，找我仆从领东西去吧。”

李正生长舒一口气，低声应下，快步疾走。

但他没能离开，因为一把剑横在眼前。

剑未出鞘，样式古旧，却有恐怖威压隐隐溢散。

程千仞不知何时拦在他退路上，一身冷漠。

李正生呼吸困难，脸色骤白，武修直觉在关键时刻奏效：此人或许比徐冉更可怕。

他当机立断，跑到徐冉面前放下身段行礼：“我受了伤，需要一瓶补气丹，才能在双院斗法前好起来。对不起，但你也是武修，知道丹药多重要的对吧？……拜托你，让我走吧。你一定能找到其他队友的，我们队只想打进前二十，不妨碍你冲前三甲。”说罢连声道歉。

徐冉看着他的模样，忽觉失望盖过愤怒：“滚。”

顾雪绛施施然走上前，摁住程千仞提剑的手腕，微微摇头道：“我们走吧。”

他转向神色倨傲的钟天瑜，轻声道：“这样没用的。我曾说过，如果不能杀了我，就不要惹我。因为我这个人，很记仇。”

程千仞心如沉水，尽管广场上各种目光汇集在他们身上，同情、嘲讽、幸灾乐祸，不一而足。

他不在意这些事，生活给过他更大的恶意。几句闲言，算得了什么？

更漏滴答，声声催人，报名处的师兄们面色复杂，叹气收伞。

钟天瑜笑道：“没有人了。”

“还有我。”

三个字落下，清越如天外之音，穿过嘈杂议论声。人群忽而静下。某些人迫于威压，让出一条通路。

那人穿过熙攘广场，来到万众瞩目之前。他惯来少言，只放了腰牌在桌上。

却已有人认出他，惊呼道："林渡之！"

谁也没料到这个变故，顷刻间人声鼎沸。

"真的是他，南山榜首林渡之！"

"他为什么会来？"

报名处师兄愣怔着，林渡之便拾起笔，极快地写下一行字。

"现在，我们有四个人了。"

他如是说道。话音刚落，更漏已尽，时间到了。

钟声回荡，整齐的脚步声响起，人群后方一阵骚动，众学子忙不迭地让路行礼。

黑衣督查队行列整齐，浩浩荡荡地闯入广场。

隔着人海，程千仞第一次见到传说中的院判大人。

前有八人开道，后有十六人随侍。院判大人身姿颀长，腰间配刀，黑袍无纹无饰，翻飞广袖像一片浓重夜色。

仿佛因为他的到来，青天烈日都蒙上阴影。

那人大步流星，倏忽即至眼前，程千仞未看清他面容，便随众人低头行礼。

酉时，哐当一声，尘埃飞扬，殿门大开。

督查队中四位把守殿门口，其余随院判向殿上首座走去。

在院判的威盛气势下，场间鸦雀无声，学子们自发排队，敛袖鱼贯入殿。没人再顾及刚才的闹剧。

钟天瑜等人不是参赛者，呆立在石阶下。无数人从他们面前匆匆走过。

形势陡变，期望落空，郁怒到极致，反而平静下来。他终于说出计划已久的事："双院斗法复试前，旧人故友齐聚南央，大家打一场马球怎么样？你敢来吗？见见老朋友，叙叙旧。"

北地开阔，皇都郊外马场遍布，王孙公子们没有不会打马球的。只是花间湖主在时，没人敢说比他打得好。

"有何不可？"顾雪绛目不斜视地路过他。

徐冉顿觉扬眉吐气，轻哼一声，举步进殿。

殿内阴凉，站在黑压压的人群中，程千仞压低声音问顾二："你现在能骑马吗？"

顾二低声答："当然不能。先答应下来，起码他在打马球之前不会找事。再说了，南央夏秋多雨，校场泥泞，怎么跑马？"

程千仞:“……”

院判大人高坐首位,几位督查队长站在他身侧。有执事奉上报名簿,院判略扫一眼道:“偶数,很好,首局无人轮空。”

他声音低沉,虽然不大,却奇异地传遍整个殿宇,使人精神为之一振。

程千仞终于看清他的面容,剑眉星眸,五官线条凌厉至极。

在很多人的想象中,这位执掌学院一切法度的大人物,该是中年或老年模样。今天驾临恢弘的勤学殿,会为他们讲解比赛注意事项,威严而慈爱地鼓励他们:“孩子们,我为你们感到骄傲,南渊明日的荣光,将由你们铸造。”

但现实残酷,楚岚川只是冷冷地扫过众人,摆摆手,便有督查队员下阶发放册子。

“规则章程发下去,自己看。看不懂,就不用参赛了。”

他目光如刀,许多学生低下头去。程千仞觉得他还有一句话没说——在场各位,全是垃圾。

小册子厚约两指,蝇头小楷事无巨细,徐冉拿到手里也懒得翻,忽见一位督查队员面熟,问道:“程三,这不是没收我们三十两的队长吗?”

三十两是她打赢钟十六的彩头,血汗钱。

“嗯。”程千仞一怔,“今天钟十六没来?”

“来了,站在钟天瑜那群人身后,抱着凛霜剑。”顾雪绛有点想笑,“他个子比较矮,被挡住了。”

林渡之迟疑道:“是不是一位目光呆滞,脸色苍白的少年?他不对劲……”

低语未完,恰逢院判眼刀扫来,周遭一静,几人连忙闭口。

“前期是小队赛。决赛是单人赛。其他不说了,抽签吧。”楚岚川翻阅报名簿,忽道:“这次我们倒着来。”

众学子困惑不解,却没人多问。全院规矩都是院判定下的,别说他想倒着抽,就算躺着抽、跪着抽、边跳舞边抽,谁敢说不行?

殿内落针可闻。只听见执事高声唱念:“最后一队,第一百零二队派人抽签——”

徐冉轻扯程千仞衣袖:“为什么大家都看我们?”

程千仞:“……因为我们就是最后一队。”

他看向朋友们,徐冉还没反应过来,眨着大眼睛,顾二今天发冠未束,衣衫不整,林渡之神色冷漠、眉眼低垂,但是耳尖红了,明显是害羞,想装没听见。

程千仞只得掸掸衣袍,走出人群,拾阶而上。

南渊大小赛事，需要抽签的地方不少，早有人捧来白玉签筒，放在院判面前的鎏金案上。

以往需要再费点手段才能开始，此时却不必。一位大修行者坐镇，远比任何防作弊阵法都管用。

万千目光如有实质，程千仞飞快摸出一支白玉签，低头一看："十六。"

刚还在说钟十六，真是说什么来什么。

验签的督查队员朗声道："第一百零二队对阵第十六队，第一日，辰时甲场，文试场地栖凤阁，武试场地骑射场西区。"

立刻有执事奋笔疾书，抄录下来。今日之后，抽签结果会贴在学院各处，公示于众。

程千仞步履匆匆，台阶下到一半，身后院判的声音沉沉响起："抽完签就走，别留下占地方。"

南渊四傻与被抽到的第十六队出去了。

一炷香后，每个走出殿门的学子，都对殿内人报以深切同情。没有昏暗空阔的大殿，威势逼人的院判，才知空气清新，生命美好。

黄昏时起风了，暑气渐退，风里吹来太液池的水汽与荷花香。

晚霞漫天，学院行人渐少，石板路被镀上一层浅金色。

程千仞知道前几日小鹿与顾二吵架的事，因为又在树林见其晨读。有时遇见来找他对招的徐冉，三人聚在一起说话，只字不提顾雪绛。与顾二吃饭时，也不提林鹿。

所以他没想到林渡之今天会来。

程千仞恳切道："谢谢你。"

林渡之有点不好意思道："嗯……不用。"

徐冉拍他肩膀："渡啊，你太仗义了！"

只有顾雪绛不说话，不知在想些什么。

程千仞觉得，这两人需要一点时间。朋友之间，把话说开就好了。于是他冲徐冉招招手，问："骑射场过两招？走不走？"

"走啊！谁怕谁！"

剩下两人一路无话。

晚风里，霞光渐渐被西天墨蓝浸染，一轮浅淡月影，悄然挂上柳梢。

蝉鸣鸟叫渐少，没有白日的燥热拥堵，南渊学院像位卸下浓妆的跋扈美人，露出沉静温柔的本来面目。

远近灯火次第亮起，无数回廊楼阁笼罩在暖黄光晕中，熠熠生辉。

或许是走了很久心神放松，或许是夏夜晚风清爽宜人，林渡之很自然地就开口说话了。

他发现不需要做什么准备，不需要勇气，清晰表达出自己的意思，并不困难。

“你的问题，我依然无法回答，因为我不使刀。但我们可以想其他办法。我不会不管你的。”

顾雪绛停下脚步，看着他，忽然张开双臂道：“对不起，谢谢你。”

林渡之蓦然一惊，浑身紧绷，一动不动任他抱着。

顾雪绛与林渡之和好后，南渊四傻聚在一起商量比赛安排。人手一本昨天领的册子。

程千仞原本打算在飞凤楼定个雅间，后来想了想，还是去西市买菜沽酒，回家下厨。林鹿比较害羞，大概不愿意在人多的地方说话，家里总比外面清净自在。

坐在熟悉的小院，吃到久违的家常菜，红烧肉还是那个味道，徐冉很感动地问：“锅里还有米饭吗？”

程千仞点头道：“我给你舀去。”逐流的做饭手艺是他教的，菜式味道当然一样。

顾二愁道：“你看她这个样子，猴年马月能辟谷。”

林渡之正在吃清炒菜心。他住在学院里，大灶人多，自己又不会做饭，索性省了吃饭。但不用进食并非不能进食，他现在觉得，跟大家一起吃饭，也挺有意思。

原来这就是有朋友的感觉。

夏夜小院宁和静谧，草木清香伴着清脆虫鸣，在微凉的夜风中回荡，头顶星河明亮而深邃。

酒足饭饱，杯盘狼藉，徐冉忽然问：“今天轮到谁洗碗？”

程千仞今晚高兴，给自己倒满酒，慢慢喝着：“这次是正式欢迎林师兄加入我们，总不能他洗，我做饭辛苦，不用洗。你俩看着办吧。”

顾雪绛瘫在椅子上瞧徐冉道：“当然谁吃最多谁洗。”

徐冉打死不干道：“咱俩抓阄，猜拳也行！”

习惯性坑对方洗碗，做来熟门熟路。

林渡之忍不住笑道：“你们以前经常来千仞家吃饭吗？都是他做？”看惯程千仞练剑的样子，怎么都跟做饭搭不上。

猜拳的两人想起逐流，气氛一时静默。

程千仞闻言又喝一碗酒道：“从前是我弟弟下厨，大家一起吃。后来他家人寻来，我把他送走了。我们就开始下馆子。”

没有想象中那么难以开口。酒不醉人，情绪却在夜里翻涌。他看着浩瀚星河，心想我终究会习惯没有逐流的生活。

林渡之感知敏锐，忽觉苍凉悲切。任他熟读千本通透佛法，面对朋友，却什么道理都劝不出：“……你，你别太难过。”

程千仞笑起来：“不会。”

顾二：“难过什么，今晚沾你的光，我俩才能吃到程三的手艺。”

徐冉忽然想到一件事问道：“鹿啊，我们打算买个宅子住一起，你来吗？”

“是‘渡’不是‘鹿’。”林渡之以为她喝酒后口齿不清，不好意思地脸红了，眼神却充满希冀，明亮清澈，“会麻烦吗？我有一些书、两柜药材、四盆花、一只鸟。”

徐冉没忍住，猛揉他脸道：“还养鸟，你怎么不养只鹿呢？”

顾雪绛懒洋洋地瘫着道：“但是我们可以养鹿啊。”

程千仞：“看来三进三出的大宅不够，还要修个鹿苑。”

林渡之猝不及防被揉了一把，发现居然连程千仞也跟着调侃他。他不知所措，讷讷道：“不要突然靠太近……拥抱或者捏脸，我快突破了，有时候控制不住威压的。”

程千仞见他一副大受打击的模样，实在可怜。掏出双院斗法的规则册，笑道：“来，商量正事。”他最担心徐冉，“这些你都看完了吗？”

徐冉果然没有，摆手道：“字太多，我看了个大概，问你几个问题就行。”

程千仞无奈地点头。

“这上面说是按取胜时间计分数，用时越短分数越高，旁边有更漏计时……但超时未分胜负怎么办？”

他已将武试部分烂熟于心道：“那就判双输。初赛限制一个时辰之内，复赛决赛会延时。”

“行！”徐冉又问，“一个时辰内打完，却两败俱伤，怎么算？”

“武试两败俱伤，按文试分胜负，若文试成绩也恰巧一样，那就自认倒霉，两队都淘汰吧。”程千仞想了想，补充道，“这种情况太少，文试的计分制度比我们严格，很容易分出高下。”

徐冉匆匆翻几页，说：“初赛二对二，咱俩要打配合吗？什么战术？”

程千仞回忆起与她几次过招，沉吟道：“我们两个的功法路数，跟谁都打不了配合，各自为战吧。唯一要注意的，就是隔开对方两人，让他们也打不了配合。”

徐冉灌下一碗酒，应道：“好！我没问题了！”

但是林渡之有问题：“文试初赛是答卷，容易。但复赛要论法辩难，我……”

当众说话非他所长，与人争辩更是从未做过，如果因为自己连累了朋友们，该如何是好？

顾二放轻声音道："这种事情，你若不想开口，坐在旁边喝茶吃点心便是。因为……"他忽然站起，爆发出惊人的自信，"我一个就够了！"

程千仞微微眯眼，好刺目啊。

今天星星真亮。

徐冉也被顾二晃了眼，跟着站起身道："来，为了银子！为了宅院！干！"

南渊四傻举酒同庆。

绚亮的星河落在酒碗里，夜风温柔，花香脉脉，夏虫不知疲倦地鸣叫。

双院斗法本就是一年一度的盛会，今年又轮南渊做东，报名人数比去年多了两成。

大道旁、游廊里、学舍外，各处贴有朱红色榜单，公示抽签结果赛制安排。学生们心思浮动，有些先生索性放了假，留下课业让大家回去自学。新生没有报名资格，只得老老实实上课念书，但也喜欢围观讨论。

备赛者比往日更勤勉，青山院的武修们顶着烈日在骑射场过招，南山后院的学生成群结队去藏书楼上温书，直到夜色降临才在执事们的催促声中，依依不舍地下楼去。春波台的学子矜贵风雅些，三两成群聚在阴凉的水阁风廊下，押题互考。

种种景象除了决定命运的年末考试前，便只有此时能见到了。

更少不了先生的唠叨："以后莫要学你们师兄师姐，临时抱佛脚，指望能一夜顿悟吗？"

督查队员开始排查加固各处阵法，首先就是翻修后的建安楼，不知里面移栽了多少珍奇花木，围栏白布又扩大一倍。做阵法测试时，彻底堵死了大路，搞得怨声载道。

执事们也辛苦，要为北澜学子收拾院落。南渊有钱不假，但总有些事情，不是有钱就能办好，还得有分寸。前年的布置不好再用，必须换新，太朴素，不显尊重，易惹笑话；太精奢，则不够沉稳，也跌份失面子。只好琢磨执事长说的"雍容不失雅致，大气不失精巧"到底是什么个意思。

程千仞依旧去荒林练剑，回家吐纳修行，早出晚归，避开拥堵时段，未曾真切感受到紧张气氛……直到初赛开始。

八月初，算是南央城一年里最好的时节。

橙黄橘绿，天高云淡。炽盛日光变得温柔清淡，半座城浸在桂花香气里。

为防文试出现泄题作弊等事端，栖凤阁周围守卫森严，路口竖着“考场绕道”的大牌。黑衣督查队员拦道查验腰牌，核实身份。

今天安排了十支队伍，前面还有几人排队登记，轮到林渡之时，徐冉低声道：“全看你了，顾二那货靠不住。”

顾雪绛拉上林渡之就走，且道：“只要你别拖程三后腿，我们闭眼赢。”

程千仞见他俩毫无紧张之色，路上还在闲聊医理，便也不多说，目送二人登楼。

骑射场是偌大一片夯实土地，能跑马能操练，现在扎上几道围栏，就算隔划了初赛区域。程千仞未到时，先听见人声沸反盈天。

没有演武场的青石阶梯看台，建安楼又被封了，大家只好围在木栏外，里外三四层，能看见多少全凭身高和缘分。比起栖凤阁氛围肃穆，这里简直像菜市场。

里圈是往后几日要上场的参赛者，目光专注，神情严肃。外圈是事不关己的闲人，捧着瓜子点心，大声谈笑。

青山院几个武教习带头分发瓜子，负责巡防的督查队员也奈何不得，只好随大家开心。

初赛人多，为了提高效率，场间分隔四个区域，可以同时进行四场。

“双刀看见没？徐冉来了！她往西区去了！”

“那个程千仞怎么回事啊？南山后院的书生报了武试？”

南山众学子不服道：“偏见无理！凭什么我们院不能报？”

程千仞一路走来，忽听有人为他高喊助威，怔了怔，才认出是算经课的同窗们。一时竟有恍如隔世之感。

辰时未到，第十六队的两位已候在西场。徐冉见惯了这种场面，旁若无人地与对手闲聊起来：“又是你啊，修为精进了吗？”

她之前连接约战，打了一个多月，数不清与多少人交过手。

青山院讲究不打不相识，平时不说话的，武场上也能聊几句。只听对方一人苦笑道：“运气不好，初赛就撞上你。”

另一人更话多，道：“我俩无所谓，勤学殿抽签出来都打算弃权了，但是不行啊，我们队文试的刘师兄今年该毕业了，他是最后一次，如果不战而退……”

话未说完，场边执事忽道：“开始——”

几乎同一时刻，兵刃相击的翁鸣震彻全场，令众人心神一凛。

狂风凭地卷起，雪亮刀光劈开烟尘，自半空扑杀下来。刀锋忽现炽盛金芒，盖过纷乱剑影，煌煌如日！

“日出！”

这一刀因逼退钟十六成名，又在徐冉打下的无数约战中，作为决胜招出现。

发令突兀，双方瞬间进入战斗，起手不分先后，但谁也没想到她一出手就是最强一招。

程千仞无奈，徐大刚被顾二怼了，憋着气呢。

他有心思想这些，只因电光火石间，已尘埃落定。

一道身影被刀势击飞，轰然坠地，“日出”声势浩大，吸引全场目光，剑光便不起眼了，如一片雪花轻盈地落在湖面，悄无声息，程千仞的剑尖点在另一人颈间。

徐冉恰在此时收刀回鞘，浮夸地掸了掸衣袖，潇洒离场。

一位执事抄下更漏刻度，朗声宣读：“第一百零二队胜，九十五分。”

双院斗法开始的第一日第一场，就打出这样的高分。欢呼如海潮喧腾。

其余三场还在辛苦缠斗，许多人却无心再看。

“徐冉算是青山院最强武修了吗？我院今年有望大胜北澜啊。”

“大胜北澜也不能指望个姑娘，刚才那场，双方境界差距明摆着，胜负在意料之中，不过赢得漂亮些。依我看，去年打进决赛的几位师兄，都要比她厉害……”聊完徐冉聊她队友，“我是来看南山后院那个一夜入道，放话要拿前三甲的程千仞的，他怎么只来得及拔剑呢？”

“等你比他修为高，再说这种酸话吧。”

南山学子反唇相讥，双方甚至吵起来，只差互扔瓜子皮壳。

修行者五感敏锐，程千仞虽已走出老远，依然听得真切。他不在意这些，全当听热闹。

徐冉嗤之以鼻：“姑娘怎么了？有种当我面说啊。”

她拍拍同伴肩膀：“我跟你讲，那几位师兄我都见过，确实厉害，但今年我未必胜不了他们。”

程千仞笑了笑：“对对对，我们吃肉去。”

众人口中“去年打进决赛的几位师兄”，多半已毕业，却还有六人，今年最后一次参加双院斗法。他们修为更高，经验更丰富，曾在建安楼上，点评过徐冉与钟十六的战斗。

这次占了最靠前的观战位置，悄然退出人群时，谁也没有注意到。

“诸位觉得如何？”

“徐冉刀法精进不少，但此局对手弱，结束太快，看不出什么……”那人侧身略施一礼，“我说不好，还请周师兄指教。”

去年武试，周延作为唯一进入前十的南渊学子，从皇都回来后风光无两，却无故沉寂一年，只观战，不再与人交手。渐渐地，人们忘记他，直到他报名双院斗法。

“他们的对手境界稍差，战斗意识却不差，二人都使剑，配合默契，刀势刚起，一人急迎而上，争得一瞬，一人急退，趁徐冉全力出招，护体真元不济时攻她背后空门……”

他娓娓道来，丝毫没有不耐烦道：“如此短的时间内，毫不犹豫地做出取舍，已然了不起，本可以换来最好结果——即使他们出局一人，徐冉也必受重伤。”

有人接道：“但她没有受伤，因为程千仞的剑到了！”

“是，剑很快，后发先至，断绝回援。按理说越快的剑，越难控制，剑上真元却未刺破对手皮肉。可见他心思沉稳，手也稳。毫厘之间，收发自如。”周延沉吟片刻，“南山后院这位，比徐冉更强。我们如果遇到，不可托大。”

六人来自三支不同队伍，却用了“我们”这个词。

因为不觉得自身代表某一人、某一队——他们默认自己代表南渊。

其他人经他点拨，神色微肃。

一人忽然想到什么，问：“对了，钟天瑜那边，怎么回复？”

周延停下脚步，注视着他们道：“皇都王孙公子之间的事，与我们何干？南渊荣光高于一切。”

“好！我等正是此意！”

去年的不佳战绩，令他们感到耻辱，越临近毕业，越渴望为学院而战。哪怕这里自己骂过一万遍，也不能让别人骂一遍。

这种心情，如今的南渊四傻还无从体会。

林渡之的诊室里摆了张竹摇椅，顾雪绛瘫在上面，一边看窗外风轻云淡，一边训徐冉：“你的打法太任性不严谨，掷刀？起手杀招？万一以后对上傅克己，死都不知道怎么死的。”

徐冉没当回事道：“嘁，哪有那么巧……你俩怎么样？文试难吗？”

顾雪绛没答话，林渡之在案前分拣药材，腼腆地笑笑：“还好。”

徐冉转念一想，他们武试已经有九十五的高分了，就算文试发挥不好，也无所谓。再细问只会让林鹿有压力。但她今天出了痛快一刀，亢奋而话多，停不下来道：“程三，我们来说说你的问题吧。”

程千仞正在识海演剑，抱剑靠墙，面色沉静，丝毫不像刚结束一场战斗的模样。

闻言只是微微挑眉。

“我觉得你没有求胜心，跟我过招时点到为止，打比赛也这样，气势先输一筹。”她学着顾雪绛的语气，“以后遇到傅克己，也要用‘平湖落雪’这种轻缓招式吗？”

程千仞还未回答，顾二站起身：“你饿吗？我带你去吃红烧肉。”

徐冉被拉下楼，听顾雪绛解释道：“程三不是没有求胜心，是被磋磨惯了，逼到狠处，才激得起斗性。我有种直觉，那不是好事。”

他在心里加了一句，或许比原上求疯起来更可怕。

徐冉恍然大悟，从此不提此事。

两天后，甲场的文试成绩出来了。按照初赛规则，武试败方记作零分，文试以卷面分数定胜负，负方也会记零。最终以文武总分决出晋级队伍。

但为表示公平公开，阅卷没有徇私，所有卷子及打分都会贴在藏书楼外展示半日。

林渡之正在为顾雪绛煎药，闻言不甚在意道：“我就不去了，得看着火候。”

徐冉兴冲冲地跑去藏书楼，隐约听见众人都在说：“这个分数太高了，不可思议！”

她仗着身高优势，一眼看见对方九十二的高分试卷，吓了一跳，连声道：“好险！幸好我们武试九十五，高了三分。决定命运的三分啊！”

程千仞：“再看看我们的。”当日还觉得徐冉太急，现在看来，若下手慢一点，武试分低一点，岂不是要被淘汰了？他出身南山后院，清楚文试九十二分意味着什么，基本等于无法超越。

前面都是带纸笔抄录的学生，一份好卷面，参考价值很大。他们来得晚，等了片刻才看到展板全貌，才知道大家都在抄什么。

一份满分卷子跃然眼前。

徐冉不敢相信。

程千仞也震惊，林顾两人竟然考了满分。再细看，比起对方明显两种笔迹，分工明确的卷面，第一百零二队的卷子上，皆是一人字迹。顾二他……一句也没答，一个字也没写。

林渡之一个人考了满分。

后面学生急着抄卷子，催他们看完快点走。

考出九十二分的两位师兄也来了，同窗好友们陪在一旁，纷纷出言安慰。

“想开点，你俩已经很强了……”

“八分而已，时也运也，我看刘师兄未必不如林渡之。”

谁知刘师兄说了一句日后很出名的话：“不一样。我考九十二，是因为所学只有九十二，林渡之考一百，是因为满分只有一百。”

另一位也感慨道：“毕业前能与‘南山榜首’同场答题，虽败无憾。”

程千仞从此看林鹿的眼神都变了，考完只说“还好”两个字，一点活路都不给人留，不愧是学神。

初赛依然在继续，新鲜事层出不穷。武试有比他们分数更高的，有临阵弃权，有作弊被举报，还有闹上勤学殿、投诉规则不合理的。程千仞挑着看了几场，除了练剑修行之外，开始做另一件事。

每日黄昏，他抱着剑在城里四处游走，思忖新宅选址。

南央有条城中河，名叫月河。河面不宽，一丈半而已。拱桥下乌篷悠悠，两岸垂柳依依，店铺装修雅致，都是做笔墨纸砚、字画篆刻生意的。商铺的背街叫月河街，绿树成荫，是一片白墙灰瓦的老宅。

程千仞一度觉得这里不错。带几位朋友看过，林渡之没有任何意见。徐冉却笑话他是中老年品味。

“咱们南渊，一些家眷多、不愿意住学院的教习先生都住这边，以后路上遇见，还不得天天行礼，忒不自在了。”

顾二也不喜欢月河街，说老先生多的地方，尽是倦怠暮气。

程千仞笑道：“你是想说我有倦怠暮气吧？”

他从此改在城北暮云湖边转悠。那里北望视野开阔，遥见云桂山脉轮廓，青黛连绵。日落时分景色最好，湖光山色相看不厌。可惜离学院略远，问了几个掮客，得知地价不便宜。

事情定不下来，他也不急，从前奔忙生计，这时才来得及仔细看看这座城。听繁华地段酒馆店铺的吆喝，也听老街旧巷里树下闲人谈天，难免想起初入南央，匆忙安家的旧事。

如果逐流还在，会喜欢住哪里？城北还是城南，有湖还是有河？

大概会很乖地说：“全听哥哥的。”

程千仞想，这个问题再不会有答案了。

初赛首轮结束，勤学殿和藏书楼外同时放榜。榜单是朱红提花绫绸配白玉轴，其上浓墨题名，悬挂在一丈高的木架上，落南渊官印，显得气派又喜庆。榜下人头攒动，学生们迎着日光眯眼张望，找自己熟悉的名字，有人欢喜有人叹。

晋级队伍松了口气，谁知还没休整两天，便被通知再去抽签，明日就要开始初赛第二轮。

这次不用听院判训诫规矩，每队派一个人到执事堂。程千仞作为一百零二队的代表去了，顺序抽签轮不到他，抽到他们的是第七十六队。

对方书生打扮，愁眉苦脸道："倒霉催，出门忘给圣人烧香。"

旁边人除了同情也没话说："这队文有南山榜首，武有双刀徐冉。"

"有林渡之在，文试队友换条狗也能赢。"

大家一边抽签，一边互通消息，议论纷纷。大概是程千仞看上去太不近人情，没人找他搭话。

"我们队上轮武试险胜，两个师兄还躺在医馆养伤。这下怎么打？"

"谁知道今年搞什么名堂。去年初赛两轮之间，足足空了十天休息时间！"

登记抽签结果的执事被吵得头疼，无奈道："莫叫苦了，我们也不想这样。昨天北澜那边来信，说他们初赛已结束，即日启程来我南渊。执事长连夜上报给副院长……咱们做东，总不能让人家到了等我们吧？"

众人面面相觑。有前辈师兄站出来，说几句风度翩翩的场面话道："理应如此，我等当然以客为先，接待周到。"

第一次参赛的学生们不明所以，抱怨完便散了。

这些师兄一出门，立刻破口大骂北澜阴险。

"去年早早来信，说复赛因故延迟，让我们晚些动身，结果刚到皇都两天，板凳还没坐热，复赛就开始了。参加文试的师兄水土不服，有两位还被担架抬出考场！"

"今年又说要早到？皇都人真是蛮横不讲理。"

南渊学院禁赌，双院斗法期间的赌局却屡禁不止，胆小的悄悄避开督查队，胆大在院外公然开盘。一百零二队初赛首轮分数极高，不少人盯着他们。

程千仞刚从执事堂出来，他的抽签结果已悄然传遍大小赌局，被称为"好签运，稳胜局"。

外面太热闹，四人在林渡之的诊室里躲清静。

顾二："有同窗塞给我一张暗契，问我要不要下注。"

程千仞："不赌。"

徐冉还惦记着被没收的三十两，说："嗯，要是到嘴的鸭子飞了，我宁愿没见过鸭子。"

“不赌就不赌，我昨晚想到了别的来钱门路。”

林渡之犹豫着问：“你那个门路，会不会惹麻烦？”

顾雪绛朗声大笑：“反正我的麻烦避不过，那大家都不要好过！”

徐冉：“你们在说什么，我一个字都听不懂。”

程千仞也没听懂。但他觉得顾二有分寸，捅不出大娄子，便随他去。

半月之后，他后悔了。

唉，狗屁分寸。

第4章 新朋旧友 南渊之会

北澜队伍进城那日，是个潇潇细雨天。

五更三点州府衙门晨钟响起，值勤守军出巡，各城头传令擂鼓，十二扇城门同时打开。人流渐渐繁庶时，道旁的早点摊和板车便被清理一空，州府官差有条不紊地安排民众迎道。

未来一个半月，南央城将迎来翻倍的游者与商旅，还有数不清的宗门前辈、世家供奉。双院斗法经过多年演变，已不仅是南北两院的较量。人们都想看哪个天才更名副其实，哪家后辈更出类拔萃。

为了这场全大陆一年一度的文武盛会，学院、州府、军部三方协力，明处的城防布置，暗处的阵法检查，所耗人力物力不可计数。

车队将从正北门入城，走中轴线上最宽阔的栾树大街。大道两旁持戟卫队肃立，其后挤满围观民众，手提花篮彩绸，衣着光鲜，笑容满面，掌声热烈而整齐。

萧瑟寒凉的雨水，热火朝天的长街。

两旁视野开阔的酒馆茶楼座无虚席，价钱水涨船高，临窗雅间则被权贵提前定下。

程千仞和朋友们没有包酒楼，所幸他家住柳烟路十七街，老巷萧索，唯一好处就是离学院近。车队总要入院，他们站上房顶，总能望见个边角。

徐冉不耐久等，蹲在屋脊上，翻新买的话本。程千仞抱剑静立，在识海中演剑。他二人凭真元护体将细雨隔开，远望像笼着一层朦朦烟气。

顾雪绛为他与林渡之撑伞，紫竹骨衬着苍白的指尖。天青底洒金描桃花伞面，是他自己画的。

临近午时，远处忽然爆发热烈的掌声与欢呼，间有锣鼓乐声。徐冉合上话本，猛然起身道："要来了。"

程千仞睁开眼。顾雪绛道："前半段走得慢，还早着。"

果然还早，又等了半个时辰，车队才驶过栾树大街，拐入通往学院的玉树街，出现在他们视线中。

花瓣彩绸漫天飞扬，有异兽血脉的神驹异常高大，开道先行，骑手们金甲红披风，威风凛凛。其后车马浩浩荡荡，华盖如云，人潮追逐车队涌动，一眼望不到尽头。高昂的乐声中，整条街都仿佛在震动。

徐冉突然惊道："那是什么？"

程千仞顺着她手指方向望去，只见六匹雪白如云的骏马并驾齐驱，一座描金画凤的巨大车架缓缓驶来，无数银质铃铛在风中清脆作响。车身笼罩在阵法的淡淡金光中，滴雨不沾。

林渡之："入住建安楼的贵人到了？"

顾雪绛微蹙眉："金凤车，白云马，这排场越制了，除非车里是位皇族。"天祈礼制不算严格，更有几大宗门算是法外之地。但今天双院斗法开幕，南方军部负责维持秩序，谁敢公然越制。

徐冉感叹道："原来这就是白云马，据说有异兽白泽的血脉，好漂亮。"

换做从前，程千仞一定看过就忘，不甚关心。但如今他下意识对皇都多一分关注，或许是因为逐流在那里。想起顾二曾说太子未立，东宫无主，皇族忙于党争，不禁猜测哪位会来南央，又想来做什么。

等到骑兵仪仗队、奏乐队、贵人的车架、北澜执事官的马车陆续进入南渊大门，队伍后半段才慢悠悠地拐过弯来。

有人白马扬鞭，目不斜视，姿态矜贵而骄傲；有人坐在马车上，拂起车帘向人群挥手致意，一派温和有礼模样。

这些都是参赛学子，年轻俊美，风姿不俗，所到之处，欢呼更为热烈。当朝民风开放，不知多少手帕香囊与秋叶落在雨地里。

顾雪绛解释道："骑马学子多半出身大秋林，相当于我们的青山院，来参加武试。坐在马车上的，大多是石渠阁学生，相当于南山后院。"

热闹都是别人的，他们站在屋顶上，只有天地间一帘秋雨。

程千仞忽道："倒数第三排最右边是什么？"

徐冉定睛看去，惊道："他们先生不管？"

各色神驹中，赫然夹杂着一头毛驴。

小毛驴滴答答，驴背上倒骑着一位布衣少年，摇摇晃晃，嘴里叼一根青草，仿佛漫步乡野小路，不在万人瞩目的南央城中。

顾雪绛："那个是原上求，原疯子。少年天才总有些特权，北澜没必要因为这种小事触他霉头。"

"原上求，凝神四阶，兵器是青雨剑，成名之战是与傅克己初次交手，后称'夜战淮金湖'。" 徐冉文荒时，常催顾二讲故事，早已倒背如流，又从怀里掏出一本巴掌大的册子，"等我看看……你怎么没写他还有驴？"

程千仞揉揉眉心，颇为无语。

这就是顾二所说“大家都不要好过”的来钱门路。这本册子介绍北澜风貌以及优秀学子，内容大胆，词锋犀利，没有深奥的修行名词，配图人物肖像栩栩如生。南渊学子买来看门道，普通民众买来看八卦。

茶余饭后，人手一册，坐茶馆或者树荫下，津津有味地评说，好像每个人都能指点江山，论天下英雄，于是大受追捧，供不应求。

顾二从前摆摊卖书画，与西市卖笔墨的老板相熟，托给老板印刷贩卖，盈利四六分成，半月下来净赚二百多两，徐冉大呼服气。

初赛第二轮之后，程千仞沉迷练剑，知道此事已经晚了。

“写点风流韵事便罢，你连他们的绰号也写进去？人家不会找你拼命？”

顾雪绛笑道：“白美人、邱手艺、傅剑痴、原疯子……这些又不是我取的，皇都大家都知道，我让他们扬名南央，有何不可？”

此时看着慢悠悠的毛驴，顾二恍然道：“是我疏忽，下一本补上。”

程千仞：“还有下一本？”

“活少来钱快，我写三本，我们下月就买宅子！”

林渡之见顾雪绛精神虽好，却脸色微白，许是不耐冷雨，便一手接过伞，一手握住他脉门输送真元，免他染得寒气入体，随口问道：“只听过‘圣人骑青牛’，骑驴又是什么说法？”

顾雪绛漫吟道：“‘衣上征尘杂酒痕，远游无处不销魂。此身合是诗人未？细雨骑驴入剑门。’原上求最喜欢这两句诗。南央有雨，腰间有剑，怎么能没有驴？”

林渡之虽不通刀兵，但修为高，感知敏锐，闻言失笑：“他可不像个诗人。”

顾雪绛：“没错，他弟弟原下索倒是更像。八成就坐在他身边那辆黑色马车里，或许车中还有他们共同的朋友，邱北。”

徐冉对照册子找了半天，发现队伍漏了一个人，问道：“傅克己没来吗？”

顾二今天专职答疑解惑：“不来也正常。傅克己是剑阁子弟，出山入世历练，到皇都游学而已，以他的傲气，未必愿意代表北澜出战。”他想了想，“即使来了，他也不喜欢这种排场。他要么在郊外练剑，等黄昏后人群散去再进城，要么已在城中。”

三人看着车队闲聊，程千仞静默不语，注意到驴背上的少年身形后仰，似大笑几声，突然心中微动，只觉方才一瞬间，那人竟转头向他们望来，张口吐出野草，舔了舔犬牙。

他下颌削瘦，眼尾长而低垂，不知为何，一张俊美容颜，却渗出令人心惊的不羁邪性。

那道目光仿佛穿过重重雨幕，直直落在他身上！

初秋的缠绵细雨变得冷入骨髓。

林渡之亦有所察觉，与程千仞对视一眼。

程千仞：“他能听到我们说话？”

徐冉摆摆手道：“不可能，这个距离，他又不是小乘境。”

程千仞再看，秋雨如旧，小毛驴不紧不慢地跟在黑色马车旁边，那少年低着头。

或许刚才他只是随意一瞥，寒意不过是自己的错觉。

顾二：“车队走完了，有几个没露面的，下次再讲给你们听。”

乐声已远，道旁守卫收兵，围观人群渐渐散去。程千仞最后望了一眼黑色马车道：“回去吧。”

车轮滚滚，穿过雨幕，安静行驶在华盖如云的车队中，毫不起眼。

马车内也同样安静，看似单薄的车壁竟然将繁密雨声与震天欢呼隔绝在外。玉案上点着香，青灰色烟气袅袅升腾，笼罩一室。

北澜学院入城阵仗风光无限，一路上却着实辛苦。自北方南下，八千里风尘，舟车劳顿，何况是与金凤车同行，怕安排不周冲撞贵人，又需时刻提防刺客。许多学子不耐旅途枯燥，心情烦闷，唯有黑色马车里几个人好似秋日出游，自在舒服。

因为这辆车是邱北做的。它足够大，足够稳固舒适，出行所需一应俱全。设计之初，甚至给原上求的坐骑分配了一方休息空间。但傅克己好洁，不愿意让驴上车，还因为这事与原上求打了一架，邱北便只得作罢。

现在车里有三人，一人靠在软垫上读书，一人伏案雕刻木料，另一人在擦剑。

他们各据一面墙，各有桌案，专注于不同的事，却互不干扰，奇异地和谐。

擦剑的傅克己就在车内，说明顾雪绛猜测有误——他毕竟离开太久，皇都变了，故人也变了。

不变的是傅克己依然每日擦剑两次，每次都很认真。他坐姿端正，如孤山松柏，神色肃穆，仿佛除了手中一块绢布一把长剑，世上再没有能影响他的事。

忽然他停下动作，敲了敲车厢侧壁。

外面传来原上求懒洋洋的声音：“嗯？”

傅克己道：“东南边，高处，两条街外，有人带着剑阁的剑。”

原上求刚想说“关我屁事”，却念及对方除了“克己剑”，身上还有一把“山河崩摧”，乃剑阁烟山一脉的镇山神兵。能与其遥相呼应的宝剑，定然绝非凡品。配剑的人，怕也绝非寻常。

于是片刻之后，傅克己听见了他的回答："东南边房顶四个人，只有一人抱剑。他穿南渊院服，梳单髻，没有戴冠……修为感知不到，距离太远。"

四人中撑伞那个还有点面熟，像花间雪绛，不过这句他没说。

事情似乎麻烦起来。原下索掩卷抬眸。邱北也放下刻刀与木料道："需要我去看看吗？"

傅克己："不必。"

神兵通灵，见类则鸣。令"山河崩摧"起争锋之心，唯有"神鬼辟易"。自宁复还杀师叛山，澹山一脉无主，"神鬼辟易"十六年下落不明，直到今天。

他按下微微颤动的剑身，似在安抚故友，然后收剑回鞘，闭目养神。

既然对方是南渊学子，那他们终将相见。

此行不虚。

傍晚时分，细雨初歇，云开日霁。

连绵楼阁，树木花草经历雨水洗刷，浮尘尽去，又被夕阳镀上浅淡赤金色，顿生无限光彩。

南渊藏书楼作为南方最高建筑，利剑般直入云霄，仿佛连通天上霞光与人间晚晴。积水从飞檐滑落，像一颗颗剔透明珠。年轻书生立在窗边数珠子，顺便看看勤学殿外忙碌奔波，操办迎客晚宴的学院众人；也看城里车水马龙的街道，随风飘荡的炊烟。

有人走过来，顺着书生的目光向窗外望去道："雨停了。"

一场秋雨将枝头花叶打落，满地残红堆积，混入泥土，却有一处新蕊乍吐，从楼上露台到楼下花园，千花万瓣，尽是炽烈鲜艳模样。

那里是建安楼，翻修历时两月，终于重见天日。

胡易知叹了口气，应道："是啊，天公作美，有凤来仪。"

院判："你应该照照镜子。"

胡易知挑眉。

院判："每次你输光月俸，还说'赌输又怎样，我很开心'，就是现在这副模样。"

北澜队伍白天入院休整，晚上南渊安排了两场宴会。一场在勤学殿外大广场上，由即将毕业的师兄们主持，一些家世显赫或成绩优秀的学生们陪坐，招待来客。大家击鼓传花玩行酒令，即兴表演，没有座位的也可以在旁围观。

双院斗法期间课业轻松，学生们今夜兴致高昂，都等着去那里凑热闹。

另一场在太液池的画舫上，气氛与前者相差甚远。副院长与院判做东，昌州府刺史、守备军官列席，迎接皇都来的贵人。南方军部已派遣一支轻骑兵进驻学院，协助负责安全和秩序。今晚画舫宴会结束前，从建安楼到太液池，全线封路禁严。

不过这些都与程千仞无甚干系，他正在菜摊挑一颗大白菜。

最近酒楼客满，家里却有三张嘴嗷嗷待哺。他们初赛战绩突出，前些天就收到宴会请柬，管事师兄给安排了四个座位。

顾雪绛不愿意去，说："这种酒局得不到有用信息，白浪费工夫。"

徐冉："你是怕撞见'故人'吧。被你打断过腿，又想不起名字的那种。"

顾二搬了摇椅出来，瘫在院中看晚霞，道："我这都是为他们好，钟天瑜曾说，要办一场马球比赛，宴会上定然谈及此事。我去了怕他们不自在……人多还要说话，鹿也不自在，我们在家里吃就挺好。是吧鹿？"

林渡之"嗯嗯"点头，又反应过来，"不是鹿，是渡！"

程千仞："我们中午不是吃过……"

三人齐刷刷看向他，脸上写着"几个菜啊""有肉没有"以及"给点草吧"。

程千仞没话，抱剑出门。

南央城华灯初上，雨后空气清凉。

石板街水洼里映出漫天霞光，又被奔跑的孩子们匆匆踩碎，小贩推着板车叫卖，音调又慢又长。

西市没有正经大酒楼，一溜的小吃摊和小饭馆，满街飘荡着油烟味与酒菜香。

一个小姑娘坐在路边摊吃烤馍。她穿着刺绣精细的藕粉色襦裙，吃相文雅秀气，身边还带两个丫鬟。左边桌子一群地痞在划拳喝酒骂脏话，右边来了一群打赤膊的男人，是刚下工的泥瓦匠和木匠队。

烟熏火燎，三教九流。她与周遭格格不入，却毫不觉得别扭，熟练招呼道："老板，再烤个馍。多刷油，多放辣面。"

两个丫鬟欲言又止。

小姑娘吃完，心满意足地拿出绣帕轻拭嘴角，带着丫鬟逛街去。

她看什么都新鲜，不买珠钗水粉，只买纸风车糖人草编花篮，还乐得咯咯直笑。几个摊主在背后议论，这么漂亮的姑娘，不会脑子有毛病吧。

他们说话很小声，普通人绝对无法察觉。但她能听见，听得一清二楚，却依然很开心，止不住笑。

脂粉味油烟味汗水味，叫卖声还价声笑骂声，黄澄澄的烤馍，暖融融的灯笼。

烟火人间，一切都太美好，每样东西都温暖极了。

吃饭的、赶车的、骑马的、抱孩子的、卖菜买菜的，她好奇又认真地打量着，忽然不知看见了什么，恍惚一瞬道："五哥？"

丫鬟以为自己听错了，问道："小姐你怎么了？"

小姑娘突然提起衣裙狂奔，喊道："五哥，等等我！"

她爆发出极快的速度，像一尾游鱼般灵活，眨眼间追出半条街。茫然四顾，只见人群涌动，哪还有熟悉的身影。

背后响起一道平静声音："姑娘为何追我？"

那少年身穿南渊学院服，左手提一只装满的菜篮，右手拿一把旧剑，眼神漠然，气质疏离。

小姑娘看着他的面目，愣怔片刻："我认错了，对不起。你有点像我哥。"

程千仞也在打量眼前人，大约十三四岁，衣饰不俗，像偷溜出来玩的闺阁小姐。或许是被保护太好，眉眼间还有未褪的天真稚气。他不由想到，自己是不是表情太凶，吓到她了？人家只是认错人而已。

于是他略微放轻声音："早些回去吧，天色渐晚，西市鱼龙混杂，不安全。"

小姑娘已回过神，浅浅笑了笑说声"谢谢"却没有走，依然仰头看他，目光灼灼。

程千仞是养过孩子的人，总对小孩多一分耐心善意，问道："需要我帮忙吗？"

小姑娘笑道："不用了。"

恰逢两个丫鬟打扮的女子急匆匆赶来，挡在她们小姐身前，极为戒备地紧盯着他。

程千仞略一点头，转身走了。

直到拐进自家巷子，他才猛然觉得哪里不对。他仔细回忆，确定方才没有感知到灵气波动，又将真元在体内循环一个大周天，同样毫无异常。

程千仞忍不住自嘲："被人叫一声'哥'就神经敏感？真没出息。"

最后一缕霞光消失在天际，夜色拉开幕布。秋月明亮，星河初现，照耀着灯火辉煌的人间。

小姑娘依然在逛街，却显得心事重重，兴致缺缺。身边两个丫鬟正互相帮腔，你一言我一语地劝她回去。

"殿下。"

一道声音响起，如春风化雨吹过耳畔。只见长街尽头一人负手而立，月色将他影子拉的斜长。

她神色微肃，停下脚步。那人已向她走来，举步的须臾，嘈杂人声倏忽消退，流动空气停滞一瞬。

她看见一层无形屏障拔地而起，隔开毫无所觉的过路行人。

与此同时，他们之间的街道上，每一块老旧青砖，青砖间每一株细弱杂草，都溢散出隐而不露的神妙气息！

“机神触事，应物而发”，好厉害的大神通。

小姑娘向前两步，微微摆手，示意身前丫鬟退下。

动作很简单。她周遭气势却陡然一变，藕粉绣裙无风自动，猎猎飞扬。

屋檐下灯笼摇晃，金色光芒染亮她半边容颜，天真之色荡然无存，道：“原来是胡先生，本宫失敬。”

他们不需要互相行礼，这世间需要他们行礼的人很少。

“殿下万金之躯，不该以身犯险。”

“先生言重，南央城不是很安全吗？”

兰花般的手指伸出，指尖落在虚空处，忽有一道丝线显出行迹，大放光芒！

光彩一闪即逝，重归无形。这是南央护城阵法的灵气线，它们铺天盖地，纵横交错，织成一张大网，覆盖整座雄城。城中百万民众年复一年，安稳生活在它的庇护下。

“危险无处不在。”副院长依然笑着，似乎无论什么时候，他都永远温和，“建安楼的灵犀花开了，殿下一定会喜欢。我送您回去。”

一场潇潇细雨洗去夏日燥热，南央城正式迎来秋季。

程千仞昨晚冥想打坐通宵，清晨出门晚了，此时便站在学院东大门外排队。长队如龙，蜿蜒排满广场，督查队除了挨个儿翻来覆去验腰牌，还检查院服是否穿戴整齐。这幅情景，估计会持续到双院斗法结束。

他也不急，仰头看着碧空流云，遥见高耸的藏书楼立在和煦秋光下，显得清丽温柔。

入得院中，见来往学子络绎，皆腰背笔挺，走路带风，精神面貌焕然一新。若有熟人相逢，双方遥遥见礼，高声谈笑。任谁看了，都要赞一句南渊青年、未来栋梁。

很显然，北澜队伍入院，激起了南渊人一较高下的斗性。

程千仞照例去医馆后的荒林练剑，一路上感知到许多目光落在身上。等他困惑地回望，那些人又纷纷避开。

从前也会有人看他，背后无非聊几句“他就是程千仞”“原是南山后院学算经的”“一夜入道”。更多时候没有人这样说，因为他旁边站着徐冉、林渡之，更值得被谈论。

但今天的目光格外多、格外复杂，害他差点以为自己穿了北澜院服。

无论有没有恶意，总归让人不舒服。

通往医馆的大道上，程千仞停下脚步，转过身去。

十余人缀在他身后不远处，窃窃私语，此时猝不及防，急忙停下，紧盯着他。

竟是算经课的同窗们。

程千仞：“你们有事吗？”

他并没有生气，落在别人眼中，却是冷眼抱剑的疏离模样。

于是场间无人开口，无人离开。气氛诡异。

众人面面相觑，不知所措，程千仞转身便走。忽听一人喊道：“昨晚的‘兰庭宴’你没有来！”

他回头，见是一位面熟的同窗，似乎叫张胜意。

张大公子交游广阔，不仅在算经班人缘好，在南山后院也颇有威望。有他站出来，其余人好似找到主心骨一般，气场上反客为主，纷纷附和。

“你没有来”是个陈述句，这般情境下，自然生出质问的意思。

双院斗法有些约定俗成的规矩。比如主场为客场队伍接风洗尘，先办一场“兰庭宴”，取“芝兰玉树，生于庭阶”之意。宴上没有教习先生，双方学子推杯换盏，有时还要探探虚实，摸个底细。

待比赛结束，再办一场“折桂宴”，意为“芝兰秀发，折桂争先”。出席者不乏大人物，学生的座次则按比赛名次排列。一般学院会请名望甚广、身份甚高的人颁发奖励。去年北澜请到了礼政司大学士与镇国将军，便由他们颁奖致词。

程千仞心想，“兰庭宴”不是自愿参与的吗？难道昨晚发生了什么事？

“我没去。”他如实答道，“我在家做饭。”

话音刚落，周遭一静。

学院大道上，西风乍起，吹过学子们的广袖与衣摆。

他们的身形也在风中颤抖，不因风冷，而是愤怒。每个人眼里的愤怒如烈火熊熊，迎风燃烧。

张胜意深深吸气，压抑道："你只是在家做饭，没有其他事？"

这场对峙引人注目，围观者越聚越多，待后面人打听清楚，也都不愿走了。不知何时，医馆门前堵得水泄不通。

有人忍不下去，狠啐一口："我早就说了，他哪有什么要紧事……亏我们为他据理力争！"

程千仞怔然，我做饭又没动你们家米缸，你们生哪门子气？

其实这件事很简单。南山后院出过修行者，才思敏捷，学识渊博。却不曾有人参加武试，就像青山院的武修，不会想不开报名文试。

程千仞是第一个。

承受嘲笑冷眼的无名小卒，默默努力，忽然间一夜入道，站在万人之前，成为与"南山榜首"齐名的天才。

人们喜欢这样的故事，足够传奇，足够威风。

好似从前种种冷眼，不是他们给的一般。

"谁还敢说我南山后院只有书生，今年我们出武修了！当之无愧南渊第一大院！"

尤其是算经班的学生，更觉脸上有光，扬眉吐气。将流传已久的"刀光剑影青山院，风花雪月春波台，不知寒暑小南山"，改做"文武双全大南山"。

但程千仞做了什么？

初时成名，他在藏书楼闭关，徐冉替他揽下所有约战。

双院斗法初赛首局，南山后院众学子不去凤栖阁等文试结果，特意赶来骑射场观战，为他叫好助威。他却只出了一剑。初赛第二轮，他签运好，抽到稳胜局，依然站在徐冉身后，只出一剑，便顺利进入复赛。

他把好故事演砸了，谁也不满意。

没有晋级的参赛者不满意道："那个南山书生，听说本是个胆小怕事的，不知如何得了副院长青睐，什么'一夜悟道'，八成是催灌出的修为！"

"他哪里会使剑？只会躲在女人背后。"

南山后院的学生不满意道：

"昨晚兰庭宴，最需要他证明自己的时候，他在哪里？他居然在做饭！竟不知'君子远庖厨'。"

"如果不是为了他，我们何须与人争执，受人嘲笑？"

每一道声音，程千仞都听得清楚，他却只是沉默。

旁人看来，便是无言以对的心虚。

张胜意从前觉得，自己学识品格远胜于对方，偏对方际遇传奇入道修行，令人羡妒。他此时心情更加复杂，眼神露出几分居高临下的怜悯：你成为修行者又如何，落到这般田地的修行者，太可怜了。

“你先前说过，要夺下双院斗法前三甲，还记得吗？”

程千仞怔了怔：“不记得。”这话又不是我说的，徐冉说的，当时我在藏书楼选剑诀，鬼知道发生了什么。

顷刻间人声沸腾，学生们围拢而来，种种不带脏字的讽刺奚落争先响起，平素安静的医馆前街如午门闹市。

张胜意摇着折扇叹气：“你也听到了，你现在代表我们班，代表南山后院，代表南渊学院。五天后就是复赛，如果你还像之前一样，不如弃权吧。你弃权，对大家都好……”

话未完，意思却足够清楚：不要丢人丢到家门外，给学院带来耻辱。

他认为自己说的很不错，分寸恰当，不失君子风度。说罢便让开道路。

更多人不愿让，只听有人喊道：“你怎能辜负大家对你的期待？！”

程千仞望了一眼，那个人他不认识，大抵未曾见过。

他突然有点想笑，并且不想走了。他平静反问道：“我为何不能？”

虽受惯生活磋磨，心智早熟，毕竟还是个少年人，面对千夫所指，戾气顿生。

“大家的期待”到底是什么值钱东西？

江上捞尸、饥荒逃难、算账挣钱，我靠什么活到现在，难道靠的是“大家的期待”？

张胜意不料他有此一问，众人也未反应过来，场间一时寂静。

程千仞抱着剑，冷冷扫过每一张面孔。

“你们寒窗十载，下苦功、花束脩，过关斩将进入南渊学院，就是为了让别人代表你们？”

“要荣誉，要声名，要全院敬仰，不自己去打，反要我来代表？我算个什么东西，你们又算什么东西？”

他忽然爆发出骇人气势，大步行走在人群中，所到之处，众人不由自主让出通路。

“你们愿意让我代表，我却不愿意。”

“我不愿意做，没有人能勉强我。我不愿意听，便没有人能教训我。”

“我说完了。我就不弃权。现在你们能怎么样？”

在场南山学子不乏辩才出众之辈，却无一人与他对答，只是面皮涨红，愤怒地握紧拳头。

程千仞不想再看，转身离开。

待学生们回过神，开口喝骂“此人简直无礼无耻”，匆匆马蹄与命令呼号声已从四方响起。

“何事拦路？让道让道！”

因为人群聚集，道路堵塞，维持秩序的督查队黑衣来了，南方军部遣入学院的骑兵队来了，身穿金白两色北澜院服的学生也来了，正冲这边指指点点。

众人慌乱难堪，张胜意咬牙道：“大家散吧，别聚在这里，叫外人看笑话。”

气势汹汹的审判质问，变作一场闹剧，没头没尾地散在落叶簌簌的秋风里。

消息却比秋风更快，飞速传遍全院。从医馆到骑射场，从建安楼到北澜学子居住的客苑，无人不晓这场骂战。

傍晚放学南渊四傻碰头，徐冉走在路上听见闲言，抄刀就要冲过去，幸亏程千仞拦住她。

他练剑一日，心意平静，愈发觉得自己没必要生气。不掉钱又不掉肉，何必？

顾雪绛心态更好，对林渡之说：“咱俩也一样，你答全卷，我被叫吃闲饭的小白脸，哈哈哈。他们说，我根本不用上考场，你牵条狗去也能赢。”

林渡之却不笑，冷下脸色道：“谁这般说？”

“嗨呀，这证明我长得好看。”顾雪绛想了想，很不要脸地说，“起码比程三好看。”

程千仞：“……昨晚兰庭宴，发生什么事了吗？”

顾二：“倒也没什么大事。有人开赌局，赌双院斗法武试的决赛名次，没有排你。南山众人受不得气，下大注押你进前十。估计是晚上回去一吹风，酒吓醒了，又觉得你不行，追悔莫及，痛心钱袋。第二天就憋着郁气。”

“被人期待”听上去很幸福、很美好。周遭有一百种好话捧你上天。此时你一定要小心，不能偏离他们的想象，否则就有一万种指责等着你。

这个道理程千仞尚且不懂，却已隐隐体会到苦处。

徐冉：“话说学院不是禁赌吗？”

林渡之：“默认规矩，兰庭宴上百无禁忌。”

程千仞觉得这事不太对劲，像有人针对他们，问道：“还有别的吗？”

果不其然，顾雪绛从袖中抽出一张邀请函，说：“当然。”

夏秋之交，本该是南央城多雨之时。今年雨季却格外短暂。

马球比赛的朱红色邀请函，稳稳当当地传到顾雪绛手中。时间就在三日后。

林渡之有些担忧，微微蹙眉道："你打算怎么办？"

顾雪绛忍不住逗他："当然是买通一位圣人，让他以大神通改天换日，赶紧下雨，只给骑射场下。"

徐冉："好主意，皇宫、剑阁、慈恩寺、朝光城……你看哪位圣人合适？唉，不要圣人了，请大魔王吧，漫天飞雪不是更好？"

顾二竟被怼到无言道："你最近词锋见长，脾气也很暴躁啊。"

他收起邀请函，取出一本小册子："先不说烦心事……闲话皇都第二册，今天正式贩卖，我又挣钱了！今朝有酒今朝醉，明日愁来明日愁。走，喝酒。"

顾公子请酒，地方自然也是他定。

他定在明镜阁。领着大家熟门熟路地穿过城南大道，走入一条幽静曲折的长巷。昏暗夜色下，未见阁楼，先闻管弦声，嗅到清淡花草香。

徐冉觉得很新鲜，冲楼上点灯笼的姑娘挥手。程千仞有些不放心道："你别带坏鹿。"

顾公子不服："你把我当什么人了？"

程千仞：哎哟，我天！敢情你觉得自己是正经人啊！

明镜阁虽是花楼，却出乎意料地清幽。不见金玉辉煌，桌椅案几都是古旧的紫檀木，香炉烟气袅袅，琴音泠泠如流水。

珠钗环佩的姑娘在楼中穿梭，步伐轻盈，款款而行，各花各美。徐冉一时目不暇接，刚想说这地方真不错，忽见一行华服公子谈笑下楼，临行前打赏身旁美人，一出手就是三方金锭。

她面色骤变，立刻去扯顾二袖子，咬牙低声道："大不了马球比赛我替你去，你不要搞得像送死前的最后一顿酒。"

这一晚上，够吃五年红烧肉了。

程千仞："别怕，我也带钱了。"

林渡之："嗯！我也有！"

三人像村民进城，眼神警惕，内心紧张。跟在顾雪绛与两位双髻侍女身后，登楼穿廊，进入一间临窗雅阁。

事实证明，温柔乡不是龙潭虎穴，顾雪绛也安排得恰到好处，不会让朋友觉得别扭。侍女退出去后，有怀抱琴瑟琵琶的姑娘们鱼贯而入，福了福身，慢声细语道了句"顾公子许久未见"，便放下珠帘纱幔，开始弹奏。

他们坐在露台上喝酒聊天，凭栏赏景。重重纱幔外，美人们拨弦抚琴，乐声清远。

露台伸出阁楼，四角置有铜制莲花灯台，又有飞檐上一串串金色灯笼映照，是故十分明亮。最妙处在于此地视野开阔，近看城中车马灯河，远望巍峨城墙。

修行者目力远，程千仞甚至能看见云桂山脉的连绵轮廓。

一道细碎星河光芒璀璨，如半弧玉带，从夜穹落入山巅。

离学院不远，且闹中取静，不如在这附近买宅院，宅中建一座小楼。他认真想着，明天去找掮客打听一下地价。

“日夜苦修，折磨十指，练得一手好琴，不比练剑容易。”顾雪绛瘫在椅子上，点了烟枪，遥望星河，“琴瑟起，西风凉，金樽玉盏白露酿。你们感动吗？”

犹似当年，我很感动。

徐冉给自己倒酒：“不敢动不敢动。碰坏什么东西咱赔不起。”

程千仞闻言微微笑了。他举着酒杯，走到栏杆边。

琴音旷远悠扬。今夜星空格外明亮。

好像回到了东川荒野上，天高地阔，沧江水倒映星河。那时没有美酒瑶琴，只有为天价船票发愁的兄弟俩。

“好美啊，逐流你看，像不像满江银子。”

“是啊哥，要是江里有银子，我给你捞。”

谁要你捞啊，傻。程千仞饮尽一杯酒，只要你过得好。

酒过三巡后，林渡之也开始说话。

他精神放松时，说的是蓬莱岛家乡话。

“十七岁那年，我读完寺里所有书，师父便让我离岛，乘船去大陆。我当时并不明白。我什么都有，什么都不想要，为何还要入世走一遭……”

“现在想想，大抵是为这一夜星光。”

岛上常年有雾，看不到星星，也没有在星星下一起喝酒的朋友。

“鹿啊，你知道为什么这里的酒贵吗？因为琴声好，你唱什么曲子，都合得上。”顾雪绛拿起烟枪，有一下没一下地轻敲桌面，含混轻唱：“……落梅闻笛已三更，更无人处月胧明。我是人间惆怅客……”（注：纳兰性德《浣溪沙》）

徐冉酒意上头，站上凳子道：“你唱的什么玩意，我来一个。”她大声唱道，“我也曾赴过琼林宴，我也曾打马御街前，人人夸我潘安貌，原来纱帽罩啊罩婵娟……”（注《女驸马》）

程千仞一把拉过林渡之道：“你别理他们。下面由我，程千仞，为大家献上一首《只要你过得比我好》。上酒！”

三人瘫着站着，倚着栏杆，各嚎各的。

林渡之很崩溃："我、我不会唱。我给你们鼓鼓掌吧。"

掌声琴声歌声飘荡在晚风里，顾雪绛没有修为，最先醉倒。

林渡之将他扶正坐好，站起身道："我去给你端碗醒酒汤。"

顾二耍赖抱住他的腰："你不要走……你不要走，我给你换一首《春日宴》怎么样？为我鼓掌！"

林渡之更崩溃了："你让我走吧。"

其实这种地方，只需招呼一声，立刻有醒酒汤热毛巾端上。但他未曾来过，更不习惯支使别人做事，便拂起帘幕，请一位姑娘指了去楼下后厨的路。

没人鼓掌叫好，唱歌三人大感"知音少，弦断有谁听"，歌声渐渐寥落。

徐冉跟顾二并排瘫着，掏出他写的'闲话皇都'第二册，只当看话本。每翻一页，都忍不住骂句"我去"。

"你怎么什么都知道？"

"醒时打架喝酒，醉倒大被同眠，谁不知道谁啊……"顾雪绛不以为然，"其实还有更厉害的，给他们留点面子，没写出来而已。"

徐冉兴奋道："我想听最厉害的！"

顾雪绛是真喝多了说："姓傅的家伙，有问题……大家都是血气方刚的年轻人，谁能'克己复礼，少私寡欲'，又不是圣人对不对？所以根据我当年的观察，我怀疑他……不行！"

徐冉大惊："不行？！"

顾雪绛沉重点头："不行。剑阁大弟子傅克己，他不行！"

程千仞："你们到底要说多少遍？"

他有些好笑地想，背后说人坏话，简直像小说里的炮灰反派。

顾雪绛端起酒盏道："其实这事儿啊，可能跟功法有关系……"

话音未落，露台灯火一闪，周遭俱暗，酒盏里忽映出一泓寒光！

凄厉剑啸声响起，抬眼见一柄长剑斩开夜幕！

这一剑实在太快，自天外而来，他甚至看不清残影，便觉剑意先至，令咽喉灼烧般剧痛。

下一刻就要被寒锋穿过，血溅明镜阁，顾雪绛却醉着，只痴痴笑道："好快的剑，好美的人。"

"铮——"

两剑相击，惊雷炸响，久久回荡。

被劲风压过的灯火烛光重新亮起，没有断头，没有鲜血。露台上只是多了一个人。

那把割裂夜幕的剑，指在顾雪绛喉间，未能近毫厘。

千钧一发之际，“神鬼辟易”一剑横来，轻如雪花飘落，稳如长堤拦江。

重重纱幔翻飞狂舞，奏乐美人以为他们醉酒过招，琴瑟声忽变高昂激烈。

汹涌澎湃的真元自对方剑锋传来，山海般威势当头压下。程千仞气血翻涌，脸色骤白。恰在此刻，金色刀光乍起，直取来者面门！

斩金刀已出鞘，徐冉酒醒了。

劲气纵横，顾雪绛左颊渗出一道细细血线。血珠滑落，他下意识抚上，舔了舔指尖。像是才知道疼，轻“嘶”一声，眼神清明些许，终于看清来者道：“傅兄？好巧。”他环顾四周，神色镇定道，“你们拔剑做什么？”

程千仞：“……”

世上为什么会有这种朋友？

哪怕你觉得他行事荒唐失分寸，哪怕你也很想打死他，却还是要站在他身前，替他挡刀剑。

琥珀色热汤冒着白气，林渡之一手端碗，一手推门，忽然顿了顿，转身问道：“阁下找谁？”

片刻后，阴影处走出一人，竟是那位细雨天骑驴入城的少年。

少年看着他，勾唇轻笑。

林渡之微微蹙眉。他作为医者，不怕见到伤口流血，却厌恶血光戾气。

眼前此人，浑身上下都是令他不舒服的气息：不笑时显得阴沉，笑起来却很邪性。

布衣少年自怀中掏出一本册子：“我找此书笔者。”

林渡之瞥了一眼：“作甚？”

外人面前，他惯来寡言少语。

少年却不怕，谈笑自若道：“叙旧。其实我更愿意给他上坟扫墓，那样说话愉快些，可惜他没死，我不得不找来此地。”

气氛骤然僵冷。向这边走来的五六位姑娘与客人忽感压抑，不约而同地停下，改道绕开，远远观望。

原上求问："你要拦我吗？"

林渡之没有动。他手中热气腾腾的汤碗白雾消散，在无形压力的逼摧下，微微泛起涟漪。

露台上，顾雪绛话音未落时，徐冉一刀含怒出手，真元磅礴，更因烈酒助豪兴，凌厉不可当！

剑背压力稍轻，程千仞得以喘息，提剑手腕翻转，剑柄猛然后击道："你先走。"

顾雪绛只觉一股大力打在椅背，眼前昏花，便连人带椅飞冲出重重帘幕，又在弹琴姑娘们的惊叫中稳稳停下。他掸衣袍，正发冠，从容起身："莫怕莫怕。我送你们出去。"

雕花木门"吱呀"打开，无形压力轰然扑面，顾雪绛猝不及防，连退两步才稳住身形。

林渡之回头，冷声道："回去，关门。"

顾雪绛摸鼻子，说："那边让我走，这边也让我走，我能走到哪里？"

进退两难，无处容身，举目皆敌。何必再退？他自林渡之身后站出来，对来者笑了笑："原上兄，好久不见。"

原姓两兄弟经常同行，为了在称呼上区别二人，大家便称哥哥原上求为"原上兄"，弟弟原下索还称"原兄"。

原上求也笑，露出尖利的虎牙道："湖主，别来无恙。"

秋风拂栏，烛火摇曳，徐冉刀势初成。

那人正垂目看剑，忽一抬眼，锐意暴射！

徐冉接触到他目光的刹那，心道不好，立刻变攻为守，连出三刀！

"铮铮铮——"

被她打散的剑气瞬间将纱幔绞碎，似片片柳絮凌空飞舞。

那人身形纹丝不动，目光又落回程千仞手中的旧剑。周身剑气萦绕，引而不发，广袖猎猎飞扬。

徐冉横刀身前，神情凝重。

剑气凝实如真剑，收发自如不需蓄势。顾二是不是记错了，这姓傅的到底什么境界？

程千仞送走顾雪绛，方才细细打量眼前人。

剑眉、深目，青衣、长剑。身形挺拔，背负剑鞘。

像万仞高峰间一株青松，负雪凛霜，傲视云海。

他从未去过终年积雪的绝壁孤峰，也未见过云海茫茫。但不知为何，此人就给他这样的感觉。

他知道事情麻烦了。

因为刚才不是自己接下对方剑招，而是对方先看到自己的剑，主动收势。

傅克己终于看完剑，目光转向他，声音低沉道："你从何处得来此剑？"

这眼神让程千仞感到压力，却不愿避退，他直直迎上："故人所赠。"

"你可知此剑渊源？"

"不知。"

"你可会剑阁剑法？"

"不会。"

"你可愿意学？"

程千仞想，副院长曾有教诲，选剑诀应择一而终，最忌贪得无厌。

于是他说："不学。"

对方声音越来越低沉，徐冉越来越紧张，冷汗浸透衣背，随时准备出刀。

傅克己却静默片刻，忽道："很好。"

他不是多话的人，因为事关剑阁，事关"神鬼辟易"，不得不多话。现在话都说完了，当然很好。

晚风起，灯烛暗，云散月明。

清冷的月华照在他身上，压不下剑的锋芒，盖不住人的光彩。

傅克己道："我修为比你高，让你三招。请赐教。"

他长剑指地，气势更盛，有赤色火花自剑锋迸射而出，落在地面发出可怕的"嗞嗞"声。

程千仞一怔，还没互通姓名，说打就打？为什么要打？

这都什么人啊，说服不了就打服，感化不了就火化。

程千仞态度笃定道："不能在这里动手。"双院斗法期间，参赛者禁止私斗，违者取消资格。

傅克己想了想，觉得有理。花楼比斗，不甚庄重，不合礼法。

徐冉想了想，也觉得有理。在这儿打坏东西算谁的？我们宅子还没买，不能先把裤子赔光，于是她收刀回鞘。

傅克己却没有收剑，道："让路。"

遇到拿着“神鬼辟易”的人，纯属巧合。他来这里，是为了解决另一件事。

但他没能离开，因为一只手搭在他肩上。

不知何时，又一人来到露台，悄无声息，自傅克己身后踱步而出。他穿着北澜学院服，金衫白面，书生打扮，从头到脚一丝不苟，态度亲切，作揖道：“两位有礼。”

徐冉抱拳。程千仞持剑回礼，心往下沉，心想：对方又来一个人，且修为看不出深浅。今夜怕是难善了。

场间沉默无声，片刻之后，傅克己竟然先收剑，退后两步，足尖一点，转身跃下露台。

他临走前看了一眼程千仞，准确地说，看了一眼“神鬼辟易”剑。

程千仞猜测来者会传音之类的法门，就是不知对傅克己说了什么，令他改变主意。

他越看越觉得面熟，忽然想起北澜入城时驴背上的少年……此人是原上求的弟弟，原下索！

但这两人气质迥异，让人一时未察觉面目相似。

原下索一到，剑拔弩张的气氛顷刻松弛。

他先请教了两人姓名，又解释道：“我四人本在对面楼上饮酒，无意窥探诸位……”

但有什么办法？大家都是耳聪目明的修行者，听你们鬼哭狼嚎唱歌也就罢了，谁知后来别的听不见，光听见“不行”两个字，如魔音贯耳，久久回荡。

顾雪绛这几年烟瘾大，声音较原先沙哑许多，不好分辨，直到“傅克己”三字一出，他的身份立刻坐实。原上求骂了句脏话，抄起剑就冲出去。

再看傅克己的位子，只留下空空酒杯。

原下索无奈道：“双院斗法禁私斗，我们又初来南渊，诸事未明……你怎么不拦住他俩？”

邱北：“……我、我拦得住吗？”

两人只得一边叹气，一边结了账，下楼寻人。

邱北又是慢性子，火烧眉毛也慢，原下索等不及他，只好自己先去。

不得不说顾雪绛非常阴损。

一个疯子如何证明自己不疯？一个正常男人如何证明自己房事没有问题？

一旦流言四起，便很难证明给别人看。

能力“不行”实乃无法忍受之侮辱，市井混混听见抄柴刀砍人，剑阁大弟子闻之提剑杀人。

顾雪绛还能活蹦乱跳，纯属命大。

原下索穿过残破的纱幔，轻声安抚花容失色的美人们，再送一沓厚厚的银票赔罪。这里的姑娘见过各种世面，虽然今夜受惊吓，还是福身道谢。

程千仞和徐冉赶到门口时，林渡之面无表情，眼神冰冷。两人吓了一跳，却见顾二从容镇定，好似真与故人叙旧。

直到原上求问："你来南央城的这几年，成亲了吗？"

顾雪绛微怔："没有。"

原上求皱眉："你今年已经二十二岁了吧，不小了。不孝有三，无后为大，你竟然还没有家室？"

语气就像皇都那些热衷拉纤做媒的贵妇闲人，令顾雪绛一万个头大。

"……你到底想说什么？"

原上求又笑得露出虎牙："我原本想，杀你之后，可以替你照顾妻儿，不会让你绝后。现在看来是做不到了。"

什么玩意儿？程千仞一惊，这简直是个神经病。

顾二竟然毫不见怪，跟着他思路走，说："可惜，我孤家寡人一个。不过你此番万里远来一趟，若埋骨南央，我也愿意照顾你弟弟。"

顾雪绛想了想，郑重补充道："还有大花。"

在原上求五指握上剑柄的瞬间，一柄折扇挡在他手背。原下索及时赶来，道了声"好险"。

青雨快剑一旦出鞘，什么都来不及了。

原上求挑眉："你拦我？"

原下索："不是要拦你……你想想，我们现在都在这里，邱北也往这边赶来，只有大花在对面，虽说南央城治安很好，但万一有人……"

话未说完，原上求已冲到露台，纵身一跃，消失在夜色中。

徐冉目瞪口呆，忍不住好奇道："大花是谁？"难道是他亲眷？手无缚鸡之力，需要他保护？

场间一静。

顾雪绛："是他的驴。"

程千仞："……"

"驴头有一撮白毛，花朵形状，取名叫大花。"

林渡之:“……”

原下索执着地说完最后四字“顺手牵驴”,转向顾雪绛,有气无力道:“下次你说照顾,别提我,替他照顾大花就行。”

提我也没什么用。

他又招来姑娘打赏银票,然后摆摆手道:“后会有期。”说罢头也不回地下楼去了。礼数忘得干净,可见确实很累。

偏又遇见邱北慢吞吞上楼。

慢吞吞地问道:“你找到他们了吗?”

徐冉远远看着,突然有点同情原下索,说:“其实这支队伍走到现在,全是靠他一个吧?”

四人刚出门,程千仞似有所觉,转身一看,许多客人在二楼栏杆边围成一排,探身向下张望,冲他们的院服指指点点,窃窃私语。

“啧啧,如今的学院学生,到处惹是生非。”

“不知道今年双院斗法怎么样,我南人能胜过北人吗?”

“代表南渊去斗法的,都是精英弟子,现在要么在温书,要么在修行,哪会来这儿喝酒听曲?”

“精英弟子”程千仞感到尴尬。

林渡之也听到了,小声说:“但我们真的来喝酒听曲了……”

顾雪绛摸出烟枪点上,说:“唉,是我不好。”

徐冉:“酒也喝了歌也唱了,一个铜板没花,挺值。原下索可真有钱啊。”花大额银票如扔草纸。

顾雪绛:“铸造师邱北,剑阁大弟子傅克己,还有青州豪绅原家,哪个缺钱?”

程千仞:惭愧惭愧,好像全世界只有我们缺钱。

四人抄近道往城东去,小巷里晚风徐徐,灯笼飘摇,几条街外的车马喧嚣隐约传来。

徐冉忽然问道:“傅克己和原上求‘夜战淮金湖’还打过架,后来怎么就走到一起?”

“淮金湖是我的主场,能让外人讨到便宜?那晚他们输得很惨,恍然发现比起对方,我更让人讨厌。之后他们同仇敌忾对付我,毕竟敌人的敌人,就是朋友。”

年轻人互相看不顺眼,不需要合乎逻辑的理由。我看你死板无趣装腔作势,你看我纨绔浪荡气焰嚣张。

一个眼神对上，就知道彼此心里那点不屑轻蔑。

程千仞只有一件事不明白："输得很惨？"三人甩泥巴还有输赢之分，长见识。

顾雪绛："当时原上求修为远不如我，傅克己又好洁，沾上泥跟要了命一样，你说谁赢？"

程千仞无法反驳道："你赢你赢。"

顾二没心没肺地笑起来，很得意的样子。

林渡之看着他，却说："你少抽点吧。"

顾二摆摆手："我没事，倒是程三和徐大要小心，如果决赛遇见这两人，认输为好……从前傅克己挥剑，我至少能看出他剑路中十二处破绽，现在，一处都看不出了。帮不上你们什么。"

程千仞心想，曾经的故友或对手日夜不歇地飞速进步，只有自己在原地甚至退后，想来滋味不是很好。

他拍拍顾二肩膀道："我们拼进前二十名挣个宅院钱就行，三甲头名，有前辈师兄跟他们较量。"又算了算概率，"总不至于抽签正好撞上。"

徐冉虽为傅克己剑势所惊，却依然不服道："真撞上就痛快打一场，没打过怎么知道必输？"正说着，巷外传来打更声，"这个时辰，学院落锁了吧？鹿怎么办？"

顾二："鹿去我家住呀。"

林渡之摇头："不不，太麻烦你了，我找客栈就行。"

"你莫不是嫌弃我家院子小？哎呀，可怜我又穷又弱，要是半夜被人寻仇，死都不知道怎么死的。呜呼哀哉，丧命家宅……"

林渡之急得脸颊通红："你胡说什么！"

徐冉抄刀鞘拍顾雪绛："别欺负林鹿！"

程千仞本以为，所谓的马球比赛，是钟天瑜一伙人借机发难。纵有天罗地网，顾二不去就行了。武脉被废后，顾二忍得多少屈辱，没道理这次忍不得。

谁知第二天就有前辈师兄找上他们。

林渡之的诊室不大，忽然来了一群客人，没地方坐，大家只好都站着。

"两日后，双院斗法开幕典礼，温乐公主殿下将会致词。两院要进行一场马球比赛，为典礼助兴。你是唯一拿到北澜请柬的人，我们希望你参加。"

说话的师兄名叫周延，因为参加了去年斗法，在青山院威望很高，那些今年要毕业的师兄们都拥他为首。

周延对顾雪绛说话时，身后五六人便静静地听着，可是直到他说完，顾雪绛还是一副不明所以的样子。

有人忍不住问："你们不会……还什么都不知道吧？"

四傻齐齐摇头。

周延："兰庭宴你们没来，可能不太清楚状况。那晚北澜提出马球比赛，场地、裁决者、执事官都由他们那边的人负责。"他很有耐心，"今年双院斗法与往年不同，有温乐公主驾临，为了公主的威仪与安全，昌州府刺史定会陪坐，南方军部也免不了派人坐镇。公主又开了恩典，五百位南央城民众可以入院观礼。多方见证下，南渊若是被挫伤锐气……"

那就很没面子了。

他没说完，大家都懂了。

当朝圣上尚武好战，年轻时率领铁骑开疆扩土，安国长公主于东征路上出生，从小在军帐里摸爬滚打，骑射功底不消说。后来天下大定，几位皇子公主陆续降生，圣上仍怀念旧日峥嵘，闲暇时就喜欢打马球，在宫内建了三个球场，带着儿女们上马挥杖，最小的温乐公主也不例外。圣上有时还召臣子入宫打球，君臣同乐。

上行下效，一时间皇都马场林立。然而维护场地，驯养马匹需要高昂费用，寻常人家玩不起，使之更受权贵追捧。即使现在皇帝老了，打不动了，马球依然风靡皇都，哪个王孙公子若说不会，必遭人耻笑。

南方天高皇帝远，山水秀丽，学者名士们更喜欢起诗社、玩双陆棋、六博棋，年轻才俊也精于此道。

但这次南渊做东，已占地利，总不好再违背客人的意思，把马球改作手谈。

兰庭宴结束后，南渊学子起初热情高涨，当晚就牵了马，在青山院的草甸上选拔队员，自我感觉非常好。

周延却很头疼，青山院不乏骑射好手，但会打球的人不多，横冲直撞，动作犯规。春波台倒是有，可惜骑术功底不够硬，马上缠斗时容易落马。偌大的南渊，人才济济，竟然凑不够一支能与北澜争锋的球队。

听说钟家少爷精通马球，便派人去请，钟天瑜托病不来。周延带队训练了一天，矮子里面拔将军，勉强选出十四人，才想起还有一位被指名道姓邀请参加的顾雪绛。经过多方打听，找来林渡之的诊室。

四傻没料到这件事原来不简单。

顾雪绛只得实话实说："抱歉，我旧伤未愈，骑不了马。"

六位师兄面面相觑，有性情酷烈者难忍怒气，道："不是生病就是受伤，早知你们这些皇都公子不与南渊齐心，我等也不必费尽心思寻来……"

徐冉正要发作，周延一个眼神止住说话那人，对四人略行礼道："冒昧叨扰，告辞。"

众人在他的带领下行礼离开，难掩失望。

一群人高马大的武修，垂头丧气地走到门口，顾雪绛忽然说道："我可以帮你们看看，虽然我不能上马，但经验还在……"

众人齐刷刷回头，眼神发亮地看着他。

周延一伸手："好！请——"

自打北澜队伍与州府骑兵入院，南渊学院的气氛日益紧张，规矩也更严。

乘船渡太液池就能看出区别，从前大家一哄而上，撑长篙的值勤师兄扯嗓子招呼："后面的快一步还能再上三个！"现在一个个排队登船，位置坐满自觉等下一艘。

湖面波光粼粼，倒影斑斓天光，没人纵剑追逐，只有白鹭点水，残荷摇曳。

黄昏时分，南渊四傻路过骑射场，只见百余人在场间匆匆忙碌，有北澜执事官、学生，更多是招募来的短工。水桶、木料等物品源源不断地用板车运进来。效率奇高，场周的简易木架看台已经搭好一半。

徐冉惊道："这架势是要占整场啊，疯了吧？"

她觉得骑射场已经大到没边，平时青山院在这里操练，几十个班同时上课绰绰有余。双院斗法初赛时划出四分之一，足够武试施展。

顾雪绛解释道："这个规模的场地，马才能真正跑出速度。"

林渡之："他们在地上洒什么？不像是水。"

"洒油防尘，烟尘影响观看。"

程千仞："太浪费了。不当家不知柴米贵啊。"

顾雪绛想到一件好笑的事："安山王曾建夜间马球场，在他的城郊别庄，四周围墙上刻有照明阵法，每开启一次，要烧灵石一百块。"

其他三人遥望夕阳，无话可说。

顾雪绛作为南渊队的外援，因为技术高超很受队员们欢迎，典礼前一天晚上，他又去青山院马厩："鬃毛再剪短一些，马尾也要束起。"

负责马匹的师兄照做，却毫不在意地笑道："顾师弟，你也太仔细了吧。这是南方最好的逐风骑，血统纯正，跑起来快得没影，我们肯定能赢。"

顾雪绛忍不住叹气。短短两日，他能改变的事太少。

这一天秋高气爽，白云如缕缕飞絮，飘浮在孔雀蓝的天空上。

程千仞自认起得不晚，依然被人海吓懵。骑射场周围，一片黑压压人头望不到边，学院督查队和州府骑兵穿梭其间，大声呼号，维持秩序。

徐冉站在最高一层看台上，跳起来挥刀："程三！这里啊！就等你了——"

程千仞感到周围目光炽热，低头默默地向前挤。

等他终于挤到看台边，徐冉已经下来，拉他坐进第一排。这里距离场内最近，竟然还有空座位。

"周师兄打过招呼了，咱几个能跟南渊后备队员坐一起，视野好。"

因为不放心顾二，他们这两天经常围观马球训练。除了林渡之，徐冉和程千仞都上过马。

晨钟响起，周围渐渐安静。

被安排好的南央民众，在官差的指挥下分成四列，从北大门入场。皇族出巡时经常"开恩典"以示皇恩浩荡，使民心归附，但温乐公主不按常理出牌，亲自点了一半，令州府刺史苦不堪言。于是这些民众不仅有豪绅望族，商贾富户，还有贩夫走卒，甚至还有夜市烤油馍摊的老板。

这支奇怪队伍入座看台南面之后，礼乐声中，大人物们才姗姗来迟，陆续登上建安楼露台，向下挥手致意。

老的少的、穿官服的、穿铠甲的，程千仞只认识两个人，副院长和院判——他俩今天穿了正式礼服，广袖迎风，非常帅。颜值碾压旁边北澜的老头子。

翻修一新的建安楼，露台金玉辉煌，繁花盛放。大人物们你来我往说着场面话，谦让座次。看台上众人听不见，又等得着急。

忽听典仪官拖长了音调："请温乐公主殿下——"

四名年轻女官簇拥着一位宫装美人走上露台，场间顿时沸腾。

"天啊，她真美！不愧是公主！"

"建安楼何必植百花，什么花能与她相比？比秋菊，秋菊太素；比海棠，海棠无香。"

四傻座位离场内近，离建安楼远，程千仞远远看着，心想这分明还是个小姑娘，身板都没长开，你们从哪里看出美不美的？而且裹在层层叠叠的宫装里，像个精致人偶。

徐冉低声对林鹿和顾二说："程三居然看呆了。"

程千仞："看她眼熟，想不起在哪里见过。"

旁边的后备队员听见，猛拍他肩膀，揶揄道："梦里见过吧，哈哈哈哈。"

程千仞只是笑笑。

接着就是冗长无聊的开幕典礼，学子们期待的公主没有说话，学院的各位先生不知是不是自矜身份，也没有讲话。典仪官用了真元，声音远远传开，响彻学院，跳不出"栋梁之材，家国希望"之类的老调子。程千仞随周围人，该起身时起身，该对建安楼行礼时行礼，直到听见一声——"兴灵二百六十四年，南北双院斗法，正式开始——"

四周爆发出热烈掌声，地动山摇，吓了他一跳。

"请马球队入场——"

骑射场南北两扇栅门打开，十二面大鼓同时擂响，隆隆鼓声如雷霆震怒。

南边，雪白骏马踏鼓声而来。南渊队员将博袍广袖的院服，换成轻便的箭袖骑装，足蹬长靴，骑马巡游，向四方挥舞球杖，神采奕奕。

周延纵马疾驰，至球门边插旗，天青色大旗霍然展开，于西风中猎猎飞扬。斗大一个"南"字煞是威风。

民众们哪里见过这种阵仗，不禁大声欢呼，带动全场呼声雷动。

恰在此时，北边栅门响起马蹄声，十余匹高大黑马出现在人们视野中，黑马身披皮甲，马腿绑有绷带。骑手更是全副武装，金色铠甲在阳光下熠熠生辉。忽而一匹火红骏马飞向北边球门，骑手反手插下"北"字赤金大旗，又绝尘而去。

两队各十四人，分立场中，高下立现。

北澜看台呼声乍起，压过南渊一头。

场上的南渊队员如何作想不得而知，四傻身边的后备队员眼睛都看直了："这是来打马球？这是去上战场吧？！"

程千仞："插旗的是不是原上求，他为什么离场？"

顾雪绛面露忧色："是他。谁知道疯子怎么想的。"

徐冉："傅克己没来？"

顾雪绛："他不喜欢凑热闹，不玩这个。"

另一边北澜看台区，原上求甩下甲衣，不屑道："没意思。这些人，还不配与我同场比试。”

“那当然了，谁能与您的火云骑争锋？”

听周围人争相吹捧兄长，原下索无奈地笑笑。

露台上，温乐公主朱唇微启，清冷冷的声音飘散开，令众人热血沸腾，那声音道：“比赛辛苦，得筹最多者，本宫赠一件宝物。”

她没有用赐或赏，而是用赠。有心人不由多想，温乐公主也快到选驸马的年纪了。

顾雪绛眯眼打量场中道：“……怕是不好了。”

林渡之问：“哪里不好？”

“这是镇东骑兵的战马，名作‘夜降’。一百多年驯养培育，杀死幼马中的弱小者，优中择优，才得到一支铁骑。”

南渊的“逐风”虽然轻快如风，却经不起长久奔跑，高速冲撞。

徐冉刚想说至于吗，恰逢北澜队伍巡游至此，战马带起风烟，刺得她面颊生痛。

第一排众人纷纷抬手遮挡，顾雪绛却已看清马上骑手，道：“神威将军府的张诩、定远侯府的陆裘、宁国公府的白玉玦……这队伍，根本不是来斗法！他们就是来打马球的！”

程千仞心往下沉：能让顾二记住名字，说明这些人远非钟天瑜之流。

“你们签生死状了吗？”

顾雪绛突然声色严厉，吓得那位预备队员脸色发白，应道：“签、签了啊，修为也封了，这不是正常流程吗？对方也是这样。”

暂封修为，是以防有人不靠体格技术，而以术法威压伤人。签了生死状，一上赛场，生死自负。

徐冉没忍住，骂了句脏话。

林渡之骂了句蓬莱话。

那位队员已镇定下来，咬牙道：“跟对方同等规则，就算出什么事，也是我们技不如人，准备不周，怨不得谁！”

程千仞宽慰道：“众目睽睽，场上还有裁决……”

只见黑衣主裁决带着四位副手入场，飞身散开，紧贴栅栏站定。每个都有凝神境以上修为，负责裁定违规动作，救援险情。

顾雪绛仍是皱眉。马背上旦夕惊变，真有意外，多半来不及救。

鼓声再次擂响，碧云下大旗飞扬，烈马躁动，骑手肌肉紧绷，高举球杖，蓄势待发。

“第一局发球——”

众人才听见裁决官声音，一道流线已抛入场中，裹挟呼啸的风声。

两队同时向中央发起冲锋，马蹄如奔雷，竟有地动山摇之势。

“啪——”流线硬生生折断，弯月杖头击在球上发出脆响。

马球状小如拳，由柳木打磨而成，坚硬圆滑。朱漆金彩，日光一照，滚动跳跃间如白日流星，醒目至极。

数骑争夺中，金甲黑马的北澜队员打出第一杖，抢得进攻权。

其余队员立刻变阵，四骑有组织地聚拢在他身边，护送他长杖曳地，运球奔向南边。

六骑与南渊白马缠斗，另有三骑游走北场后方，见机行事。

局面飞速变化，众人伸长脖子，紧紧盯着，一时忘了言语。

巨大压力袭来，南渊诸骑猝不及防被冲散，欲重新聚阵，无奈对方配合缜密，一进一退之间毫无破绽，眼睁睁地看着北澜骑手过关斩将，杀进后方！

周延从重围中脱身，挥杖去夺地上滚球，一秒之差，那人已扬起球杖，狠狠一击！

流星高高飞起，砸入南门！

决裁官朗声道：“北澜得筹！头筹！——”

十二面大鼓同时擂响，全场沸腾。

进球又快又准，实在太精彩，南渊学子欢呼之后才想起自己身份，讷讷放下手臂。

那骑手并未勒马，挥舞着球杖沿场边巡游，不知谁先开口，北澜看台齐声高呼他的名字：“白玉玦！白玉玦！”

他们虽人少，但声音铿锵有力，整齐划一，南央城民众不明所以，随之起哄大喊：

“白玉玦！白玉玦！”

一方得筹后，比赛暂歇片刻，决裁官要捡回马球，重新发球。场上两队各自商量战术调整。

这期间南渊诸生争相打听，议论纷纷：

“四大贵姓里的白家？”

“当然是‘白露横江’的白，就不知他是排行第几的公子，好生英武。”

程千仞的关注点在另一件事，他问：“湖主，这人跟你没什么过节吧？”

顾雪绛含混道：“没吧……其实我觉得不算过节，起码没有钟啥啥过节大。”

钟天瑜今天没有穿南渊院服，一身滚金白袍，入座北澜看台上丝毫不显突兀。此时不屑笑道：“乡下土包子，打什么马球。”

他身边青年五官与他六分相似，身着金甲，显然是后备队员，闻言喝道：“你春天入南渊，传信说遇到花间雪绛，到了秋天，他还是活蹦乱跳的。叫你邀他打马球，这点小事都做不好，废物！”

钟天瑜脸色煞白，强辩道：“请柬我确实发了，他被吓破胆，怎么敢来……” 打量青年脸色，未敢说完，咬牙认下道：“堂兄教训的是。”

虽然输了首局，徐冉反倒松一口气：“没顾二想的可怕。”她对后备队员说道，“如果轮你俩上场，尽力去打就行。” 最坏不过输球，总不会受伤影响斗法。

顾雪绛道：“但愿如此。”心想我若为北澜一方，初来乍到，首场必先适应场地，试探深浅，第二场才见真章。按照规则，先得五筹获胜，即使做好落败准备，也还需撑过四场。

说话间，急促鼓声如骤雨，两队分立南北。

“第二局发球——”

球未落地，北澜再次抢到进攻权，看台众人一片哗然，许多人不由自主地站起身。

因为这一次，黑色神骏的速度快了一倍有余，十余匹白马未至中央场地，那边已如猛虎下山，扑杀过来！

运球骑手不需回援，一马当先冲进南边阵地，一线烟尘随之升腾。他距离球门仅有两丈时，面前再无阻拦，却不击球，调转马头，迎向身后追来缠斗的白骑，球杖翻飞如电光，喝道：“下来！”

号称王朝铁骑的夜降马，终于爆发出可怕的冲击力。

北澜五六骑轮流运球，多次放弃得筹机会。黑色洪流冲散白雾，秋风扬旗，肃杀之意毕现。

南渊看台无人言语，死寂沉沉。

仅一炷香的工夫，南渊已有四人落马。

所幸裁决官及时赶来，免去马蹄踩踏或恐怖流血事件。至于落马者是否伤筋动骨，便不得而知了。

程千仞看着两位后备队员上场，然后没有回来。

他们被担架抬去医馆。

比赛不得不中途暂停。双方获得半刻调歇时间。

南央城民众都是外行，见状嘘声一片。官差勉力维持秩序，才镇住这片倒彩。

露台上，北澜副院长捋着胡子，眉梢一挑道："我说老胡，你们今年的学生不行啊。要是马球场上先折一半，还斗法干吗，我们打道回府得了。"

他身后站着四五位执事官，立刻捧场地笑起来，顾忌公主殿下，才没有笑得太夸张。

院判冷冷地瞥他们，南渊执事官怕他发作，满头虚汗。

倒是胡易知也跟着笑："人各有长短，没办法的事。呵呵。"

周延下马赶来，拍拍下一位后备队员的肩膀。他脸色发青，汗水已浸透骑装。

那位队员没有说话，便要去牵自己的马。

林渡之大惊，连连摇头："太危险了，我还没准备好。"

"没时间准备了，我们去医馆。"

林渡之甩开他的手："你冷静一点。多少次都忍过来，不差这一次！要是让宁前辈知道他教你金针刺脉之法，你就用来打马球，他能气死！"

"他气能怎样？让他回来给我面里加辣油啊！"顾雪绛缓了口气，道声抱歉，扶住林渡之肩膀，眼神坚定道，"听我说，我现在就是要上马，我不在乎后果。帮帮我，如果你做不到，世上再没人能做到。"

林渡之沉默，顾雪绛又道："千仞，你先顶一炷香。一炷香就够。"

程千仞发懵道："我？"

周延："拜托了。"

训练期间，程千仞也上过马，常有出人意料的表现。

问他如何做到，他说直觉。这事挺玄，但已经到了如此地步，只能指望玄学了。

徐冉："我记不住那些规则，打得也不如你。现在四个人都指着你，还说你不行？上吧！"

顾雪绛："来，传你八字要诀，一定百战百胜！"

程千仞心想你们真是疯了。

西风猎猎，烟尘浩荡，催促的鼓点响起，震得他头脑充血。

算了，大家一起疯一场。

"南渊换人——"

临时换人，需在裁决处登记，检查真元封印再签生死状。北澜队伍不耐烦，骑在马上吆喝，冲南边起哄大笑。

南渊众人沉默，却祈求时间再慢一点，好让己方准备充足，换上的新队员能创造奇迹。

每个人都希望有救世主横空出现，即使他谁也救不了。

调歇时间到。顾雪绛还没有回来。程千仞翻身上马，反手接过抛来的球杖，一夹马腹，飞驰到场间。

欢呼声从四面八方响起，如海潮奔涌将他淹没。

天地开阔，冷风刮骨，视线尽头十四匹黑马排列一线，像一堵钢铁城墙。观战时感受到的精神压力，瞬间放大几十倍。

他压低身体，握紧了球杖。

“第三局发球——”

群马奔腾而出，大地震动，沙尘飞扬。

“铁墙”眨眼间就到面前，一骑飞跃凌空，举杖夺下球来。

程千仞处于中路，最先遭遇那骑。

数道风声响起，他下意识俯身，竟真躲过了去，立刻挥杖抢球。另一骑迎面奔来，当头一杖，程千仞一转缰，刚好与之交错而过！

当即回身，球杖横扫，阻断对方回援。

众人只见他骑术精湛，纵马折转腾跃，与对方主攻手抢球缠斗，久不落下风。

喝彩声一阵高过一阵，气势恢宏，完全不像他们输掉两场的样子。

程千仞血液燃烧，大脑空白，拼命让自己想起些什么，却只记得顾雪绛的话——眼神要冷，姿势要帅。

这就是要诀。

南山后院的学生位置稍偏，早站起来一大片，恨不得向全世界求证。

“你们看到没？程千仞啊！”

“真是他？！快打我一下——别打脸！”

白玉玦运球被拦，打了个唿哨，立刻有两骑脱身，奔向这边。程千仞压力陡增，好像四面皆是杖影，密不透风，格挡间气血翻涌，喘息困难。

忽听一道凌厉风声，斜里飞来一杖，顾雪绛如天神降临，马蹄扬尘，北澜诸骑眼前一花，球已到他杖下。

他运球过人，单枪匹马杀出重围，使杖如臂，一路冲关夺卡，无人能挡！南渊队第一次冲破被动局面，当即想方设法回援他。

却已迟了，夜降马提起十二分速度追袭包抄，顾雪绛遭遇前后夹击。他身后一杆球杖高扬空中，作势抢球，却向他背心袭来。

速度和力道带起凄厉风声，一旦击中，脊椎骨必断，侥幸不死也半残。而顾雪绛紧盯飞球，纵马奔腾，毫无知觉。

北澜看台大片人群站起。

钟天瑜："他完了。"

只听轰然一声巨响，烟尘大作，马嘶鸣，人哀嚎。

定睛再看，白马残影冲出沙尘，顾雪绛一勒缰绳，从容调转马头，已在十尺之外。

北澜两骑高速奔驰，无法疾停，狠狠相撞，瞬间人仰马翻。

程千仞趁此击球入门！

场间一片寂静。

"南渊得筹——"

惊呆的人群中，不知谁先喊了声"好！"，叫好声一齐爆发，铺天盖地，响遏行云。

"南渊得筹！""南渊得筹！"

许多人声嘶力竭地拼命呼喊，热泪满面。

北边看台，原上求站起身道："花间雪绛这孙子，还跟以前一样。我去会会他！"

原下索闻言变色，赶忙伸手去拦，却只捞到一件外袍。

原上求跃上马背，战马长嘶，绝尘而去。

他忽然间明白了什么。没了御赐腰刀"春水三分"，没了当世名骑赤练马，没了荣耀显赫的姓氏，顾雪绛还是那个顾雪绛，哪怕他已失去一切，依然跟他们每个人都不一样。

真是可恶。

于是他纵马、接杖。

人生多少快意事，不如一场打马球。

第三场以南渊得筹结束，比赛暂歇片刻。

两位骑手坠马，被医馆担架抬走时浑身鲜血尘土，姿势扭曲，不知断了多少骨头，受伤马匹则由板车运出场间。画面之惨烈，南央城民众倒吸冷气，女人以袖掩面不忍再看。

北澜队员们却无甚反应，或者说习以为常——马球运动脱胎于战场骑兵交锋，本就激烈而残忍。凌驾于几十条规则之上的，是一条“胜者为王”的默认规则。如果为同伴愤慨不平，马背上讨回来便是。

原上求和钟天瑾纵马来到场间。

按之前的安排，原上求第一局应该负责抢攻。但他不知发什么疯，插完旗就离场。又没人管得了他，只好随他高兴。

钟天瑾是钟家长房嫡系，钟天瑜的堂兄，同样擅长抢攻。平时上马神采飞扬，眼下却脸色阴沉，与张诩、陆裘、白玉玦围在一处议论。

“花间雪绛来了？”

“他怎么能打马球？难道武脉重续，完好如初？”

“有没有一种可能，其实他武脉没废，修为也还在，这是个大阴谋……”

人多脑洞大，越猜越离奇。

顾雪绛远远地看着，打马来到场边，隔一道围栏与朋友说话：“你看这些人是不是很好笑。发请柬邀我上场的是他们，等我真出现了，神经紧张的也是他们。”

徐冉感叹：“所以你是有多招恨啊……”

林渡之恨不得拉他下马。

南渊众人深感扬眉吐气。位置较远的看不清骑手面目，忙着四下打听，想知道这两位刚上场就扭转乾坤、力挽狂澜的到底是谁。

南山后院的学生们，依然怀疑自己看到了假的程千仞。

“下一场，还要拜托你和顾师弟抢攻。”

程千仞正在与其他队员商量战术，大家都用炽热目光注视他，搞得他极不适应。

周延三言两语定下援护与后场防守，调整了较紧凑的阵型，以应对上一场回援不及时的状况，众人便重新上场。

马场上瞬息万变，讲究“人不约，心自一；马不鞭，蹄自疾”，过于细致的计划根本用不上。

万千期盼目光中，战鼓急促擂响，裁决归位。

“第四局发球——”

大地再次震动，两线烟尘向中央奔袭！

忽有一骑离群跃出，似一簇燃烧烈火，原上求马上挥杆，“啪”一声脆响，球在半空便被他抢下。

他运球冲袭南渊阵线时，北澜其他队员尚未赶来。

晌午烈日当空，火云马如浴赤炎。四蹄如雷，速度不可思议，裹挟暴风，恐怖的冲击力令人胆寒。

南渊第一线，已有几匹白马不受骑手控制，欲向两边避让。

如此紧张危急，程千仞却听见顾雪绛自语道：“切，大傻子，又来送菜！”

话音未落，火云马近在眼前，顾雪绛突袭原上求面门，出手如电。原上求一个后仰，精准地避开，曳地球杖未动，依然控球向前，速度不减。

还未得意，见顾雪绛俯身一捞，便与火云马交错而过。

原上求只觉杖下忽轻，转头一看，登时怒火中烧。

原来，对方不知何时将球杖换在左手，方才迎面袭来的只是他的袖影。

一系列真真假假的动作，行云流水，一气呵成。

顾雪绛抢下滚球的瞬间再换右手持杖，向北方阵地冲锋。

众人鲜少能看清他如何动作，只顾扯高嗓子，拼命欢呼。

原上求调转马头，马蹄稍慢，程千仞趁此横来一杖，阻断他去路。南渊诸骑立刻分出三人，令他突围不得。

程千仞抽身，策马回援顾雪绛。

北澜诸骑心情复杂。顾雪绛球杖扬起时，无比熟悉的恐惧感笼罩下来。

抢攻不如他快他准，防他也防不住，手忙脚乱，阵型七零八落。

白马可以驭使随心，疾转疾停，扬蹄飞跃。

球杖可以左手换右手，左右开弓自如。

程千仞担心顾二身体，百忙之中扫他一眼，嚯，炫技到起飞啊。

建安楼露台上，那些吃茶、聊天、摇扇的大人物，不约而同地停下，全神贯注地盯紧骑射场。

北澜副院长忍了许久，终于没忍住，一拍扶手道：“年纪轻轻学得这般张扬浮夸，怎堪大用？！”

胡易知还是笑：“老刘，犯不着，孩子们玩得开心就行。呵呵。”

程千仞不会那么多花板子。

为顾雪绛清扫障碍，或援救身陷险境的队友，能用一杖解决的事，决不用第二杖。

落在看客们眼中，就是他马如飞云，杖如掣电，四方驰骋。

白马冲出包围，前路再无阻碍，一马平川，十丈、八丈、六丈……顾雪绛扬杖击球！

流星划过一道漂亮弧线，砸入北门！

“南渊得筹——”

鼓声大作，千万人站起身，欢呼汇成奔涌海潮，震彻天际。

北澜又输一场。

钟天瑾打球不赖，却有个毛病：赢了，功劳全归我；输了，失误都是别人的。

下马之后，他当即先发制人，冲原上求喊道：“你为什么不传球给我？队里十四人，哪由你一个逞英雄？！”

原上求冷笑道：“传你有屁用？骑术差，脾气大，你还不如大花。”

眼看两人要打起来，众人纷纷拉架，白玉玦制住钟天瑾，息事宁人道：“比赛要紧，算了。”

原上求一摔球杖骂道：“老子不跟这种人组队，丢人！”

钟天瑾：“我忍你很久了！你们呢？难道怕他不成？！”

场面比球场上更混乱。

白玉玦一腔郁气爆发：“够了！要走的快走，不走的给我闭嘴！”

幸亏原下索及时出现，牵走自家兄长，才避免一场大规模群架。

白玉玦冷静下来。

他们这支队伍看似很强，却只强在进攻。

主攻手太多，愿意固守后防线的少，一旦需要转攻为守，便失去耐性，毫无章法地乱打一通。

尤其是面对花间雪绛，许多人记起旧事，思绪杂乱，时间越长想得越多。除了姓原的只想打球，谁还能心无旁骛？

“花间雪绛在场上。速战速决，对我们更有利。”他做了决定，“申请‘决胜局’吧，不同意的举手。”

南渊队沉浸在兴奋喜悦中。队员们聚在看台边，享受师弟师妹擦汗递水。

程千仞打量顾二，见他精神虽好，脸色却白。其余队员面红耳赤，汗水淋漓，只有他是冷汗。程千仞便去找周延商量道：“必须尽快结束了。”

顾二身体撑不住。他状态也不好，像在火中炙烤。

那边林渡之低声问：“疼吗？”

顾雪绛笑了笑：“不疼。”

林渡之很生气：“你居然连医师都骗？我，我不治你了。”

规则中，先得五筹为胜。但若打到四场仍是平手，说明两队实力不相上下。继续打下去，必然迎来煎熬苦战。

且经过剧烈消耗，马力与人力都开始衰退。比赛精彩程度难免减弱。

这种情况，如果双方同意“决胜局”，便各出三人，由此局一决胜负。

白玉玦的想法，得到北澜队全体支持。

钟天瑾已经找回理智，向南边望了望：“那个没穿骑装，一身蓝白学院服，梳单髻的，到底是谁？哪里冒出这号人物？”

经他一提，队员们都想起来，刚才场上屡遭那人阻拦，跟花间雪绛一样难对付。

消息灵通者立刻接道：“程千仞，南山后院学生，听说是个东川人，没什么大来头。”

程千仞曾被算经班学生堵在医馆门前，当街质问。他词锋犀利地反问，闹得全院皆知，北澜也有看热闹的。

“东川？”钟天瑾一怔，“哦，东川啊，都快远出王朝版图了……”

战鼓再响时，只有六骑策马上场。

不懂规则的南央民众哗然一片。

“怎么突然变了？”

“这是要干什么啊？”

裁决高声道：“决胜局，请南北两队，各三骑出列——”

原上求摔杖走人了，北澜队派出白玉玦、钟天瑾、张诩。

南渊队则是周延、程千仞、顾雪绛。

一骑抢攻，位处场地中央等待发球，一骑回援，处在抢攻身后稍远些，一骑守在后方，离门不得超过五丈。

人少，抢攻者不容易被围困纠缠，比十四人的常规比赛结束速度更快。

所以裁决发球前，会给两队留时间确定站位，甚至可以互相喊话，助长声势。

三人商量后，程千仞抢攻，顾雪绛回援，周延防守。

程千仞催动战马，来到场地中央，向裁决抱拳，以示准备妥当。

场间极静，四面八方，从看台到建安楼，所有人都注视着他。

对面有一骑策马出列。

开赛前想与对手喊话，并不违规。

程千仞不认识这个人，只见他与钟天瑜五官相似，却没有钟天瑜明摆着的骄躁倨傲，只隐隐透出居高临下的声势。

不用他猜，对方离近了，自报家门道：“我姓钟，平国公府，钟天瑾。”

他声音略低，骑射场又很大，刚好只有他们两人能听到："同场竞技即是有缘，不妨告诉你一句实话。我来南央，不是为双院斗法……你知道你身后是谁吗？他改姓氏容易，断恩怨难。其中牵扯甚广，远非你的身份能想象。我这个人，一般不愿意殃及无辜的。"

程千仞想了想，确定自己听明白了。

对方在说，以老子的势力，收拾不了花间雪绛，收拾你还是绰绰有余。识相你就滚远点。放放水，别认真打。

他现在其实不太好。

两场马上驰骋，未让他感到丝毫疲累。

血液里一种类似本能的东西燃烧复苏，好像不发泄出来，就要被烧死一样。

快被烧死的人，脾气当然很差。

"什么平国公斜国公，决胜场上说这些话，不觉得丢人现眼？"他怒极反笑，进而放声大笑，每个人都听得清清楚楚，"名门权贵也好，王孙公子也罢，先来我杖前走一遭！"

当众狂言，不敬王权，若在皇都，必遭人指摘，搞不好还要扣上"反叛"罪名。但这里是南央城，众人听得热血沸腾，好像自己变成了他，同样骑名马、拿球杖，要去驰骋一场。

南山后院的学生更是带头振臂高呼，他的名字响彻学院。

"程千仞！程千仞！"

程千仞长杖指地，睥睨八方，像个英雄。

露台上的大人物们头脑冷静些，为这种场面蹙眉。

身着墨青官服的昌州府刺史，重重放下茶盏道："就算是南渊学生，天之骄子，也未免太狂妄大胆了！"

副院长和院判稳坐如山，一副事不关己的模样，其余人不动声色地打量温乐公主的神情。

却见公主殿下笑了笑："本宫并没有觉得被冒犯。"

"昔年我父皇上赛场，也会被人杖下抢球。难道我王朝的子民，不能说一句心里话？我皇室的胸怀，除了万岁千岁，听不得别的？"

她语气很温和，意思却很清楚：本宫都没有不舒服，你哪来这么多事？从前皇帝打球尚且一视同仁，现在四大贵姓就必须被人礼让？

张刺史立刻起身，告罪失言，许久才悄悄擦了把汗。

钟天瑾从未遭遇如此情况，想不通这人到底是无知还是无惧，只好一言不发沉着脸调转马头。

北澜未上场的队员们神色复杂，低声议论：

“这个程千仞什么修为啊？敢这么狂，是不是背后有人保他？”

“钟天瑾袭爵的事情还没彻底定下来，最近派头倒是愈发张扬了。今天碰个邪头，也好压压他的气焰。”

“哈哈哈哈，你站哪边啊，该不是嫉妒他有权袭爵，能封世子吧？”

“爷还真不嫉妒，有本事的自己挣功勋，没本事才靠祖宗庇荫！”

大家话说到此，忽又想起花间雪绛，确是凭一身本事御前听封，与他们父辈祖辈同朝为官，可是落了什么下场？

气氛一时沉默。

白玉玦催马上前，眉头紧锁，打量着陌生的对手——此人不按常理出牌，以致还未开赛，南渊气势就先压过己方一头。

但他没有时间想太多，两队抢攻者分立中轴线南北两侧，相隔五丈远。

大旗招展，鼓杀三通。

“决胜局发球——”

四匹战马如离弦之箭，抢攻者最先遭遇一处，两道杖影几乎同时扬起，空中交错。

夜降马速度略胜逐风，众人还未看清飞球轨迹，白玉玦已抢下球来，向前冲杀而去。

场下南渊队员一颗心悬起，他们记得这匹马，冲击力极强，第一场曾冲破他们十余人防线。

程千仞马速稍缓，不只白玉玦，所有人都以为他要暂避锋芒，却听得一声断喝，响遏行云，好似耳畔惊雷！

他胯下白马随之嘶鸣一声，前蹄高高扬起，尘土飞溅！

夜降马竟吓得疾避，落蹄不稳，白玉玦猝不及防，险些被甩下马背。

众人为骑手悍勇拼命欢呼，懂行的队员心惊胆战，只庆幸自己不在场上。

从裁决发球到程千仞惊马，看似复杂，实则尽在须臾，白玉玦方才坐稳，身侧一道狂风掠过，球已在顾雪绛杖下。

钟天瑾几乎同时赶来，四匹战马场间缠斗，环回腾转，嘶鸣冲撞的声势令人胆战心惊。

程千仞也不知道为什么这样做，没有人教过他。

剧烈运动使他耳膜鼓震，太阳穴突突直跳。喝过一声，好像天地间所有声音都静下去。

没有风声蹄声，没有鼓声，没有欢呼声。

只剩他一个，凭本能纵马挥杖，十分痛快！

钟天瑾出手刁钻，杖头专攻对手虎口、指节，一般人吃痛后拿杖不稳，不愿再正面与他相争。

程千仞右手避过，左手反手一抓，紧握他的球杖，钟天瑾奋力争夺，球杖却纹丝不动，不禁怒火中烧。

两人角力时，顾雪绛运球遭阻拦，正要挥杖，程千仞又是一声断喝，白马不曾扬蹄，但白玉玦战马已生惊惧之心，蹄下稍滞。

便在此刻，程千仞看了顾雪绛一眼。

饭桌上一个眼神，彼此就知道菜里缺盐还是少醋。

顾雪绛没有多说，缰绳一转，策马而去。

白马狂奔，风回电激，蹄声如雷，一道烟尘长龙随之升腾，顷刻间逼近北门。

北澜两人见顾雪绛冲门，心下更急，钟天瑾拼出十二分气力，不料程千仞忽然松手。余力反冲，他连人带杖一齐向后倒去，程千仞横杖回身一扫，再次拦下白玉玦。

场下队员目瞪口呆。抢攻以一敌二，回援运球冲门，还有这种打法？

风声呼啸，顾雪绛听见胯下马匹急促喘息。

人与马俱已到达极限。但他仍觉不够快。

他知道自己唯一能做的，就是更快些。

决定胜负的时刻即将到来，四面看台“哗啦”站起一大片人海，屏息凝视。

张诩在北门外五丈策马游走，神情凝重。他蓄力已久，准备一场缠斗。

谁知顾雪绛艺高人胆大，还有六丈之远，便挥杆击球！

万里碧空下，一道弧线一闪即逝，如流星坠落天际！

众人视线随它飘忽，仿佛穿云破风，又好似只在一瞬。

它砸入球门，溅起一簇烟尘！

“南渊得筹——”

“啊——”

“南渊得筹！南渊得筹！”

自寂静中爆发出的欢呼，汇成一片奔腾海洋。

这场马球从清晨打到中午，酣畅淋漓，许多人失去理智，声嘶力竭地呼喊。

州府官差扔下盾牌，与南央百姓抱在一起。

督查队忘了维持秩序，挥舞长戟，高呼“南渊南渊！”

比赛结束后的场地，属于胜利者，裁决牵走夜降马，南渊诸骑入场，策马巡游。

南渊大旗随奔马飘扬。

众人却已找不到程千仞与顾雪绛的身影。

后来，徐冉转述：“幸好你俩先走了。听说大家聚在一起扔队员，有几个扔上去没接住，掉下来摔断腿，被抬进医馆，还傻呵呵地笑……唉，别是把脑子摔傻了。”

这时顾雪绛半躺在诊室床上，闻言笑了笑，道：

“我原本也想纵马巡场，跑到林鹿那里，就俯身拉他上马，一定特别帅！”

林渡之把碗一摔，说：“你本事大，拿命不当命，你自己吃！”

“哎呀哎呀，好疼，你不喂我，我连手指都抬不动。快扶我起来。”

徐冉：“你抽烟点火的时候，抬的是别人的手？你这两天太过分了啊，就是欺负鹿老实。”

程千仞靠在顾二平时瘫坐的摇椅上，遥望窗外秋林金黄的落叶，听他们吵闹。

他起码能坐着，而不是像顾雪绛一样躺着。

那天比赛刚结束，顾雪绛松下一口气，伤痛爆发，程千仞同样脱力，几近晕厥。

徐冉及时叫来担架将两人抬走，林渡之以医师身份启用医馆药柜，与徐冉相熟的女医师都来帮忙。

程千仞多处外伤，与钟天瑾夺杖时左手掌心被杖尖铁皮割裂，血水狂流，后来北澜两人为了突围，更是下了死手。必须及时清洗伤口，止血包扎。

顾雪绛更麻烦，寻常医师看不懂，大家听林鹿指挥，抓药的、熬药的、施针的，有序配合。林渡之探脉，为他拔除金针，输送真元。众人协力奋战十余个时辰，顾雪绛脉象才稳定下来。

期间几次凶险，徐冉险些掉眼泪，林渡之出奇地沉着冷静，一天一夜一步未离。

顾雪绛清醒后，林渡之一句话都不跟他说。

许多南渊学生想来探病程千仞和顾雪绛，尤其是队员们，都被林渡之一张冷脸吓跑了，纷纷感叹“南山榜首果然性情冷漠，厌憎言谈啊”。

两天后，程千仞重新恢复练剑，顾雪绛才能下床扶墙走路，复赛通知已经到了。

秋日正午，徐冉提着食盒进诊室，顺路带回复赛通知。

“楼下有客人，找顾二的！”

程千仞正在收拾桌子，招呼大家吃饭，推窗一望，只见两位高髻长裙的女官，立在医馆门前，身后是六七名护卫。来往学生纷纷停下脚步，好奇地打量，也聚在医馆外不肯走了。

马球比赛前温乐公主曾说，得筹最多者，将赠一件宝物。

顾雪绛皱了皱眉，穿上外袍，整理衣冠道：“我去去就回。”

林渡之问：“需要我陪你吗？”

顾二揉了一把他的脸，说：“没事。”

三人趴在窗边看着，两位女官态度很是亲切，顾二行揖礼时侧身避开，一左一右扶起他。不知说些什么，周围人露出羡慕神色。

不多时，人回来了，徐冉抄刀猛拍道：“这会儿腿脚利索了？继续装啊！”

顾雪绛立刻往林渡之身后躲，说：“先吃饭，先吃饭好不好！”

顾二最近过的神仙日子，饭有人送，碗也不用洗。

每天在林渡之搀扶下做复健，做点抬胳膊伸腿的小动作。程千仞和徐冉担心他仇家来找麻烦，大部分时间都待在诊室。

三人背地里商量等他身体好了，约个良辰吉日揍他一顿。

可他偏是不好。

吃饱喝足，南渊四傻凑在一起研究复赛规则，闲聊扯淡。

顾二：“其实我以为我们早就错过复赛了。”

徐冉：“一场马球打完，南北两院各有损伤，参赛者联名请愿。学生都堵在执事堂门口，时间不得不推后。”

程千仞笑道：“今年居然闹成这样，算不算开先河？”

顾雪绛：“我主课修习‘博物志’，听先生讲过一段院史……十六年前，剑阁出事，学院里师兄师姐们大受打击，无心复赛。还有人申请退学，说修行何用，不如回家种地养猪。”

那时年轻一辈的修行者，确是以剑阁双璧为榜样。有的羡慕宁复还洒脱不羁，有的敬佩宋觉非高洁正直，事情一出，纷纷表示理想破灭。

“南北两院没办法，合力召开论法会，口号是‘帮助青年修士树立正确修行观’。讲些开宗立派、庇护一方的圣人啊，抵御魔族、保家卫国的英雄啊。勉强把气氛调动起来，复赛才开始。”

徐冉听得大笑：“哈哈哈哈哈，幸好我晚生十六年，我家祖田都被抄没了，怎么回去养猪。"

程千仞想：这人好粗的神经。

终于讨论到重点。

徐冉："武试不抽签？大混战？两院留下四十人进入决赛？"

林渡之："文试'仙魔牌'为何物？需要说话吗？"

四脸懵圈。

顾二："看来今年确实……开先河了。"

程千仞沉默片刻，道："七天后复赛开始，到时再看你身体恢复状况，我们队做好弃权退赛准备。"

钱可以再想办法挣，命只有一条。

顾雪绛略一思索，说："退赛也行，明日公主赠宝，大抵是些珠玉奇珍。我们黑市转手卖掉，加上程三的积蓄，买个宅子绰绰有余。"

徐冉猛地拍手道："好办法！她就是把露台上的灵犀花赏你一盆，也够我们吃三年啊！"

程千仞蹙眉道："转卖皇家之物，可会惹上麻烦？"

顾二说："做得周密点，没事。"

新赛规在学院掀起一场风暴，到处都能听见热烈讨论。

因为时间推迟，所以用混战速战速决？还是为了使比赛更精彩，更具观赏性？

今年南渊客人多，是某位大人物的意志，还是副院长心血来潮？

盘口怎么开？赌注怎么下？

一场马球令全院战意燃烧，焦灼地期待着不同以往的复赛。

更期待马场上力挽狂澜、创造奇迹的两人，会有怎样表现。

被寄托厚望的程千仞和顾雪绛，正忙着琢磨倒卖宝物的门路。

自己卖不安全，总得找个掮客吧？

顾二已经行动自如，为了不挨打，主动提出晚上请朋友们吃饭。

程千仞表示不去明镜阁，飞凤楼也不去，要去个绝对不会遇见他"故人""仇家""旧友"的地方。

于是他们坐在人声嘈杂的西市路边摊。

夜风一吹，炭土烟灰扑面而来。

顾雪绛："放心了吧！这次再没'旧友'了。"

程千仞低头喝酒，粗瓷碗，酒色浑浊。胜在便宜又大碗。

徐冉倒是吃得很开心，又加了一份烤油馍。

“为啥你以前那么招恨啊？除了嘴贱，没别的原因？”

顾二给自己倒满一碗，说：“其实不关我什么事，有的因为他爹，有的因为他妹妹，还有的因为他联姻对象。”

他本想倒酒，林渡之抬手止住，脸上写着“饮酒有碍康复”，只好倒了一碗粗茶。

张诩父亲是京畿禁卫军统领，总看自家儿子一百个不顺眼，说：“花间家的老二，比你还小半岁，已经混上右副统领。你整天走鸡斗犬学了什么本事？马球都不如人家打得好！”

张诩当然不服：“几千家、几百年才出一个花间雪绛，凭什么拿我跟他比？”

老将军火气上来，抄家伙动手：“还敢顶嘴！老子今天打死你！”

顾雪绛离开皇都，千千万万个“张诩”才从“别人家孩子”的阴影里解脱。

宁国公府都是少爷，只得一个小姐，从小被宠得眉头都很少皱，某日出门哭着回来说：“他竟不记得我了。分明上月他打马巡街时，还在马上对我笑的。”

白玉玦听妹妹一顿哭诉，头脑发热，抄起红缨枪冲上淮金湖画舫。

“你不娶她，为什么对她笑？”他看着群美环绕，饮酒作乐的紫衣公子更是来气，“你当我白府嫡出四小姐，与这些湖上脂粉一样？”

顾雪绛挑眉轻笑：“姑娘与姑娘有什么不一样？我笑过的姑娘没有一千也有八百，难道要人人娶回家，夜夜做新郎？”

白玉玦枪尖一点，飞身袭上，被顾雪绛一拂袖拍进湖里。回家之后又挨他爹责骂，祠堂禁足一个月。

定远侯府的大夫人替儿子相看婚事时，搜集了全皇都适龄贵女的画像。

陆裘挑中白家小姐。白四小姐很是任性，托人传话说不嫁，要嫁就嫁花间雪绛。

又问了几位贵女，竟然都委婉表达：“花间家二少爷还没定亲，等等不迟。”

顾雪绛一走，无数个被“女嘉宾灭灯”的陆裘，在皇都相亲市场的地位直线上升。

这些事情琐碎，顾雪绛当作黑历史，三两句讲完。徐冉刚想说“没劲”，忽然对面饭馆爆发一阵叫好声。

程千仞：“……我好像听见我名字？”

其他三人同情地看着他：“是你。”

寻常百姓得温乐公主恩典，入南渊旁观双院斗法开幕典礼，回来必然要吹嘘一番。

典仪官的开幕词文绉绉，不是谁都听得懂，马球比赛却可以好好说道说道。

对面的说书先生讲到激烈处，声音愈发高亢。摊上食客们不约而同地安静下来，竖起耳朵听着。

“程千仞骑在马上，挽了个枪花，喝道：你就是天王老子，也得来我杖下走一遭！”

程千仞以手扶额，感到十分羞耻。

“说时迟那时快，只听他一声大喝，气冲斗牛，惊遏神骏，吓得白玉玦跌下马来，屁滚尿流……”

“噗——”

程千仞一口酒喷在桌上。

顾雪绛深有体会：“这种事情，习惯就好……”

徐冉觍着脸问：“你现在出名了，我们吃饭能赊账吗？”

旁边桌子忽站起一人，指着对面大骂：“放屁！不是他讲的那样！我三舅公的亲戚的同窗亲眼看见过！”

“据说那程千仞有东川蛮族血统，身高十二尺，力大无穷，茹毛饮血！”

那人朋友们也很捧场：“哇！——”

“他的战马四蹄如电，张口吐火！”

“哇——”

程千仞：“……东川人就有蛮族血统？为什么不说我有魔族血统呢？”难道人与魔族有生殖隔离？

徐冉大惊：“东川有魔族？你亲眼见过？”

程千仞：“何止见过，我还……”

哐当一声巨响，他们身后有人跳上长凳。

“那程千仞身穿白色披风，面如冠玉，龙章凤姿，俊美如神！”

“嚯——”

“他的神驹可追飞箭，可踏流云，蹄下生霞光！”

“嚯——”

程千仞一脸冷漠。

“大概赊不了吧，他们根本认不出我。”

温乐公主，你到底为什么要让南央百姓去看马球？我以后买菜都很麻烦啊。

算了，你们开心就好。

隔壁摊位，等待烤油馍的小姑娘狠狠打了个喷嚏。

“再说那顾雪绛，真是骑术无双！战马说停就停，说跑就跑，极通人性……”

“还可以凌空飞跃！”

“还能翻跟头！”

“还能叼绣球！”

程千仞：……

顾二恍若未闻，神色专注地给林鹿剥橘子。

他十指白皙修长，灵活翻飞，金黄橘皮褪下，白色丝络也去得一干二净。

南央秋天的新鲜橘子，甜美多汁。

烤馍装盘，滋啦作响，徐冉早已迫不及待，高声招呼：“老板这里这里！”

老板回头打哈哈：“不好意思啊，隔壁有人加了钱，我先送过去，下一个就是你的！快着嘞！”

徐冉自言自语：“吃路边摊都要花钱插队，脑子有病吧。”

温乐公主又打了个喷嚏。

夜深人静，失业空巢男青年程千仞独自回家。打水洗漱，点灯看书。

昏黄烛光下，掌心深可见骨的伤口早已愈合，只留下一道浅浅的痕迹。想来别处也是同样。他猜测是林鹿的药好，或者修行者自体恢复能力，会随修为不断提升。

那天清醒后，血液燃烧的感觉消退，体内真元更加凝实，但吐纳灵气不如从前容易，这种情况是好是坏他说不上来，只得去翻书。

修行书诸如《太上气感》之类，晦涩艰深，大半得靠自己摸索。

此时他并不知道自己已经触摸到凝神境的门槛，水滴终将穿透最后一层石壁。

他照旧在识海中演剑，直到远处传来打更声。

睡眠可使精神放松，程千仞却已习惯用打坐吐纳代替。

头脑放空之际，眼前浮现一片茫茫白雾。

雾气汹涌而来，遮天盖地，程千仞一时恍惚，不知身在何方。

远处似是有人影晃动，说不上的熟悉感。他便随那人向迷雾深处走去。

不知走了多远，人影停下。程千仞继续向前，近到能看清对方衣摆繁复的花纹。

那人忽然回头，一双黑白明眸冷冷看来。

一瞬间雾霭散去，他的面容骤然清晰。

竟是逐流！

程千仞悚然惊醒。

月色照进半旧的窗。案上书卷被风吹动，哗哗作响。房间空荡荡。

难道方才没有冥想吐纳，只是太疲累，睡着了？

做了一个梦？

自打分别，这是他第一次梦到逐流。

程千仞揉揉眉心，梦境的真实感令他烦躁不安。

顾雪绛进门行礼时，温乐本是要上前扶他："你来啦。"

他不着痕迹地避开，长揖及地，一丝不苟地说道："草民顾雪绛，见过公主殿下。殿下千岁。"

温乐一怔，收回手："赐座。"

两人隔案对坐。顾雪绛一言不发，低眉垂目。

温乐小时候不懂事，常以敛息法器蒙蔽宫廷禁卫，溜出去玩耍。皇都各处巡防将领都知道"防火防盗防小公主"，一旦发现，要么安排护卫暗中保护，陪她逛街；要么诚惶诚恐、毕恭毕敬地送她回去。

但若赶上花间雪绛当值，她就倒霉了，要被拎兔子一样提溜到宫门口。还要挨教训："殿下，臣真的很忙，兄弟们执勤也辛苦，您就别给臣等添负担了。来，吃糖。"

私自出宫温乐理亏，不敢向父皇告状，只能忍下。背地里骂他"神仙模样、恶鬼心肠。"

后来糖吃多了，吃人嘴软，一来二去，倒与花间雪绛熟悉起来。

"你别单手拎着我，我也是个姑娘，不要面子的啊？"

"你还知道自己是姑娘，宫里呆着不好吗，非要出来？"

温乐做贼一样扯他蹲下："悄悄告诉你，我一直觉得五哥没死，只是背着大家出去玩了，我早晚抓到他。"

后来她长大了。渐渐懂得许多事情。

比如人死不能复生。比如怎样做好一个皇族，什么话该说，什么话不该说。

"我从北方南下，八千里风尘。你知道我来了，为什么不来见我？"

"打马球那天，我的白云马就在建安楼下吃草，你与它那般相熟，打个唿哨它就跟你跑，为什么不用？"

"这些年你过得怎么样？"

她想了很久，只说道："我有件东西要给你。"

微凉秋风灌进屋来，吹散香炉青烟，不多时，外面响起淅淅沥沥的雨声。

四位侍女轻手轻脚地去关窗。

女官捧来一只长匣，顾雪绛双手接过："谢殿下恩典。"

温乐："打开看看。"

长匣由一整块美玉雕琢而成，光洁剔透，匣中却不是珠宝。

竟是一把刀。

刀身狭长，深青色刀鞘，三道绯色纹路蜿蜒其上。如一江春水，倒映三枝桃花。

清鸣乍起，刀锋出鞘，满室生辉！一泓寒光照亮他的眉眼。

顾雪绛怔怔看着，指尖微颤。

他好像回到了恢宏大殿，琉璃砖映出他的影子。

那个老人不怒自威，声音雄浑：

"怎么样？"

"好刀！"

"越好的刀，越难驾驭，出鞘不慎，伤人伤己……我朝年轻一辈中，你的天赋最优秀。朕希望你，用好这把刀！赐给你了！"

"臣花间雪绛，谢圣上隆恩！"

春水三分。别来无恙。

他捧着刀，霍然起身，庄重地行拜礼。

温乐公主："落雨天留客，我却不愿多留你了。你走吧。"

顾雪绛再拜，怀抱玉匣退出去。

"殿下，您费那么大工夫帮他找刀，就这样让他走了？不说点什么？"

温乐公主立在露台边，看檐上雨帘，说："费些许工夫算什么，他若是心里有我，那前路刀山也好，火海也罢，我都陪他闯一闯。可惜他以前无法无天，现在没心没肺……君即无心我便休，纠缠作甚。"

女官赞叹道："四海之大，豪杰如云，殿下皎若九天明月，群星追随。定有比顾公子更胜百倍的才俊。"

温乐公主只是笑着摇头，不答话。

"取我的琴来。"

既然人事离分，不似当年。我不能为此做什么，也不会做什么。就为你弹奏一首从前的曲子吧。

举步下楼的顾雪绛，只觉怀中玉匣重逾千斤。

忽听得一阵琴声飘来，泠泠如流水，渺渺如云烟，不由脚步一顿。

往事纷繁，如洪水崩堤，扑面而来。

天资出众，八岁入道。

十四岁成为家族资源全力支持的对象，前呼后拥，少年得志。

十五岁突破凝神，人皆道此子前途无量，可窥圣人境。

十六岁被钦点为京畿禁卫军右副统领，与他同辈的世家公子，无人敢撄其锋芒。

他在最好的年纪，拥有世间最好的一切。

浮生长恨欢娱少，肯爱千金轻一笑。

十九岁夜巡，孤身入重围，杀魔族二十，全身武脉碎裂。成了个废人。

未过半月，被人举告通敌叛国，卷入“青霜台”重案，锒铛下狱，三月后脱罪释放。

家族除名，逐出皇都。一夕之间，繁华散尽，灰飞烟灭。

顾雪绛离京时，平日称兄道弟、把酒言欢的朋友避之不及，看他不顺眼的敌人送了他一坛好酒。

说只爱他财权容貌的花楼姑娘们追出来，六架马车坐满，十里相送。

“公子一去，水远山高，怕是相见难期。”

“莫哭了，我总会再回来的。”

他对怀抱琵琶的姑娘说：“弹什么‘凉州词’，换一首‘春日宴’来。”

琵琶声咽，顾雪绛登车远去，瘦马嘶鸣，烟尘滚滚，巍峨的皇都被抛在身后。十里红妆，华灯焰火，明枪暗箭，真情假意……尽成过眼云烟。

侍女将他送至楼下，眼看雨幕重重，铺天盖地。

“公子带一把伞吧。”

顾雪绛正要道谢，忽见不远处一人撑着伞，独立雨中，身姿挺拔，疏朗清举。

天青色洒金桃花伞，是他画的。

那人见他下楼，快步迎上。顾雪绛接过伞，为两人撑起。

林渡之一手抱玉匣，一手握住他脉门，输送真元驱散寒气。

没走几步，道旁树上跳下两个人。滴水不沾，周身像笼着一层烟雾。

“你们怎么……”

徐冉：“我们也不想来啊。谁让你仇家遍地？万一路上遇见什么事，你要抱着鹿瑟瑟发抖吗？”

程千仞看着匣子问：“这个能卖多少？”

顾雪绛惋惜道：“这个不能卖。”

徐冉："那我们怎么来钱？"

顾雪绛："参赛，然后下注全副身家买自己赢。"

"好啊！"

四人边走边说，渐渐远去。

那场精彩至极的比赛结束后，南央城每座市坊、每条街道都热闹起来。有人亲眼观战，回去口述，渐渐流传出各种匪夷所思的版本，总离不开两个英雄故事。于是其他人都成了狗熊。

从那天起，北澜的马球队员开始沉默。

输球固然令人郁恼，但他们中有些人真正在意的，不是一场马球的输赢。

钟天瑾在房中踱步："到底是什么方法，可以让人武脉暂时恢复？闻所未闻……谁有头绪？"

屋里六七人或站或坐，气氛比窗外秋雨落叶更冷。

白玉玦打破沉默："你想偏了，他用什么方法，对我们来说并不重要。"

他的目光扫过每张脸："重要的是，他非常记仇。而当年的事，在座各位，人人有份。"

陆裘被他看得心虚，恼羞成怒道："人人有份又怎样，国法尚且不责众，参与者不止我们，那么多人，他能挨个儿报仇？"

"青霜台"案发当晚，顾雪绛受邀在鸿雁楼头饮酒，同席者十余人，皆王孙公子。本应有充分的不在场证明。

顾雪绛被举告后，按照天祈律法，以及他们的身份，证词将很有分量。

但他们没有出面作证。出于各种原因，或被说服或被利诱，不约而同地保持了沉默，甚至落井下石。

于是顾雪绛杀魔族，是因为分赃不均；武脉尽断，是他罪有应得；花间家主举告他，是大义灭亲。

他们不是元凶，却是帮凶。

白玉玦微笑道："如果你是他，在力量不足以抗衡大人物的时候，会选择谁开刀？"

张诩顺着他的思路说下去："如果他武脉复原，又愿意向大人物们妥协、听话。为了让当年的事情彻底翻页，谁会被推出去平息他的愤怒？"

众人脸色惨白。

白玉玦道："看来大家已经知道答案了，是我们。"

钟天瑾叹道："家族培养我二十多年，但牺牲一个我，我还有二十个兄弟姐妹。"

除了贵姓朝歌的首辅，皇都的大人物们，向来不缺子嗣。

修行者漫长的生命，贵族尊荣的身份，可以娶很多女人，生很多儿子。

他们或许修行资质不及傅克己、原上求，但打娘胎里就带着权力斗争的天赋。

或许读书悟性不如原下索、林渡之，但早已习惯站在幕后，思考阴谋。

他们将从祖辈手里接过天下最大的饼，重复着合作争斗的过程，失败者被推出去牺牲，胜利者在泼天的荣华中过一生，将家族世世代代传承下去。

他们是天祈王朝，最前途无量、命途多舛的年轻人。

陆裘道："不能再给他时间了，时间意味着机缘、变数。我们必须杀死他，或者粉碎他复原的希望。"

钟天瑾道："可惜，如果他像离开皇都时那样，还是个彻彻底底的废人，说不定可以活得更好。"

白玉玦心想，真要那样，哪能活得更好，早被你堂弟整死了。

但他没有说话，只是起身举起酒杯。

众人聚拢过来，齐齐举杯。

盟约达成。

因为复赛新规，南渊学院气氛热烈，无法被一场秋雨浇熄。

只有某地很是安静。

学院西北角，是北澜队伍入住的客院。

虽然没有院墙，遥见一片迎客青松，就知道客院到了。

程千仞与顾雪绛来到这里时，诸人在钟天瑾的院落里集会，秋雨中小道空荡，青松寂寥。

他们敲开了一间院门。

院主人很是吃惊，第一眼就看到顾雪绛的腰刀。

"你……"他慢吞吞说道，"你们来，干什么啊？"

顾雪绛也不急，学着他的语气："我们来，找你帮忙。"

程千仞不禁担忧，邱北这么慢，谈完一场，得等猴年马月啊。

邱北的院子很特别。

几十口大铁箱，写着木料、各色金属、各类晶石、各种工具的名字，分门别类地码放整齐，东西虽多，却丝毫不显杂乱。

就连院中青松树下，装饰用的白色石子，都摆得很有美感。

程千仞进屋时，越过雨帘，看了一眼庭中青松白石，微微皱眉。

他不懂阵法，但是可以感知到这里的灵气波动。整间院子被邱北布了阵。

顾雪绛解下腰刀，出鞘一半，放在桌上。

这把刀养护得很好。

如同被春水洗练过千万遍，平滑如镜，映出窗外潇潇风雨，幽幽碧色。

他说："这是我的刀。"

然后拿出一根金针道："这是我恢复武脉的工具。我武脉二十四处断口，需要二十四根针。请你帮忙。"

程千仞心下大惊：你说的办法，就这么直接？

宁复还有二十余根针，顾雪绛只有一根。林渡之曾说，因为这个原因，续脉的难度翻了二十多倍。

他们知道，将聚灵阵刻在如此细的金针上，必须顶尖铸造师出手，整个南央无人能做。于是另辟蹊径，想出一根针多次使用的方法。

却终究是凶险。

顾雪绛拿到春水三分后，一刻也不愿等，冒着寒凉秋雨，请程千仞与他去客院。

邱北却没有拿针，只眯眼看了片刻，开口道："能做。"

直到此时，顾雪绛才紧张起来问："确定吗？"

"你手中这根，是我师父为他朋友做得。师父能做得，我都能做。"

程千仞呼吸稍窒。

他看见顾雪绛眼中明光，好像窗外阴雨骤散，霍然晴朗。

邱北说话很慢，直到晴光普照，下一句才出口："但我为什么要帮你做？"

我可以为傅克己、原家兄弟做东西，师父可以为宁复还做金针，为宋觉非做轮椅。原因无他，朋友二字。

他认真说道："你不是我的朋友。而且你什么都没有。"

因为态度认真，所以问题更显尖锐。

顾雪绛笑了："不对，我什么都有。我的刀在这里，所以我'前途无量，可窥圣人境'。"

程千仞心想，咱别这么不要脸行吗？

邱北却没有笑，明白了他的意思。

这句话很有名，不是顾雪绛说的，是当今皇帝陛下说的。

那年的圣上与现在不同，还没有糊涂，还是人类最强者。

谁敢质疑他的眼光？

顾雪绛道："比起你，我一无所有。比起那些大人物，我们都一无所有。"

"但我们年轻。拥有未来的无限可能。一些看似坚不可摧，不可逾越的东西，都最怕'可能'。"

"若续脉不成，你没有损失，我是死是活，与你毫无干系。若续脉可成，未来的庇护、帮助，我都可以立誓许诺你。你用几根针，为自己留出一条后路，有什么不好？"

邱北认真思考后，说："你说的都对，但你能活到未来吗？很多人都想杀你。"

顾雪绛沉默片刻，道："他们为什么想杀我？不是仇怨，只是怕我。"

邱北终于笑了。

"师父价格公道，我也一样。未来，我会请你做一件事。"

"赊账要加钱。我相信圣人的眼光绝对精准，但我是个手艺人，更相信自己的眼光。"

他转头，看向进门后一言不发的人，问："你能许诺我一个要求吗？"

程千仞愕然。

他今天是陪坐。林渡之不擅长、不喜欢跟生人说话沟通，徐冉性情急躁，一言不合就拔刀。这种打交道的事情，只有他能陪顾二走一遭。

老实坐在一边看顾二打嘴炮，开空头支票，怎么就轮到他了？

顾雪绛正想开口，程千仞止住他。

朋友的大事，没道理置身事外。于是他说："我有没有未来，我自己也不知道。如果能活到你提出要求的那天，我愿意尽力去做。"

邱北慢吞吞地起身，掸掸衣袍道："好。"

纷繁雨声，程千仞看着他们击掌为誓，达成盟约。

顾雪绛单刀直入，来到客院，找到邱北，提出条件。

他们离开时，傅克己在后山练剑，原上求在马厩喂驴，原下索在藏书楼借书。

那座很多人集会的院落，才商议到一半。

兴灵二百六十四年，秋雨连绵时节。

这片大陆最天资绝伦、野心勃勃的少年们，终于从天南地北齐聚一方，被莫测的命运推向历史舞台。

原家兄弟来找邱北时，细雨初歇。

原上求动动鼻子，问："花间雪绛来过？"

那人抽的烟叶没有呛人味道，反而像草药或香料的混合，清冽寡淡。经雨气冲散后几乎消弭，不易察觉。

邱北慢慢放下刻刀，说："是的。"他打开桌下暗格，"你剑上符纹已彻底完成。"

原上求道声多谢，转身抱剑就走，竟一刻不停。

原下索赶忙起身去拦，一边腹诽，要真闻着味儿寻去，岂不是跟某种家养小动物一样？

"不寻他，去后山找傅克己试剑。没事别管我。"

人跳窗跑了，只留下一句话，原下索摇头叹气。邱北给他倒杯热茶，讲今天发生的事。

四人中原下索最思虑周密，邱北已习惯遇事知会他一声。

热茶暖身，原下索欣慰道："天下远非往日太平年岁，你能想到留一条后路，这非常好。"他话锋一转，"花间雪绛却不是稳妥后路。他从前性情狂傲，得罪人而不自知，不论对方是谁，都不愿妥协一步，最终横遭祸端。别看现在改了许多，那几本'闲话皇都'小册你也见过，添油加醋嬉笑怒骂什么都敢写。"

"可见南央几年，没磨平他棱角，终究反骨难折。"

"少年英雄虽好，但英雄命短。像我兄长，还有傅克己，一旦拔剑便不知惜命。谁拦得住？几条命够死？"

"且不说他们，单说程千仞。他不是剑阁中人，却拿着剑阁镇山神兵。傅克己作为大弟子，必要讨回来。而我会帮傅克己筹谋。那时你可会感到为难，又将如何自处？"

邱北觉得他想多了，说："不为难，我跟他们不是朋友。"

原上求仍苦口婆心道："多交朋友是好事。但我认为你应该交一些，不那么容易死的朋友，方为稳妥后路。你明白我的意思吗？"

邱北开始思考。

他随师父入道修行后，被要求先学习打铁、雕刻、绘画等等看似与炼器无关之事。

雕木鸟，羽毛纹路要秋毫毕现；刻人像，万千发丝要一丝不苟。描画香炉的烟气，飞虫的轨迹，练习眼力、耐心和坚忍。

没想到功夫练成，人也成了慢性子。

原下索等了许久，才等来他伸手指了个方向，慢慢道："你的意思是，让我和那些废物做朋友吗？"

原下索无言以对。

程千仞想，邱北很可能认出了他的剑。

"这把剑到底有什么问题？"

顾雪绛面露忧色道："剑阁分为澹山烟山两脉，神鬼辟易是澹山山主的佩剑，据说可与天象生出感应。虽有无上威能，但杀性过重，凶煞极盛，持剑者易遭反噬。自从上任剑主死在徒弟宁复还剑下，它又落了不祥的恶名……"

程千仞沉默不语。

他在乌环渡跟水鬼斗，挣死人钱，冷眼看其他捞尸人对着泥塑神像磕头。

当地人都知道他最不讲究，给够钱，什么活都敢接。

只要逐流不嫌他晦气，他便不信凶煞邪祟之说。

顾雪绛："你要当心，很多人都想得到它。"

说话间，他们就到了林渡之的诊室，徐冉没料到两人回来这么早，问："没谈成？"

程千仞："成了。"

"厉害啊，不带银子，空口白话也能谈成！"

顾雪绛："欠人情可比欠钱麻烦，何况我们没钱。"

"有钱，但宅院钱不能动。"程千仞挑眉，"一笑轻生死，容易。想借一两银，没戏。"

顾雪绛大笑，解刀入匣，捧给林渡之道："请替我保管，等我拔除魔息、武脉重续之日，再找你拿。"

林渡之顺手接过，好像一件寻常小事。

徐冉："温乐公主为什么送你这个？以前认识你吧，你们俩不会……"

顾二无奈道："慎言。我在禁军当差的时候，她才多大，我看她就像妹妹，或者女儿。"拎起就走，像拎个兔子。

"真二啊。敢拿公主当女儿，圣上怎么没一剑戳死你呢？"

"跟你说不明白，你没带过孩子，千仞明白，你说是吧千仞……千仞？！"

说起孩子，程千仞又想起昨晚的事，难以释怀，索性说出来，以"人影"代替逐流。

本期待博学广识的朋友解惑，谁知难倒了花间湖主与南山榜首。

顾雪绛沉吟道："以你现在的境界，冥想吐纳时，识海应该空无一物。等到凝神境之后，坐照自观可见经脉、脏器、紫府，神识外放可见静室内摆设，再强大些，方圆五里、十里乃至全城景象历历在目，玄妙不可言。哪有一片白雾，一个人影？"

"难道……是'离魂术'？"

"那人影你可认得？是不是你的仇家？用离魂术进入你识海，不应该只为见你一面，与你说话。如果他设一道禁制，困住你的神魂，后果不堪设想。"

林渡之不同意："未必是'离魂术'，各家各派都有此类法门。"

"我第一次突破时，师父为了使我安心，分出一丝神识，进入我识海中，替我护法，引我前行。师父这种神通名作'入禅机'。需要施术者修为高深，神识强大。稍有不慎，反噬自身。"

程千仞摸摸鼻子道："你们别太严肃……我大概是睡着了，做了个梦。"

逐流才多大啊。

南渊四傻想倒卖宝物时，便绞尽脑汁琢磨门路，一旦决定参赛，则全力以赴。

七天里，他们钻研规则，收集信息，做了所有能做得准备。

武试在前，文试在后，复赛开始前最后一天，演武场禁制已撤下，参赛者可以进入熟悉的场地。

不少执事和督查队员仍在忙碌，做最后的检查布置。

演武场由坚固平整的青石铺成，开阔无边。前几日落雨连绵，砖石上泛着一层水光，更显冷意。

四周是层层拔高的石阶，以红线划出青山院、春波台、南山后院，北澜来客的座位区域。

北面有最高的看台，视野最好，留给大人物们。桌椅已布置整齐，南北两院一青一赤的院旗迎风招展。

今天也是复赛大小赌局加注的最后一日。许多人围在场外互通消息，打量进场的参赛者。

程千仞等人来得早，只见原先一望无际的演武场上，四十个圆台拔地而起，赫然在目。

徐冉震惊道："这些什么时候搬来的。"

他们跳上看台，跑了十余阶，居高临下地张望。

程千仞估摸演武场有四个标准足球场大小，而每个圆台径直足有十丈，不知由何种石料打磨，有黑有白，星罗棋布。

明天，百余人将在此搏杀，更漏滴尽时，一台只能站一人，算作胜者。否则同台皆出局。短短两个时辰，便可决出四十人晋级决赛。

程千仞之前和徐冉讨论过战斗思路：不与原上求、傅克己抢台，也尽量避开那些今年将毕业的师兄，如周延等人，他们修为高，参赛经验丰富，胜之不易。

现在亲眼看到场地，徐冉怔怔道：“我根本无法想象明天，得打成什么样儿啊……”

程千仞也明白，战斗思路基本废了。

这是真正的大混战。

参赛者之间可以联手，也可随时倒戈。不按规则分布的圆台，更添战斗随机性。别说刻意挑选对手或回援队友，连误伤、两败俱伤等局面都无法彻底避免。

顾雪绛忽道：“原来是棋，副院长好雅兴。”

程千仞定睛再看，青砖间缝隙如棋盘纵横线，四十个黑白圆台如盘上棋子。正是一局初开，胜负难料之时。

顾雪绛不知想到什么，轻笑道：“恰如其分啊，我等刀剑厮杀，不过大人物们指尖棋子，跳不出这方棋盘。”

徐冉听不懂：“你说啥意思？跟我们明天打架有关系没？”

天光渐亮，场间已有五六十人。有人绕台行走，有人飞身跃上圆台。

一群锦衣华服的公子结伴而来，其中不少熟悉面孔。

演武场虽大，但修行者目力远胜常人，林渡之微侧身，替顾二挡住一些目光。那些人却只打量几眼，没有上前交谈的意思。

片刻后，一道锐利视线穿过大半个演武场，程千仞猛然转头。

剑眉深目，青衣长剑，是傅克己。

他确定对方看到了他们，目光正落在他的剑上。

只是一眼，南渊四人同时紧张起来。

傅克己抱剑行走，衣袍翻飞，从北至南，所过之处人声俱静，唯有锋锐剑气溢散。

这次轮到钟天瑜紧张，他不是参赛者，跟钟天瑾同路才得以进场。对方气势逼人，是要来做什么？

傅克己却在钟十六面前站定。声音低沉冷漠，每个人都听得真切。

“你可知此剑渊源？”

钟十六："知道。"他手中的凛霜剑，是宋觉非从前佩剑。

"你可会剑阁剑法？"

"略懂。"

"你可愿意拜入剑阁？"

四下哗然乍起。

问题太过耳熟，程千仞心想，这难道是……"剑阁三连"？

钟十六答得比我好啊。

第三问话音刚落，钟天瑜已忍无可忍道："你欺人太甚！"

钟天瑾更冷静，说："此人是我钟家剑侍，必为家族效命至死，怎可忘恩背主？就算你剑阁是第一宗门，这般行事也过于霸道了。"

傅克己原本目不斜视，闻言冷冷一瞥。

两人被他气势所摄，竟一时不知言语。

远处人群悄声议论："难道不等明天，他们现在就要打一场？"

傅克己周身剑气愈发暴虐。再次向钟十六发问。

忽而微风飒然，一柄折扇隔开两方，原下索及时赶到，谈笑自若，周转调停。

人们看热闹时，南渊四傻已经离开演武场。

徐冉："他一直这样吗？因为师父是剑阁山主，是圣人，所以看不得别人拿剑阁的剑？"

顾雪绛解释道："剑阁双璧出事后，澹山一脉无人顶立门户，烟山一脉由他师父支撑。圣人不是真仙，也有寿元耗尽的一天。去年传出闭关寻求突破的消息，若不是寿元所剩不多，岂会一把年纪铤而走险？"

"剑阁年轻一辈人才凋零，只有傅克己这个大弟子撑起局面……如今的第一宗门，看似鼎盛，却已有日暮之象。他只能更加强硬。"

"我在皇都时，他还会讲两句冷笑话，现在……"顾雪绛摇了摇头。

程千仞默默接道：只会剑阁三连。

"我知道他哪里不对劲了。"林渡之忽然开口。

徐冉以为说的是傅克己，程千仞却想起另一件事道："钟十六？"

"嗯。"林渡之皱眉，"双目无神，瞳孔略微涣散。他很可能处于半洗智状态。之所以无法回答第三个问题，不是觉得为难，而是'自我意愿'消减。"

徐冉大惊："什么？"

程千仞："我看他神色较以往更木讷，还以为是错觉。"

“洗智术是识海禁制辅以药物……再过两年，此人或许会完全变作傀儡。”

林渡之在与世隔绝的地方长大，离岛之前，对这片大陆的认知仅限于书本。

“书上说早在数百年前，这类残害人心的术法便被明令废止了。为什么还有这种事？”

“坐在高位的人，谁也不相信，偏要别人为他们舍生忘死。仆从再忠诚，如何比得上傀儡永远听令。”顾雪绛冷笑道，“禁术法容易，禁人欲太难。”

林渡之叹气。

从顾雪绛的反应来看，皇都有很多这样的人，远不止一个钟十六。

但钟十六在他眼前，像学院每个普通学子一样上课修行。两年之后他们庆祝毕业，手持凛霜剑的木讷少年将变作一具傀儡。

如何能视而不见。

程千仞听见他叹息声，便感受到他的心意。林渡之身上似乎有一种慈悲，不只是医者仁心，也不是人之常情的恻隐之心那么简单。

这种慈悲他看不懂，大概与对方常读佛经有关。

程千仞问：“还有救吗？”

林渡之：“有。等双院斗法结束，我想去找他。”

治病虽难，与生人打交道却更难。他皱起眉头，略感苦恼。

顾二忍不住揉他脸道：“没事，我们一起去，三个傻子帮林大医师想办法。”

徐冉哈哈大笑。

林鹿耳尖泛红：“说了不要突然离这么近！”

四人走到路口挥别，说句明天见。

像往常一样，该读书的去读书，该练剑的去练剑。学院无处不在的复赛紧张气氛，好像与他们无甚干系。

程千仞踩过青石板上的夕阳余晖，抱剑回家。

前些日子，他已学会绕开某些人流繁庶地段，可以避免很多麻烦解释。

“我只是长得像程千仞，真的不会打马球。他本人帅过我十倍……没有骗你，他不会亲自买米的。”

“不会吐火……马也不会飞，不会翻跟头。就这两个白菜，其他不要。”

偌大的南央城，竟哪里都有人认识他。

幸好顾二写的《闲话皇都》第三册上市，街头巷尾，墙角树下，人们捧书争阅，一场马球的热闹终于被淡忘。

今天一切都很顺利。

直到深夜，程千仞打坐吐纳，放空冥想。不知过去多久，识海中白雾重现。

他又看到了逐流。

此番相见，好似比昨夜漫长许多，看得更真切。

小孩长高了，却瘦了，穿着繁复的玄色长袍，孤零零地站在幽远雾气里。

广袖低垂，形影孑孑，如云海间一座孤峰，渺渺不似人间。

忽一回眸，冰冷目光穿云破雾，直直看进他眼底。

“送走我之后，你过得好吗？！”

程千仞蓦然惊醒。

破晓前夜色最浓重，秋风肃寒，刮面如刀。

他披衣立在窗边，自言自语。

“米价涨了，面馆关张，丢了差事，每天练剑修行。天亮后要去打架，运气好的话，这票干完能挣三百两……认识了一个叫林渡之的朋友，你应该会喜欢。最近南央城来了很多人，有些人很烦，你可别学他们的坏毛病。其余还像从前一样。除了会想你，一切都好。你呢？”

东方天空微微泛白。他长舒一口气，思绪重归平静。

于是打水洗漱，换上干净院服，梳起单髻，带剑出门。

全然不似要奔赴一场混战搏杀。

天色阴沉，西风卷起枯叶翻飞，尘土迷人眼，秋雨欲落未落。

学院东门的开阔广场上，聚满看热闹等音信的南央民众、外地商旅。

程千仞入院后，没有刻意遮掩威压，很快有人认出他，四周一阵低语声。如摩西分海，人群自发让开一条通路。

南渊院服以蓝白二色为主，远望像一片喧腾海潮。其间维持秩序的黑衣督查队员，像海上坚固的礁石。

演武场四周都有入口，南渊参赛者在南边入口等候。大半是熟人，却气氛沉默，徐冉远远喊道：“你怎么才来啊？！”

周延等师兄们闻声看来，与程千仞点头致意。

因为紧张和激动，徐冉格外暴躁道：“还不开始，他们随便坐坐不行吗？”

她说的是北面看台。今日到场的除了两院的先生、昌州府官员、南方军部的将领，还有许多宗门长老、世家供奉。

斗法盛会不仅是两院较量。哪家后辈更优秀，哪个天才更出众，哪位初露头角的学生适合招入门下，便要以此见分晓。

三十余人排座次，名望、修为、辈分方方面面都要考虑仔细，大人物们心里如何作想不得知，场面上总得互相谦让。

程千仞抬头望去，四周石阶层层坐满，密密麻麻。场中又有黑白圆台拔地而起，一切都让人感到压迫。

忽而某处响起一阵高呼，原是南山后院诸生喊他名字。他不明白，医馆门前才互相责骂一场，为何他们还能毫无芥蒂地来给他助威呢?

他也想像副院长那样，举手示意大家安静，又觉十分尴尬，只好与林鹿和顾雪绛说话，假装没听到。

“你们怎么来了，下午文试不用准备?”

顾二:“现在准备能读几页书?时间宽裕着，看完你和徐冉还能带鹿午睡。”

他俩坐在看台第一排，与程千仞只隔一道铁栅栏。

大人物们终于陆续入座，鼓声一响，震得全场安静片刻，典仪官重复规则的声音远远回荡，末了拉长调子:

“请参赛者入场——”

南北两面，加起来百余人，被执事安排沿场边散开，每人间隔两丈有余，方便施展。

呼喊声再度响起，愈发气势磅礴，很快连成一片，程千仞的名字响彻学院。

沧山长老笑了笑，伸手指道:“那个就是南渊今年的新星，传言中一夜入道的天才。现在城中流传的马背狂言，就出自他之口。”

他身边的慈恩寺僧人尚未开口，有人抢先道:“略通马球小道，竟如此气焰嚣张。我看难成大器。”

原来是钟家一位小乘境供奉。

剑阁长老看着北边，淡然道:“请恕直言之过，非我妄自尊大，实乃混战不公。我派大弟子如虎入羊群，不妥。”

周围老者面不改色，只能暗地咬牙，也知他所言不假。傅克己的剑道修为，早已超出同辈太多。场间谁堪为敌手?

北澜执事长忧虑皱眉，语气却流露出一丝骄傲:“复赛安排混战，胡先生怎么想的，若南渊只余六七人晋级决赛，如何收场?”

“你想要如何收场?”

同一时刻，南方最高建筑，藏书楼最顶层，也有人问了同样的问题。

是一位貌美妇人，体态雍容，看不出年纪。

“二条！胡了！”胡易知心情大好，“收场？随孩子们去玩……再走一圈？”

洗牌声“哗啦哗啦”，合着楼下鼓声人声，分外悦耳。

今日天气不佳，偏来客极多，南北两院派出执事长和几位颇负盛名的老先生坐镇看台。幸好他们四人在此打牌，温乐公主在建安楼上，否则安排位次的执事能愁得吐血。

北澜副院长悠悠摸牌，向窗外扫一眼，兴致缺缺，远没有看马球时一半积极。

“我就是不喜欢现在的年轻人，一个也不喜欢。当年我们修行，脑子里全是‘抵抗魔族，保卫家国’八个字，斗法争名次，只为前二十名可以去东境战场第一线。什么是荣耀，这才是。”

楚岚川不答话，早听腻了。每次说到最后无非得到同样结论——人类要完，责任平摊。

胡先生温和地笑道：“老刘，这是他们的时代了。”

若算起来辈分，对方是他们长辈，年轻时参加过东征之战，军功赫赫。他继任南渊副院长后，头两年还称其“前辈”。

后来与对方年年相见，一起看着少年们像春天的韭菜，一茬又一茬地成长起来，而他们窝在高楼上打牌吹牛，彼此间的辈分早已模糊。

刘副院长：“人类未来交到这些崽子手上，魔族能唱着赞歌闭眼打进白雪关……嗨呀，三娘，你又给院判喂牌！”

三娘扶了扶鬓上珠花道：“喂了怎么样？人类未来就毁在我手里。”

刘副院长正要回呛，忽而怔了怔。

他拂袖起身，快步走到窗前。一张八万骨碌碌地滚下桌角。

因为他听到了一声剑鸣。

复赛开始的瞬间，百余人动身，无数刀剑相击，千万声铮鸣于同一时刻响起，直冲云霄。

那一声并不如何响亮，也不悠长，一息便淹没在喧嚣里。

但是他听到了。

四人站在窗前。

因为胡易知的恶趣味，远望演武场，黑白交错如一方巨大的棋盘。

刘副院长声音很轻，好像说出那个名字便意味着危险，需要谨慎小心：

“……神鬼辟易？”

程千仞提气纵身，向距离最近的石台跃去，右手触碰剑柄的瞬间，忽生警兆！

一道锐利破风声直袭面门，来势极快，如凭空出现一把利剑，悬在鼻尖。

恰逢他人跃半空，身形无依。剑出鞘一半，锋锐未露。

全身都是破绽。

当机立断旋身半圈，硬生生止住去势，轰然坠地！

剑气初发时，傅克己尚在演武场最北，当剑气斩落，他已一掠几十丈，越众人，踏石台，冲开一条通路，转瞬落在场南。

百余人各展所长，争先抢台固然精彩，全场目光却只随他奔袭，哗然乍起。

北面看台有人赞道：“好一个‘雁过千峰’！”

程千仞却觉得不好，因为这只雁落在他眼前。

剑气来得猝不及防，比他千万次拔剑磨炼出的速度更快。刚刚错开后，鼻尖仍隐隐作痛。偏又光明正大，不袭空门要害，只为将他逼落。

那人劲风萦身，青衣鼓荡，如一株绝壁孤松，孑然傲立。

四十座圆台上搏杀开始，有一两人对阵，亦有六七人联合御敌，只余他们二人尚在台下。

程千仞从纵身到落地，手未离开过剑柄，一声嗡鸣，神鬼辟易终于出鞘，光彩暴涨！

“铮——”

傅克己举剑相迎。

克己剑灌注真元，赤色星火自剑刃交击处迸溅而出，纷纷扬扬，如骤雨流霞，火树银花。

他们周遭六七座圆台尽被笼罩在其中，石台表面发出可怕的“滋啦”声，对战众人心下叫苦，不得不分心抵挡这阵狂暴真元。

直面剑威的程千仞只觉烈火冲袭脉门，心神剧震，连退六步，勉力稳住身形。

赞叹声再起。

却有不少人心生困惑：“傅克己想做什么？”

“可与那个南渊学生有私怨？双院斗法期间禁止私斗，所以趁此了结？”

剑阁长老也不明白，不以为然，淡淡道：“许是年轻人意气之争。”

北澜执事长摇头：“境界之差，云泥之别，何必相争？”

他们阅历丰富，眼光老辣，不是看热闹的两院学子。

“傅克己开山劈石越众飞掠而至，气势、战意俱为鼎盛，这一剑催发，看似随意，却有八成实力。程千仞未重伤倒地，已是了不起。”

众人都觉有理，程千仞不过炼气大圆满，傅克己勘破凝神多年，甚至准备冲击破障。

自大雁飞掠，从北至南，顾雪绛就站了起来。

林渡之不懂刀剑招式，却能看出其中凶险，亦是忧心如焚。

“我劝过他，没有用。”

只见原下索不知何时来到他们身边，眉峰微蹙。邱北跟在他身后。

场间星火坠落，顾雪绛平静道：“他想做什么？”

“他想看看那把剑。”

原下索认为傅克己错了。

他今天应该在棋盘天元位闭目打坐，只需放出剑气笼罩石台。剑不必出鞘，就能赢得轻松又漂亮。

现在对上程千仞，怎样获胜都毫无光彩，或许还会落下“行事霸道”“孤傲欺弱”的恶名。

百害而无一利，错得离谱。

顾雪绛沉默片刻：“他若听你劝，他便不是傅克己。”

傅克己大概会想，万众瞩目，光明正大，最适合看剑。何错之有，何惧声名？

程千仞不知原委，但当对方目光落下，落在他手中旧剑时，他便明白了对方的心意。

于是他握紧神鬼辟易，快踏两步，足尖一点，飞身迎上，同时长剑凌空翻转，却不斩敌，而是自身前挥向身后。

空气像被这一剑划破，四下里风声大作。

一道半圆弧光随剑势轨迹显露，如一弯秋月斜挂虚空，清光泠泠。

程千仞借剑势反冲之力，身形更快一分，残影微晃，竟凭空消失在月色里！

众学子大惊。

“这是什么剑法？”

不止青山院无人见过，北面看台亦是沉默。

“他应是将某记攻击剑招倒行逆施，变做‘轻身术’，以求脱身。”剑阁长老感叹道，“奇思啊。”一招要练多少遍，才能练到这般心意圆融、任己施为的地步。不由收起轻视之心，定睛细看。

沧山长老道：“原以为他只会打几杖马球，说几句狂言，不想真有几分硬本事……不愧是南渊今年最受追捧的天才。”

世家供奉们依然不屑。

“弃身法不用，反倒要弄不入流的小聪明。”

这些话若被程千仞听见，一定拍桌骂娘。

我连个师父都没有，谁知道要练身法？倒是教教我啊！

剑法他也只练过一套。遵照副院长胡先生的教诲真言——你就瞎琢磨吧，浑然不知自己已将“孤峰照月”练作轻身术，“瀚海黄沙”练作千斤坠，“云敛天末”练作纵云梯。

“竟然学了‘见江山’。”藏书楼上，刘先生看见那弯孤月，感叹道：“是太愚蠢还是太自信？”

月华未散，傅克己剑势已起。

院判皱眉道：“你不想让他进入决赛？”

胡易知语气温和，神色却看不出喜怒，说：“是。”

程千仞身形凌空之际，傅克己才提剑齐眉。

比起开场惊人的“雁过千峰”与“万山争霞”，这一剑太慢了，也着实无趣。

许多人目光转向北边或东南，那里原上求快剑如雨，剑落之处血雾飞溅；徐冉身陷重围，斩金刀大开大合，以一敌六不落下风。

直到四野骤然明亮，学生们下意识闭眼一瞬。

却见天色依然阴沉，浓云奔涌如泼墨。

是傅克己剑势已成。

无比明亮的光辉从剑锋溢散。

剑势自上而下，好似万丈日光从天际普照人间。那些赤芒令人双目刺痛，望之生畏。

孤月如何与日争辉？

这一剑竟然后发先至，程千仞被逼出月色，身形已在十余丈外。

顾雪绛脸色骤变道：“逐日！”

两院学生震惊无语。

很多人只知傅克己强，天才总是活在一些不可思议的传说里。亲眼所见时，才知他究竟强到何种程度。

北澜执事长赞道："剑阁剑法名不虚传。"

剑阁长老谦虚而自豪道："非因剑法。'逐日'威力虽大，却需一息之间燃烧极多真元，修炼不易。山主而立之年，才习得此剑真义。"

拿傅克己的师父作比较，言下之意是此子青出于蓝，圣人可期。

程千仞没有回头，便感知到这一剑。

昔日藏书楼上选剑诀，无人指引，只能用最笨的方法，在识海中逐一演剑。

从剑阁剑诀开始，一直选到"见江山"。

他知道这一剑厉害。

"铮铮铮铮——"

剑鸣如雨，程千仞毫不犹豫地连出十二剑，赤芒被剑锋打散，穿透他的衣袖，袖间顷刻显出无数铜板大小的豁口。他的身形半空变向，继续借剑势反冲远遁。

翻涌气血未压下，只听背后劲风呼啸。

傅克己足尖轻点，身随剑动，轻盈至极。

狂风四起，吹动天际浓云，地上沙尘，吹得众学子掩面眯眼。

青砖缝隙间的尘埃被吹起，程千仞残破的衣袖被拂动。

"轰——"

克己剑剑锋所指，无数道剑气追袭而出。空气压缩形成高速气旋，如白色旋涡，在程千仞身后不足三寸处轰然炸裂，震耳欲聋。

程千仞没有回头，反手挥剑抵挡，踏青砖，青砖爆。

点石台，石台炸！

一路暴鸣，无数参赛者倒飞坠地，惨呼不绝。

程千仞终于自空中跌落，他被逼落于某座黑色石台上，半跪撑剑，后背鲜血淋漓。

傅克己落在他面前。

台上原有四人争斗，竟被他们二人残余剑势击飞。

"激风。"

北面看台再次沉默。

"逐日"之后是"激风"，傅克己还想怎么样？

果真是虎入羊群。

这座黑色石台恰在天元位，棋盘最中央，全场最中央。

汇聚所有人目光。

藏书楼。胡先生看着形容狼狈的少年道："他一腔戾气，扬名太早不是好事。"

今日止步复赛，回家读书，来年找个好差事。什么大世之争，一生之祸，到这里就结束吧。

刘先生不懂，自语道："哪有戾气？看着挺老实一孩子，受惯磋磨的。"

二十余位受伤参赛者举起腰间弃权牌，立刻有督查队员飞身上场，将他们抬下。

天色更暗，阴云涌动愈烈。

"轰隆隆——"

电光耀世，雷霆降临，狂风中豆大的雨点劈头盖脸打下来。

许多人沉浸在"激风"的剑势中，任由冷雨扑面。

南边看台，顾雪绛等人呆立着，面无血色。

傅克己再次举剑，衣袂翻飞，电光中如神魔降世。

空中万千飘零雨丝，随他剑势牵引，汇聚一处，转眼便如滔滔川洪，以雷霆万钧之势，狂暴奔涌！

画面壮观而神妙。

程千仞擦掉唇边血线，自嘲一笑。

昨日还腹诽对方只会"剑阁三连"，今天便遭遇了剑阁真正意义上最恐怖、最暴戾的三记连招。

逐日、激风、饮川洪！

北面看台有人叹道："他接不下，可惜了。"

这一剑集天时地利，远超傅克己自身境界，换一个破障境，都未必能胜。

"傅克己终究是傅克己。"

听见此类美言，那位剑阁长老却未应承："临危不惧，若再给他三年，可与克己剑一战。"

这已是极高评价。

程千仞还很年轻，修行不足半年，还有很多个三年。

同样意味着眼下他使出任何一记剑招，都不足以抗击这道川洪。

但是川洪已经来了。

无数片雨丝化作锋锐利剑，万剑成洪！

程千仞半跪着，喉间腥甜，仿佛回到东川，面对沧江深处狰狞水鬼。

那时他还没有修为，更不懂剑诀剑招，却依然免不了战斗，仅凭一套生存本能。

间不容发之际，众人只见惊天一剑下，那人竟凭空消失，不禁大骇失色。

“川洪铺天，他如何避开？身上藏了法器？”

诸学子同生疑问。

程千仞当然避不开，他滚下来的。

滚得很快。

人求活时，用滚用爬都可以，哪怕像条狗。

只有少数人，与阅历丰富的大人物们看清情况，心下五味杂陈。

赞叹声讥讽声同时响起。

川洪变势不及，自程千仞身侧呼啸而过，轰鸣如雷，余威催筋刮骨。

滚落石台的瞬间，他手腕陡然一斜，剑尖点地，剑身被压得微微弯曲，青砖积水飞溅四射。

程千仞以此借力，身形凌空横翻，院服高高飞扬，如层云翻涌，白鹤展翅，一飞冲天！

他居高临下，向傅克己扑杀而来！神鬼辟易刺穿秋风，割裂雨滴，光华暴涨。

一切只在须臾，攻守之势倒转。

四下哗然，众学子惊呼出声。

顾雪绛下意识握紧双拳。

“饮川洪”真元巨耗，那人又一剑落空，气势稍弱，这一刻，或许是程千仞唯一的机会。

“云敛天末”快到极致，傅克己根本来不及转身出剑。

只见他右手未动，左袖轻挥，像拂去一粒尘埃，姿态随意。

“咻——”

无形剑气自广袖激射，所有人却看得一清二楚。

它所过之处，雨丝瞬间蒸发，白雾升腾，空气仿佛被点燃，星火爆裂。

如一支快箭向天射出，方一离弦便冲散云层，击落白鹤！

程千仞仓促旋身，卸去三分巨大冲力，轰然坠地。

他单手撑剑，身形摇晃。大小伤口鲜血狂涌，虽被雨水冲淡，依然惊心动魄。

全场静默。

别人直面如此情景，难免产生一些可怕想法——如果我在克己剑下，大概已经死了。

众学子呆立雨中，半是震惊半是惶恐。

傅克己跃下石台。水花轻溅。

从战斗开始到现在，两人一言不发，以剑意沟通心意。

此刻他终于开口，说了今天第一句话：

“你不适合这把剑。”

每个人都有自己适合的剑。

他身上带着剑阁镇山神兵“山河崩摧”，与“神鬼辟易”齐名，对他来说，却还是从小用惯的克己剑最好。

但南渊诸多学子听不明白，以为傅克己出言侮辱，嘲讽程千仞不配用剑。

心中恐惧感化作一腔愤怒，纷纷破口喝骂。

藏书楼上，刘先生感叹道：“懂剑道亦懂应变，能拼命亦能忍辱，如果他成长起来……”

只可惜今天遇到傅克己，于是一切都结束了。

胡易知笑了笑：“走吧，打牌。”

北面看台，人们同样觉得意犹未尽，甚至惋惜。

顾雪绛看着场间刺目血迹，抓起一位督查队员，斥道：“你们还不救人？等什么？！”

黑衣队员冤枉道：“他没有举牌，按规则没人能上场！”

程千仞为什么不举牌？

他已经证明了自己，以弱战强，虽败犹荣。而他的对手却遭人唾骂。

今日任何一个复赛胜利者，光彩都不及他。当他举起弃权牌，故事便圆满落幕。

但程千仞不是来证明自己的，对他而言，这件事跟面子没关系，只跟银子有关。——我不是为了满足某些期待才来这里战斗。

此时他被那些骂声吵得头疼，事实上他浑身都疼，于是不耐烦地摆摆手。

众人见他有话要说，竟一齐收声。

“你来看这把剑，想必已做好为此付出代价的准备。” 程千仞站直身体，神色平静，“你今天不该来。”

很多人以为自己听错了，一息沉默后，议论爆发。

重伤流血，形容狼狈，却说对方不该来。

他想做什么？他能做什么？

难道还要打下去？打下去伤势更重，甚至会死，他不知道吗？

“我胜不了你，但我会尽力留下你。”算算时间，更漏将尽，程千仞补充道，“一炷香。”

漫天秋雨中，他再次举剑。

忽然间对方心境变化，战意燃烧。傅克己不知原委，却不妨碍他出剑。

程千仞身形微晃，踏破积水，蓦然跃起。

两剑瞬间交击十余下，铮鸣如疾风激浪，震耳欲聋。

炽盛剑光萦回缭绕，白雾与星火，雨水与血水将他们淹没。

对方剑势更快，程千仞却没有回剑防守，任由右肩被一道剑气贯穿，血箭喷出三尺远！

“嗤——”

神鬼辟易执意斩下。剑芒狂溢。

傅克己眉峰微蹙，眼神却越来越亮。再度举剑时，一小片衣角断裂，飘落风雨中。

毫不起眼，但很多人都看到了。

“他竟然……破开了傅克己的护体真元！”

风雨潇潇，洗刷天地。

程千仞身上学院服被血水浸透，剑光交织中，新的鲜血源源不断地淌下，小溪般蜿蜒流散。

一个人有多少血可以流？

众人终于明白，他口中轻飘飘一句“尽力”，便意味着不要命地流血，以伤换伤的疯狂。

徐冉运气不好。

七人同台，她背上双刀太出名，方才落下便引六人围攻。

听见场外呼声，知程千仞遇险，心急之下出刀凌厉，却未能突围，反因破绽身陷险境。

她才意识到复赛不比初赛，没有比她境界更低的对手。稍有不慎，就意味着战败或受伤。

于是她沉下心神各个击破，逼得最后一人举牌弃权，东南星位只有她一人站着。

她环顾全场，目光落在天元位。

只一眼，徐冉心神剧震，毫不犹豫地飞身而起。

竟然跟傅克己打近身战，疯了吗？！

不只是她，从众学子到北看台，从藏书楼到建安楼，所有人都认为程千仞疯了。

原下索也问了同样问题。

事已至此，顾雪绛不知想到些什么，反而平静下来道：“他应该很冷静，甚至还算了时间。”

他对身旁林渡之道：“等我找你拿刀那日，记得提醒我，一定请傅克己来看。春水三分，可比程三的旧剑好看。让他看个够。”

林渡之不明所以地点头。

更漏滴答，时间一分一秒过去，程千仞浑身如烈火烧过般灼痛，只觉每一秒都无比漫长。

但他依然握着剑。

不论傅克己如何出手，只要想拉开距离，方便施展剑势，便会有一柄长剑拦住他。

剑的主人不在乎代价。

场边执事开始大声倒数：“十！”

百余人混战接近尾声，全场竟只剩三十余人。天元位周边四座擂台空荡，争斗者或弃权或远避，以防被程、傅二人剑势波及。

可总有不怕的，破风声自东南来，耀眼的金色光华铺天盖地。

徐冉到了。

一刀南来，煌煌如日！

狂风万丈凭地起，青砖上积水被风势卷起，离地三尺高！

“日出！”

这是徐冉最强一刀。

她知道如果想在此刻改变什么，必须毫无保留，使出最强手段。

便是傅克己也无法凭护体真元硬抗，无论想接下还是避开，唯有收剑。

一柄细剑悄无声息地穿过风雨，仿佛与雨幕融为一体。当它横挡在刀锋之前，人们才惊觉，它竟比刀光更快。

后发先至，全场只一把剑有这种速度——原上求的青雨快剑。

场外执事片刻不停地倒数：“五！”

院判看着棋盘上搏杀的少年们，问道：“你有没有想过会打成这样？”

满盘皆输。

胡易知摇头。

现在的年轻人，怎么就不按常理出牌呢？

青雨剑比寻常宝剑更薄更细，如一泓秋水,、一点寒星。

斩金刀下的日光倏忽黯淡，像被生生地撕开一道裂口。

森然寒意自刀剑相击处汹涌而来，刺骨刮脉，徐冉悚然一惊。

心知不能与他硬抗真元，去势稍偏，刀锋顺势自剑刃拖曳而过，利刃交错声如凄厉长啸，穿透风雨，回荡场间。

顾雪绛没想到这两人会突然落场，道："糟了。"

青雨剑极寒，类似凛霜剑，徐冉的斩金刀极炽，本应互相克制，但原上求比她高出一整个境界，剑法真义更远非钟十六能比。

他俩来做什么，还嫌不够乱吗？

原下索倒不怎么震惊，兀自苦笑两声。兄长做出什么事，他都不会震惊。

裁决的倒数声微微颤抖："四！"

场内场外，无论是祈祷最后时刻出现转机，还是暗暗希望他们中有人被淘汰出局的，都无暇交流，屏息凝视，心悬于口。

青雨剑剑路奇诡，速度又极快。徐冉奈何不得，却急于脱身，不待刀势用尽，忽倒退两步，手中长刀奋力掷出！

劲风呼啸，燃烧的真元瞬间蒸干雨水，远望像重重雨幕被劈开，刀前形成一道绝对通路！

原上求猝不及防，出剑格挡之际，她已反手抽出断玉刀，冲入白雾星火间。

狂暴纵横的剑气中，程千仞浑身淌血，双目赤红，徐冉喝道："是我！"

程千仞剑势稍滞，就是这一瞬迟疑间，一柄长刀斜里刺来，倏忽一翻，横于二人之间！

"三！"

毕竟是饭桌抢菜的默契，眼神对上，立刻明白对方的意思。

徐冉一刀隔开程、傅二人，但她快不过原上求，青雨剑已经到了。

寒意袭来，针芒在背。

剑势自上而下，如飞瀑悬天，长河倒贯，最后时刻竟向傅克己刺去。

傅克己头也不回，当即提身一纵，踏上剑尖。青雨剑虽纤细，韧性却极好，弯折成不可思议的弧度，同时原上求手腕一抬，喝道："走！"

长风万里送秋雁。傅克己借力反冲，身形虚晃，消失在雨幕中。

他以"雁过千峰"开局，同样以此收场，非常符合武修的战斗审美。

青雨剑落下时，程千仞不理会，已做好硬抗的准备，他左手拉过徐冉，右手长剑倒转，剑柄拍在她后背道："去！"

随即纵身而起，向反方向腾跃。

明镜阁露台上，他一剑柄送走顾雪绛，一回生二回熟，一拉一拍一气呵成。

徐冉刚猛暴戾的斩金刀方才掷出，手中这把是温和柔韧的断玉，身形临空时她抬腕发力，刀柄破风穿雨，直击程千仞右肩。

他们竟是互相送了对方一程。

原上求的剑极快，身法更快，几乎与傅克己同时跃起。

剑芒刀光，白雾雨水，众人看不清他们如何动作，只见四道残影交错，如流云飞逝，又如四片花瓣瞬间绽开。

最后一声倒数响起，尘埃落定。

凭空消失的身影轰然坠落，场间四座石台积水飞溅。四人或立或跪。

一片寂静。

裁决高声道："比赛结束！"

欢呼声蓦然爆发，震彻天地。

滂沱大雨中，撑伞者寥寥无几，有真元护体的也是少数，大部分南渊学生们衣衫尽湿，却毫无所觉，只顾大声叫好。

北面看台，南北两院的执事长、教习先生，还有宗门长老们纷纷站起身，随之鼓掌。

"此一战若论精彩程度，可在近二十年双院斗法历史中排进前十，若论突破常规，当之无愧第一。"

"如果配合有一瞬迟疑，或四人路线选择稍有冲突，结局都会截然相反。"

藏书楼最高处，窗户悄然关上，风雨被隔绝在外。四人坐在牌桌前，却无心打牌。

院判："原来你也有算错的时候。"

胡先生叹气："人力何以胜天命？他的事情，我以后都不管了。"

这些都与程千仞无关。他什么也听不清，倒在石台积水中，伤口疼痛早已麻木，只觉得很冷。

视线一片模糊，很多人影晃动，似是向他跑来。

终于眼前一黑，失去意识。

后来徐冉问他，当时场上四十座擂台，只剩三十多人，你周围四座空台，被他打下天元位，不会随便挑一个上去？

战败就弃权离场，是武修讲究对战尊严、伟大荣誉才那么干，你又不要什么面子，怎么还非跟他硬抗？

程千仞的解释让人很无语：打出凶性，杀红眼了，只看见那一个台子。傅克己不让我上去，我就让他也上不去。幸好你来了，不然我清醒不了。

因为赛制改动，双院斗法第一次出现百余人混战。打得极惨烈，两个时辰内，抬进医馆的担架没断过，医师们忙得脚不沾地，人手紧张。

幸好林渡之功底深，又沉着冷静，一人能干三人的事。

“体力透支，真元枯竭，失血过多，这些需要慢慢调理。克己剑的残余剑气在血肉里冲撞，我已经引出来了。你去知会一声，说他已脱离危险，让大家散了吧。”

许多南渊学生自发追随护送程千仞的担架，抬进医馆后，众人冒着大雨，聚在门外不肯走。

徐冉不用下楼，直接推开窗户嚎一嗓子：“谢谢大家刚才帮忙清道，人没事了！快回去吧！”

楼下响起一阵欢呼。

她转向林渡之和顾雪绛道：“你们且去抽签。程三拼了半条命打进决赛，没道理你俩文试弃权。”

文试于今天下午开始，是闻所未闻的仙魔牌。参赛者要先去勤学殿，抽自己的身份牌。每种身份对应不同试题。

顾雪绛立在窗边，望向客院道：“有些人太安静了。”

徐冉一怔，才明白他说什么，道：“大家都在准备双院斗法，哪有时间安排别的事。”

顾雪绛摇头：“很多事情他们不用亲力亲为……在我和鹿回来之前，你不管听到什么消息，都不要离开这间诊室。守好程三。非我多心，我们初受重创，心神乱、意志弱，容易因为悲伤或急切失去警惕，对于心怀恶意者来说，正是最好的时机。”

徐冉：“这儿是学院医馆啊，众目睽睽。我只要大喊一声，楼下巡防的督查队员立刻就到。哪有更安全的地方？”

“他们在暗我们在明，小心总无大错。”

徐冉见他神色认真，拉过一把凳子放床边道：“放心吧，我又不傻。今天我就坐这里，谁也别想引开。”

带鹿午睡是没时间了，顾雪绛抽着烟，沉着脸色离开。他们赶到勤学殿时，雨势渐小，秋风不减。

上午武试显然影响了众文试学子情绪，有人跃跃欲试，有人神色颓唐。

见到二人，几个南渊参赛者围过来，紧张地询问程千仞伤势，还未说两句，只听殿上一声："肃静——"

执事长开始念名字，百余人逐一上前抽签。

身份牌有四十余种，有人抽到"人族将领"，有人抽到"雪域魔将"，众学子都觉得新鲜，只是碍于规则，不敢议论，只在心中猜测自己会被考到什么题目。

邱北抽到"隐士"，原下索抽到"间者"，是间谍的意思。

林渡之抽完，念签的执事高声道："佛子。"

殿中一阵哗然。

"佛子"属于特殊身份牌，签筒里只有一根，类似还有"魔王"。

百里出一的概率，大家都研究过规则，一致认为这种牌对应的题目必然难度极大。

谁知林渡之刚下来，顾雪绛就抽到一根"魔王"。

其他学生都暗暗松了口气。

抽签结束，有执事接引众学子前往考试地点。

对立阵营不能同场答题，两人跟随不同队伍，在路口分道扬镳。

林渡之皱着眉，他与顾雪绛身份牌完全对立，可能试题也对立，评分时会被放在一起比较。

顾二知道他在想什么，临走前揉了他一把，好让他安心，便撑伞往栖凤阁去。

医馆二楼诊室，徐冉正在擦刀。

早在双院斗法前，她已经历过无数场战斗，两把刀被火烧过，被霜冻过，打磨至锋利无比。

按照顾二的指导，每场结束，她都会梳理战斗感悟，汲取教训。

窗外雨声淅淅沥沥，室内空气潮湿，又浮动着草药味与淡淡的血腥气。

寒炽相克，今天那把青雨快剑让她很不好受。

朋友躺在床上，脸色苍白，她心想克己剑更讨厌，早晚把你们都打败。

徐冉自认北澜队伍中，除了这两人，没人能胜她。

所以即便顾二临行担忧，她也丝毫不怕。

时间在反复的擦刀中流逝，不知何时，渐弱的雨声彻底消失。

天空像是一瞬间放晴的，陡然明亮起来。

她膝上长刀映着灿烂晚霞，像一匹光华潋滟的锦缎。

估摸下时辰，文试快结束了。

忽听外面一阵吵闹，喧闹声由远及近。徐冉推窗去看，天地明净清澈，西天烟霞烂漫。

楼下却一片混乱，巡卫的督查队员不知何时已离开，大家都向同一方向奔跑。

徐冉大喊道："怎么回事？"

人群中有人抬头应了一声："栖凤阁失火了。救火救人去。"

程千仞闭着眼，无知无觉。

他的意识沉落在幽远白雾里，雾霭深处的影子渐渐清晰。

"为何受伤？"

逐流一改昨夜冷漠，眉心微蹙，神情担忧。

程千仞惊觉孩童又长个子了，竟只比他略低两寸。

仿佛弟弟在他看不到的地方，一夜之间出落成翩翩少年。

皇都伙食真好啊。

程千仞既欣慰又难过，不自觉端出可靠兄长模样道："没事，小伤。"

想拍他发顶，硬生生忍住。

少年突然握住他手腕："你重伤未愈，识海脆弱，我不能停留太久。且问你一句，当初是不是有人逼你？"

逐流见不得他受伤。心想去他的摄政掌权，去他的天下苍生，去他的成神成圣。二百两卖弟的事我不计较了，今天你只要答一句是，千山万水，千难万险，我也带你走。

程千仞摇了摇头，心想这个梦境未免太过真实，自己先前竟当真了。如果总在打坐冥想或睡梦中看到逐流，还怎么吐纳修行？生活如何继续？

他自言自语："放过我吧，我不想再梦到你。"

逐流甩开他的手，退离两步，气势陡然凌厉。广袖浮在白雾间，猎猎翻飞。

他冷笑道："我放过你，谁放过我？"

逐流睁开眼。

他扯碎鲛纱帐，踢翻铜鹤灯台，砸断青玉案，富丽雅致的房间转眼一地狼藉。

外间的侍从们噤若寒蝉，过往教训使他们默契地装作没有听到。大约过了几息，碎裂声停下，少年的声音低沉而平静："滚，都给我滚。"

侍从们忙不迭地敛袖退出去。

逐流自幼早慧，奈何情义误人，偏只有这件事转不过弯。

他怔怔立着，不知过去多久，忽有微风吹动残破的鲛纱。

烛火煌煌，一道虚影浮现在墙壁上，沛然莫御的威压当头笼罩。

“我教你分魂之术，不是让你整日牵挂这些微末小事。何况以你如今的修为，勉力施为只会自讨苦吃。情绪是最多余的东西，无能者才会愤怒。”

墙壁上虚影开口说话，声音如暮钟，语调没有起伏，显得异常冷漠。

“你的目光，该放在更远处。我寿元将近，所以你的时间不多了。在下月最后一次催灌前，如果你不能取舍，我会替你取舍。因为弱者没有资格做选择。”

少年早已平静下来，不卑不亢地行了个半礼：“我知道了。”

“恭送父亲。”

虚影消失，威压散去。

少年冷下脸色。很多事情，他从小就明白。

父亲看他的眼神很奇怪。那种目光不像看儿子，而像看一件作品。

因为有父亲的心头血喂养，他从母胎中开始自发修行，吸收母体灵气，最终撕裂母亲的肚子破体而出，拥有先天境界与智慧。

偌大的府邸没有人敢跟他多说话，大家都很害怕他。

每日除了修行读书，父亲与人谈话时，就安排他在一道帘幕后听着。他知道自己会重复这样的生活，直到未来某一日，被抹去自身存在的痕迹，接过父亲的面具，承袭他的身份名字，包括修为与地位，继续做王朝最强大的守护者。

他站在父亲的阴影里见过许多人，形形色色的官员、隐居独行的圣人、日渐衰老的皇帝，还有皇帝的四个儿子。

“我们与皇族有誓言约定，如需必要，可代帝择太子。我活不到那个时候，朝歌，这份责任是你的。”

“我要选最优异的人吗？”

“不，你要选最听话的傀儡。因为他们四人都太平庸。”那时父亲的态度比现在亲和许多，似是对他很满意，“天下只能有一位帝王。平庸者的野心是最坏事的东西。”

“帝星”五皇子死了，皇帝年老力衰，他的亲人们野心勃勃。但王朝需要稳定，更要震慑魔族，首辅便不能死。天下大势当前，大人物们不在乎一个孩子是否愿意。

逐流不愿意，甚至恼恨起素未谋面的“帝星”。如果你好好活着，我何苦来这世上受罪，王朝是否千秋万代，跟我有什么关系？

命运既定，生而存活于牢笼，他表现得好学懂事，适当展露责任感，令父亲信任他，逐渐将一些重要秘密传授于他。比如京都的万年阵法、连通府邸与皇宫地下宫殿的机关，以及这片大陆四条空间通路的位置。

他很认真地学习，心中反复演算、拟定计划，最终打开府邸的地道，潜入皇宫，借阵法之力打破一条空间通路，从皇宫雁鸣湖底逃到沧江，瞒天过海，全程未超过一盏茶。

空间穿越使他修为散尽，记忆受损。

然后便是东川五年，南央一年半载，许多艰辛困苦，反觉幸福满足。

但那个给他名字、护他周全、身形单薄却顶天立地的人，到底还是舍弃了他。

经历巨变，重回皇都，少年的野心和欲望在黑暗中疯狂生长。

——我会赢得所有战斗的胜利，他将作为我的战利品，永远陪伴我。

徐冉得知栖凤阁失火，心道糟糕，那里似乎是文试地点之一，顾二和林鹿在不在？

她大半身子探出，一只脚已经踩上窗框，身形一动就能跳下去。

“不管听到什么消息，都不要离开这间诊室。守好程三。”

顾二的话再次响起。

徐冉一怔。

除打架之外，太复杂的事情都令人头疼。朋友们脑子好使就行，听他们的绝不会出错。

但现在只有她一个，朋友的安危压在她肩上，只能逼自己思考。

定睛细看，医馆前大道是通往栖凤阁必经之路，楼下的督查队员早已去救火，秩序未定，人群奔忙，如果这时有人浑水摸鱼混进来，实在防不胜防。

徐冉关上窗户，放出神识。

秋风、土腥味、药味、潮湿的草木味，还有几道极隐蔽的陌生气息，像角落里的蛛丝。

附在单薄的门板与木窗外，透出淡淡杀意……竟真有人敢在学院医馆动手！

徐冉瞬间精神紧绷。

程千仞醒来时，霞光刺目。

梦境使他神思恍惚，试着动了动手指，才感到浑身剧痛。

想问徐冉干吗拿刀站着，却见她一回头，表情凝重，冷汗满额，握紧斩金刀的手指用力到泛白。

程千仞立刻清醒，示意她噤声，伸手指了指桌案上的水碗。

徐冉会意，扶他坐起，两人指尖点水，在桌上写字，配合表情动作交流情况。

不妙。程千仞感知到外面至少六人，境界高于他们，不像北澜学生。不论是从屋顶破窗，还是从走廊破门，只要在同一时刻发动，徐冉的两把刀便应付不及。

楼下修为可靠的督查队员不在，医馆只有医师和伤患，如果呼喊示警，在外援赶到之前，对方就可以得手。

既然敢冒风险来到这里，一定做了某些准备。若将自己杀死，识海击碎，大可伪作出他意识不清，杀死徐冉的场面。他送进医馆后只经林鹿之手施救，没有其他医师佐证他体内残余剑气是否全部清除，伤情是否会引发狂化……

一息之间，程千仞已想过十余种可能性。

但他没有更多时间，杀意自四面聚拢，徐冉收敛呼吸，站在门板与药柜之间的墙角。

程千仞平躺闭目，薄毯下握紧神鬼辟易，准备暴起一搏。

“咚、咚”

敲门声打破凝滞气氛。

屋内两人面面相觑，程千仞认出那把剑的气息。

门打开，清爽的秋风混着药香吹进来。

傅克己抱剑而立，挺拔如松，好生光明正大。

徐冉在程千仞示意下开门，此时只能硬着头皮道：“请——”

傅克己略一颔首，算是见礼。进屋前他忽然回头，对空气说了句：“怎么来的怎么走。”

单薄门板关上。阴暗处的魑魅魍魉随秋风离去，就像从未出现过。

走廊上的杂乱渐渐平息，医馆安静，晚霞辉煌。

题目不难，林渡之答到一半，忽觉心神不宁。匆匆写完，申请提前交卷，走出考场。

眼见督查队员飞檐走壁，更有人群推着载满水铳、太平缸等物的板车，心中不安感愈发浓烈，问人道：“前面怎么了？”

“栖凤阁失火！”

参赛者都不想抽到特殊身份牌，尤其是“魔王”。

这样一位永生不死，代表魔族最高意志，决定世界走向的大人物，却只有寥寥无几的文献记载。

一个正常人，如何揣摩他的心意？

顾雪绛不怕。他曾在军事理论基础课上，回答过“假如你是魔族将领，在一百五十年前的东征战役中，如何攻下朝光城？”，令钟天瑜哑口无言，全班掌声雷动。

巡视考场的先生走进他考间，只见他笔走龙蛇，自信满满，忍不住定睛多看两眼，登时瞠目咋舌：啧，现在学生胆子很大啊。

考生们五人一间，桌案相隔甚远，为防修行者使手段作弊，考场内所有人的修为皆被封印。

大火仿佛一瞬间烧起来的，所有考生正写到忘我时刻，察觉时顷刻乱成一团。

“着火了！快跑啊——”

栖凤阁是砖木结构，从没有失火历史，反而因为地势低洼，木质地板常年返潮，特别铺设干燥阵法，以去除部分水汽。

火势自顾雪绛所在的三楼考间迅速蔓延，整栋木楼在火焰中“哔剥”作响，像一只嘶吼的巨兽。

林渡之提气狂奔，越过众人，眼睁睁看着浓烟升腾，火光冲天。

木楼周围五丈被督查队员包围隔开，在各队长指挥下，只有救火物料和担架可以进入，几十座水铳被推进架起，连接巨大水缸，喷水如龙。

另一队以真元护体，凭过硬修为强冲楼中，抬出呛烟的执事和考生。

三楼火势最盛，梁柱崩塌，已将楼梯口封死，真元耗尽的队员们退出来。队长打了个手势，意思是架云梯。

学院的云梯是一种防御法器，真元催动后可瞬间伸出二十余丈，水火不侵，造价极高，用过即废。

便在此时，混乱人群中不知谁高喊道：“人齐了！都救出来了！楼要塌了大家跑啊！”

这一声落下，围观众人登时哗然，似无头苍蝇四处冲撞，督查队员来不及喊“人数不对！”“少了一个！”，防线便被冲散，只得喊道：“不要乱！”

恰逢林渡之赶到，他略扫一眼，放出威压，逆人流向木楼南面窗口奔去。

顾雪绛察觉火势时，便以茶水打湿衣袖掩口鼻。禁卫军右副统领不是白当的，突发危急，他本能地维持秩序，安排别人先走。三楼众人被他的镇定感染，短暂混乱后，一个接一个被督查队员救出。

大火比预想中凶猛，楼梯断裂，木梁砸落，所有出口被火势封死。他吸入浓烟过多，头脑昏沉，咬破舌尖勉强维持清醒，弯腰跑到窗边。

木窗框已经开始燃烧，像一个火圈。

“跳！”

林渡之的声音穿过一切嘈杂。

只见滚滚黑烟后，一道模糊人影双臂大张，凌空跃起。

顾雪绛毫不犹豫，纵身一跳。

火楼在他身后轰然崩塌。

傅克己入座后，与程千仞点头见礼，目光便转向窗外。

他气质沉静，面容冷峻，不知在思考问题，还是在观赏夕阳。

按照常理，客人来探病，主人总要寒暄几句。

但他们不熟，三次见面两次拔剑。上午还同场搏杀，下午该聊什么？

“阁下剑法真厉害，我差点就被打死了”“可惜在下皮糙肉厚最是耐打不过”。

好像不太合适吧。

程千仞沉浸于脑补，傅克己不说话。气氛一度非常尴尬。

沉默令人压抑，徐冉最先沉不住气。

她突然转向傅克己：“说起来，你真的不……”

“咳咳咳！”程千仞拼命咳嗽，差点把肺咳出来。

徐冉一惊：“不、不吃点东西吗？天色不早了，你先垫垫肚子？”

都怪顾二，整天说什么“不行”。人家行不行，关你什么事？

却见傅克己缓缓点头，惜字如金道：“可。”

徐冉懵了，眼神向朋友求救，他早就辟谷了吧？还真吃啊？鹿的诊室哪有东西吃？

程千仞赶忙使眼色，徐冉硬着头皮走到药柜前。幸好鹿做事细心，每个小药屉都写有标签。

她胡乱抓了几把陈皮、干枣、桃仁，填满空碗，往傅克己怀里一塞。

“别客气啊。”

程千仞眼角微抽。

傅克己沉默片刻，出于礼貌，还是说了“谢谢”。

然后他开始吃陈皮，像擦剑时一样认真，仔细咀嚼，缓慢吞咽，面无表情。

程千仞……就看着他吃。

徐冉心想，真好养活，给啥吃啥。

天光渐沉，夕阳余晖收敛于云层，室内光线倏忽一暗。

楼外嘈杂声再起。走廊上似有很多人奔跑，隐隐传来“栖凤阁的”“烧伤药”“冷水”等词。

程千仞心神不宁。

“哐当。”

傅克己放下碗：“我收回今天台上的话。”

程千仞一怔，台上对方只说过一句话：你不适合这把剑。

“但我还是要拿回它。”

神鬼辟易是剑阁镇山神兵，被宁复还带走，流落在外十六年，曾引多方觊觎。他既然遇到，没有放过的道理。

“好好养伤。”

说完他便走了，像来时一样。

桌上留下一只小药瓶。

火场伤员陆续被抬进医馆，林渡之横抱顾雪绛匆匆上楼。昏暗而幽长的走廊上，他们狭路相逢。

傅克己垂眸看了一眼顾雪绛，只见他衣发尽湿，好似刚从水里捞出来，眼帘半阖，脸色苍白。

顾雪绛忽而抬眼，冷冷回望，毫不示弱。

林渡之略微侧身，隔断两人视线，也不与傅克己见礼，便擦肩而过。

顾雪绛自三楼跳下，冲力巨大。所幸林渡之修行的功法圆融温和，稳妥接下他，两人落入巨大水缸中，毫发无损。

但顾雪绛出于某种考虑，一路躺在鹿怀中，只做虚弱模样。

南渊四傻诊室碰面，彼此才安下心来。这一天发生的事情太多，他们需要互通消息，梳理思路。

顾雪绛可以肯定是人为纵火，但他说不出更多细节，只道：“我如今五感普通，无法提前察觉，火烧起来之后，又忙着救人……”

程千仞道："学院应该会复查废墟，我今夜去盯着，希望能发现些端倪。"

徐冉："你先养伤，我去。"

顾雪绛摇头："最近我与林鹿形影不离，才逼得他们铤而走险，毕竟只要双院斗法结束，他们便不得不离开南渊。既然我没死，该紧张的就不是我们了，估计对面正想方设法善后，怕被督查队查出痕迹。"

"我身受重伤的消息很快就会传出去，今夜我们抓住时机，出其不意地做一件大事。这件事情做完，局面尽在掌控。"

林渡之沉吟片刻："……未有万全准备，我不同意。"

程千仞："你想好了吗？没想到邱北性子极慢，做东西倒是快。"

徐冉："等等，你们到底在说啥？"

顾雪绛想单独劝服林渡之，有意引开话题，目光落在桌上，问："这是何物？"

徐冉："碗里是给傅克己吃的。药瓶是他留下的。"

顾雪绛拈一片干枣扔进嘴里，差点吐出来："你们俩真是人才。"

程千仞只得解释原委，表示自己不是报复，更干不出"活活吃吐别人"这种幼稚事情。

林渡之打开瓷瓶嗅了嗅："剑阁灵药白露丹，内外兼治补气血，千仞快吃。"

徐冉才知道她抓的药多难吃，脸上挂不住："那他还吃了大半碗，傻吗？"

顾雪绛："他今天既然来了，你们给的茶点他都会吃，不管是什么，以此证明他没有恶意，留给千仞的药也是可以放心吃的。"

傅克己自幼练剑，染得一身暴戾剑气，又不会说话，不能像原下索那样，三言两语便令人如沐春风、放下戒备。他有自己的行事方法，虽然有时候看上去很傻。

程千仞看着神鬼辟易，心想东家八成是觉得此剑麻烦，才扔给我，方便自己跑路。买假酒、拿染玉骗人，什么剑阁双璧的伟大人格，不存在的。

栖凤阁的废墟被连夜清理，几位巡考执事着实尽职，火场里不忘带出学生的试卷。执事堂发下通知，栖凤阁可比其他考点多加十分。

第二日下午，讨论火场的人已经不多，大家喜欢争论加分考生到底是吃亏还是占了便宜。

明明是件大事，一切却风平浪静，学院各处默默增强守卫，显得诡异至极。

南渊四傻以静制动，任谁都知道他们在诊室。等到第三日，终于有人找上门。

执事长介绍道："这位是州府衙门的贾大人。"

贾大人头戴乌纱帽，身着墨绿官袍，挺着肚子，负手踱步进门："哪个是顾雪绛啊？"

"我便是。"

"三日前的栖凤阁失火案，已并入州府辖权内，刺史大人特派本官前来调查。刺史大人对受害者表示亲切慰问，同样送来慰问的，还有刑法司王大人，卷宗所刘大人……"

他一口气说了十余位大人。

程千仞一个都没记住，心想副院长、院判不管？督查队不管？学院的案子，何时轮到州府掌握第一调查权？难道那些大人物又做什么交易了？

贾大人向案后走去道："本官奉命取证，还请将三日前发生的一切从头说来。"旁边小吏极有眼色地为他搬椅子，拿出纸笔准备记录。

顾雪绛开始叙述，说得很仔细。

贾大人敲着桌子，时而敷衍应和几句。

"我进入三楼考间，发觉雨后楼内闷热，便除下外袍，与烟枪一并放在……"

"停，烟枪火折子出现了，记下！"

小吏闻言奋笔疾书。贾大人脸色略微缓和道："别怕，你也是受害者，我们不追究任何责任。重建栖凤阁、铺设阵法，也由州府出资出力。"

顾雪绛皱眉道："如果是我的火折子引火，应该先起烟，再燃火，但我们考间内，火是直接烧起来的。火势四下蔓延，才致浓烟。"

贾大人见他非但不领情，还敢质疑，耐着性子道："其他人没有这么说，只说不明白怎么就着火了。你觉得三楼有修行火系法术的灵修，体内灵气泄露，自身未察觉时引火？如今天地灵气凋敝，灵修愈少，何况大家进楼前都被封了修为。"

顾雪绛："我认为这是一起人为纵火案。毕竟多种符箓法器可以点火后自毁，根本留不下证据。所以不能从这个角度入手，应该先查……"

贾大人漫不经心道："好吧，我们会重视你的猜测，或许会写进结案文书里。但这没有证据，只有烟枪真实存在。"

顾雪绛怒道："烟枪烟枪就知道烟枪！你的意思是我纵火行凶，要烧死自己？！"

"大胆，本官与你耐心讲理，你竟然顶撞本官！"

贾大人冷笑一声，甩袖出门。

程千仞起身，掸掸衣袍道："慢，我送大人。"

与傅克己一战后，程千仞声名更胜。其实论修为，他排不进学院前十，论战力，亦不敢说数他最高。但他经历最传奇，最有噱头，须臾间被追捧为南渊第一天才，进出东门必有众人夹道围观。

州府官员们也曾观战复赛，贾大人认得他，却听说他性格狂傲，谁都不放在眼里。

此时被这样一位少年天才送下楼，面上不显，心中十分受用。

“大人辛苦了。”

贾大人摆摆手：“鉴于他也是受害者，州府出于人道关怀，不想追究。他若执迷不悟，再说什么‘人为纵火’，对他可没好处。”

“现在是双院斗法特殊时期，各方贵人云集南渊。一切该大事化小，小事化了，切莫让外人看笑话。这次又没人受伤，最严重的不过呛几口烟，烫点皮肉……”

“早日结案方能显出学院安定、昌州安定、南方大陆安定。有些年轻人啊，毫无大局观，怎么懂和平的重要性？”

没有证据的情况下，只能从人员关系入手查案，一番折腾，若查不出元凶，岂不显得州府无能？若查出不想看到、不愿得罪的元凶，州府怎么办？

程千仞不动声色道：“大人高见，却不知其他遇灾学生怎么想……”

“怎么想？坐他旁边的，春波台那位，说他考试时烟瘾犯了，趁巡考不注意抽烟，眼看要被发现，把烟枪藏在外袍下……”

程千仞知道顾二绝对干不出这种事。

“我可以见见那个学生吗？”有时证人会被州府保护起来。

“恐怕不行。他不是修行者，本身就体弱多病，这次受到惊吓，害了重病，已经申请长休沐，半年之内不会来学院了。”

程千仞心念一动：“多少人离院，事情严重吗？”

“只他一人。完全在控制内。”

程千仞：“原来如此，有劳大人。”

“听说你打算在文思街置办大宅？”贾大人见他孺子可教，乐意顺水推舟卖个人情，“本官手下管着房契税和过户落印，届时不必排队，来寻本官便是。”

程千仞再次谢过对方，他曾找掮客打听过地价房价，那些掮客人脉广，多半能搭上州府衙门的线。

贾大人受下一礼，很满意地走了。

若他知道这人做伙计时，能为讲价十斤面粉跟小贩称兄道弟，不知心里又是什么滋味。

听过程千仞转述，顾雪绛自言自语："怎么会呢……那个学生竟然没死……"

徐冉："啥？"

"应该准备一张引火符，一张自燃符。前者让那学生带进考场寻找机会点火，后者悄悄放在他身上。我能死，当然好。我死不了，那学生也死了，一为灭口，二为举告我考场抽烟，引火伤人。然后买通家属跪在学院大门口，摆花圈设灵堂，亲戚朋友大声哭丧，咬定南渊包庇凶手。"

"双院斗法时期，多少双眼睛盯着，学院能把他们都扣下？都杀了？当然是息事宁人，即使不给我定罪，也会将我开除学籍。一旦我离开学院……"

程千仞明白他的意思，对他们而言，南渊学子的身份是最强庇护。

"现在呢？大费周章，却只计划到纵火这一步，往后全无安排，以为在州府过个门路就万事大吉……"

他最后总结道："一点长进也没有！"

徐冉已经完全傻掉了，问："你、你整天脑子里都在想什么？"

"既然没有长进，我何必客气……"

程千仞仿佛看到一个中二晚期，背后燃烧着熊熊火焰。

林渡之有点担心道："你要做事，必须同我商量。"

恰逢楼下一阵喧闹，隐约传来喊声："文试复赛放榜了！"

顾雪绛站起身道："鹿，我们看看去。我答得特别好。"

试卷贴在藏书楼外的公示栏上，这是北澜队伍第一次展现文试水平，南渊学生迫不及待要"知己知彼"，青山院的武修们也来凑热闹。

"最左边那张，字很好看啊！"

"这写得是个啥，谁来念念？爷识字！就是他写得太乱了！"

"咱南渊今年时来运转，二十多人进入决赛啊。"

原下索再三叮嘱邱北跟紧他，但邱北走路慢，转眼就被人潮淹没不见。

他只得回身去找，人没找到，先看见高出一截的林渡之和顾雪绛。他们三人仗着身高优势，越过人山人海，成功碰面。

"你伤势如何？"

林渡之表情淡然地站着，顾雪绛负责对外交流："差不多吧。邱北没有来？"

"来了……挤丢了。你们那位程姓朋友没有来？"

"他练剑去了。"

"可惜。不然你喊一声'程千仞在此'，前面那些人高马大的武修都跑去看他，谁还跟我们挤，唉。”

督查队员赶来维持秩序，人群转眼散去大半。迎面走来的学生们议论纷纷。

“‘南山榜首’居然没有考第一，怎么回事啊？”

“听说他提前交卷了……”

原下索轻咳一声：“‘佛子’这张身份牌太难，换我抽到，远不如你答得好。”

林渡之淡然道：“‘间者’不易，何必自谦。”“间者”需要取得人类和魔族两方信任，题目条件同样苛刻。

看热闹的外行走了，大榜前只剩看门道的内行。他们主要研究别人的答题思路、先生批语。

林渡之答出八十五分的高分，去年复赛这个成绩可以夺得榜首，但今年邱北与他并列，原下索拿到了九十分。

顾雪绛更可怕，因为栖凤阁考生有十分加分，他以一百零五分占据第一名。

旁边有人认出他们，主动让出地方。却见林渡之气质冷漠，不得不打消搭讪念头。

顾雪绛遥指林渡之的卷面道：“佛子在最后的布局里，没有杀死魔王。这一点被扣掉十分。”

胡先生批语很简单：“魔王不死，人间难安，佛子终不成真佛。”

他凑近林鹿，压低声音：“你怎么会疏忽？一定是担心我，才会草草交卷，是不是？”

林鹿小声道：“佛子不会杀死魔王。”

“为什么？”

“如果他不能渡化魔王，成什么佛？但魔王没有心，如何渡化？这题我答不出。扣分不冤。”

两人心情放松，悄然退出人群，边走边聊，绕到藏书楼后的僻静花廊下。

林渡之无奈摇头：“我们题目是相对的，卷子也被放在一起比较。多半是你‘如何毁我功德’这一题答得太好，我才又被扣分……”

顾雪绛笑道：“现在我换个答案，不阻你救战场众生，不毁你功德。一面以万千凡人性命牵制你，一面开启‘梵云魔罗阵’杀你，你当如何？”

林渡之：“那你错了。生死何惧，我祭肉身救万民，九世轮回已了，功德圆满，佛子涅槃成佛。你当如何？”

顾雪绛一挑眉：“你成佛后去往诸天，我便在人间披你袈裟，颂你佛法，仿你神通，曲解你的典籍，蛊惑你的信徒，以你佛子名义兴我魔道，你当如何？”

“你不是成佛去了吗？还能回来不成？”

却见林渡之怔怔看着他，两行热泪滚落。

顾雪绛立刻出戏，拾袖为他擦泪：“我错了我错了，好端端的，哭什么。”

林渡之情绪激动，一开口又是蓬莱话，说得又快又含糊。

顾雪绛一句也听不懂，就算挨骂也认了，只轻声哄道：“我们回家吃饭好不好？”

“白灼芥兰笋尖西蓝花，凉拌青瓜苦瓜佛手瓜，都做你爱吃的。”

这次文试题目新颖，排在前十的高分试卷被学子们迅速抄录，装订成册。一时间许多拓印版、手抄版四处流传。

日暮时分，程千仞练完剑，从医馆后荒林走向东大门。只见道边廊下，处处有学生聚集，捧卷参详。

“顾雪绛这个答题思路，真令人不寒而栗。”

“却不知胡先生批语如何解？”

程千仞听见几个熟悉名字，忍不住上前：“叨扰，此册可否借我一观？”

学生们怔怔看着他。

忽有人喊道：“呀！你、你是程师兄！”

“送给师兄了。”那位拿卷册的学生脸色涨红，好像想说些什么，又不知如何开口，便向他行了一礼。

这就轮到程千仞慌了，下意识伸手去扶，回了个半礼，匆匆告辞。

他白得一份真题，边走边看，心想这届师弟真懂礼貌，刚被先生骂过吗？

并不知身后众人目送他走过转角，立刻炸开锅。

“天啊，他竟然向我借东西！”

“谁说程师兄‘年少成名，恃才傲物’，我看就十分亲切有礼啊。”

“马背武场上狂傲恣意，铁骨铮铮；私下里平易近人，不卑不亢，这才是我院第一天才的风度。且看今年决赛，谁还能说我南渊不如北澜。”

“哟！看什么呢？”

程千仞在东大门与徐冉碰头。原以为栖凤阁失火，必然影响顾二答题状态。眼下得知两个朋友都进入决赛，心情大好，拿着卷子给徐冉讲题。

徐冉听罢似懂非懂，总觉得哪里不对：“顾二能想到的，魔王怎么可能想不到……我们居然还活得好好的。”

程千仞笑："这题是问如何统治大陆，没有考虑魔王的意愿。他不像你我，需要挣钱买米。"

或许魔王根本不想征服大陆呢？或许他只想在宫殿里睡觉呢？孤独地永生已经很没意思了，何必还要费尽力气斗争？

徐冉不乐意了："你这个想法很危险，难道人类存亡全看魔王心情？！"

"当然不是。题目条件是理想状态，现实中，圣人可以移山填海，但会牵动天地气运，为了顾忌天道，他们不能妄动。魔王作为世间最强者，受到的限制只会更多。说不定他走出宫殿就被雷劫劈。这理由你能接受吗？"

徐冉恍然大悟："靠谱靠谱。"

程千仞：……我编的啊，老哥。

今天程千仞请朋友来家吃饭，有事商量。

顾公子提着菜来的，青青绿绿，好不鲜嫩。他还主动进厨房打下手，递刀洗菜端盘子，出奇地勤快。

林渡之低着头，默默地吃他夹的菜。

酒足饭饱，明月初升。

徐冉突然想起那些卷子，不是她好学，而是好奇，受不了话说一半，道："胡副院长的批语，到底什么意思？"

程千仞翻出顾雪绛的卷册，念道："世间皆乐，苦自心生，德怨两忘，恩仇俱泯。"

"先生这是劝我舍弃过往仇怨，享受眼前喜乐。难为他一片苦心……但他不是我，凭什么替我说原谅？"顾二瘫在摇椅上遥望明月，吞吐烟雾，笑道，"世上很多人不记仇，只是明知无能为力，放过自己罢了。"

程千仞知他执念已深，并不多劝，只道："那原下索的如何解？'侠义交友，纯心做人，去伪存真。'"

顾雪绛反复琢磨几遍，问林渡之："不像赞许，倒像告诫，你觉得呢？"

林渡之蹙眉思考，丝毫不显白日里哭过一场："此人因棋成名，有三场对弈棋谱广为流传，我也曾看过。经过这几次见面可以确定，其争胜之心，远胜原上求。"

程千仞："争胜之心？"他本以为，原下索是北澜队伍里最温和通达之人。

林渡之："准确来说，是杀心。"

徐冉嘀咕："看他脾气挺好的。莫不是先生看错？"

程千仞摆摆手："我信鹿。大家以后防备点……说正事吧。"他拿出账本摊开，"之前我在'金堆玉砌'的盘口下注了五十两，赌我们都能进入决赛，赔率不高，只赢回二百两。加上顾二写‘闲话皇都’挣的银子，徐大收的保护费，我从前的积蓄……抹去铜板零头，一共一千二百六十两。”

这本“公账”由学算经的程千仞打理，明细账户、支出、收入、结余都一目了然。

徐冉对积少成多没概念，听见一千就惊呆了：“一夜暴富？！从此兄弟们大碗吃酒肉，大秤分金银？”

程千仞：……水泊梁山，南央好汉？

他又摊开一张三尺见方的草图，示意大家来看，图上寥寥几笔，勾出街巷房屋的轮廓。

“这个三角标记，是明镜阁。我们原先商量要买的宅子在它斜对面，画了圆圈。”

文思街处于繁华地段，闹中取静。除了明镜阁，还有十余座风雅小院，若是熟客，夜间轻叩院门，会有丫鬟提灯迎接，出几个对联诗文，作答后付了夜度资，便能进门见“小姐”。

再风雅隐蔽的娼馆也是娼馆，自从这条街成为花街柳巷，寻常人家顾忌门楣声誉，陆续搬迁。程千仞相中的宅子就是座废弃已久的荒宅，三进三出二十八房，已归属州府田户所有，估价一千两。在寸土寸金的南央城，算是极便宜了。

从前教养逐流，他绝不会考虑这里，但是现在，他和朋友都不在意什么名声。

“根据掮客的消息，这座宅院旁边三户都可以考虑。东边这家搬走时，房契地契押在城南典当行，是死当，当铺掌柜说五百两转手；还有这一家，开价四百两，也不算贵……我的意思是，不如将旁边三户一并买下，所有院墙打通，合为一座大宅。”

“整体翻新重建、置办家具、铺设阵法……算作一千五百两，这是粗估，得再挣两千五百两，才算稳妥。”

“如果我们都能进入前二十，会有一千二百两。顾二的册子惹麻烦，别写了，靠赌坊进账吧。决赛抽签之后，想办法把赔率拉高，不如放出消息，说我被傅克己重伤，一时半会好不了，有弃权打算，然后我再押自己……”

“啪嗒啪嗒。”

气氛沉默，只有程千仞打算盘声和说话声。

徐冉缓过神，指着草图，问：“你要买下半条文思街？！”

林顾二人也被他反常的大手笔震住。

程千仞定睛一看，还真是。

他摸摸鼻子道：“这……这是个意外，文思街挺小啊，不如改叫文思巷。”

秋风萧瑟时节，并非每个人都有南渊四傻的好心情。

前线战报从朝光城传来南央，半个时辰后，胡易知在藏书楼迎来一位访客。

少女着盛装，簪凤钗，极为端庄郑重。

微服夜游、出席双院斗法开幕，甚至开恩典请众多百姓入院观礼，她自北方南下，做得每一件事，都彰显着皇族的存在感，即使此地是天高皇帝远的南央城。

胡易知明白她真正的来意，却只不动声色地等，直到今天，温乐坐在他面前。

“殿下，不如我们直接一点。你为哪位皇子而来？”

当今圣上有四位皇子，两位公主。温乐最年幼，所有人看着她长大，顺理成章地给予万千宠爱。胡易知也很想知道，涉及权力，这位小公主会选择谁。

“皇姐托我问候先生。我只为她而来。”

胡易知叙旧一般问道：“许久不见，长公主可好？”

得到答复，他轻轻点头，下一句就令温乐变色：“长公主想做女帝？”

“绝没有！皇姐曾说，无论父皇立谁为太子，她都会尽心辅佐。”

安国公主是皇帝第一个孩子，提起她，人们最先想到贯通大陆南北的“安国大运河”。东征之战后，王朝将星凋零，她驻守白雪关十年，展现出惊人的军事天赋，执掌东境一半兵权。

“南渊不问朝堂事，殿下不知？”

“今时不同往日，东境战事频发，王朝再经不起党争内耗。”

“想要稳定，何不等首辅远行归来？”

温乐沉默片刻，轻声道：“如果……大人不回来了呢？父皇曾南征北战，开疆拓土，也赢不过时间，何况是比他年长的大人。我以为，不能将所有希望寄托于一人之身。”

“我的眼界与能力只在末流，皇姐却不同。”

她开始分析朝局，越说越镇定。胡易知垂眸饮茶，好似认真倾听，眼神却有些飘忽。

末了温乐说道：“不管皇姐作何决定，我都相信她的眼光。希望先生与南渊，在必要的时候，也可以给予她某些帮助，以定大局。”

胡易知放下茶盏：“建安楼的灵犀花好看吗？”

温乐一怔：“很好。”却不知对方为何这时提起。

胡易知笑了：“圣上喜爱你，每个人都喜爱你。这场战争，无论是谁赢得最后胜利，都会继续为你栽花护木。你只需站在楼中赏花，何必去问楼外风雨？”

“如今南渊之处境，恰与殿下相同。”

温乐明白了他的意思，不禁脸色微白。南北两院培养着全大陆最顶尖的人才，底蕴深厚，乃国之重器，权力更迭无法动摇它们的地位。抵抗魔族时，学院尽心尽力，不代表南渊关心掌权者姓什么。

“您身下这把椅子，安山王也坐过。他的亲兵要从琅州封地进入皇都，必经南央城。而南央护城阵法的中枢，就埋在这座楼里。很多年前，他就来找过我。那时我没有选择他，今日也不会许诺你。”

温乐怔然，不知该遗憾，还是该松一口气。

却听对方问道：“恕我冒昧，殿下来南渊，真的是长公主授意吗？”

她呼吸一窒。

“安国人在东境白雪关，你却南北奔走，为她四处游说结党。”

胡易知叹气：“你不是支持她的选择，是想逼她做选择啊。”

温乐霍然站起，身形颤抖。

胡易知送走客人，院判自屏风后显出身形。

“你啊，就会把累活儿推给我。”

楚岚川为他重新泡茶：“比安山王好对付。”

胡易知笑道：“到底是小孩子，沉不住气。胆子倒很大，竟然揣测首辅的心意。”

他们站在窗边吹风。

天光渐暗，夜色降临，明月浮出云海，垂照大地。

楚岚川做了很多年院判，着黑衣佩腰刀，气势冷厉。

“你今天说的，楼中赏花，不见风雨。我不同意。”

藏书楼很高，云雾缭绕。俯仰之间，九天明月触手可及，地上万家灯火却好像一副渺远画卷。

“你可以站在高处，但不要忘记南渊仍在人间。乱世之中，谁能独善其身？”

“正因为南渊在人间！”

素来温和的书生拂袖转身，夜风盈满袖袍。

“它和北澜不一样，不侍皇权，忠于真理，除非明日大陆沉没，星辰坠落，否则我们永不选择。这才是南渊千秋万代的根基！”

“不说也罢，何必动气。走吧。”

胡副院长自知失仪，轻揉眉心：“抱歉，我一个人静静。”

院判：“打牌去吗？”

“……”

“打不打？”

“走。”

送走朋友，程千仞收拾桌椅，打扫院子，将画有新宅标记的草图收好。真元在体内运行一个大周天，他发觉伤势已经痊愈，真元甚至比以往更凝练。

“我果然皮糙肉厚。”

挨过宋觉非的鞭子都没死，这样一想，傅克己的剑也没那么可怕了。

他开始打坐冥想。不知为何，今夜没有再睡着，更没有梦到逐流。

第二日抱剑出门，气息微乱。破晓时分，街巷行人稀少，一路无事。程千仞便没有在意。谁知入学院后惹出麻烦，他周身威压越来越不受控制，遇到的人都慌忙避开，然后远远观望，窃窃私语。

最后他被医馆外巡值的督查队员拦下，所幸林渡之及时下楼，将人带走，围观众人才散了。

“这是怎么回事？”

林渡之却不把脉，出手如电拍他肩膀，程千仞没有防备，耳边顿时响起缥缈歌声，好似梵音吟唱。

声音散去时，朋友们的面容重新清晰。

林渡之笑道：“恭喜千仞，快要突破了。我念佛偈先帮你理顺气息，好平复威压。”

程千仞点头：“多谢。或许是与傅克己对战有所领悟，因祸得福。”

顾二破天荒没瘫着，立在窗边抽烟，突然开口：“算起来，你才练剑半年不到？”

照这个修行速度，“南渊第一天才”真不是那些人起哄瞎叫，程千仞早晚名扬天下。但这是好事吗？

他想起春日雨夜，对方的修为封印被宁复还解开，一问三不知的样子。

“慢一点吧，基础打扎实。”

程千仞没觉得哪里不对：“水到渠成的事，又不是天上掉银子。决赛快开始了，大家好好准备。”

说完他就练剑去了。

徐冉高兴之余有点失落：“我什么时候突破啊，千仞甩开我一大截，以后还怎么一起过招。”

她的刀法越来越熟练，招式越来越凌厉，境界却卡在炼气大圆满停滞不前，已有半年光阴。

顾雪绛已无法给她更多指导，只说差点火候。

“什么是火候？”

紫衣公子吞云吐雾道：“有时是一场战斗，有时是一个人。或者檐下听一场雨，路边看一朵花。”

徐冉沉默良久：“我不明白。”

顾雪绛只能叹气。

这是她修行道路的第一个门槛，必须自己跨过去。

往后几日，决赛通知还没有下来，徐冉已变得暴躁易怒。

她足够坚韧，个性好强，不会被任何事打垮。但这是武修的通病，渴望力量，耐心有限，瓶颈久不破，就容易陷入自我怀疑。

路上听见有人议论说闲话，一个不顺心就要拔刀。

程千仞邀她过招，她打到一半就掷刀不打了。

林渡之念佛偈给她听，收效甚微。

“我不是武修，吐纳修行顺其自然，没有瓶颈。”

林鹿也很苦恼：“心意不宁时，我便看书，来，这个借给你。”

他拿出一本《妙法莲华经》。

徐冉：“这……我读不进去这些。”

林渡之担忧地看着她：“那你怎样能好受些？”

徐冉突发奇想：“你让我揉一下鹿角吧。”

“啊？”

徐冉摸了一把他的青玉发簪。

顾二觉得这样下去不是办法，第二天午饭时，他对徐冉说：“为了能让你通过‘军事理论基础’课的年末考试，今天起我给你讲解兵法，考校经典战役案例。先考考你基础怎么样……”

李先生的课徐冉一节都没听过，当然一字答不出，只能拼命给林渡之使眼色，祈求他帮忙。

林渡之还是懵懵的，道：“啊？”

徐冉仿佛在他脸上看见“我什么都不知道，我只是一只鹿”，不禁心生绝望。

顾二慢悠悠地抽烟道：“不学也行，大不了就是考不过嘛，明年你在李先生手下再熬一年，我和程三先行一步。明年考不过还有后年，什么时候毕业随缘分嘛。十年后我带着鹿再来南央看你……话说李先生身体康健，继续任教二十年不成问题。”

徐冉快哭了："学！我学还不行吗！"

可是程千仞分明看见，林鹿唇边一闪而过的笑意。

唉，世风日下，"鹿"都不是"正经鹿"了，社会完了。

这一日双院斗法决赛名单正式公布，武试因为大混战的缘故，仅三十四人进入决赛。文试还算正常，起码有四十人。参赛者被通知去勤学殿抽签。徐冉终于从背书做题的恐惧中解脱。

尽管决赛已经是个人赛，两院依然互相防备，站位泾渭分明。大家在院判的眼皮底下挨个抽签，忍受强大气场压制，更觉时间漫长。

不仅是殿内众人，上至南北两院、半个修行界，下至南央城街头巷尾、各大赌场，都焦灼地等待着他们的抽签结果。

南渊禁赌，却不能禁学院外的赌局。赌场只等消息一到，便第一时间算赔率，开盘口。

徐冉没听懂规则。程千仞低声讲解："一轮抽签赛之后，获胜者进入挑战赛。学院会评估我们的战力，给出排名，排位靠后者若不服，可以向排名靠前的发起挑战。"

"要是我被很多人挑战怎么办？能接几场？"

"一场，必须接离你排名最近的。"

忽然周遭一静，两人正对上院判冷刀似的目光。

执事声音颤抖地重复道："三十二号抽签。"

原来又是倒着抽。徐冉神经大条，上前随便摸了一支签。

执事高声念道："八号出列。"

一阵沉默。金玉华服的北澜学子间，走出一位布衣少年，吊儿郎当，腰间细剑摇摇晃晃。

决赛迎来第一个爆点。因为双刀徐冉抽到了青雨快剑原上求。

按规矩两人应该相对见礼，全场瞩目下，徐冉已经弯腰，却见对方只勾唇笑了笑。

她不乐意了，转身就走。

原下索对兄长所为无奈地摇头，幸好遇到徐冉，换了别人被如此怠慢，必行大礼以示自身品行宽仁，反衬他失礼无德。

南渊四傻没想这么多，满脑子都是"啊啊啊啊啊"。

顾雪绛看着鲜红的八号签道："程三，这个用你们家乡话怎么说的？我记得有个专门说法。”

程千仞很懵，问：“我家乡话？越塔送人头？”

徐冉：“八……八的傻瓜？”

程千仞：“……”

顾二：“对！你能抽到他，不就是‘八的傻瓜’吗？”

徐冉：“你别乌鸦嘴啊，万一我能赢呢！”

林渡之：“心态稳住，只要千仞不抽到傅克己，我们就有希望！”

程千仞：“别毒奶啊。”

抽签继续进行，殿内私语声此起彼伏，一盏茶过去，傅克己依然不动如山。

程千仞承载着朋友们的期望面对签筒。

“十八号出列——”

他们松了口气。

是位一起打过马球的师兄，大家当过队友，也算熟人。

两人见礼后，刘镜拍了拍程千仞肩膀，以示鼓励。

此时站在殿内的参赛者皆为两院精英。不像外界追逐噱头，盲目吹捧“第一天才”的吃瓜群众。

“竟然抽到刘师兄，胜负大概五五开吧，谁胜都不好。”

“勉力获胜的一位，也没力气再去挑战赛了。可惜。”

顾雪绛解释道：“去年参加过双院斗法的师兄们，比如周延、刘镜、张越云等人，一般战术稳重，决赛之前隐藏实力，让人看不出深浅，将底牌杀招留到最后。总之他们会在毕业前的这次比赛中拼尽全力。你看他周身威压不露，但我听说他已是凝神境……”

“不过没事，你也快突破了，胜负五五之数，还是比抽到傅克己强。”

四傻正暗自庆幸，忽又听一阵喧哗。院判闭着眼似在假寐，任由大家低声争论。

原来傅克己抽到了周延。周延去年决赛打进前十，南渊懂行的武修都期盼他今年能进三甲。

“这场能赢吗？”

“悬吧。”

“我南渊签运怎么回事？战力卓越的几个，要么抽到劲敌，要么抽到同院人！”

“只能等挑战赛扳回名次了。今年我们做东，起码要比去年强，前十占五位才不算跌份。还有三甲，也必须占一个吧！”

大家忧心忡忡地等，谁知到了文试抽签，南渊的运气又回来了。

顾雪绛与林渡之先后抽到稳胜局。邱北竟然抽到原下索。南渊学子恨不得大声欢呼，顾忌场合，只能用眼神彼此拥抱。

殿上见礼的两人倒很是淡定。

一上午过去，综合来看，两院签运半斤八两。

百余位督查队员鱼贯出殿，将对战安排张贴于学院各处，消息飞速传出去。半个时辰内，单城南“金堆玉砌”一家赌场，就有三万两赌资入局。一个时辰后，飞凤楼里的说书先生已经编出新故事，为茶客罗列决赛看点。

整个南渊沸反盈天，只有西北角某座客院安静如故。

白玉玦看着庭中葱郁青松，心思却不在秋景，也不在即将到来的决赛。

“傅克己那天为什么会去？问清楚了吗？”

屋里六七人，大多比他更烦躁，正来回踱步，坐立难安。

陆裘应道：“还没有，他没接我们的请帖。”

“糊涂！帖子当然不能下给他，你应该给原下索。”

“好不容易铤而走险一次，谁知半路杀出个傅克己。”想到此人与一位卑微剑侍说话，却丝毫不给他这个主人面子，钟天瑾郁气难消，“你家的几位供奉难道胜不过他？那天为什么要退回来？”

白玉玦冷笑道：“能胜又如何，他是剑阁大师兄，圣人亲传弟子，与他为敌意味着与剑阁为敌。这件事情，你还想让更多势力牵扯进来？”

大家都明白，只要烟山上那位圣人一天不死，剑阁就还是天下第一宗门。

难挨的沉默中，有人心慌丧气道：“机会难寻，再次布局需要时间。怎么办……”

白玉玦放下茶盏，指尖微颤：“其实有一个最简单的办法。离开南央之前，请花间雪绛赴宴。大家走明路了结恩怨。”

张诩摇头：“就算我们可以设法脱身，免于南渊学院问责压力，但他怎么会来送死？请再多中间人，写再长求和书，他看一眼便知是鸿门宴。”

白玉玦缓缓道：“难道你们忘了，他是什么样的人？”

众人细想旧事，心惊之余明白此法可行，又生隐秘喜悦，一时无言。

钟天瑾忽问：“唉，那个程千仞查的怎么样？我听说他要突破了？”

陆裘想了想，说：“他出身东川边镇，从前穿衣寒酸，话少老实，不合群，脾气好，被人当面嘲讽也能忍，在一家面馆做过伙计，好像家里还有个弟弟。他邻居见过，长得很好看，后来不知去向……”

钟天瑾不耐烦地打断："什么乱七八糟的，说重点。"

"没有重点。他一夜悟道之后，性情大变，行事狂傲嚣张。这些你们都看到了。"

白玉玦回忆起那把与克己剑争锋的旧剑，不由皱眉道："他的剑法师承何处？"

陆裘："有人说是胡副院长，程千仞在算经课以威压伤人，闹得全南山后院都知道，胡先生亲自出面带走他。"

钟天瑾："剑法不重要，我看他打马球就觉得不对劲。一个东川人居然会打马球！"

"马球应该是花间雪绛教的。他这三个朋友，都很难对付。不管用什么方法，必须让他赴宴时只身一人，否则大事难成。"白玉玦微笑道，"真希望他保持从前作风，刀山火海也敢单枪匹马地闯。"

徐冉与原上求的战斗是决赛第三场，留给她的准备时间只有五天。

别人越说她赢不了，她就越想赢，躲在青山院没日没夜地练刀。

程千仞见她状态不对，出剑打落斩金刀，把人带去林渡之的诊室。

"让顾二给你讲讲青雨剑，知己知彼，磨刀不误砍柴工。"

徐冉现在脑子里只有一道刺破雨帘的剑影，问道："你们说，青雨剑到底多快？真比我的'日出'更快？"

顾二："闹市杀人，无人能见。"

徐冉："什么？"

"这不是我说的，原上求去皇都之前，以快剑于青州成名，全青州人民送给他的。"

顾二："复赛你与他对招，有没有注意他的剑？"

"剑身狭长，滴雨不沾，与我斩金刀相击时，剑面有微光亮起，像一堆鬼画符，看着就眼晕。"

"那是邱北刻下的二十八道破风符文。注入真元后，连成一个破风阵法，使剑更轻更快，威力也更强。"

顾雪绛娓娓道来："青雨剑属寒，且剑路诡谲，专克你炽烈至极、刚猛霸道的斩金刀。原上求这个人，发疯起来出招没有章法，尽是杀招。你不要与他以快打快，更不能以伤换伤。"

"还记得你与钟十六的战斗吗？像那次一样，我们得动脑子，讲策略。"

徐冉点点头，皱眉不说话。

程千仞知道她心结所在："说不定这场决赛，就是你的突破契机。你放手去打，无论输赢，都是好事。如果打完火候还没到，便只当添油加柴了。”

徐冉终于笑起来：“好！”

她该吃肉吃肉，该喝酒喝酒，还看了决赛的前两场比斗。

这一日轮到她上场。

演武场被人群层层围住，四面看台座无虚席，甚至有人连夜占座位。

辰时渐近，北面看台上的大人物们陆续入座，两位主角却迟迟不见人影。当值的一众执事汗如雨下，立刻派督查队员四处寻找。

徐冉正在医馆与相熟的女医师聊天，把姑娘们迷得晕头转向。

她平时穿院服，只用红发带束起高马尾，今日却换了件崭新的红色骑装，其上金线刺绣熠熠生辉。

程千仞在锦绣庄为逐流订过一批衣料，没等用上，弟弟便被他送走了。于是他带朋友们去置办行头。徐冉得到这件骑装后，一次没穿过，今天才舍得拿出来。

“天啊！你穿上这身衣服，更威风了！”“我看你一定能赢，全院你最厉害！”

徐冉神采飞扬：“哪里哪里，院判之下，学院第二而已。”

顾雪绛今早听到了一个坏消息，原上求很可能因此发疯拼命。他本想劝徐冉弃权，话到嘴边，只变作一句：“好好打。”

程千仞昨晚去“金堆玉砌”下注，默默押五百两买朋友赢。现在见她这副样子，心想赌输也认了。

徐冉背负双刀，迎西风走向演武场中，山海般的欢呼声淹没了她。

客院马厩边，一群人围着布衣少年。

“发生这种事，大家都很遗憾。”

“想开点，月有阴晴圆缺，驴有旦夕祸福嘛。”

原下索见他们说来说去，就是说不到点子上，急道：“你先安心打决赛好不好？我在这里照顾它。”

原上求被吵得心烦，霍然拔剑：“整个马厩都好好的，为什么只有大花生病？谁害我大花？！”

人群顷刻作鸟兽散。

原下索很无奈：“南北气候差异大，体质稍弱的人都会水土不服，何况是驴？走了，没人闲到害驴。”

“一起去。我在台上打架，速战速决。你在台下照顾它，别让它离开我的视线！”

于是金衫白面的书生右手持折扇，左手牵着一头病驴，出现在演武场边。

“你们今天不让它进去，我也不打了。”

因为原上求的坚持，双院斗法迎来历史上第一个非人观众。原下索顶着各色惊奇目光，淡定地把驴牵进看台第一排。大花无精打采，垂头丧气，一步三喘，周围人昧下良心也夸不出“神骏威武”四个字。

开阔的演武场中，徐冉独对西风，红衣如火，气势凛然。

她的耐心已被消磨干净，只剩越烧越烈的战意。

时间一分一秒流逝，四周喧闹渐静，更漏滴答声清晰可辨。

就在程千仞与顾雪绛相视皱眉，怀疑这是对方的某种战术时，对面人群蓦然爆发欢呼，原上求终于现身了。

布衣少年抱臂漫步，神色不耐，腰间挂剑摇晃，时而发出“当啷”脆响。

万众瞩目下，两人相隔十余丈站定。原上求忽然挑眉一笑：“你穿成这样，是要嫁给我？”

他不笑时眼尾低垂，面目阴沉，笑起来露出尖利的虎牙，又无端显得邪性。

这句轻薄调笑，全场都听得一清二楚，却无一人发笑。

徐冉同样愣怔一瞬。

自从她在青山院打出凶名，谁还敢因为她是个女子出言不敬？

她缓缓抽出长刀：“你记住今天。老娘是来教你做人的。”

原上求舔了舔犬牙，忽然拔剑。

“咄！”

青雨剑化作一道流光飞出，剑尖钉入青砖缝隙，狭长剑身微微摇晃。

少年对裁决喊道：“喂，十招之内夺不下她的刀，算我输。”

他竟然弃剑了！

四下哗然。

“他说什么！要赤手空拳夺斩金刀？”

“老子花了二百两买他赢，谁知道他现在发疯！”

好生自大荒唐，青山院的武修们放声大笑，笑声震彻云霄。

“徐冉！还等什么？砍他！”

或许是自持身份，北面看台那些境界高深、经验丰富的大人物们没有做声，只神情严肃地凝视场中。

“轰——”

凄厉破风声压下所有喧闹，演武场被斩开一道金光通路，徐冉人随刀至，眨眼间掠过十余丈。

刀刃直逼面门，原上求纹丝不动，一缕额发随劲风扬起。

下一瞬，他身形虚晃，凭空消失。

顾雪绛的话在徐冉脑海中一闪而过。

“他的身法与剑一样快，如果你找不准位置，立刻收刀防身。”

但她已忍耐太久，战意与怒气均在巅峰，一刀斩下决无转圜余地。

当即手腕一翻，身前划出一道弧光，刀锋过处狂风肆虐，金光嗡鸣，尘埃飞扬。

徐冉以自身为中心掀起巨大风暴，笼罩半个演武场。

众人从原上求的消失中回神，高声叫好。

就连北面看台，也有剑阁长老感叹道：“好个‘横扫千军’，竟得三分真意。”

另几位出言附和，谈及“女子练刀不易”“尤其刚猛刀路难得”云云。

程千仞却低声道：“不好。”

他们预算过凝神境速度的极限，最多瞬移二十丈，只要徐冉刀势覆盖超过这个范围，哪怕是一丝刀意，都可以打断原上求的身法，逼他现身。

然而此法极耗真元，一开始便被否决。境界之差导致真元差距，她不能再比对方消耗快。

徐冉后背微凉，忽生警兆！一丝森寒杀意如游蛇般攀上她肩背。

众人眼前一花，只见原上求瞬息出现在她身后，抬掌拍下，忍不住惊呼出声。

“当心！”

徐冉已飞速旋身，长刀倒转，向他手掌刺去！

电光火石间，十余道寒冷而暴戾剑气自八方袭来，织就天罗地网，封死她周身各个方位！

“哪来的剑气？”

“他怎么做到的？”

众人的惊叹疑问充斥程千仞双耳，他心思飞转，原来对方失去踪影时，剑气已然覆盖台上，只等此刻一齐引动。

徐冉危险！

“铮铮铮铮——”

十二刀毫无间隙，撕裂大网，剑气破碎声连成一道清越长吟。

但同时原上求五指成钩，刺穿徐冉护体真元，铁爪般扣进她肩头。

少女的面容因剧痛扭曲，唇间爆发一声厉喝：“日出——”

刀光冲天而起，仿佛所有云朵消散，天地间光彩陡然明亮！

原上求的身影在煌煌烈日下时隐时现，显得渺小至极。

这是她最负盛名的一刀，整个南渊无人不知。

看台前几排，人们甚至感受到身下石阶微微颤抖——演武场防护阵法竟被撼动了。

人群爆发惊天欢呼。

她必将扭转乾坤！

只有程千仞和顾雪绛面无血色。

他们的计划中，这一招要定胜负，而不是脱困。

最坏的情况还是发生了，徐冉被发疯的原上求激怒，开始与他硬拼真元，正面厮杀。

顾雪绛道："从他弃剑那一刻起，我们对这场战斗所做的一切构想、所有安排，都成了空谈。"

现在只能靠徐冉自己。

烈日当空，原上求足尖一点，身形如断线风筝，倏忽远逝。他疾退，一退就是十丈。

徐冉乘胜追击，猛然扬腕，长刀飞掷而出，一往无前。

原上求忽然笑了，他再次于众目睽睽之下消失。

程千仞瞳孔微缩，以他如今目力，勉强看清一道残影迎向刀锋，方才刺进徐冉肩头、犹带鲜血的修长五指伸出，竟要赤手去接斩金刀！

"轰——"

刀身裹挟的真元炸响，金光暴涨！

光芒敛没后，众人只见原上求抄刀在手，刀柄似被一层浅青色雨雾覆盖，炽寒相激，白雾袅袅。

而他右臂皮肉翻卷，血水狂涌，浸透半边衣衫。

惨状慑人，全场一片死寂。

唯有他疯魔般仰天大笑："美人赠我金错刀——"（注：张衡的《四愁诗》）

笑声震地穿林，惊起太液池白鹭纷飞。

他当真在十招之内，夺下了对手的刀。

徐冉掷刀的同时，一手探向背后，断玉清鸣出鞘。

失刀没能击垮她心神，反令她怒火更盛。

“山来！”

她提气飞奔，点地一跃，陡然纵身十尺！

无比强大的刀意溢散而出，随她身形拔高，如连绵山岳拔地起，直冲摩天！

原上求扔下长刀，凭空伸手：“剑来！”

远处青雨剑似生灵性，厉鸣一声，剑尖挣脱泥土，破风而至！

四面看台静默，仿佛在这一刻，所有人都感知到他们的心意与战意——

同是重伤，同样不知痛楚，不畏生死，那就看谁更快更狠，命更硬。

今天秋高气爽，晴空万里。

青雨剑凌空飞渡时，却有凄厉风雨声响起，演武场温度骤降。

当头斩下的刀锋如玉山倾颓，原上求恍若不见，手腕一翻，立剑于地。

剑上符文闪动，无数道剑气自微光中迸射而出。

众人忽觉丝丝凉意浸透骨髓。

“下雨了？！”

青雨剑上符文越来越亮，细密的剑气像细碎星辰、银色雨丝，四野飘飞。

自他上台，只凭身法、剑气与对方近身战，直到此刻才真正施展第一剑。

泼泼洒洒一场疾雨，要为天地拂尘去垢。

不过须臾，烟尘退散，山岳气象无声溶解。一地青砖在碧云下泛着白光，如积水空明。

藏书楼上，打牌的胡先生似有所感，兴致盎然地推开窗户。

“‘空山新雨’对‘山来’，恰到好处。”

“可惜戾气太重，损了空灵渺远的剑意。”

雨势未减，又见台上狂风大作。

徐冉被剑气逼落，须臾不停，使出“云破”“风起”两记连招。

程千仞忽然开口，一声呼喊卡在喉间。

已经迟了，青雨剑借漫天狂风隐匿，悄无声息地出现在徐冉背后。

她只来得及微微侧身，避开后心。

“铮——”

高速利剑的巨大冲力，一瞬间穿透肩胛骨，没入青砖，将她钉在地上。

“啊！”

剑上真元在血肉中爆炸，徐冉咬牙回头。

这是她第一次离这把剑如此之近，甚至能看清那些精密无比的符文。

原上求步步走近，忽一招手，青雨剑飞出，带起一蓬血花，雨雾般落了满身。

他微微俯身，声音很轻，恶意昭然："你无法同时拿起双刀，你根本赢不了我。"

喧嚣震天，场外裁决开始倒数。但徐冉只听见这一句话。

程千仞一剑砍在门上，试图破开防护阵法，七八位督查队员联手压下他。

"还等什么？救人啊！她要没命了！"

谁也没想到，决赛开始不久，便迎来这等惨烈场面。恐惧之下，没有人为胜者欢呼。

原上求提着长剑向场边走去，一路血迹蜿蜒，人群避之不及，好似地狱恶鬼。

为了将血水洗刷干净，下午的比斗不得不推迟到第二天。

几日过去，关于这一切的讨论声依然铺天盖地，却很少有人再见过徐冉。

"我早就想过会输，只是没料到会输得这么快。可见命运也是欺软怕硬，你越怕什么，它越送什么给你。"

这是徐冉康复后说的第一句话。她的眉眼笼在冰冷月光下，显出淡淡倦意。

程千仞差点打翻酒碗，再看顾二和林鹿，也是一脸活见鬼的样子。

以徐大的粗神经，居然总结起人生道理了。青雨剑给了她多大心理阴影。

深秋时节，寒意瑟缩，南央城夜色依然浮华而温暖。金光照耀下，楼阁重重，车马匆匆，舞乐靡靡。

南渊四傻在程千仞家屋顶对月喝酒。

别人坐锦衾，他们坐冷瓦；别人听丝竹，他们听秋虫。

一穷二白不外如是。

一场比赛的输赢、无孔不入的流言不算什么，他们都陷入过更糟糕百倍的绝境。

徐冉只是想说些话：

"我刚来青山院时，心慌自卑，又怕被人看不起，第一天就跟对面班打了群架。我刀术课的先生说，'月圆则缺，水满则溢，凡事最怕圆满，圆满就是走到头了。你事事都想求十全十美，要做第一不做第二，这性子以后怕是要吃亏。'后来他又说过几次，我都不明白。我不服。"

朋友们就静静地听她说。

"金玉双刀，排在'神兵百鉴'第四十六位。随家中先辈战千军万马，传到我这儿，连个疯子都打不赢。疯子说得对，我不能同时拿起双刀。"

"烈阳刀本来传男不传女，可谁让我家死得只剩我一个了呢？"

顾雪绛刚开始指导徐冉修行时，就对她的双刀颇有微词。

“男子武脉较宽阔，女子则更为柔韧，各有所长。如果练秋水剑之类的功法，你的武脉是优点。但你练了天下至刚的刀法，这就成了先天缺陷。”

徐冉挠头道：“我知道啊。”

顾雪绛气得直抽烟。

“你非要继续练，也行。我给你指条明路。等你突破凝神境，真元数量足够，将体内真元一分为二，一道控制‘斩金’，一道控制‘断玉’，方可左右开弓，挥洒自如。”

“‘凝神’之前，你就老实用好一把刀，别想着同时拿两把，武脉受不了。”

徐冉现在右臂缠绕绷带，被林渡之嘱咐一个月不能用刀。

比起受伤，没能突破才是最坏的结果。

“我娘死之前对我说‘以后只剩你一个人了，要用功练刀，按时吃饭，拜师学艺，多交朋友。忘记这一切，替我们好好过完一辈子。’不说翻案，不说诛杀奸臣佞党，洗刷冤屈重振门楣。因为他们知道我做不到吧。我拿不起双刀，什么也做不了……”

顾雪绛闷头抽烟。林鹿小声说：“我觉得不是这样。”

程千仞仰头喝完一酒碗：“打住，这里就我养过孩子，我最有发言权。我在东川的时候，也给逐流说过，哪天我要出事了，你就跑，先活命最重要。”

“谁规定背着血海深仇就得活得苦大仇深？人生好长，他要是过得不好，我做鬼也不开心的啊！”

徐冉不知想起什么，突然放声大哭。林鹿轻轻拍她后背。

程千仞又灌自己一碗道：“大义、荣辱、仇恨，重要吗？当然重要，多少人不惜为之一死。但在你爹娘心里，都抵不过对你的爱。他们活着的时候，想把最好的一切给你，他们死后，又怎么忍心让你孤独痛苦地活在世上？”

“所以啊，用功练刀，按时吃饭，多交朋友，你能做的事情很多。一天做不到没关系，十年、二十年、一辈子，总会有个结果。”

徐冉慢慢哭完，哽咽问道：“真的吗？”

程千仞：“骗你干吗？”

程家鸡汤，包治百病。

“我还有最后一个问题。”她抹干眼泪，气势一振，“你没下注押我赢吧？”

程千仞：“没有没有。钱在，宅子也在。”

千金散尽还复来嘛。

徐冉被林渡之送回家，他周身气息平和，可使人心意安宁。

程千仞确定他们走远了，问顾雪绛："从前我杀人杀魔杀水鬼，都是为了活命。他与徐冉无冤无仇，何必下死手？"

"你不能拿正常人的逻辑与道理，去理解一个疯子。"

程千仞想了想，好吧，穿越之前的法治社会，精神病杀人还不犯法呢。

这个世界里，有人辛苦地活着，有人想疯就疯。

顾雪绛打量他道："你想做什么？不要冲动。"世道变了，居然轮到他劝程三别冲动。

"她自己输的要自己赢回来，我不喜欢谁代表我，也不会去代表谁。"程千仞站起身，"我只是受够了。"

徐冉的伤，顾雪绛收到的鸿门宴请柬，走在路上围观的众人的各色目光，最近发生的一切都让他感到烦闷，像胸口烧起一把火，不断消耗着赖以呼吸的空气。

程千仞恍然发觉，原来从莫名其妙变成修行者的那晚，送走逐流的那天，这把火就烧了起来。

厌倦穷途末路搏生机的东境，到南央为了过安乐日子，他开始习惯被人安排，被所谓的命运安排。

但现在他不愿意习惯了。

"我要看看这欺软怕硬的东西，能拿我怎么样？！"

顾雪绛只见他立在冰雪似的月光下，风满袖袍，竟显得高华而冷漠。

决赛已经开始半月，文试武试交替进行，每天都有新消息传出。

场外观战的武修们分析参赛者打法，为胜者欢呼，也从败者身上汲取教训。他们有些是今年入学的新生，没有报名资格，有的初赛或复赛败北，计划明年再战。一场大规模比赛的意义，就在于台上台下，所有年轻人都在飞速成长。

州府、军部、宗门、世家的大人物们冷静地评估参赛者战力、未来潜力。南央城民众则喜欢讨论五光十色的法器，张口便说得天花乱坠，好像亲眼见过。

文试还需看运气。除了对手，抽到的题目是否擅长，揣摩出题者心意是否准确，都成了决胜关键。

"若扩建安国大运河，你认为支流应向西，还是向东开凿？"

"我朝是否应继续扩大疆域，发起第二次东征？"

胡先生出题一向大胆，辩难题目范围百无禁忌，毕竟在南央城的地界上，谁也不能让他闭嘴。

顾雪绛往返于演武场与赌场间，以他的眼力和经验，还真压中几个赔率极高的冷门，以小搏大，赢回一百余两。

平时以挣钱为乐的程千仞却没有动作，只是沉默地练剑、修行。

林渡之最怕的“辩难”还是来了，地点在勤学殿，南北两院各出五位德高望重的先生打分数，由先生选派二百余位优秀学子殿中观赛。

殿上设有扩音阵法，能将说话声清晰地传出去，响彻整个勤学殿广场，接受众人监督。

当朝辩难之道，起于北，盛于南，学者们探讨宇宙、时事、人生、道学、佛学等等，胡副院长年轻时乃此道高手。

每个人辩难风格不同，有人擅长剥丝抽茧讲条理，有人擅长煽动听众情绪。

顾雪绛的风格是如今主流——礼数周全，气势逼人，口吐华章妙语如莲，眼角眉梢却透着轻蔑。

有时场内没说完，场外两派群情激奋，先骂起来。

书生骂人，骂不出什么花样，翻来覆去无非几句难听的话。若有青山院武修来搅浑水，喊一嗓子，两边就像受了莫大侮辱，涨红脸皮要动手。

勤学殿外的督查队员，比演武场边的压力更大。他们往往还没听懂殿内讲什么，广场众人突然就炸锅了。

这一日原下索与邱北对阵，殿外黑压压站满学生，大多刚看完上午的武试，没吃饭便跑来占位置。

原下索以棋成名，赢过不止一位大人物，而邱北是年轻一辈最出色的铸造师。除此之外，传言他们二人学识渊博，上知天文下晓地理。

北澜最负盛名的两位才子巅峰对决，南渊人等这场热闹很久了。

“我们来见证历史，少吃一顿饭算什么。”人们如是说道。

一个时辰之后，人群散去一半。

可能心里还骂了历史。

邱北讲话，字正腔圆，一个字一个字往外说，听得春波台最有耐性的老先生都坐立难安。

除了说话，他还要喝茶、吃糕点，心态特别稳。

趁他饮茶的间隙，裁决忍不住问道：“你的陈述结束了吗？”

邱北慢吞吞喝完，慢慢转头道：“啊？没有啊……”

他放下茶盏，继续说话。

顾雪绛心想，幸好原下索抽到他，俩人自相残杀去了，不然这真是可怕的对手。

原下索下场之后，丝毫没有胜利的喜悦，只有一脸生无可恋的疲惫。

顾雪绛对林渡之道："他居然能忍住不弃权。单这一点，我不如他。"

邱北的风格实在突破常规，为防后来人效仿，比赛专门增加一条规定，双方每轮陈述不得超过半个时辰。

这条赛规对林渡之毫无影响。他最紧要的问题，不是陈述时间长短，而是如何在众目睽睽下，用蓬莱话慷慨陈词。

顾雪绛觉得这不可能，林鹿只要开口，脸就红了。

看过数十场辩难，南山榜首上场的日子一天天逼近，他从前写过的文章、答过的试卷都被翻出来。南渊学子认为这场稳胜局之后，他必会在挑战赛向原下索下战书。

林渡之日渐消瘦。

顾雪绛看在眼里，心中郁结。争什么榜首，别逼他了，没看到他都不开心了吗?

"你要不要弃权?"

林渡之摇头道："不。"

这日天朗气清，日光和煦，勤学殿外水泄不通，守卫翻了一倍有余。

林渡之身着天青色长衫，墨发束一支青玉簪，举步入殿，如清风明月，任谁都要赞一声"木秀于林"。

他的对手上前与他见礼。

"北澜学院石渠阁，李辙。"

林渡之却只行礼，没有自报家门。

他指了指嗓子，摆手。走到记录辩难过程的执事桌前，伸手做"请"的姿势，众执事立刻会意，为他搬桌子备笔墨。

殿内一片哗然。

"难道林渡之嗓子哑了? 怎么偏赶在这个时候?"

"时间限制半个时辰，写字哪有说话快? 他写得完吗?"

南渊人主张请医师，择日再比。北澜方极力反对道："双院斗法决赛何等严肃，规矩就是规矩，怎么能为一个人更改?"

几位裁决讨论过后，深感为难道："虽然你以笔代言，但规则所在，不能为你延时。你所写的内容，会由裁决朗诵。"

可惜了，本以为今日可见一场精彩辩述。林渡之点头，示意他知道。

那位北澜学子压抑着喜色，拿起案上毛尖茶润嗓子。他本做好必败准备，谁知忽见转机。万一赢了南山榜首，使之无缘挑战赛，自己就是北澜的功臣，必将以此扬名。

消息传到殿外，又是一阵喧闹。

只有顾雪绛松一口气："居然想出这种方法。"

钟声敲响，更漏开始计时。

北澜学子抢先开口："诸位裁决，诸位同窗，今日上殿与'南渊榜首'同场辩难，实乃在下之幸……"

他状态很好，旁征博引，滔滔不绝。

林渡之立在桌前，摆开两大张宣纸，左右手同时落笔，运笔如飞。

观赛者距离较远，看不清纸上内容。

"就算他怕自己写不完，也不能这样吧……"

"若字迹太潦草，裁决辨识不清，念起来断断续续，更是吃亏。"

林渡之恍若未闻，面容沉静，笔走龙蛇，姿态似有奇妙韵律。人们越看越觉赏心悦目，有些已顾不上听那学子论述。

更漏滴尽时，裁决示意李辙闭口。林渡之却已收笔，不多不少，正好半个时辰。

裁决接过，只见纸上字迹工整，竟无一处涂改，似一气呵成。他清清嗓子，朗声念诵。

这篇论述抑扬顿挫韵脚相合，念起来朗朗上口，毫无滞涩感，听起来条理分明，环环相扣。文末三番发问，李辙无一能答，不禁汗如雨下。

待裁决念罢，殿内寂静，片刻后掌声雷动。执事一看更漏，竟也是半个时辰，不差一秒。

如此往复三轮，第四轮开始前，对手不堪重压，终于弃权。

殿内学子说看林渡之左右开弓的书法表演，比辩难精彩，殿外众人说听他写的文章，更为酣畅淋漓。

记录比赛过程的执事写了半本笔记，后世立传者以此揣测当日情景：

"林公少时寡言，长于翰墨，与人辩难，以笔代口。左右开弓做文章，既有佳致，兼词条丰蔚，甚足以动心骇听。众人注神倾意，不觉流汗交面……"

现在的顾雪绛和林渡之只顾得上开心，他们走偏殿避开人潮，绕到幽僻的花廊下，把那些欢呼议论抛在身后。

"可以啊，鹿，竟想出这个法子。没人了，不用装，你快说话。"

林渡之依然打手语，张口发出"嗯嗯啊啊"的声音。

顾雪绛慌了："谁害你，是谁害你？！"

林渡之摇头，拉过他手掌，在手心写下"骗人"两个字。

顾雪绛皱眉:“你不想骗人,所以给自己下了哑药?”

林渡之“嗯嗯啊啊”地点头,一边拍他后背,让他别生气。

顾雪绛哪里还气得起来:“多久能好?”

林鹿伸出三根手指。

“三天?有没有后遗症?”

林鹿点头又摇头。

“以后不要这样。”

林渡之笑了笑,在他手心写:知道了。

程千仞上场的前一天,收到一封来自青山院的请柬。

那里的武修们很少用这类东西。有什么事情,喊一嗓子就走。这次为了表示尊重,特按南山后院读书人的规矩办事。

程千仞一人一剑,很爽快地前去赴约。

开门的是刘镜,他明天演武场上的对手,态度亲切地将他迎进门:

“程师弟,快请进。”

院里六七个人,石桌上四五坛酒。

程千仞隐隐猜到他们的用意。

都是一起打过马球的队友,大家坐下来二话不说先喝两坛。

酒过三巡,周延拍着程千仞肩膀道:“我们武修,没那么多弯弯绕绕。跟你直说,今年武试抽签的形势,对南渊很不利。但咱们做东,按理说前十要占五位,三甲占一位,才不算跌份,不然就是被北澜压着打的第十个年头……”

“我抽到了傅克己,恐怕无缘挑战赛。你与刘师兄战力相当,明日你们不管谁胜,挑战赛都无力再战。”

“南渊至少要有一个人去争前三甲。你明白我的意思吗?”

程千仞轻声问道:“所以,为了学院荣誉,我与刘师兄明天假打,留一个人保存实力去挑战赛?”

他放下酒碗,心道可惜。这是飞凤楼的竹叶青,他很久没舍得买了。

周延摆摆手:“这个院子有隔绝探视的阵法,随便说。你别慌,这也算不成文规矩,去年我参赛时,前辈师兄们都这么干。真打假打,受伤程度,除了自己,谁分得清?一切为了学院。”

程千仞笑了:“不错。南渊利益大于天,个人荣辱何足道哉。”

众人拍手称快，又要来敬他酒，程千仞也不客气，豪饮三碗，忽道：“只是害刘师兄受委屈，需故意输给我。”

气氛瞬间凝固，饮酒者面面相觑。

刘镜艰涩道：“你说什么？”

程千仞卸下旧剑，放在石桌上，从容起身。众人瞬间戒备，不由自主地去摸腰畔兵器。

“双院斗法期间禁私斗，但周师兄方才说过，这个院子有隔绝阵法。”

萧索秋风，暗香浮动，原是院落一角的木樨花。

程千仞走向花树，一边说道：“刘师兄既然不甘心，我怎么会甘心？我相信诸位切实为南渊考虑。眼下有一个最公平的方法。”

他折下一截花枝，木樨花苞颤巍巍，犹带晨露，拿在手中，却像一柄精巧的剑。

他说：“请。”

程千仞与刘镜一战，南北两院本以为是场势均力敌的苦战，最终却以程千仞三招克敌结束。虽然精彩，但不过瘾。人们对挑战赛更加期待。“南渊第一天才”的声望一时达到顶点。

“明天我会尽量消耗他，逼出他的最强杀招。你在场下看好，如果没有五成以上把握，就不要选择挑战他。”

周延上场前一日，对程千仞如是说。等到排名出来，比起傅克己、原上求这种劲敌，挑战第三名显然更加稳妥。

当天不用顾雪绛等人操心，青山院的武修们帮他们占了最好的看台位置。

但程千仞没有来。

因为他要突破了，不得不闭关。

这个时机足够好，也足够糟。

糟糕之处很明显，程千仞失去一个了解对手的机会，旁人口述再详尽，如何及亲眼所见？

好处在于，那一战傅克己展露出超越年龄的剑道修为，使北澜独占风头，南渊士气受挫。此时他突破的消息传开，大有替南渊扳回一城的意味。

放眼整片大陆，二十岁的凝神境都是凤毛麟角。何况他修行不满半年，比某些宗门世家的天之骄子更具传奇色彩。

前提是他真的可以突破。

“南边这些乡巴佬就喜欢编故事。先不说那人‘一夜入道’是真是假，单说修行半年想突破凝神, 他以为自己是谁? 什么资质悟性? 剑阁圣人吗? 说不定这次没能更上一层楼, 反而陨落了。"

有人殷殷期盼, 就有人等着看笑话。

程千仞打算在观战前做些准备, 于是再次登上藏书楼参详剑阁剑典。

他之前为了挑选剑诀, 几乎不眠不休地阅读, 并在识海中演练过剑阁所有剑法。

隔音阵法将沸反盈天的热闹阻绝, 藏书楼自成一方清净世界。

一排排高大的书架无人问津, 油墨香混着榉木地板的木料味道浅浅游动。

程千仞站在角落里翻书。旧地重游, 旧卷重温, 别有进益。

借书处的老执事撑着脑袋打盹, 梦里忽觉一阵威压袭来, 悚然惊醒。他慌忙起身打翻了桌上砚台, 道: "你! 你干什么啊! "

程千仞察觉不对时, 第一反应是下楼, 但家里连个阵法都没有, 去不得。复赛后他重伤昏迷, 在医馆险遭伏杀, 医馆也去不得。此时众人都在演武场观战, 学院守卫力量主要分布在那里和勤学殿, 足够安全, 却很吵。

心思电转间, 他敏捷地绕开老执事, 反向楼上奔去。

胡副院长! 你在不在? !

他全身穴窍已不能自控, 飞速吸收周遭灵气, 体内真元狂暴奔涌, 从武脉中汇入紫府, 循环不息。

老旧的楼梯不堪重负, 一路 "吱呀" 作响, 积灰与木屑簌簌落下。楼中为数不多的学子听见动静, 放下书卷赶来查看。

年轻修行者突破, 缺乏经验, 一般由师门长辈在旁掠阵。青山院的武修们, 则由教习先生看护。为防不测, 恨不得做尽万全准备。

老执事真没见过这种阵仗, 眼睁睁地看着一道残影擦肩而过。

程千仞已狂奔到四楼, 威压再难压抑, 一齐爆发。

看来是找不到胡先生了。那句 "你就自己瞎琢磨吧" 又闪过脑海, 心下苦笑, 说不管就不管, 您还真是一言九鼎。

当即寻了角落打坐, 下一瞬他无暇多想, 闭目入定。

相隔四座书架, 借书处的貌美妇人摔下卷宗道: "你这孩子, 怎么这么麻烦呢? 你多跑一层会死吗? "

眼不见心不烦, 妇人起身离开, 路过打坐的少年, 顺手给他设下一道隔音阵、一道防护阵。自觉仁至义尽, 上楼找人打牌去了。

四楼人迹罕至, 起先有学生路过, 只多看两眼, 并不知道他在做什么。

直到傅克己的决赛结束，程千仞始终没有出现，才被众人寻到藏书楼，发现异状。

无数学子涌向楼中，场面竟比年末考试前更壮观。

徐冉得知后大喊他疯了。

顾雪绛想了想，说："特殊时期，兵行险招，未尝不可。"

群情激动，却无人喧哗吵闹。大家按照先来后到的顺序，以程千仞打坐的墙角为中心，距他一丈远，站满一层又一层。如此没有违反楼规，执事也不能赶人。

观摩别人突破全程，对修行者而言是不可想象的机缘。他们放出神识感知周遭灵气涌动，只觉获益匪浅。

凝神期破境，尚不足以引动天地异象，但随时间推移，此间灵气愈加浓厚，普通人亦能察觉细微变化。那些清凉的气流就从他们身边擦过，玄妙难言。

南渊学子隔着一层阵法屏障，亲眼所见，亲身所感，每个人都像自己在突破一般。

其实阵法乃三娘随手施为，脆得像张纸，一道凝神期剑气都抗不下。

但有学生们日夜轮流围观，众目睽睽，反倒没人敢居心叵测地妨害。

两天一夜，普通人撑不住先出楼，腾地方给后来的修行者，消息传遍南央。

"程师兄高义！闭关竟让大家观看学习，毫不藏私！"

"程师兄艺高人胆大，敢为前人不敢为之事，真英雄也。"

程千仞武脉内的真元如百川归于大海，气息亦归于平静，却还需闯过最后一道关隘——心障。他已做好沉在江底杀水鬼，或再一次送走逐流的心理准备。

目前修行界对心障的认识分两派，一派认为它是"天道降下的考验"，一派主张"以此突破自我迷思，得成大道"。

识海上白茫茫一片，又起雾了。

雾气散去时，程千仞站在车水马龙的大道旁，下意识地去摸腰畔，抓了个空。

剑没了，试着运气，真元也没了。

一夜之间成为修行者，获得超凡力量；又一夜之间修为散尽，重做凡夫俗子。云泥之别，这就是他内心最深的恐惧？

似乎不算，生活总要继续。

程千仞摸摸衣袋，银票银锭不翼而飞，只摸出六个铜板，一时无语。

穷才是心障吧……

这个地方不是南央，没有逐流，没有朋友和学院，没有东家的面馆，以及过去的一切。但他走过熙攘的街市，眼中所见总有说不出的熟悉。

程千仞攀上道旁一株巨树，拨开遮天枝叶，向下张望。

层楼飞檐连绵如云，宽阔的大道可容八辆马车并行，行人车马像泛着金光，原来道路由三尺见方的黑金砖石铺就，豪奢至极。大道两旁，每隔二十丈，便有一株这样的遮天巨树。

再向远望，视线受阻，隐约只见一座高台直冲天际，没入云海。

“摘星台，原来是皇都。”

这片大陆上，再找不出第二座这样的雄城，再没有这样高的建筑。

若说南央如一位佳人，温和包容，那皇都就像持戟立马的钢铁巨人，俯瞰着它的臣民。

心障心障，这是它真实模样，还是我依照游记、别人的叙述想象出来的?

很快程千仞便放弃思考这个问题，因为他饿了，极度真实的饥饿感。

“我名程千仞，在南渊学院学过算经，请问您这里招不招账房先生? 采买跑堂我也可以。”

一天没吃饭，无处容身，原本想买碗面，谁知皇都物价比南央还高，只得买四个馒头先填饱肚子。

日影西沉，整条街找不到店铺招人，他边吃馒头边走，看着大道上的华盖车马，众生百态。

马车之前，成群锦服仆从驱赶人群，一会儿是“王大人出行，让道让道!”，一会又是“李公子出行，让道让道!”

明明是极宽阔的大街，若没有一个最尊贵的人，几方身份相近者互不让路，还会发生冲突。

皇都居，大不易。

程千仞吃完馒头，跟上一队木工泥瓦匠，走到天桥底下。周围都是等活的短工，他也立了一块写字木牌:“补墙修路，渡船拉纤捞沉尸，写信抄书做文章。价格公道，童叟无欺。”

夜色降临，灯火初上。

若今天没有雇主，恐怕就得跟这些短工睡桥下，还要与乞丐地痞争地方。

程千仞正想着，有人停下。他立刻抬头，神采奕奕道:“您招账房先生吗，不要工钱，包吃住就行。”

富贵老者皱眉道:“程三，你不回府算账，跑到这里做什么?”

“啊?”程千仞一时恍惚，“对啊，我为什么在这里? 管事，我记不清了。”

程千仞稀里糊涂地跟人回去。

城北住着皇都的权贵们。

几乎一座府邸就占据一条街，“平国公府”“宁国公府”“安山王府”“神将府”……那些大红灯笼、赤金牌匾与白玉狮子都气派得惊人，威压浩荡，压得他喘不过气。不知在老街深宅间走了多久，老管事步伐停下。

程千仞抬头一看——朝辞宫。

哎呀，累死，终于到家了。

皇都里，除了天子皇宫，只有首辅的府邸可称“宫”，以此彰显地位超然。

程千仞只在正门望了一眼，便随管事走偏门进府。

他想起自己以前的日子了，从南渊毕业，就在这座大到无边无际，规矩森严、充满秘密的府邸里算账。

府分内外，刚来时，他转了半个月，走过亭台回廊、见过湖光山色，也没转完外府。虽然大，却极清净，有阵法除尘，连洒扫仆役都一并省去。

首辅大人确实有很多账需要算。单这间宅邸，维护阵法的灵石，一个月就要消耗百斤，一年消耗千斤，更别提他名下还有十余座灵石脉矿，遍布大陆。

“穷命，记着几千万的帐，兜里没有二十两。”

话虽这么说，但活不累，工钱高，厨娘手艺好，他又独居一座小院，外府风景如画。

有吃有住，神仙日子。

回到院子里，沐浴更衣，还未睡下，管家便来敲门，身后跟着一群护卫，示意他跟上。

护院都有凝神修为，可夜间视物，却提着灯笼为自己照路，程千仞越走越觉心慌，这是通往内府的路。主人住在内府，平时他们外府的下人，是不能靠近的。

难道今天私自出府的事情败露了，这里要辞退我？首辅大人日理万机，这点小事都等不到明天再说？

辞就辞吧，反正工钱攒得多，也不用沦落天桥。

他们在一道拱门前停下，管事嘱咐道：“见到尊者不要怕，问什么答什么就好。自己进去吧。”

程千仞胡乱点头，踏入门中，眼前一花，视野豁然开阔。

夜空如穹庐，一道细碎的星河微光闪烁，隐没于远方起伏的山峦线。

程千仞环顾四周，湖水浩渺无边，脚下是铺设在湖面的木道，曲曲折折地通向湖心。

木道两侧嵌着石莲花灯台，灯芯金光闪烁，像一条金带，与天上星光在湖水中交织，光影明暗，似真似幻。

湖心岛笼罩于白雾中，程千仞顺着木道走去，四野寂静，只有虫鸟鸣叫；夜雾渐深，风里盈满水气与浅淡荷香。自己好像正穿过仙境，要去见仙人。

别有天地非人间。

迷雾飘散，水榭四周白色鲛纱低垂。栏杆边似有一人，隔着纱帐看不真切。

程千仞上前行礼："叨扰，请问内府如何走？"

那人声音微哑："你去内府做什么？"

程千仞觉得这个理由非常难以启齿，显得自己很脸大，又说："……尊者召我。"

宫里称首辅为大人，宫外称之为尊者。

"哦，我便是。"那道人影向他招手，姿态随意，像招什么小宠物，"来。"

随他话音落下，轻柔的帐幔被夜风吹起，无声翻飞。

人影显露，程千仞心下一惊。

与传言中截然不同，这位站在王座背后的大人物，正松松垮垮地披着一件外袍，露出洁白而柔软的里衣。他甚至没有束冠，墨发披垂至腰畔。

广袖下伸出一只手，寒玉般剔透，拄着一根墨色手杖。

月华银辉落在他的青铜恶鬼面具上，勾勒出狰狞轮廓，才证实他的确是首辅。

"我又不会吃了你，过来。"

这副闲适的居家模样，全不见山海威压，使程千仞不觉畏惧，只感到十分尴尬心慌。

路上琢磨过的，如何行礼，如何称呼，全忘得一干二净。

长案上放着一张破木板，与金玉辉煌的仙境格格不入，那人垂目念道："'渡船拉纤捞沉尸，写信抄书做文章。'你本事这么大，当个账房不觉得屈才？"

程千仞无言以对。

"罢了。"首辅见他支吾说不出话，也不为难，径自坐在榻上，便说，"来给我擦擦头发。"

阴影里走出低眉垂眼的侍女们，捧上青玉托盘，又悄无声息地退下。

程千仞愣怔一瞬，拿着绢帕，绕到那人背后，跪坐榻上。他忽觉姿势别扭，但已经坐下，再移动位置才更别扭。

这个距离太近，好像一低头，就能碰到对方氤氲着水汽的发丝。

人紧张时，就爱胡思乱想。首辅将近两百岁了吧，头发保养挺好啊，没一根白的，摸起来比细绢还光滑。

星光落湖，夜风中荷香清浅，纱帐飘飞。

铜鹤灯台烛火摇曳，将他们的影子投照于一处。

“以后你就跟着我罢。”

程千仞一夜之间高升了，从外府升到内府。

他也不知道，是不是因为自己擦头发的手艺特别好。或许正赶上贵人出浴，夜里听风抱月，闲来无事，就想找个擦头的。

擦头就擦头吧，反正首辅大人是个特别好的人，丝毫没有架子。

他随身侍候从未感到压力。煮的茶难喝也没事，那人耐心又温和，手把手教他。

珍馐美食变着花样吃。生活只有一点不顺，程千仞一边磨墨，忍不住打了个呵欠。

“这两日身体抱恙？”

“劳尊者垂问，没有大碍，睡梦不安而已。”

首辅思索片刻道：“内府护院阵法夜间开启。你没有修为，会被威压惊扰。从外间搬进来吧，与我同睡。我可以为你抵挡化解。”

程千仞稍有迟疑：“会不会打扰……”

首辅打断他道：“你晚上睡不好，白天怎么做事？”

当天夜里程千仞明白为什么了，这张床很大，七八人并躺不成问题。只睡他们俩，一人占一边，互不妨碍，打滚跳舞都绰绰有余。

不仅如此，被褥极度舒适，躺下就像是陷在轻软温暖的云朵里。一夜好梦。

第二日清晨，程千仞自觉服侍对方更衣束发。

似乎是因为一起睡过一晚，那人说话更加随意：“以后别叫尊者了，你是我近侍，称呼上需与别人不同。”

睡觉也不摘面具的首辅大人双臂张开，程千仞便俯身为他系腰带，答道：“那该如何……”

“允许你叫我主人，或者悄悄叫我名字，朝歌阙。”

程千仞：“……”

总觉得“主人”哪里怪怪的。错觉吧。

如此过去一个月，程千仞为对方磨墨润笔，念书添茶，随侍左右。后来朝歌阙说，府上账册没有人清算，令他坐在一旁算账。从此他们白日里共用一张桌案，互相递笔磨墨，同进同出，同桌吃饭，不分你我。程千仞在朝辞宫俨然半个主子。

半年后，程千仞被惯得愈发懒怠。以朝歌阙的修为，不用掐诀，大多琐事心念一动便可完成，却愿意为他亲力亲为。晚上两人一起泡温泉，互相帮忙擦头发。

"后山的桃花开了，我们去酿酒吧。"

程千仞打算盘的手一顿，心中意动，却被职业责任感束缚道："不然明日再去，我这一本还没有算完。"

朝歌阙对他的工作提出异议："我现在忽然觉得，你算账无甚用处。"

"算账是为了心中有数，账本一目了然，你就知道该如何打理。钱生钱，利滚利……"程千仞侃侃而谈，大讲理财之道，"这样你才能有花不完的钱。"

朝歌阙安静听着，末了说道："可是，我们的钱本来就花不完啊。"

程千仞仔细一想，啧，居然真是这样。

除非明天大陆沉没，否则他们朝辞宫没有破产的可能。

从此他账本也不算了，安心吃吃喝喝。春去秋来，账房先生程千仞，彻底变成了家养米虫程千仞。

某日他们在湖边钓鱼，朝歌阙拿野草编了蚱蜢送给他。

程千仞心想你快两百岁的人了，怎么还跟个小孩子一样。他顺手就编只兔子做回礼："这个我也会……"

不对，我怎么会？

似乎是为了编好送给谁……送谁？他想不起来。

朝歌阙有两样东西不离身，一是面具，二是手杖。

程千仞一直不明白，这人行走无碍，手杖根本用不上。只能归结于年龄大了，需要心里安慰。

他心想，不怕，等你老得走不动，我再做一架轮椅给你。

转念又一想，对方是修行者，生命漫长。恐怕等自己坟头长草，那人也不会老。

当晚程千仞愁得多吃了三碗米，睡觉时胃疼，在床上打滚。

朝歌阙心疼地给他揉肚子："我明日教你引气入体，我们一起修行。"

如此又是两年半载。

今年冬天落第一场雪时，后山梅花开了。

朝歌阙把程千仞揪出被窝。

他们走走停停，喝酒赏梅。漫山遍野的红霞，傲雪凌霜。

"你能卸下面具让我看看吗？"倒不是因为好奇，程千仞说不清楚理由，似乎是想多了解对方一点。

朝歌阙摇头："不行。"

“那你的手杖能给我看吗？”

代表声威的权杖被人讨要，首辅也不生气，反而好脾气地笑笑道：“小心伤到手，这是我的剑。”

程千仞立刻来了兴趣道：“居然是这样！”

只见那人在手柄处轻轻一抽，利光乍现。

“它叫朝辞。”

剑身像一片洁白的云，一块清透的玉，与黑色剑鞘相映，如黑山白水，颇有种锐杀之美，惊心动魄。

程千仞翻来覆去地看，爱不释手道：“朝辞白帝彩云间，好剑。”

“朝辞”在他掌心收敛锋芒，像一只温顺的白兔子。

“看来它很喜欢你。”

程千仞本想说“剑是死物，何来爱憎”，忽然茫然地想到：我没有剑吗？我的剑呢？

它可以没这么好看，但我……应该是有剑的。

他看着白雪红梅，山间的亭台楼阁，山下结冰的湖面，他们居住的朝辞宫。

“我好像，已经三年没有出过府。”

“你想出府？”面具后的声音有些沙哑，他在笑，却似带着冷意，“可是你的卖身契还在本君手里。”

朝歌阙折下一截花枝。

墙里确实什么都有，满足他所有愿景，可以安乐过一辈子，为何还想去墙外？他沉默片刻，补充道：“很快就回来。”

首辅不再言语。

手中梅枝被他掷在雪地上，血溅三尺一般凄惨刺目。

天光倏忽暗淡，风雪狂涌，大片梅树枯萎败落，梅林转瞬成死海。

程千仞下意识地退后两步。

“原来重头来过，你还是要离开我。”

那人抬起苍白修长手指，卸下面具道：“我要给你多少次机会，你才长记性？”

一张完美无缺的脸。

竟是逐流。

“你！你——”

宛如一道电光劈开夜幕，照亮寰宇！

程千仞什么都想起来了！

世事一场大梦，程千仞睁开眼，久久发怔。

回神时被黑压压的人群吓了一跳。

我在哪儿？他们在干吗？

“程师兄出关了！”

南渊上下一片欢腾。

程千仞想找个地方静静，梳理一下杂乱的思绪，却无处可避人潮。只好与朋友们先回医馆，诊室门一关，总算清净点。

不多时，周延托人传口信给他：“强敌，勿动。”

这四个字恳切而珍贵，因为周延正养伤在床，意识不清，听到他出关的消息，可谓“垂死病中惊坐起”了。

同时也令程千仞清醒地认识到，心障已了，现实世界里，情势急迫，风霜刀剑，不会给你追思的时间。

顾雪绛一边铺纸润笔，一边对程千仞道：“据说胡先生对他的评价是‘成圣可期，剑阁无患。’”

一个人保住一个宗门的地位，进而影响天下格局。只有最顶尖的天才能做到。前日观战后，顾雪绛也在思考，若自己不曾出事，可否胜过现在的傅克己？他不确定。

纸上寥寥几笔，顾雪绛一边勾画出人物动作、剑势的走向、劲气攻击范围，一边口述当日战局。

程千仞目不转睛地看着，那些线条撞进他眼中，支离破碎的画面在识海飞快拼凑，还原成跑马灯似的长卷。

“……到了这里，周延拼尽真元发出四十余道剑气，已成围杀之势，傅克己长剑倒转，川洪倾泻而下，冲垮了他的剑气，突围而出，然后……”

“不对。”程千仞忽道。

顾雪绛停下，若有所思。

程千仞：“这不像‘饮川洪’。我亲身挨过，不会认错。”

“‘逐日’‘激风’两招过后，傅克己没有顺势施展‘饮川洪’。因为……他有比‘饮川洪’更强的杀招。就是这一招，使他突围，反杀，结束战斗。”

徐冉忍不住问：“那是什么？”

程千仞摇头：“我不知道。”

决赛进入尾声，挑战赛即将开始。程千仞这次出关后，变化很多。

他不再抗拒别人的关注，甚至接受南山后院的教习先生邀请，去讲了几次课。学生间有大型聚会，运气足够好的话，也可以请到他出面。

他第一次讲课时，堂中座无虚席，窗边门口站满学子；第二次人更多，其他院的学生闻讯赶来，南山只好在一片空地上铺设扩音阵法，让他办一场室外演讲。

“我是程千仞，是一个普通人，像你们每个人一样，甚至不如你们……”

人们总期待从别人身上汲取力量和安慰，不然书店的成功学鸡汤也不会本本热销。

程千仞像拥有魔力一样，他的追随者越来越多。徐冉对此很不理解：“千仞他，到底在做什么？都没时间跟我们吃饭了。”

顾雪绛正在写他的新书，闻声抬头道：“他在养望。”

徐冉一头雾水：“啥？”

顾雪绛只好放下笔，说：“哪几个人的光辉事迹你听过最多次？最好是年轻一辈的。”

徐冉脱口而出第一个人名：“安国长公主！”

顾雪绛：“好，便以长公主为例。我在皇都时，每逢她胜仗，必有部下骑快马入京，一路打马进宫，玄武大道两旁由禁卫军维持秩序。百姓只要见这阵仗，就知道是她的捷报，夹道欢呼喝彩。圣上开国库施粥三日，各路达官贵人竞相效仿。其实军报传递方式很多，飞鹰、传讯阵法都比马匹迅速，‘快马报捷’只是做给百姓看的。”

徐冉脑子不够转了：“等等，让我琢磨下。”

顾雪绛继续写书，片刻后对她说：

“东征之战后，王朝将星凋零，迫切需要一颗冉冉升起的新星，代替那些死去、老迈的战神，成为人民新的信仰。长公主出现的正是时候。她的威望，由整个皇室塑造。”

“那千仞为什么要养望？”

顾雪绛写完停笔，笑了笑：“我也不知道。”

徐冉凑过去看，不是《闲话皇都》第三部，封面上写着“闲话南央”。

她一直想着那本册子，直到吃饭时，才隐隐明白，顾二在为程三造势。

徐冉忽然放下碗道：“我是不是拖后腿了，我要不要做点什么？”

林鹿懵懵地看着她。

顾雪绛：“吃肉就好。来，多吃点。”

林鹿也给她夹了一筷子。

第5章

孤光自照 肝胆冰雪

在人们快失去耐心时，双院斗法的决赛排名终于出来了。

武试中，程千仞因为境界突破排在第三。前面仅有傅克己、原上求两人。

南渊学院好歹占了三甲之一，今年要毕业的师兄们彻底松了口气。

有人认为这个名次已经足够好，程千仞的威望亦如日中天，不用再发起挑战扬名；有人说他会挑战原上求，毕竟某些私人恩怨存在，大家都心照不宣。至于傅克己，复赛时他败在克己剑下，应该不会想不开。

南央最大赌场“金堆玉砌”甚至为此开盘。几千人参赌，一半人押他“不会再战”，一半人押“挑战原上求”。仅百余位押了“挑战傅克己”这个选项，不知是脑子不清楚，还是被高得吓人的赔率动摇。

程千仞听说后，只默默地等，并拜托朋友做一件事。

于是顾雪绛赶在最后的下注期限，押下南渊四傻公账上所有身家。

第二日他的战书寄去客院。

他们赚得盆满钵满。

“我们有九千两了！一夜暴富！”徐冉对着阳光看银票，“不对，还有双院斗法的奖金，加起来超过万两！万两是多少啊……我没有这个概念……”

顾雪绛更关心另一个问题：“你下战书给他，有几成把握能全身而退？”

他没有问取胜，而是问自保。

程千仞沉默片刻，说：“五成。”

顾雪绛：“好。”

输就输吧，输出个虽败犹荣，还是银子实在。

其实双院斗法进行到这一步，程千仞作为横空出世、背后无主的天才，已接到不少势力主动示好。他只要随便接受一家的招揽之意，便再不用为挣钱操心。

但大家都默契地没提过这件事。

战书还未传到客院，半个南渊已经知道了。

“他要挑战傅克己？怎么会？！”

“难道是没能亲眼见证傅克己的决赛，不甘心？”

“程师兄高义！我相信他是为了南渊声威，才做这个决定的。”

不管是什么原因，下出去的战书泼出去的水，万万没有转圜余地。

第二日另一个消息，将程千仞从风口浪尖上推下来。

就连顾雪绛也十分震惊。最没有争胜之心、为了给他们三个凑人数，才报名双院斗法的林鹿，向文试第一名原下索下了战书。

程千仞对他说："鹿，你不喜欢的事，就不要做。"

林渡之说："是我自己想这样。"他羞涩地笑笑，"我还没有挑战过别人。"

挑战赛需要再拼一次运气，武试抽场地，文试抽题目。

林渡之与原下索被安排在第一场定题。双方写下各自擅长的几个领域，混着几道胡院长所出题目，一共二十支签，由挑战方抽取一支。

院判还未入场，学子们在勤学殿外等待，顾雪绛越众而出，向原下索行了一礼。

原下索回礼。

顾雪绛道："我只有一个问题。今年腊月十四，你去慈恩寺拜访苦心大师，结果如何？"

那一场对弈远在深山古刹，无人观战，原下索从未在人前提过这场对弈的结果，谁问也不说。

理由是大师隐退多年，成败不便再现于人前。但现在，对手要借此估计他的实力。若不回答，就是不诚。

话音刚落，偌大广场所有人默契地静下，一齐等待这个答案。

原下索慢慢说道："大师礼让，在下侥幸胜得半子。"

满座哗然。

"他竟能胜苦心大师！"

"大师修佛门神通一百年，算无遗策。"

原下索苦笑，他本不愿以一位前辈的失败扬名。

徐冉听不懂这些，问："情况很糟吗？"

顾雪绛："没事，挑战赛没有辩难题，二十支签，只要不抽到'棋'，林鹿稳赢。"林渡之之所以排在第三名，是因为辩难时以笔代言，没有完全遵照辩难规则。

林渡之小声道："不一样的，苦心大师修小乘佛法，我是修大乘佛法。"

徐冉崩溃道："你们是下棋啊，跟佛法有什么关系？"

"这个……你可以理解为，我们以佛门法诀算棋，算对手的棋，自己的棋。"

院判仪仗到了，林渡之与原下索进殿。

顾雪绛倒很沉得住气道："二十分之一，抽到才不容易。"

徐冉心慌意乱地在广场踱步，她觉得等了半辈子，才等到林鹿出来。

“怎么样？”

林渡之还未跨出殿门，执事的唱念声已经响起，远远传出：“棋——”

人品守恒定律似乎在这个世界失效，南渊四傻很快再次面对命运的恶意。程千仞抽到了傅克己写下的地点——太液池。

近来程千仞不再去南山后院演讲，并推掉所有宴会集会。大家都认为他在全力准备挑战赛，很是理解。

顾雪绛说这个时机急流勇退正好，避免过于频繁地露面，与公众保持一定距离，才使人觉得亲切又崇敬。

其实程千仞只是手里有钱了，惦记着赶紧把宅子的事情定下来。他悄默声息地买下三座府宅，又雇一队短工打通院墙。

白日里，半条街的花楼不开张，闭门锁户，长街空荡。

南渊四傻来到文思街，见证开工，徐冉激动地抡起大锤，两下砸完一面墙。一边感叹道：“这哗哗流水似的银子，都是南央人民和傅克己送给我们的啊。”

其中最大的宅院废弃已久，野草蔓延，楼阁破败，但落在四傻眼中，无一不合心意，就连草丛里跳出的野兔子，都能看出勃勃生机、自然野趣来。

三座院墙打通后，整个宅院占了一半的文思街，壮阔大气。

“这里可以给徐冉修个演武场。”“这小湖也可以再扩建一倍。”

程千仞心想，如果放穿越前的世界，相当于自己买了个联排别墅，还是双露台私家电梯入户，三个车库有花园的那种。

临走前回头一望，门楣上空荡荡，只有几丝蛛网在秋风中摇晃。

程千仞：“取什么名字，写什么门匾好？”

顾公子笑道：“墙刚砸完，宅子没边，‘风月无边’如何？”

“再挂上彩灯和红绸，让你出去吹拉弹唱？”徐冉指着明镜阁，“你能不能不要让对面以为，我们是来抢生意的！”

“那你说叫什么？”

徐冉张嘴冒出“飞鹤”“伏虎”“降龙”一连串武馆名字。

气得顾雪绛抖烟枪：“你没点自知之明啊，粗鄙到难以入耳。”

两人吵了一路，互相嫌弃，拉林渡之和程千仞决定。

最后定下最没争议、最平俗的两个字——程府。

林渡之小声说：“这个好，一听就是正经人家的。”

等他们回到医馆，一封特殊的拜帖也到了。

徐冉:"他来找我们干吗?"

程千仞:"来就来吧,他敢只身前来,没道理我们不敢接待。"

顾二:"……鹿不想说话就不说,程三和我应付就好。他或许就是来试你深浅。"

林渡之"嗯嗯"点头。

原下索来访时,坐在傅克己曾坐过的那把椅子上。诊室窗明几净,热茶香气馥郁,最幸运的是,没有人招呼他吃陈皮苦桃仁。

才说完见面客套话,徐冉就有些不耐烦,程千仞见状暗示对方直言,顾雪绛便打起十二分精神准备接招。

林渡之坐在最远处,一副冷淡模样。

"挑战赛在即,私以为程兄应该多了解一下对手。"

程千仞挑眉道:"阁下要为我讲解剑阁剑法?"

竟是冲自己来的。他与原下索算是点头之交,远不到称兄道弟的份上。

原下索道:"程兄莫取笑,剑阁剑法我不会。但我了解傅克己……比如知道他想要什么。"

程千仞笑道:"他当然想赢。取得双院斗法榜首,稳固自身与剑阁声威。"

"他不仅要赢。"原下索垂眸,目光落在他腰间佩剑,"还要这把剑重归剑阁。"

"那劳烦你转告他,不可能。"

"你误会了,我不是来做他的说客,是为你考虑。亲眼见过'神鬼辟易'的人不多,但如今程兄名望日隆,它早晚会被人认出。'匹夫无罪,怀璧其罪',这把神兵,没有拿在剑阁弟子手中,在一些人眼里,即为流落江湖的无主之物……'君子不立危墙之下',程兄何必徒增烦恼?"

程千仞把玩着旧剑,依然笑道:"你不太了解我。我的烦恼向来很多,不怕再多一点。"

"若有更多朋友、更大的力量,自可解一切烦恼。程兄是否需要我们,或者说,需要原家,需要青州?"

原下索说话点到为止,加上本身气质亲和,不会令人不快。

他起先不认可邱北帮助顾雪绛,最近却改变主意。因为程千仞展露出不可估量的价值与潜力。

天才之所以重要,价值在于未来。彻底成长起来之前,如果没有后盾与庇护,最易被风雨摧折。

明镜阁露台上连番问答,程千仞已经拒绝傅克己,天下第一宗门剑阁去不得。而只要顾雪绛不低头，他们永远与皇都世家对立，出仕做官也不可能。

南渊学院不会护他一辈子，他能何去何从？

程千仞明白对方的意思，与顾雪绛交换了一个眼神，没有答话。

原下索以为他在权衡得失，进一步加大筹码道：“如果你做出选择，自此时此刻，这把剑便不再是麻烦……我可以劝傅克己放弃，或者为你谋局，逼他放弃。”

即使说着这样的话，他声音依然温和，只有眼神透出平静坚定的意味。

程千仞听罢，笑意渐淡道：

“那我是不是可以反过来理解，如果我不选择，你就要替他谋局，夺我的剑？”

原下索不说话。他说不出假话。

沉默代表默认。

“吱呀——”

推门声响起，打破寂静。

徐冉火大地站起来道：“谁啊？不会敲门吗？！”

门口露出一颗毛茸茸的脑袋，好奇地张望他们，头顶一簇白毛迎风招摇。

来客“啪嗒啪嗒”地踱进来——一头驴。

严肃的气氛一下子就不对劲了。

程千仞：“这……”

原下索赶忙起身牵驴道：“说来惭愧，家兄有事出门，托我照料大花，务必寸步不离。”

自打爱驴生病，原上求就疑神疑鬼，总觉得有人要害大花。

原下索顾虑林渡之是医者，有特殊洁癖未可知，自己贸然带驴上楼不妥。他做事一向周全，不会忽略这些细节，便将驴拴在医馆外门柱上，光天化日，人来人往，整座学院都认识这是原上求的驴，料想不会出事。

谁知道驴自己挣开绳子，还能寻上楼。简直成精了。

徐冉心想，寸步不离，去哪儿带哪儿？这是折腾人，还是折腾驴？让它好好休息不行吗？

没看驴都瘦了吗？

她已经走出战败阴影，提起原上求只想到“脑子有病”四个字。

大花是头见过大世面的驴，一点不怕生，见人来牵，身子一转，四蹄灵活地穿行于药柜桌案间。

原下索追在后面忙不迭地道歉，却也没奈何，每次下手太轻抓不住它，下手太重又怕伤了它。担心它碰坏别人的东西，又担心它碰伤自己。

忽听林渡之道："来。"

大花不跑了，低头蹭他手心，卧在他脚边。

林渡之虽然不喜原上求一身血光戾气，却也无法迁怒一只毛茸茸、病怏怏的小动物，当即给它念了一声佛偈。

原下索："走吧，大花。"

驴叼着林渡之的袖子不松口。

态度冷淡却善解人意的南山榜首站起身道："我送你。"

原下索连忙道谢。

程千仞推开窗户，眼见楼外行人络绎，二人行礼辞别。

他转向顾雪绛问："你怎么看？"

顾二："原家是青州第一豪绅，而原下索这些年交游广阔，只怕是有意揽才结党，他们家所图不小啊……"

程千仞正要说话，面色一变，纵身跳窗。徐冉紧跟着就跳。

顾雪绛向窗外张望一眼，骂了句脏话，狂奔下楼。

原上求今日出门前，将最爱的驴，托付给最信任的弟弟。

现在他回来了，被众星捧月般簇拥着。路过医馆时，却瞧见令人震惊的一幕：一人背对着他，手放在大花脑袋上。

"放开它！"原上求拔足狂奔，撞得行人七颠八倒，点地飞纵，一掠三丈！

原下索正站在林渡之对面，见兄长冲过来大惊失色，一个箭步抱住原上求的腰，喊："哥！冷静冷静！"

北澜学生忙不迭追过去。

原上求："凭什么要我冷静！就是他要害我大花！你没看到吗？！"

原下索动作前，程千仞已从窗台落下，一手护着林鹿往人群外走，一手拽着徐冉胳膊。

徐冉："我看他不顺眼很久了！他居然欺负鹿！"

顾雪绛及时赶到，正好帮忙拖走徐冉。

被原上求撞倒的南渊学生大声呵斥："你们欺人太甚，竟敢在医馆前伤人，朗朗乾坤还有没有王法！"

北澜众人不甘示弱地还嘴。双方积怨已久，大家都是血气方刚的年轻人，不知谁喊了一句："怎么，想比划比划？"

场面瞬间不受控制。

督查队员被奔涌人潮推开，中间拉架者被误伤。抽刀的拔剑的掐法诀的，各显身手，破风声爆炸声对骂声，异彩纷呈。

一场载入院史的大规模群架爆发。

原下索全程死死地抱住兄长，从背后将他拖离战场："大花没事，大花可喜欢他了！"

一驴一鹿远远地看着，两脸发懵。

超无辜的样子。

林鹿拍拍大花脑袋道："你怎么跟过来了？快回去吧。"

大花蹭蹭他衣袖，甩着小尾巴，"啪嗒啪嗒"走了。

群架事件后，原下索专程上门赔罪，送来四瓶珍贵丹药。他做事当真滴水不漏，那日被原上求误伤者，他都一一去赔礼。

原上求却销声匿迹，因为北澜副院长亲自出面，罚他闭门思过，直到双院斗法结束。

顾雪绛："让他在家好好陪驴吧。驴嘛，最重要的是陪伴。"

林渡之正坐在桌边打棋谱，闻言笑了笑道："你来看看，去年原下索与'千变万化鬼手张'的对局。"

顾雪绛瞧了一眼，说："终日打谱，不足见杀活之机。我们下一局。"

半个时辰过去，他默默起身道："你还是自己打谱吧……我在这方面的造诣，似乎帮不上你什么。"

林渡之懵懵地点头："那、那好。"

"程小兄弟，你这真是……为难本官。"贾大人挺着肚子在案前踱步，心中叫苦，眉头紧锁，"本官当初答应行个方便，但你这也太……哎呀，不是我说，贵府比我们州府衙门都大啊！"

程千仞买下三座宅邸打通，按照当朝律法，需将三张房契地契合为一张，加盖州府官印，登记入南央城户册。如此安家置业才算彻底圆满。

问题在于，程府占地严重越制。

每次程千仞来府衙户籍所，都有茶点好生招待，就是不给办事。府门前的石狮子都快认得他了。

若在皇都，官员住多大的宅院、出行乘坐骈车还是驷盖，都需遵循礼制，不能逾越犯上。天高皇帝远的南央不讲究那么多，但是他们一占就是半条街，面积越过南央城诸多贵人宅邸，似乎有些过分。

至少在主管户籍的贾大人眼中，程府四位户主的修为境界、身份地位尚不够特权阶级的门槛。

程千仞没考虑到这个问题，身边也没人提醒他，就造成现在骑虎难下的局面。

他对家宅各处已有规划，工匠正在除荒草拆旧屋。花出去的银子收不回来，推倒的围墙不能重建。

贾大人低声道："要不，你先捐个功名？有公职就不是白身了，八品九品都可以。感兴趣吗？"

他说着搬走案上公文，从暗格里摸出一本册子，霍然展开。

程千仞一看：哟，明码标价一条龙服务啊。

一个九品小吏动辄四五万两，太贵，不买不买。

贾大人观他神色，笑容渐渐淡下来。

年轻人真不上道，还嫌贵，外面多少人排着队都没门路买，不识好歹。

他合上册子，暗格啪嗒一关，说："不然程小兄弟先回去吧，本官过两天替你问问刺史大人，看能不能网开一面，有消息了知会你。行了，本官公务缠身，恕不远送 。"

程千仞好脾气地行礼道谢："有劳大人。"

第二日南渊四傻来到文思街，打算看看施工进度。

程千仞雇了三队短工，如今一共六十余人在府里各处忙碌。

工人们干劲十足，喊着号子抡锤挥铲，没人盯也不偷懒。这活挣钱多，又是给传说中"南渊第一天才"修府，下半辈子的吹牛资本全指望这几天了。

四处烟尘呛鼻，物料杂乱，南渊四傻寻到一处较清净的房顶，上去说话。

徐冉俯瞰着已经初具格局的府宅道："原来不是有钱就能住大房子……买都买了，舍弃哪里我都不舒服。"

顾二："实在不行，我们对外开四座府门，将这里分别记在四人名下。"

程千仞："我问过，那样要交四次契税……"

如果可以，真不想给州府多交一分钱。

忽听院墙外几声惊呼，顿时人声嘈杂，又好像有什么人在叩门。

程千仞想到昨天拒绝买官的事，心中一惊，难道没拿房契就不许施工？这个世界也有强拆队？

"你们别动，我出去看看。"

大门一开，两位高髻长裙的女子立在阶下，落落大方，笑意盈盈。

看打扮是温乐公主身边的女官，她们身后跟着一队带刀随侍。

难怪喧嚣，程府住户的未来邻居，花楼姑娘们都提着裙摆出来瞧热闹，聚在一起谈笑。

“程公子好。”

程千仞正要回礼，两人急忙将他扶起，笑道：“公子莫折煞奴婢。”

一名上年纪的女官轻招手，当即队伍中两人抬出一物，长条状，六尺有余，上覆红绸。

“听说程公子喜迁新居，殿下一点心意，贺程公子乔迁之喜。”

程千仞有点懵。

红绸缎揭开，赫然一块黑金门匾。

铁画银钩般的金色大字撞入众人眼帘，在阳光照耀下炫目气派。

“谢殿下美意。”程千仞对学院方向略行一礼，稍感为难，“只是殿下或许有所不知，我还未拿到此间房契，恐怕要等些时日，这块牌匾才能名正言顺地挂上门楣。”

女官就像没听见似的，只吩咐随侍道：“挂匾。”

随侍们大步上前，越过程千仞，利落地架起长梯，扫除积灰。

另一位女官笑道：“程府二字由温乐公主亲笔题写，亲自落印。没有比这更名正言顺的事。”

远观众人见动静大了，忍不住凑近，议论纷纷。

“竟真的是温乐公主。”

“公主为什么给程府写匾？”

“哐当”一声，尘埃落定。

青天白日下，程府大匾熠熠生辉，与朱漆斑驳的旧门极不相称。

女官却似很满意：“差事办完，不多打扰程公子，奴婢们回去向殿下交差了。”

雷厉风行又不容拒绝，皇族一贯的行事风格。

就这样，程府莫名有了门匾。

程千仞隐隐明白温乐公主用意。

女官们登上马车，由侍从队伍护送离开，消失在街口，围观群众仍是不散。

程千仞久去未回，朋友们还以为遇到什么事，也匆匆出门。

徐冉随众人目光回头仰望，吓了一跳：“嚯，这么大，你什么时候买的？”

林渡之小声道：“感觉有点贵。”

顾雪绛:“看字迹…是程三自己写的吧。”

程千仞想:你瞎啊。

“你再仔细看,这可不是我的字,是温……”

“刺史大人到——”

一声高喊打断话音,整齐划一的兵甲声逼近,官差列队出现在长街尽头,浩浩荡荡。

白日里惯来清幽的文思街,今天着实热闹非凡。

队列中一辆华贵马车格外扎眼,它屈尊降贵般停在街口。没有更近一步的意思,只隐隐透出强盛威压。

程千仞极目望去,见贾大人爬下车架,擦擦冷汗,又对马车行一礼,转身飞奔而来。身后跟着点头哈腰的小吏们。人人手捧红绸扎花,鞭炮锣鼓。

顾雪绛:“这人怎么有点面熟……”

程千仞:“就是上次断案抓你烟枪那位。”

贾大人哪里还记得烟枪,他脸上洋溢着升官发财死老婆般的喜悦笑容,道:“恭喜程小兄弟乔迁!”转向其他三人,“恭喜恭喜!恭喜三位!”

说罢面冲高悬门匾拜了拜,一脚踹向小吏屁股,说:“愣什么,没点眼力见的东西,放鞭炮啊!”

两挂百响鞭炮在程府门前点燃,顷刻间惊雷炸响。噼里啪啦一通火花,伴着硝烟与漫天碎红、喜庆锣鼓。

文思街不知何时挤满黑压压一片人头。

“真跟过年一样!”

“好气派啊!”

“哈哈哈哈哈哈,程公子你看热不热闹!”

程千仞心疼他笑不出来还要用力尬笑,答道:“热闹。”

贾大人松了口气。

温乐公主近来在建安楼闭门不出,程千仞几乎忘记南央城里还住着这么一号人物。现在亲自为他们撑脸面,说不定程府的三位男户主中,就要出一位驸马爷呢。

“公主殿下赠匾,刺史大人亲至道贺,这可是天大的面子。程小兄弟前途无量啊。”

却见程千仞笑意如常,与府衙中求自己办事时没有不同。更觉此人荣辱不惊,深不可测。

“全套房契地契在此，快快收好。下官不能劳刺史大人久候，先行一步，我们来日再叙。”

贾大人一边小步快跑，一边擦汗。终于笨拙地爬上马车，官差队列浩浩荡荡离开。

留下一地鞭炮红屑，满街呛人烟气，议论纷纷的围观群众，以及面面相觑的南渊四傻。

徐冉嘀咕："说是刺史亲至，也没见着人啊。"

谁知道马车里坐的是身穿官袍的大人，还是别的阿猫阿狗。

顾雪绛笑道："从来只有下级去贺上级，哪有命官来贺草民，半步小乘来贺凝神境？只是碍于温乐公主，他不得不来，所以心情不太好吧。"

不到半日，程府门前发生的一切，已飞速传遍整个南央。

双院斗法挑战赛在即，各大赌场的赔率日日翻新，程千仞风头正劲。

这个节骨眼上，他却还嫌不够乱似的，竟买下半条文思街，带着朋友们开府安家。

南山后院很多老先生气得手抖，表示没见过这种荒唐事，说他不堪为众学子榜样。

“文思街那种地方，别人都往外搬，偏他们往里住。周围一片秦楼楚馆，日日花宿柳眠。能学好吗？！”

学生们不服，背后议论。

“我觉得文思街很好，说不定天天看美人，赏心悦目，有助修行呢。”

“敢住别人不敢住的地方，敢破世间一切规矩。干得漂亮啊，程师兄！”

不止学院，南央城里的年轻人，大多也崇拜又羡慕。

“如果不是怕我爹打断腿，我也想住花街……”

“若我是程千仞，搬个家有公主赐匾，有刺史道贺，有朋友欢聚，人生何等乐事，谁爱说什么说什么去！”

这天晚上程千仞拎着酒壶站在明镜阁露台边，凭栏饮酒。蒙蒙夜色里被人瞧见身影，更背牢了花眠柳宿的黑锅，全然不知城里将他传成什么样子。

程千仞还真冤枉，这次是明镜阁女老板邀请他们来的，说是请新邻居串门。末了开玩笑道："程公子开府，打今日起，文思街占地最大的不是我们明镜阁，而是程府了。"

顾雪绛在旁怂恿："那就走吧，庆祝一下，解决房契麻烦，合法安家。"

还是上次的雅间，好酒好菜，却没有丝竹管弦声，因为徐冉与弹琴的美人们聊得火热。

“这个超厉害的！家传宝刀，削铁如泥！”

她拔下一根头发放在刀刃上，轻轻一吹，展示何为“吹毛断发”。美人们被逗得咯咯直笑，含羞带怯。

“你们吃了吗……哎呀，晚上不吃饭怎么行，来来来，多吃点。”

众美人虽然心中高兴，却为了保持形体不敢多食，纷纷找理由退出去。

露台上只剩南渊四傻，徐冉心大，一个人也吃得开心，说：“我迫不及待要搬过来了。”

后来事实证明，在徐冉撩遍一条街的衬托下，他们根本没姑娘理睬。

走马章台？不存在的。

眼下程千仞拍拍顾雪绛，冲府门方向略抬下巴道：“顾二，为了这块门匾，你是不是出卖色相了？”

顾雪绛正在给林鹿夹菜，闻言勃然变色：“慎言！”

徐冉摆手，特八卦地拍他另一边肩膀道：“慎什么言，这儿又没外人。到底是不是啊，给兄弟们透个底。”

顾公子忍不住骂道：“透你个头，我拿温乐当女儿，当妹妹，别乱讲毁人清誉。”

程千仞笑道：“罢，以后不说了。”

徐冉：“那讲正事行吧，千仞你最近做的事情我都不明白。”每次顾二明白她不明白，就感觉脑子特不够用。

程千仞又喝一杯酒。

“那天原下索说的你也听到了。‘神鬼辟易’早晚会被人发现；我们的处境，根本不像表面这样风光。”

“还有两年毕业，两年里变数无穷，但南渊是相对不变的。在这里得到声威名望，受人拥护，就意味着多一分力量，多一条后路。”

程千仞放下酒壶，夜风中，袖袍猎猎飞扬。

“学院这个位置很好，它不干政，保持中立。进，天下大有可为；退，自保绰绰有余。”

顾雪绛赞叹道：“不错。你跟谁学的？胡副院长提点？”

程千仞自言自语：“我也不知道……难道是朝歌阙？”

心障境似真似幻，如一场大梦，他与那人日夜相处，三年间耳濡目染，行事章法总该学得一两分吧？

那真的是逐流吗？可逐流才多大，大抵是自己的臆想。

顾雪绛一怔，才反应过来那是谁的名讳，又见程千仞眼神飘忽，只当他喝多了说醉话。

不禁摇头笑笑，转身与清醒的林鹿和徐冉讨论宅邸装修。

“明天我先画一张草图，规划一下四院位置。”他也有点醉意，想到什么说什么，“徐大的练武场不要夯土，铺一层北海细沙。‘鹿鸣苑’种绿萼梅，我还要扩建人工湖，种莲花……”

林渡之：“能不能换掉‘鹿鸣苑’这个名字？听起来像鹿住的地方。”

徐冉：“如果能说动邱北帮我们建造护宅阵法，嘿嘿嘿。”

程千仞被当作醉鬼，便自顾自饮酒，听他们做白日梦，直到天边明月都有了重影。他看着对面一片漆黑的程府，却好像看到万丈光明。

程千仞胡思乱想道：逐流啊，这也是哥哥留给你的。如果皇都尔虞我诈太辛苦，过不下去，就回来南央。男孩子有了房产，以后想娶哪家姑娘，才不会被丈母娘刁难。

南央城灯火阑珊，视野尽头，夜穹下云桂山脉起伏如波涛。

万里山河，逐流是不是和我看着同一轮月亮？

双院斗法挑战赛开始，及时冲淡了人们对“程府”挂匾的关注。

经过先前几轮，参赛者才学、战力展露无遗，学院公布的排名广受认可，只有少数人会发起挑战。

无人挑战林渡之，所以他与原下索的对决被安排在文试最后一场压轴。

作画、对诗、写文章、算数理题等五场比试结束后，南渊学子取得的排名没有大波动，前十保住了六位，只等南山榜首是否能锦上添花，一举夺魁。

那样的话，南渊今年的文试，便超越过去十年间战绩，可算十分圆满了。

文试期间，徐冉练刀，林渡之打棋谱。顾雪绛继续预测胜负，下注挣钱，并开始撰写《闲话南央》第二册 。虽然怀里揣着一张烫手山芋般的请柬，他依然是个擎烟枪的闲公子，任由鸿门宴日渐逼近。

程千仞再上藏书楼翻阅剑阁剑典。老执事看见他脸色都变了，每天不敢打盹，生怕这人又搞出什么大乱子。

木石、彩漆、假山花树源源不断运入程府，傍晚程千仞会去看一眼进度。正好赶上工人下工，有什么问题可以及时与工头交代。也赶上花楼开门，许多锦衣华服的贵人出没文思街，遇见他便下马落轿，像老友一样打招呼。

修葺过程顺利得不可思议，似乎当你的身份地位改变，很多事也变得容易，悄然间资源倾斜，让人生出整个世界为你让路的错觉。

亡命之徒捞尸人，兢兢业业的账房先生，谨小慎微的南山学生。

南渊第一天才，不满二十岁的凝神境，公主题匾的南央新贵。

顾雪绛起初感到担心，后来证明他多虑了。程千仞适应得很好，像拥有与生俱来的天赋，无论站在哪个位置，他都永远清醒，清醒地知道自己在做什么、要做什么。

程府楼阁初现雏形时，文试迎来最终一战。

林渡之已将市面上流传的原下索所有棋谱烂熟于心，却未敢轻敌大意。

“他算棋是凭道家阴阳卜算之术，我是靠‘天眼通’‘他心通’等佛门神通。究竟谁更胜一筹，我心里也没底。”

顾雪绛大概想揉他，林鹿灵敏地避开了，说：“所以你不要再去赌，会给我压力的！万一输了怎么办？”

顾二满口答应，趁他不备，眼疾手快地揉一把。

程千仞拍拍林鹿肩膀道：“你只管放手一搏，剩下的交给命运。”

程千仞想起穿越前的世界，人类已创造出围棋人工智能，赋予它最优算法，还会在训练中不断学习进化。

但这个世界的棋道高手对决，显然远远超出他的固有认知，变成某种神识与法门的比拼。

徐冉这方面认知还不如他，基本规则全不清楚，正努力听林鹿解释。

他们此时走在一片郁郁竹林中，石径曲折通幽，两侧翠竹参天相接。四野极静，只有风吹竹叶与虫鸟啼鸣声，大家开口说话都不由放轻声音。

对弈需双方心意平静，勤学殿大庭广众不太合适，学院便安排在“竹里馆”。那里原是春波台学生弹琴的小筑，如今竹林外已全线戒严，督查队严密把守，围观众人只能在警戒线外等候消息。

南北两院各有二十人可入林观战。南渊四傻现在也算名人，理所当然占了三个名额。

绕林穿竹，忽见不远处人影晃动，几句“空无绝对、阴阳相对”“局为宪矩，棋法阴阳，道为经纬，方错列张”隐隐传来。

顾雪绛：“来得真早。”

林鹿向徐冉解释：“这都是他们道家阴阳派的说法，认为棋局有四物，阴、阳、空、无。黑子为阴、白子为阳，能落子的点为‘空’，不能落子的点为‘无’，空无与阴阳是棋盘上两对矛盾，万千变化尽在其中……”

徐冉硬着头皮琢磨：“我还是……听不太懂。你好好下，下赢姓原的。”

“当棋盘一子未落时，阴阳不在，空和无却已经存在。所以他们认为，空无是绝对的，阴阳是相对的……”

林鹿知道她不懂，只是靠不停讲解来缓解紧张，没发觉自己说着蓬莱话。

说话间，石径走到尽头，视野忽而开阔，三四座竹楼坐落林中，四五位执事上前引路。

身穿北澜院服的学生，聚在舍外轻声交谈。他们大多出身石渠阁，算通晓棋理的内行。看见程千仞等人出现，齐齐收声，场面寂静一瞬。

原上求因为打群架被关禁闭，傅克己不爱凑热闹。原下索与邱北结伴而来，双方见过礼，没有多说什么。

林渡之对外惯来冷淡，仅向朋友们点点头，在一众学子的目送下，与原下索步入竹舍。

屋舍内布置简单，地铺细编竹席，深秋时节更添清寒，香炉青烟混着竹叶的草木气味，令人安心。

此间一面无墙，与外界通透，设有单向隔音阵，屋内人对话可以传出去，却听不到外界嘈杂，既公开，又避免弈者受干扰。

两人相对跪坐，隔一张低矮方几，再次行礼。几上棋盘与两篓云子，据说是副院长胡先生的私藏。

教习先生们楼中有座，众学生站在楼外，自觉保持尊重距离，能看清棋盘落子便足够。

顾二寻了一块地势较高的凸石，席地而坐，点燃烟枪道：“这局没两三个时辰，下不完。”

徐冉从善如流地坐下，说：“反正我看不明白，我就看看鹿。”

程千仞是怀着好奇心来的。他双臂抱剑，斜倚修竹。

裁决重申规则后退至一旁。钟声响起，林中鸟雀惊飞。

时辰到了。

不必猜先，原下索作为接受挑战者，持黑先行。

落子声清脆，伴随舍内假山流水景观的潺潺水声。秋风过林，雾霭飘忽，一切都显得平和、宁静。

原下索甚至开口与林渡之闲话家常。

“我是青州人，先前忘了问，林师兄是哪里人？”

“海外。”

“很远吗？我也曾乘船出海，罗浮群岛游遍，最远去过瀛洲……”

林渡之：“比瀛洲更远。”

围观学子受他们影响，心情放松地谈笑。

“高手过招，开局也与我们无不同嘛，都是占角占边……”

“我还是第一次见南山榜首下棋，他最擅长的领域似乎是医道。”

徐冉：“就这样？下三个时辰？”

顾雪绛道：“林鹿未有棋谱传世，原下索无从探知他棋路，所以开局谨慎，且等着吧。”

程千仞放出神识，感受竹楼内外灵气变化。

双方各自布局蓄势，黑白交错，暗流涌动。

不知何时，原下索不再说话。落棋声愈发急促清越，如骤雨敲打瓦檐。

众多观战者试图将自己代入对弈一方，楼内楼外，共同陷入复杂计算中。

徐冉听见有人惊呼，撞了撞顾二，问：“出什么事了？”

顾二说：“边角定型，中盘混战，原下索率先‘开劫’。没事，林鹿劫材丰富，倒不怕他。”

程千仞凝视棋盘，只见黑白长龙绞杀，此消彼长。一时黑子连绵，如夜幕降临，一时白子似鹤，自捕网中杀出一条活路。

他虽出身算经科，藏书楼上也听胡先生提点过几句“推演术”，但自知远不足以完成这种程度的推算，便专心用神识感知灵气。

原林二人交替叩子，面色镇定如初。楼外已有学生扶竹弯腰，冷汗涔涔。

“胸中烦恶，头晕眼花，棋盘上黑白模糊一片。”

陆续倒下七八人，几位执事上前劝解：“算力不足，且静观棋面，不可勉强，否则伤神。”

徐冉：“这又怎么回事？”

程千仞微微皱眉：“你先用真元护体。”

神识所及，竹林间原本清润如雨的灵气，逐渐变得暴戾狂躁，自四面八方聚拢，向原下索飞速涌去。那人面目依旧温和，身后却形成一道旋涡，似血盆大口，伺机择人而噬。

离他最近的五针松盆栽生机骤消，枯黄凋落。

林渡之落子不疾不徐，周身气息如春风化雨。

棋势变幻，僵持不下。

竹舍内温度愈寒，一声轻响，假山忽现裂纹，水流声戛然而止。

这般大阵仗的灵气冲撞，早已惊动在场修行者，普通人更觉空气稀薄，胸口压石。

教习先生们在执事护送下离席出楼，有人上前请示裁决，后者表示对弈时施展神通，灵气溢散，不算违规。

程千仞长剑倒转，剑尖闷声入土，屏障拔地而起，为徐冉顾二遮挡。他们身后众人也因此好受许多。

徐冉："只是溢散？我们观棋就这么难受，下棋的林鹿得承受多大压力？"

程千仞："看棋面，看灵气，他至少还有三分余力。"

原下索给了裁决一个手势，开始长考。按照规则，他有两刻钟。

更漏渐尽时，一道声音在林渡之识海中响起：

"蓬莱仙岛宝华寺。世外人为何来涉红尘？"

是对方的传音术。

林渡之不答。

他没有刻意掩饰法门，被看出端倪也在意料之中。

原下索发问，答案不重要，只为传达出一个意思：你的来历我已知晓，我并不惧你。

裁决道："长考结束。"

原下索抬手，黑子即将落盘。

"且慢——"南渊执事长匆匆下楼，"胡先生有言，此为四劫循环之局，且问二位，是否和棋？"

众人大惊失色，楼外一片哗然。

定睛再看，连环劫、单片劫、无忧劫、生死劫，竟真是四劫循环。

棋盘上同时出现四个劫，古今罕见，难解难分，互不退让，整局成循环往复之态。

先生显然认为再下无益，理应和棋。

有人问道："副院长在此？！"

执事长指指二楼，又摆手，示意不必行礼。

程千仞顺他指向望去，想来胡先生就在上面俯瞰全局。不知怀着什么心态，看后辈们对弈。

林渡之不置可否。

所有人等待原下索的态度。

如果和棋，不算对方挑战成功，双院斗法榜首不变，这一战目的已经达到。

原下索一向理智，此刻却轻笑道："不。"

既然棋逢对手，不能决高下，分胜负，必定抱憾终身！

北澜学子们低声叫好。

"现在黑棋盘面至少有五目优势！"

"出鞘见血，决不和棋！"

执事长再次上楼，带回胡副院长的意见。

"限你二人半个时辰内封盘。"

林渡之点头。落子声再起。

二人妙手迭出，寸步不让。

学生们向更远处退却，以防被肆虐灵气波及。

顾雪绛叹道："现在就算山崩海啸雷劫天火，他们也不会停下了。"

这局棋时间太长，徐冉饿得前胸贴后背，又怕林鹿有什么闪失，强打精神盯着。

竹舍四周寒意渐深，如临严冬。

程千仞猜测原下索为在短时间内提升算力，突破巅峰状态，使用了某种借天地灵气的法门。

看那可怕旋涡，恐怕此刻自己拔剑，砍他一招"云敛天末"，也会被他周身暴戾灵气反噬。

林渡之身处风暴中心，岿然不动。

日影西移。原下索皱眉，林渡之舍弃一劫，以退为进，打得他措手不及。

他正要取子，手臂忽僵。

棋篓空空。

抬头见对手面色如常，无悲无喜。

原下索脸色骤白，跳出方寸，遍观整局，越看越觉心惊。盘上三百六十一点，然而提子反复，棋却走了三百六十九手。

水落山石出，图穷匕首见。

所有招数已经用尽，所有推算走到终点。他凝视棋盘良久，慨然长叹，拾衣起身。

楼外众人本来或坐或立，看他动作，不由站直身体。

徐冉一下来了精神，问："他站起来干吗？不会想打鹿吧？"

顾雪绛："结束了。"

裁决："点目——"

"不必点，是我输。"

原下索出门前路过林渡之，脚步稍迟道："人算不如佛算。领教了。"

众人沉浸在他一句"佛算"中，久久不能回神。

程千仞等人已冲入楼中，只见那人静坐案前，角落的五针松盆栽不知何时重现生机，绿意葱茏。

夕阳光辉洒下，他一半阴影，一半金身，眉目慈悲，宝相庄严。

竟十分陌生。

顾雪绛凑近了些，轻声唤道："渡之？"

林鹿缓缓回头："快扶我一下啊，我头疼。"

比起双院斗法名次更迭，文试落幕，人们更关心挑战赛最终场的棋局。

原下索战绩赫赫，当之无愧年轻一辈棋道第一人，却输给了南山榜首林渡之，消息刚传出竹林时，许多内行人大呼不信。

而后四劫循环之局震惊修行界。

黄昏封盘，黎明之前，各方棋道大家已征得棋谱，挑灯细读，普遍认为原林二人的算力，已经超越年龄与修为。

亲历现场的学子们到处复述经过，对弈双方每一步决定都被推敲琢磨，毕竟古今罕见，武试挑战赛也不能平息众人热情。胡先生一句"是否和棋"，更为此事增添传奇色彩与谈资。

"环环相扣，步步为营，神乎其技！他们怎么想出来的？"

"换我除了中盘溃败，投子认输，完全无计可施。"

"你们认为，先生提议和棋时，是未料到林渡之能赢，还是不想原下索输？"

这场传世之战，最终载入南渊院史，名作"竹林围杀"。

原下索从此不再下棋。

百年后，棋坛名家名局迭出，却未有四劫循环，更未有精彩程度与其媲美者，是故后人又称之为'竹林绝响'。

现在的南渊四傻，只沉浸在发财的喜悦里。

他们摸到屋舍后门，绕个圈子，避开涌入竹林的人潮。

“幸好我们买了林鹿赢。晚上加菜。”程千仞笑道，“‘金堆玉砌’一赔十，家里装修本钱都是你挣来的，想添置什么家当？”

林鹿刚说头疼，徐冉和顾二便一左一右扶着他，拿出伺候大功臣的架势。

“那我不想住‘鹿鸣苑’。至少换个名字吧，‘文莱阁’就挺好……”

程千仞慈爱地摸他头道：“不行。”

往后几日，很多人去医馆诊室不为治病，只为请教棋技，然而南山榜首性情冷漠，众人受不住他一个冷眼。另一边，平时交游广阔的原下索也闭门谢客。

顾雪绛听说后，笑道：“还得感谢他不和棋之恩，否则林鹿拿不到文试魁首，我们也没钱赚。”

徐冉：“对哦，鹿啊，你当时一句话都不说，万一他点头同意了怎么办？”

林渡之放下药杵，说：“他不会同意的。”

“中盘混战时，原下索以聚灵术强行提升三倍算力。待四劫初显，胡先生提出和棋，盘面优势在他，甚至十步之内，黑棋仍有优势。但二十步开外，转机在我。”

“算力固然重要，更重要的是心意。棋理中讲‘征吃’‘劫杀’，也讲‘共活’，偏他杀心太重，不仅想胜，还想大胜，最后反被我寻得机会。”

顾雪绛转向徐冉道：“这点像你。你想练最刚猛的刀，想赢每一场战斗，恨不得一夜之间超凡入圣，打遍天下无敌手。”

徐冉破天荒没怼他，沉默不语，似有所悟。

程千仞却想，他们与原家兄弟真是孽缘，哥哥把徐冉摁在地上打，弟弟被林鹿打出心理阴影。加上鹿摸了大花，原上求为驴打群架吃禁闭。

总之，梁子算结定了。

南渊诸生因为文试成绩扬眉吐气，等大家缓过神，再去看武试挑战赛，仿佛被泼了凉水，瞬间认清形势不容乐观。

复赛签运不佳，连累挑战赛乏力，两位青山院师兄接连失利，前十中南渊只占四位，包括目前排名第三的程千仞。

事已至此，众人除了互相安慰，别无他法。

“也不是第一年被北澜压着打，今年运气格外差……”

“想开点，程师兄还有两年才毕业，以他的天资和修行速度，明年武试一定夺魁。”

“傅克己是去皇都游历，明年应该回剑阁了吧？”

太液池最终战一天天逼近，程千仞听得耳朵生茧，早没了脾气。想来这情景放在自己那时代，大概就是全校狂刷热搜话题——

#愿明年没有傅克己/点蜡/点蜡#

正值深秋，昼短夜长，学院里红衰翠减，落叶萧条。

程千仞抱着剑，沿湖边漫步。

他来得很早，天色未明，晨雾未散。对岸楼台仍点着灯火，影影绰绰地映在湖面。太液池烟波浩渺，像身笼轻纱的沉睡美人。

明天，他将再次面对克己剑。

因为“神鬼辟易”与“见江山”都没有明确的五行属性，抽签时，程千仞写下平时练剑的医馆梧桐林。对他而言，五行地利难借，最熟悉的地方才是主场。

但出乎意料，他抽到了太液池。

他以为傅克己决不会选这里。

上次交手，那把剑星火四射，燃雨化雾，剑芒炽盛，必属赤阳。太液池却秋水寒凉，与其相克。

远处隐约响起喧闹人声，大抵是学生们结伴入院，程千仞避开泊舟渡口，行至荒僻的湖西，继续游走思考。

在顾雪绛描绘的战斗画面中，他很确定，傅克己有比“饮川洪”更强大的杀招，以此突围、反杀、重伤周延。

他近来翻阅剑阁剑典，熟悉对方剑路，现在静观太液池，某些猜想在脑海中渐渐成型……

“程师兄！”

程千仞早察觉到有人近身，只当是路过的学生，谁知他们突然出声，倒吓了他一跳。粗略一扫，二十来位，都是熟人，以前算经课的同窗。

他礼貌地笑笑：“有事吗？”

复赛后，这些人为医馆前的责问道歉，又经过几场南山演讲，成为他最坚定的支持者。

张胜意越众而出，面色紧张地问道：“程师兄真的不弃权吗？”

“不会。”

“好，既然你一定要为学院争这口气，不管你怎么打，结果如何，我们都祝福你！”他深吸一口气，接过旁边递来的檀木盒，“这是我们集资为你定做的法袍，锦衣加身，以壮行色！”

程千仞微怔，他觉得，大家似乎误会了什么，道："这，不用了吧……"

"请务必收下！"

礼盒被塞入怀中，忽听有人喊道："程师兄保重。"

众南山学子齐声应和："程师兄万万保重——"

萧瑟秋风吹过湖畔寒柳，场面忽然悲壮。

程千仞本想解释几句，诸如"我不是去送死""就算赢不了，也有把握活命"。

最终却只接过法袍，行礼致谢。

这是真正的沉重期待，不同于"你必须代表我们取得胜利"。没有人指望他赢，只希望他活着。

程千仞练完剑，回到医馆诊室时，恰好赶上刘镜等人来访。

"周延师兄还在养伤，托我们来看看你。"刘镜带来一瓶补气血的丹药，"他说，祝你好运。"

程千仞说："替我谢谢他。"

青山院武修们不说太多客套话，每人拍拍他肩膀，意思就尽到了。

送走客人后，程千仞试穿新衣，越想越不对劲，问："他们这是做什么？"

顾二："劝你惜命呗。越重要的比试，傅克己越态度认真。这种认真主要体现在他尊重对手，丝毫不会手下留情。"

程千仞挑眉："难道复赛他留情了？"

徐冉："拜托，复赛是你要跟他打近身战，逼他下狠手的好不好。"

林鹿只打量他新衣："好看。"

诊室没有铜镜，程千仞看不到自己的模样。他也只想试下大小，万一明天穿上束手束脚，影响战斗就不好了。

顾二笑了："别说，还真挺好看。九重护体符文，你同窗大手笔啊。"

还是学院服的样式，衣摆却绣有繁复暗纹，行止间光华流转，如月色披身，星辰熠熠。

徐冉："你们有没有觉得，千仞面相也变好看了，似乎比原来……"她困惑地挠头，"我也说不清。"

程千仞："行了行了，吹得我心慌，又不是真去送死。"

他心里清楚，这件造价不菲的华美衣袍，若对上寻常兵器，自然水火不侵，刀枪不入，可惜在克己剑面前……或许能起到心理安慰的作用？

破晓时分，程千仞结束冥想，洗漱穿衣，抱剑出门。

两天前，文思街新宅已经建成，朋友们都等他打完这场一起搬家。无论输赢，都要办开府家宴，喝酒吃肉。

乌云蔽日，天空像被浓淡不均的水墨浸染，低气压令人胸口沉闷。

人们的热情丝毫没有受天气影响，南渊学院、整座南央城，大半个修行界，已为这一战等待太久。

程千仞一路上倒算顺利，人群自发让出通路。

太液池边，围观学子沿湖围了一层又一层，湖岸周围楼阁露台占满，藏书楼窗口都有脑袋探出来。督查队尽职地维持秩序，往来疏通。

与湖畔相反，湖面寂静空荡，小舟不渡，白鹭不飞。寥落枯荷在秋风中微微摇晃。

天青青兮欲雨，水澹澹兮生烟。

程千仞先送顾二等人入座，受执事长关照，他们得到了渡口舟上最好的座位。

朋友们担心他不喜欢这个天气，毕竟同样的阴天里，他被克己剑打下半条命。天时不巧，有些宿命论的意味。程千仞倒不甚在意，从前死里逃生的时候多了去了，水鬼魔族盗匪可不管你阴天晴天。

渡口未到，却遇见此战对手。傅克己立在湖边，背负长剑，青衫挽风。周身三尺空无一人。

程千仞一怔。

台下相逢，双方很自然地没有见礼，点头致意。

他见傅克己没有说话的意思，便打算绕开，恰在此时，人群中又走出一人。

“诸位别来无恙。”

原下索折扇在手，风度翩翩，像是已走出败棋阴影，笑着与他们打招呼。

顾雪绛忽然生出极不好的预感。

“今日不仅是双院斗法最终决战，更是剑阁大弟子，与南渊第一天才之战，此等盛会整个大陆瞩目。你们这样就开始打，好像少了点意思……”原下索环顾四周，似在征询众人意见，“添些彩头如何？”

他的声音蕴含真元，远远传开——

“程兄，若你获胜，克己剑归你所有。你带着它行走世间，天下皆知傅克己是你手下败将！”

人群响起一阵骚动，如烈火燎原，迅速蔓延太液池。

“克己剑？他认真的？”

“傅克己倚它成名，爱惜如命，绝不会同意！”

程千仞看向傅克己，后者眉峰微蹙，不知为何，竟没有反驳。

众人已安静下来，等待他回应。

程千仞淡淡道：“名剑在前，我无珍奇，更无法器，没有彩头与之相配。不如作罢。”

原下索摆手朗笑：“此乃剑客之争，何必拘泥俗物，千金万金不值一文，你手中之剑足以！”

一言既出，豪气干云，众学子听得热血澎湃。

“好气魄！”

不管什么剑，有何来历价值，拿在他们手中，此时此地，都是平等的。

程千仞瞳孔微缩，下意识地握紧神鬼辟易。

兜兜转转，原来在这里等着他。

“且慢！”

顾雪绛转向湖畔寒柳，略行一礼：“南渊学院禁赌，还请裁决示意。”

众人目光随之移动，今日由执事长亲自担任场边裁决，只见他抚须笑道：“不扫你们年轻人的兴致，可。”

他想，万一赢了，拿下克己剑，大赚。就算输了，赔进去一把旧剑，学院出钱给程千仞买把好的便是。

大部分人都如此作想，欢呼四起，原下索微笑不语。

程千仞低着头，神色莫测。

骑虎难下。

这不是暗算，是明谋，对方光明正大地出招，偏让他们奈何不得。

程千仞：“等我送人登船。”他不愿让朋友们一起承受目光与压力。

徐冉再傻也看出不对，却毫无办法。林渡之亦不擅长应对这种场面。

渡口小舟中，顾雪绛拦住他道：“等等，你出去打算说什么？”

“这是东家的剑，我无权以它为彩。”

顾雪绛：“那原下索肯定反问，你既不是剑主，也不是澹山山主，凭什么拿这把剑？他早知道剑的来历，今日却当众重提……”

“神鬼辟易一旦现世，八方惊动，不出一日，半个大陆都会逼问你宁复还和宋觉非的下落……我们还没做好准备。”

程千仞想了想，依然起身向外走，说："事已至此，无路可退。我得赢。"

剑不能给，剑的来历不能暴露，东家的事不能说。

"你说赢就赢，你以为你是谁啊？冷静点，大家再想想别的办法。喂，等一下！程三——"

却见程千仞足尖点水，袖袍风满，身形倏忽远逝。

湖畔响起震天欢呼，裁决的声音远远传来："以剑为彩，开始吧。"

徐冉："他就这样走了？！我、我们现在怎么办？"

顾二点燃烟枪："……祈祷傅克己急症发作？"

林鹿有点想哭。

青灰色天空阴云密布，夏日浓艳的半湖荷花早已凋零，只留下一大丛枯黄茎干，在萧瑟西风中支棱着。从高处望去，像一支支残破的剑戟。

藏书楼顶层的酒肉牌友们，破天荒没有上牌桌，而在临窗位置摆了矮几，煮一壶好茶，四个脑袋凑一起进行"秋兴"，也就是斗蛐蛐。

红泥小火炉咕嘟嘟冒着热气，瓮中蟋蟀乱叫，蹬腿鼓翅，像两位凶悍将军准备决战沙场。

"他们拿神鬼辟易做彩头，你不急？"北澜刘副院长道。

胡先生用一根热草引逗蛐蛐，道："该来的躲不过……小孩子们闹得再大，还能把天戳破？"

太液池水域辽阔，岸边楼阁林立，视野最好的观湖楼被来自宗门世家、军部州府的大人物们占据。几只棠木舫停泊渡口，船上坐着今年双院斗法表现优异的学生们。

顾雪绛等三人独占一条船，五六丈之外，便停着原下索与邱北的船。其余众人围聚湖边，没了演武场的层层石阶，能望见多少全凭运气。

程千仞不禁怀疑，对方选在这里，就是不想让人看清。

他乘一叶扁舟，自东渡口入湖。小舟被真元催动，向湖心驶去。几道水纹随之漾开，打破琉璃镜般的湖面。喧嚣人声渐远。

他的对手从西渡口御舟破水。

相逢之前，他们各自平静心境，为拔剑蓄势。

这段不长不短的时间里，程千仞什么也没有想。关于剑阁剑典，关于克己剑，关于取胜，那些从前思考过无数遍的问题，无论有没有答案，都消散在荡荡湖风中。

水波摇晃，乳白色晨雾背后，锋锐剑意逐渐迫近，从几十丈，到十余丈。

程千仞的小舟微微一沉。

下一刻，一道白影冲天而起，寒光乍现！

他拔剑飞掠！

十余丈距离仿佛不存在，水面甚至平静如初，没有丝毫真元外泄。

这一剑起势全无征兆，出乎所有人预料。诸多困惑问不出口，只来得及说句“好快！”。

傅克己立于船头，一手负身后，一手扶剑柄，身姿挺拔。雪亮剑光刺破晨雾时，他微微挑眉，似乎有些惊讶。

经过无数次练习，他知道从抬起右手到抽剑离鞘，自己只需要短短一息。

单论拔剑，青雨剑也不如他快。但剑光已经出现，他没有一息。

程千仞破雾而出，衣袍鼓荡，如一只白色飞鸟。锐利剑锋逼近他身前半尺，劲气刺痛面门。

没有试探，没有缓和，没有渐入佳境。谁也想不到，这场战斗一开局就被程千仞带入杀机四起的节奏中。

“好个‘雾隐行雁’！”

“剑在鞘中气势最弱，他如何全身而退？”

傅克己一步未退。只有扶剑的左手前移，拇指稍动。

这个动作比拔剑简单。

简单意味着更快，剑柄被拇指拨开一寸，冷光熠熠。

无数道剑气从中溢散，交织成一道剑屏，横隔在他面前。

破风声大作，雾气尽退！

细碎而尖锐，令人牙酸的金属摩擦声充斥两人之间。

来势无比迅疾的飞雁，终究被它阻隔一瞬。

这一瞬之隔，对旁人来说太短，呼喝都卡在喉咙。

对他们而言太长，足够傅克己从容拔剑。

若说程千仞出剑是一句暴喝，克己剑出鞘便如一声长吟。伴随清越剑鸣，整片湖面水纹同震，似在欢欣呼应。

观湖楼上的人，比湖边学子更早看清端倪。

“程姓小子起剑太仓促。少年得志，难免轻狂，整日在文思街寻花问柳，还怎么沉得住气？”

程府挂匾一事闹得沸沸扬扬，大部分人都同意这种说法。

剑阁长老却道："'雾隐行雁'出自我派'秋暝剑诀'，被他用作起手式，或许是想扰乱傅克己心神……"

克己剑完全离鞘的瞬间，程千仞点水疾退！

白影掠过，飞鸟变作断线纸鸢。

"轰轰轰——"

出鞘而发的剑气有如实质，一击不中落入湖中，闷雷接连炸响，水面爆裂，千万水珠支离破碎，纷纷扬扬如疾风骤雨。

程千仞一退十丈，冲天水雾便追了他十丈。

爆炸声震得湖畔众人耳膜生疼，迷蒙雨雾隐没二人身形。

观湖楼上有人摇头道："旧势已尽，新力未生，却对上出鞘之剑，险。"

果然，程千仞掠退时来不及变招，长剑在身前仓促划过半圈。

剑轨留下弯月般的影子，仿佛顺手施为，显得很不圆满。

渡口舟上，许多人困惑蹙眉。

一弯明月冲破雨幕，映照涤荡湖水。那剑影竟淡而不散。

瓮中蟋蟀仍在扑咬厮杀，胡易知抛下热草，俯瞰太液池道："这招'孤峰照月'用得显眼，恐怕已有人识得他剑路。"

院判不为所动道："剑诀摆在那里，就是给人练的。'见江山'又不是什么见不得人的东西。"

明月清辉愈盛，被破碎水珠反射。映得湖面一片银芒闪烁，好似凝冰落雪。

这一剑替他抵挡了大部分压力，程千仞落回船头，压下翻涌气血，剑身滴水不沾，灼灼生光。

孤光自照，肝胆皆冰雪。

兔起鹘落，一切回到原点。

两人立在各自船头，一青一白，相隔十余丈。

徐冉怔怔道："傅克己为什么不追？"

"因为他占据绝对主动。无论是耗真元还是比剑意，他不怕千仞出任何招式，选择任何打法。他完全可以用最稳妥的方式，见招拆招，以逸待劳。"

顾雪绛脸色不太好，他没有指望徐冉回答，只是自言自语："雾隐行雁…秋暝剑…这样开局，他想做什么？"

这个问题除了程千仞，只有傅克己明白答案。

克己剑握在他手中，剑身因为灌注真元星火迸溅，与半空水汽相遇，激起袅袅白烟。

顾雪绛说得不错，但程千仞不愿让对方以逸待劳。

傅克己为什么选择太液池，更胜“饮川洪”的最强杀招又是什么，他心中已有猜测。

一场战斗有时不需要说话，刀剑与战意可以代替语言。

“秋暝剑”是程千仞在藏书楼翻阅的第一本剑诀。

其中“雾隐行雁”下一招，便是“霜杀秋湖”。

他出剑如暴喝，确是一句喝问：“我敢用你们剑阁剑法，你敢接下一剑吗？”

你敢吗？

傅克己只思考了一息时间。

在旁人眼中，湖面两人没有动作。程千仞却感到一阵寒意，正越过水面与船板，渗入自己骨髓经络。

那人缓缓举剑，笼罩其上的白烟飘散，落在他衣袖、眉峰、鬓间，凝作星星点点的冰霜。

程千仞瞳孔微缩。

霜杀秋湖。

傅克己果然要借这一湖秋水，施展最肃杀的秋意。

观湖楼上，有人看出端倪，却想不明白。

“程千仞这一问，气势占先，傅克己不得不应，否则剑刚出鞘便损锋芒。”

“他为什么要这么做？”

战斗刚开始，逼出对方最强胜负手。接得下，战局或许出现转机；接不下，当即重伤落败。一场万众瞩目之战，不到半个时辰就结束，年轻人不会觉得跌面子？

湖畔疯长的青芜和黄鸢尾被浅浅白霜覆盖。

众学子屏息等待着，没有人说话。

猜想得到证实，程千仞却丝毫高兴不起来。对方比他想象中更强。

克己剑尚未刺出，他心头忽生警兆，蓦然凌空跃起。

几乎同一时刻，身下小舟一声暴鸣，片片炸裂！

碎木与水雾冲天，混杂剑气追袭而来！

“铮铮铮铮——”

程千仞面色不变，长剑如游龙，清光四散。

“一息之间连出三十六剑，一剑出错就要见血，他却能将周身护得滴水不漏。”

观湖楼上，也有人提出质疑：“秋暝剑的秋杀之意，仅限于此吗？剑阁大弟子或许不适合这套剑法……”

恰在此时，一点寒芒刺破重重水雾，傅克己持剑踏水，如履平地。

程千仞全副心神应对剑气交击，只得疾退！

他纵身而起，转瞬掠过十丈、二十丈，踩浮木，浮木爆破；点枯荷，枯荷碎裂，那些森寒剑气如影随形，稍迟一步就能将他刺个对穿。

傅克己向白影掠退的方向走去。他起剑并不快，对于这种一息万变的战斗，剑势甚至过于迟缓，却因迟缓生出沉重、坚定的意味。

程千仞陷入一丛荷花荡中，终于得以喘息，狂溢剑气将这里炸得七零八落。他单髻散乱，墨发淌水，衣摆尽湿。同窗筹钱买的法袍已破损，失去效用，肩背几道伤口涌出鲜血。

一支枯黄蜷曲的荷叶被狂风吹动，剧烈颤抖。如果蜻蜓、白鹭点水飞来，画面当有秋之静美。但此时，傅克己立在上面，劲气鼓荡衣袍，容色漠然，如神魔降世。

程千仞不明白，对方身形分明在十丈开外，下一秒却凭空出现，近在眼前。

长剑终于斩落，一道无比强大的气息从剑刃溢散。

再不明白，他也得接招。阴云与湖水仿佛被这一剑割裂，天上地下尽是凄厉剑啸。

温度迅速降低，支离破碎的乌舟残骸浮在水面，湖心岛白鹭嘶鸣惊飞。

湖畔的喝彩与赞叹声戛然而止，巨大的恐怖压力下，众学子说不出话。

藏书楼上，瓮中蟋蟀斗得难解难分。

胡先生笑道：“霜花降临悄然无声，等你觉得冷，它已经落满湖面。”

院判道：“他有半息时间思考。转身逃命还是横剑防身，武者若临危不乱，眨眼间足够判断战局。”

半息不到，只见一泓银光凌空泼洒。程千仞飞身抢攻。

剑芒暴涨，人影交错。

傅克己预判失败，剑锋一击不中，与他擦肩，刚好削下一缕发丝。然而剑尖没入水中的刹那，整片湖水冲天而起。

轰鸣震耳欲聋，好似压抑已久的爆发，十万雷霆震怒！学子们忙不迭向后退去，湖畔如遭疾雨，兵荒马乱。

观湖楼上，众人施法挡雨，方才质疑剑阁剑法的沧山长老哑口无言。狂风卷起水浪十丈，重重剑光笼罩湖心二人，众人视线受阻，心悬于口。忽而血箭喷薄，白影被切作两截，一声惨叫也来不及发出，便轰然坠落！

“啊！——”湖畔响起惊呼。水墙落下，波澜浩荡的水面，映出傅克己一个人的影子。

尸体浮起，是克己剑斩下的一只白鹭。

程千仞消失了。

傅克己对着倒霉的白鹭，神色微茫，任由左臂剑伤汩汩淌血。

他不得不承认对方进步很快。

凝神境的程千仞，早已不是复赛擂台上，只能以伤换伤的那个，不只剑意精进，他的剑招与战斗本能更好地融合，使战力得到不可思议的提升。

抛开喧嚣人声水声，傅克己放出神识，闭目感知。方才的近身战中，他很确定，克己剑没有落空，甚至刺入对方肋骨间。

程千仞负伤，却不浮游求生，反而沉入水下。

他想做什么？

青衣剑客微微皱眉，劈水分波，毅然沉入湖中。剑遇对手，战意既起。纵使上天入地，他们今日也要结束这一战！

“怎么回事？程师兄去哪儿了？”

“傅克己跳湖了！”

围观学生一片慌乱，场边裁决也没见过这种打法。但这并不违反规则。

顾雪绛立在船头，浑身发冷。

霜杀秋湖下，他们的小舟差点被巨浪掀翻，大家衣衫都湿了一半。

他曾以极其精密的招式推算，帮助徐冉赢得与凛霜剑钟十六的对战。

可惜这一套对程千仞用处不大，此战中程千仞的唯一优势，就是足够拼命。某些求生的战斗直觉，通过无数次生死之间，融进他的血液里。

与其寄希望于推算，不如期望本能。打得越狠，对他越有利。

这是一步险棋，但是境界差距下，他想赢，就只有险棋。

程千仞忍着剧痛继续下潜，愈往下光线越暗，水压愈重。湖底泥沙受剑气激荡，浑浊翻涌。

太液池在程千仞眼中却很干净，没有水鬼的水域，都是很干净的。他曾经厌恶深水，但吃这碗饭，练就这个本事。

这里是他的主场。

一道冲力巨大的水波袭来，傅克己到了。

“他会死的吧？我希望他死。”

钟天瑜倚着露台栏杆，俯瞰波涛起伏的水面。

除过观湖楼，湖岸楼阁中数这里视野最好。

春雨连绵时他初入南央，某天傍晚去顾雪绛的画摊。那时程千仞一身破旧布衣，拦在凛霜剑前冷汗如雨，面色苍白，一副被吓傻的模样。

短短半年过去，谁能想到，面馆伙计成了南渊第一天才，走到哪里都被众人追捧。昔日与你有云泥之别的人，发生翻天覆地的变化，谁受得了这种落差？

“有些事不是你希望就可以……”钟天瑾笑堂弟幼稚，“不过这次，他侥幸不死也该重伤。晚上的宴会一定来不了。”

双院斗法最终赛极其精彩，露台上锦衣华服的公子们却看得心不在焉。因为有更重要的事情等着他们。

宴请花间雪绛便定在今夜。

张诩道：“会顺利的。程千仞负伤，他们必须留下绝对信任的‘自己人’守护照看，林渡之通晓医术，由他照顾伤员最合适。花间雪绛还能带谁来？那位败给青雨剑的罪臣之后，双刀徐冉吗？”

这些事情很早就计划好了，他此时却刻意重复，更像自我鼓励。

旁边三四人出言附和，甚至举杯预祝顺利。

哪怕所有细节计划万无一失，他们依然紧张。

“慌什么，那人总喜欢讲无用的义气，不愿带累别人，很可能单刀赴会。”白玉玦更沉稳些，“他接了请帖说会来，就一定会来。”

对战两人接连消失，观湖楼上，许多人心生困惑。

“就算水下过招，也该傅克己得利。他的护体真元更凝练，应当气息更稳。”

若他们知道，程千仞在没有半分修为时，就能江下深潜一盏茶不换气，恐怕不会这样说。

湖畔学子们目不转睛盯着水面，陷入焦灼的等待中。

漆黑水底下，灌注真元的长剑明亮如月，将两人身形照得光影诡谲。两剑倏忽交击，水浪被劲气牵引，泥沙藻荇狂涌，湖底剧烈震颤。

程千仞飞身掠退，隐没在浑浊泥沙间，他已经感知到，傅克己的境界虽可以抵御水压与阻力，到底会比水上慢一息。

就赌这一息。

傅克己不追，手腕横翻长剑倒转，剑尖入地两寸。

"轰——"以他为中心，气浪层层爆炸，范围飞速扩展。霜杀秋湖再次施展，这般恐怖的攻击下，程千仞绝对无处可藏。

便在此时，傅克己心中闪过一线警兆，当即拔剑防身！

已经迟了。程千仞从天而降，万千湖沙随长剑汇聚，成长河倒灌之势，雷霆万钧！

胡先生依然在看。有时他站在藏书楼上，能穿透万千浮云，望见东边的雪峰，北边的摘星台。太液池一湖秋水，算不了什么遮蔽。

他说："原来是'瀚海黄沙'。"

《见江山》这套剑诀没有"最强杀招"之说，换言之，任何一招都可以成为杀招。

湖畔眼尖的学子惊呼。湖心浮起一朵血花，很快被水流冲散。

下一秒，一道十丈水柱冲天而起，雪浪滔滔！青白两道人影先后冲出湖面，剑光重重交织。

傅克己半边青衣染血，程千仞不给他分毫喘息时间，追袭而上，将他拖入近身战中。

克己剑如龙游浅滩，剑势施展不开，一时险象环生。

"天啊！程师兄竟占上风！"

"或许……他将胜过傅克己？！我们南渊……要拿下双院斗法双榜首了吗？！"

徐冉激动又紧张，在船头踩水蹦跶道："能赢能赢！我们能赢！"

顾雪绛没有笑："或许是我想多了，原下索既然敢拿克己剑去赌，他们一定做了万全准备……"

话未说完，忽听得一阵悠扬笛声。

笛声寂寥，如秋雨潇潇，烟霏云敛。

林渡之霍然起身，向渡口另一艘船喝问道："你做什么？"

他素来平静漠然，此时声色陡厉，甚是骇人，震得徐冉噤若寒蝉。原下索却不怕，放下笛子笑了笑，向他们挥手打招呼。

顾雪绛问林渡之："那笛音有问题？"

林鹿："音控术，暗合傅克己剑路，我们听不出什么，千仞可能会……"

程千仞腹部伤口中尚有残留剑气，分分秒秒地折磨着他。

但他知道对手也不好受，傅克己方才虽然避开要害，右臂也留下一道入骨伤。战斗已至困局，现在就拼谁更能忍，谁先倒下。

便在此时，一阵笛音飘入耳中，渺渺清远，他却觉胸中烦恶涌起，手中长剑稍迟，险些被杀出破绽。

渡口边南渊学子虽不知发生了什么，但见势不对，纷纷出言："裁决，有人打扰对战！"

"在下即兴演奏一曲，为此战助兴。我没有用一丝真元，如何打扰他们？"原下索对裁决道，"学院是最讲规矩的地方，没有规则说我不能在湖边吹笛子。"

顾雪绛沉默片刻，说："傅克己不知道吧？"

原下索像在自我说服："这一战决不能败。他不会怪我。"

笛声再起。

藏书楼上，院判冷哼一声："鬼蜮伎俩。真以为没人能看出来？"

胡易知摁住他的刀道："能找到规则漏洞，还有本事利用它，也算难得。年轻人的事，你莫要插手。"

"为什么？你也没少管年轻人的事。"

"因为他吹得好听。"胡先生饮一口热茶，感叹道，"我很久没听到这么好听的曲子了。"

院判不再说话。明白了他的意思。

"这些年轻人非池中之物。我们要做的，只是不让他们死绝。然后把人族的未来，交到他们手里。如果连一场斗法都撑不过，不具备被期望的资格。"

大浪淘沙，他们之间或合作或对立，终究会留下强者。

话音未落，胡易知又听见琴声。

所有人都听到了，一时怔然。

徐冉怒而拔刀："怎么又来一个？我先砍了姓原的！"

顾雪绛伸手拦下她："是温乐。"

琴音泠泠然如高山流水，与笛声相遇转为激昂，金戈铁马之势顿生，浩然清气涤荡天地。

湖畔众人在琴笛争鸣中看剑影交锋，心潮起伏，更生万丈豪情。

胡先生又乐了，拍手赞道："'梅湖寒碧'对'夜雪初霁'，妙极！"

一曲未半，原下索收回玉笛，长叹一声。他遭受反噬，唇边鲜血溢出，被邱北搀扶安坐。

琴音随之静下，建安楼平静如初。

万众瞩目中，湖面战斗惊变突生，程千仞卖了个破绽硬挨一掌，剑柄倒转狠打对方脉门。傅克己一时不察，手腕剧震，克己剑竟脱手飞出，轰然坠湖。

哗然大作。

傅克己临危不乱，周身剑气狂溢，阻隔对方攻势。

程千仞快剑劈斩，破碎剑气落入湖中，引动一连串爆炸。漫天狂风疾雨，他长剑高举，光辉刺目，再度斩下！

所有人悬心吊胆，究竟是傅克己先召回自己的剑，还是程千仞的剑先刺破他胸腹？

千钧一发，立刻见分晓！

今日，所有人聚在太液池边。客院青松寂静，风声萧索。

当傅克己失剑遇险，鲜血染红湖水时，院落深处，黑暗的壁柜角落，一只长匣微微颤动，却没有人看到。

仿佛可怕活物渐渐苏醒，进而墙壁、乌瓦、青松、白石、整座院落剧烈震颤！

“轰——”

一道黑影冲破屋顶！它破梁破瓦，斩树斩石。

而它去势不减，直冲云霄！太液池水被连连引爆，黑影穿梭于层层阴云之上。

瓮中蟋蟀已斗死，两败俱伤。藏书楼上四人神色忽变。

湖畔有人抬头望了一眼，惊喝道：“那是什么东西？”

下一秒，高速破空声响起，如一声厉啸，黑影向湖面俯冲而来！

“轰——”

从天而降一把剑，整座太液池湖水冲天，硬生生被分隔两半。

冰碎瓦裂，山崩川竭！

“山河崩摧——”剑阁长老嘶声大喊，“他怎么能动这把剑？”

许多人喃喃自语：“原来这就是山河崩摧……”

神兵通灵，傅克己日日擦拭，诚心以待，必有回响。

“山河崩摧”凭借自身威势，最后关头，替他挡下这一击。

程千仞如断线风筝，狠狠砸入荷花荡中！

一道血箭随之凌空喷薄！

傅克己像一座不可逾越的大山。你以为“霜杀秋湖”是他最强杀招，他却还能招来一把神兵解围。

你不知道他究竟有多少可怕后手，哪一剑才是最强一剑。

换一个人面对“山河崩摧”，恐怕此时已心生绝望。出鞘之剑一旦生出退意，必然锋芒折损，速度力量都不在鼎盛。

被神兵震撼的众人缓过神，见程千仞以剑柱地，支撑身形慢慢立起。

肋骨断裂，脏器出血。他整个人都沐浴在鲜血中。手中长剑微微颤动，却不是恐惧，而是愤怒。

程千仞仿佛能感知到这把剑的情绪，一把火烧起来，从胸口烧过四肢百骸。

他觉得他还能打。

剑阁分为澹山、烟山两脉，拥有名震天下的两把神兵。十六年前，宁复还杀师叛山，带走“神鬼辟易”，剩下一把“山河崩摧”，很多人认为它被留在山上压阵。没想到圣人把它交给了傅克己，随这位剑阁大弟子、未来的烟山山主游历天下。

今日太液池上，它似天外星辰坠地，大展锋芒。

裁决希望程千仞能举弃权牌。这一战中，他已经展露超出境界的战力，个人潜力、价值有目共睹，作为前途无量的天才，名声、地位他都有了。今年不胜还有明年，如果留下不可逆转的重伤，谈什么将来？

就到这里吧，够了。

神兵当前，湖畔众人心生畏惧，下意识地冒出这类念头。

可惜程千仞听不到他们内心呼声，他依然向前走去。撑着剑，步履维艰。每走一步，就让人紧一口气。

鲜血流入枯茎丛中，水面如绽开朵朵红莲。

他面容平静，好似不知伤口苦痛、又像在压抑着什么。

画面诡异而骇人。

全场静默。

傅克己也没有动。

或许程千仞走不完这几十丈，毕竟不确定他的真元是否还能支撑水上行走；或许他已经无力再战，只撑着一口气不肯倒下。

但只要对方有举剑出招的意图，他就等待，并给予时间。

就算程千仞现在打坐调息，灌几瓶灵丹妙药傅克己也不会阻止。

这是一种尊重，也是自信。

自信得胜。

程千仞视野中一片血红，枯荷、淤泥、雪浪、水草，甚至对手的身形都像蒙了血雾，模糊不清。只有那把剑的光辉穿透一切，极度刺眼、惹人生厌。

他的速度渐渐提升，从踉跄到疾走，到狂奔。

胸腔火焰越烧越盛，程千仞点水狂奔！

剑尖低垂，在湖面破开流畅的轨迹，其上狂暴真元令水滴蒸发，一道白雾随之升腾。

他挟雾而来。

傅克己神色微凛，双手握剑，严阵以待。身形未动，山河崩摧却爆发一声凄厉啸鸣！

程千仞手中旧剑不甘示弱，以长鸣应和！

它们像老友重逢，将把酒欢谈，又似宿敌碰面，必生死立见！

这两声剑啸来得无端又盛大，响遏行云。湖畔众人捂耳后退，修行者亦觉识海震荡。

观湖楼上，人们神色陡然凝重。

什么剑能与山河崩摧齐鸣，程千仞到底是什么来路？

一切猜想与推算无暇进行，因为两剑已经相遇。

预想中的大爆炸没有发生，太液池仅微微颤抖。

寂静一瞬。

山河崩摧从客院飞越到湖面，破屋穿云，在厚重阴云间狠狠撕裂一道巨口。

程千仞从荷花荡狂奔到湖心，剑尖所过之处，真元燃烧，在水面留下一道白烟。

裂云不合，白烟不散。

两剑相逢时，这两条壮观剑轨，跨越天上地下，连作一线！

一道极轻极微的嗤响，像水流裂冰、新芽破土的声音，自长剑相击处传来。

每个人都听到了。

下一息，两声轰鸣交叠，云层炸开，水底爆裂，仿佛冰面瞬间开裂，洪水倾灌而下，新芽破土，眨眼拔起参天巨木。

浓云惊雷下，冲天雨幕中，程千仞与傅克己的身形渺小至极，只有两道剑光迅速亮起，穿透重重雨雾。

湖畔众人来不及做出反应，被巨响震得耳膜剧痛，短暂失聪，一片慌乱。

云层裂口飞速扩大，湛湛清光流泻，洒向荒诞人间。

一息间有千万道剑气交击，厉啸回荡，剑意充斥天地。同炉铸造的两把神兵，一直跟随修为高深、老成持重的历代山主。

明珠蒙尘损光辉，宝剑藏锋损锐意。它们曾共同抵御外敌，所向披靡，从未交锋，今日却要一决高下。

观湖楼上的人们，也像短暂失聪的学子那样，怔然一瞬。

“威势引动天象，这不是那把剑是什么？无法解释，只有一种可能。”

“当年宁复还携带此剑杀师叛山，他从哪里得来？！程千仞必然与宁复还有渊源。”

他们身份立场不同，脑海中一闪而过的无数问题却大致相同。

有人想开口，却只来得及说四个字，这四个字仿佛代表危险，能抽干人的力气，必须小心翼翼：“……神鬼辟易。”

程千仞狂奔、出剑，天地惊变，过程复杂，时间却极短。

狂暴的真元极速燃烧，湖水像煮沸的大锅，冲天雨水燃作白雾，热度甚至令湖底泥沙滚烫。

程千仞觉得，自己的身体正像这湖沸水，即将被烧干，超越痛苦极限。

这是玄妙至极、危险至极的一刻，他拥有无穷力量，又无比接近死亡。

视野中空无一物，全然光明。

不堪重负的太液池，眨眼间蒸干半湖水，终于达到承受极限。

两把剑被湖底阵法判为强敌威胁，进而整座南渊大阵不启自开。

藏书楼顶一道金色光柱冲入云霄，光芒如蛛网般迅速扩张，学院笼罩于煌煌光辉之下！

八面南央驻军见大阵开启，以为敌袭，各城门军报频传。

院判在一息之间收到了二十六张传讯符。

“南渊学院出了什么事？”

东至白雪关，西至入海口，整片大陆向他们发出疑问。

院判很难受地回了两个字：“无事。”

胡易知缓过神来，急忙起身掐诀，大阵开启一次烧灵石愈千，攻击力恐怖至极。阵法被强行关闭，他擦拭冷汗：“谁知道他们闹出这么大阵仗。”

这还是凝神境吗？放眼前后五百年，就没有这样的凝神境。

刘先生面无表情地看着胡易知：“借你吉言哦。真把天戳破了。”

他忽而又想到些什么，神色无端寥落道：“上次南北两院开阵法，还是东征之战那年，当时为了稳定民心。一百多年的时光，就这样过去了啊……"

江山代有才人出，年轻的英雄们，终于向这个世界大声呐喊。

阵法金光敛没时，院判拿刀跳下藏书楼，入湖救人。

太液池千疮百孔，两个把天戳破的人，无知无觉地飘荡在水面。

几乎同一时间，紧急预案启动，湖畔督查队员迅速维持秩序、救治伤患。

程千仞与傅克己状态很糟糕。

正如胡先生所言，凝神境没有这么大的力量。

是神兵与剑主心意相通，发挥自身威能，沟通自然，向天地"借来"，或者说"拿来"的。身体早已达到极限，后来又硬抗南渊大阵攻击。

学院医馆的医师们于战斗开始前一直待命，两人被就近安置在院判的湖心岛宅邸。一个住东院，一个住西院。

观湖楼上的佛修医者前来诊脉，灵药一应俱全，众人快速商议，最终采取了林渡之的治疗方案。

这场战斗情况复杂，对战者所用手段匪夷所思，又同时倒下，如何分胜负？

然而文无第一，武无第二，打生打死一场，不能判"和棋"。

只得按照为数不多的旧例，宣布谁先从昏迷中醒来，谁胜出。

程千仞的朋友们忧心如焚，早已不关心输赢。

大阵开启使修行界震惊，加上"神鬼辟易"现世，千万人关注着南渊。

结果比预想中更快出现。

程千仞不到一炷香便悠悠转醒，消息传出去，再次引发轰动。

医师们又来诊脉、喂药，他却像有重大心愿未了，非要让人家出去，跟朋友说话。

于是房间安静下来，三双含泪的眼睛注视着他。

程千仞艰涩开口："重……重修太液池的钱，不会让我出吧？"

有这句在，顾雪绛就知道人没大碍，长舒一口气。林渡之笑了，徐冉低声欢呼。

顾二："你想多了。就算让你赔，你也赔得起。你赢了傅克己！你知道这意味着什么吗？光在赌场赚来的钱，就够我们吃八辈子。好好休息吧。"

程千仞识海混沌，头脑昏沉，根本转不过弯："等等，上场前，你说有一半人支持我……"

"几万人参赌的大局，那一半人是买你'不会死'，买你'不会死且会赢'的只有一百人。赔率高破天。"

程千仞尽量往大数字猜："一赔三十？"

顾雪绛伸手，在他眼前比了两个三："一赔六十！"

徐冉倒吸凉气："道祖在上！"

程千仞放心地昏过去。

好幸福啊，人生。

日影西斜，顾雪绛望了眼天色，起身向外走。

林渡之忽然问："你去哪儿？"

经他一问，徐冉也察觉不对，上下打量顾二装扮，说："程三还躺在床上，你就穿成这样去风流快活？"

顾雪绛摸摸鼻子："我去赌场取钱，然后存进钱庄，早日生利。我、我晚上不回来吃饭了。"

徐冉喜滋滋地说："那行，你去吧。等程三好了，我们搬新家，吃涮肉，喝好酒。"

紫衣公子潇洒一笑，扬长而去。

他走在南央城流淌的浮华夜色中，街头巷尾，人们讨论着今日的惊天大事，无处不热闹。

他拎着一坛酒穿过人群。

顾雪绛这场赴宴，算不得单刀匹马。

因为他既没有宝刀，也没有名马。

顾雪绛正往城北暮云湖去。

湖风拂袖，秋虫吟唱，市坊间的喧闹人声远得听不真切。

程千仞买宅子前，对这里动过心思，清幽而开阔，北望云桂山脉连绵，日暮时湖光山色相看不厌。但这里离学院远，地价也贵，他们当时远非今日阔绰，只得作罢。

或许是神兵交锋撕裂浓云，阴天变作晚晴天。等最后一抹霞光消失西天，倦鸦归巢，细碎的星辰渐渐亮起。

饭后在湖畔散步的行人已散去，秋风中只余寒柳依依，波光粼粼。

渡口有低眉顺眼的侍女等候迎接，请顾雪绛乘舟。小舟向湖心悠悠驶去，三层楼高的画舫停在那里。

它仿佛一夜之间凭空出现，金碧辉煌，如水中明月，光彩夺目。

短时间内建造这样一座庞然大物，只为让今夜更有意义，可见开宴的主人们，花了很多心血。

小舟逼近画舫，顾雪绛听到了温柔的琴瑟歌声，闻到令人沉醉的酒香。

有人从船头跑回舱内："他来了。"

满室舞乐一静。

是他，不是他们。

钟天瑾声音微颤，不知紧张还是激动："当真一个人？"

"一个人！"

赢比赛又赢钱，程千仞睡得舒心，外面却不清净。

"神兵重现，我已传消息给山主，此乃我剑阁大事，先生非要拦我？"

待傅克己情况稳定，转危为安，剑阁长老便提出查问程千仞。

有他牵头，旁的世家宗门不甘落后，各怀心思，一并赶来。

东院门前，黑衣督查队阵列森严，执事长笑脸和稀泥道："您莫抬出圣人压我。我出现在这里，是胡副院长的意思。程千仞是我南渊学生，出于人道，不如等他伤势恢复再问。南渊自会给剑阁一个说法。"

"伤势恢复？难道他一日不恢复，我们等一日，若十年不恢复，便让我们等十年？"

"您说笑了，怎么可能等十年？！因为他……他还有两年就毕业了。"

剑阁长老气得发抖。

执事长示意督查队让路，说："劳烦诸位前来，堂中已备好茶。"

学院礼数周到，但态度强硬。剑阁路远，圣人又闭关续命。这里是南渊的一亩三分地，要查问也该学院问。胡先生说人什么时候恢复，人才算恢复。

前厅众人品茶打机锋，后院，程千仞被悄无声息地转移到医馆。

来湖心岛还可以说是关心后辈，拜访院判，若再追去医馆，用意太明显，有失身份，只得暂时作罢。

正巧程千仞也睡够了，回到熟悉的林字诊室，半靠在床头看书，浑身透出劫后余生，享受生命的淡淡欢欣。

"顾二走了多久？"

林渡之："约摸半个时辰。"

"徐大，我想吃飞凤楼的金丝粥。"

"这能喝吗？"得到林医师点头，徐冉一拍大腿，"我给你买去！马上回来！"能让程三开口提要求，看来是非常想吃了。

程千仞笑道："顺便买几份清淡素菜。"

"行！你受伤了你是老大！"

门口有督查队员把守，去楼下端碗汤药的工夫，林渡之再推门，倏忽一惊。

窗户开着，寒凉秋风灌进屋里，吹动枕边书册“哗哗”翻动。

守卫随他跑进来问：“出什么事了？”

诊室空无一人。

林渡之不慌乱，以佛门神通感知。屋内没有生人气息，没有战斗痕迹。程千仞自己跳窗逃跑了？

督查队员听闻，一人从窗口发出号箭。

“四个大门全部戒严，院墙覆盖示警阵法，人跑不出学院。”

林渡之正要随他们出去寻，忽而心头微动，快走几步，打开药柜里的暗格，取出一支剔透美玉雕琢的刀匣。

入手重量不对，匣子空了。

“湖主赏光，蓬荜生辉。粗茶淡饭，拙乐劣酒，若有招待不周，还请担待。”

顾雪绛大方地受用道：“客气了。”

帷幕后美人起舞，曲乐有浓烈的皇都风格，与明镜阁大不相同。

气氛平静诡异，顾雪绛自顾自地吃菜饮酒赏乐，酒过三巡菜过五味，觥筹交错间，客人不见丝毫紧张，几位主人对过眼色，摆手示意舞乐停下。

钟天瑾道：“往事不可追，其实大家……本不必闹到如此地步，只是缺一个坐下来好好聊聊的机会……”

再难说出口的话，一旦开始说，也会越说越顺。

“毕竟有过去的情义在，以前一起喝酒打马……我们大可放下仇怨，化干戈为玉帛，互惠互利，不然斗得两败俱伤，让旁人白捡了便宜。等你从南渊毕业，还可以回皇都做回湖主，重新拥有曾经的一切。如果你不信，我们可以立心血誓。”

心血誓足以体现诚意。不得不说，这是最好的结局了，今夜不必见血，他们各退一步，互相立誓，然后起歌舞，添美酒，主宾俱欢。

六个时辰前，神鬼辟易震惊天下，很多事因此发生改变。

程千仞到底是什么来头，从哪里得来这把神兵？

杀顾雪绛容易，他朋友必会为他报仇，两方将不死不休。暮云湖的布置只能发作一次，双院斗法已经结束，时间不够他们重新布局。想不留痕迹地杀死程千仞几乎不可能。

顾雪绛沉默，只是倒酒。

百年佳酿“醉东风”。寻遍南央大小酒肆，再没有这么好的酒。这是他离开皇都时，别人送给他的，今夜又被他带上画舫，与皇都旧友共饮。

白玉玦心想，他会答应的。这显然对他好处更大，既然肯听钟天瑾把话说完，说明他在思考。他们都是成年人了，应该懂得权衡利弊……

顾雪绛说："我不。"

席间众人齐齐变色，甚至有两三人霍然起身。

多可笑，他就像跟这个世界闹脾气的小孩子，无比正确的道理听不进去，张嘴就是"我不"。

但是没有人笑，因为他是花间雪绛。

他的酒倒好了。

顾雪绛做一些事情的时候，似乎带着仪式感，用徐冉的话说，一身穷讲究的毛病。

"喝罢这杯酒，情义俱消。你们杀我不算忘恩，我杀你们不算负义。"

气氛急转直下，秋风骤寒。

钟天瑾接过那酒盏，手腕微颤，冷汗浸湿衣背。

纵然做了万全准备，到底还是紧张。

"啪！"

他忽一扬袖，酒盏摔得四分五裂，酒水四溅。

"敬酒不吃吃罚酒！"

掷杯为号！四面门窗爆裂，烟尘乍起，红烛明灭间，人影散乱。

众人默契地跃至舱外，纱幔被劲气绞碎，舞者袖间软剑如银蛇出洞，成围拢之势攻向顾雪绛。

同一时刻，从画舫悬灯到湖畔寒柳，无数道玄妙气息冲天而起。埋下的阵法已经启动，暮云湖气机封锁，如一张铁网罩下，无法被外界探知推算。

"明早太阳升起，这座画舫发生的一切都不会留下痕迹。"

钟天瑾等人站在船头观望舱内动静，不过须臾，室内一静，灯火俱灭。

白玉玦喝道："退！"

一道沛然莫御的劲气冲出，众人飞速掠退十丈，正好避开。

"轰——"

重物坠地，船板剧震，原来是顾雪绛扔出一张长案。

"他的武脉果然恢复了！"

那人从黑暗中缓步而出，面容平静道：

"仅仅如此吗？"

宽阔的甲板上，华灯高悬，湖风浩荡，吹得他衣袍猎猎。

“放箭！”

画舫的雕栏露台、飞檐翘角上，不知何时布满弓弩手，数百张连弩居高临下，紧弦待发。

随一声号令，箭雨铺天！

与此同时，程千仞在冰冷漆黑的河水中潜游。

南方多水泽，南央城地下水域四通八达。

从南至北，太液池、月河、暮云湖，甚至安国大运河，其间至少有一条水道相通。

今夜千疮百孔的太液池尚未修补，湖底阵法破损，他得以潜入湖中，渡暗河往北去。

不知是不是修为提升的缘故，程千仞觉得自己恢复速度更快了。

他身覆真元，一盏茶的工夫，飞速游过大半个南央。

顾雪绛周身劲气狂涌，迎风挥袖。惨叫声接连响起，箭势反冲，令弓箭手顷刻死伤过半。

他踩着一地断箭，步步逼近船头，嘴上说道：

“我敢来，你们却不敢与我对战。既然心生惧意，便终生赢不了我。”

众人被激得面色青白，却没有动作，白玉玦冷笑拍手。

顾雪绛心生警兆，纵身上廊柱，踏飞檐。一连串急促爆炸声紧紧追袭，混杂火药的铁石在他脚下炸开火花。

火铳换下连弩。顾雪绛没想到，他们居然动用了军部禁器，一用就是一百多支。他一时间找不到趁手兵器，只得以轻身术闪避，左支右绌。

钟天瑾等人继续后退，二十余位境界高深的修行者从四面涌来，为不同世家效命的供奉排作一阵，身形变幻，横隔在他们与顾雪绛之间。

火铳换弹，甲板短时间安静，硝烟弥漫。顾雪绛挂了彩，立在柱后气血翻涌。

整座暮云湖的阴影压在他身上。

“你看到了吗？”白玉玦心中忽生无限快意，大喊道，“所有人都想你死，你难道觉得自己不该死？！”

有人带头，压抑多年的嫉恨终于能发泄，怨毒骂声不停：“你这种人，为什么要活在世上？！你为什么不去死？！”

顾雪绛轻声嗤笑，好没道理。仿佛当年作伪证的是自己，他们反倒是受害者。

忽而船边暴鸣，雪浪冲天，猝不及防一道人影破水而出。

凌空抛来一物:“顾雪绛,接着!”

众人微怔,钟天瑾嘶声大喊:“快拦住他!别让他拿刀!——”

四位供奉纵身掠至半空。

已经迟了。

紫袍翻涌,刀光如电撕裂夜幕!

春水三分出鞘!

程千仞同时拔剑。

血水喷洒,四道人影坠入湖中。

顾雪绛长刀在手,气势陡然一变。

一片死寂。熟悉的恐惧感笼罩全场。

没有惨叫声,那四人来不及出手,便化作湖中沉尸。

程千仞落在甲板上,接过顾雪绛抛来的酒坛,仰头痛饮一口。他浑身伤口裂开,鲜血浸透衣衫,却大笑道:“好!”

好一把锐利无双的刀!

好一个锋芒毕露的人!

文试复赛那日,程千仞负伤,栖凤阁失火,顾雪绛险些命丧火场。他当时已经拿到了邱北铸造的金针,说要抓紧时间做一件大事,摆脱被动局面。林渡之没有同意,顾雪绛怕他担心,之后也未提过。

程千仞知道他已经等待太久。

这把陪他闯下盛名的宝刀,终于在今夜重现锋芒。

钟天瑾回过神,号令再度开火。

通往暮云湖的每条路都有人把守传讯,湖面上空阵法气息交织,如一张大网,但程千仞是从水下来的,谁也想不到。

开弓没有回头箭,今夜杀不死这两人,必后患无穷。

程顾二人背对而立,爆炸声响起时,不需多言,程千仞挽了个剑花,长剑如漫天星斗,织作剑屏正面硬抗火力。

顾雪绛寻得间隙,跃上露台,手起刀落,砍下一支火铳队。

一时间刀剑声痛呼声落水声交错,甲板兵荒马乱,血流成河。

火铳队被杀得七零八落,白玉玦见势不好,当机立断道:“列阵!”

钢铁围墙般的供奉们动了,随他们身形变化,人影层叠,二十人竟生无穷无尽之势,程千仞被围困其中,仿佛四面俱是密不透风的高墙,空气渐渐凝结沉重。

这些人没有一位境界低于他，他不敢小觑。方才湖面一击因快取胜，刀剑配合默契，瞬间爆发，才打对方个措手不及。

顾雪绛解决了飞檐上的火铳队，纵身跳下的瞬间，程千仞剑势发作，里外夹击破阵。

清凉秋夜，星辰照耀下，华丽画舫血光残尸遍地，变作人间炼狱。

白天打架，夜里杀人，程千仞已经打出凶性，虽然带伤，一身战意俱在巅峰。

顾雪绛与春水三分久别重逢，任由对面铁索、捕网、明枪暗箭，浑然不知疲倦。

阵形一破，战斗变作单方面屠杀。月上中天，船上只剩十人站着，对方终于被杀破胆了。

钟天瑾示意停手，从两位护卫身后走出，脸色颓败，声音颤抖道："你们走吧！"

费尽心力没能成事，家族今夜的损失都要算在他头上，只怕世子之位保不住了。

顾雪绛只冷眼看着他。长刀淌血，一滴滴打在破碎甲板上，清脆响声令人绝望。

他忽然意识到什么："你，你不走？！难道你还敢杀我？还敢把我们全都杀了？"

杀供奉、杀护卫与杀主人不一样。顾雪绛再嚣张，也不可能在这个时机，与皇都大半权贵世家结下生死血仇。

"今天就到这里，我们损失惨重，你也该出气了，等……"

刀光一闪，一颗脑袋飞出，还保持着张口说话的模样，落入水中。

顾雪绛对鲜血狂涌的无头尸体说话：

"你不觉得你这种想法很奇怪吗，你杀我可以，我杀你就不行？"

那两位护卫一瞬愣怔，随即向船边飞奔。

程千仞长剑一抖，剑光嗡然暴涨，两人顷刻尸首分离，指间亮起的传讯符重归黯淡。

顾雪绛已经杀了钟天瑾，意味着剩下这些人必须死。

还有人想传消息出去，却不如神鬼辟易快，剑光闪动，又是两道血箭。

滚烫鲜血洒了白玉玦满身，他环顾四周，惊恐地瞪大双目："啊——"

其余人踉跄后退，刀俎与鱼肉地位对调，死亡的阴影终于令他们认清现实。

没有人愿意等死，绝境往往能激发勇气。白玉玦身上法器符纸早已用尽，只剩一柄红缨枪。

他枪尖一点，飞身上前："我杀了你！"

"来！"顾雪绛抬手，示意程千仞不要动，侧身避过袭来的枪尖，"你根本不配用这柄枪，趁早还给白闲鹤吧。"

白玉玦收势不及，向前踉跄两步，双目赤红："你凭什么说我不如他！"

长枪倒转杀来，却僵在半空，春水三分的刀刃已刺穿他心脉。

剩下几人亮出兵器，顾雪绛挥袖，抛枪入湖，单刀指地："一起上。"

他砍瓜切菜般，一刀杀一个。画舫终于彻底安静。

顾雪绛面容平静，丝毫没有大仇得报、扬眉吐气的喜悦。

他刀尖一挑，地上酒坛飞来手中，横刀身前，尽数倾倒。

刀身被烈酒洗去血迹，愈发明亮。

顾雪绛收刀回鞘，一声叹息，不知是遗憾、失望还是释然。

"我们原计划似乎不是这样。"

程千仞拍他肩膀："醒醒吧，我们没有原计划。"

感谢鸿门宴的细心准备，暮云湖气机被阵法封锁，这场屠杀发生时，没有人注意到。

天亮之后怎么办？死了这么多人，瞒不住多久的。

有很多严重问题必须面对，但程千仞与顾雪绛实在太累了。

两人坐在画舫栏杆上吹湖风，刀剑立在一旁。

风里混着浓重的血腥味和酒气。夜空明月高华，照耀着失败者的残尸。好个荒诞人间。

程千仞："你如果想回忆过去，发表报仇感言，可就这一次机会。"

天明之后，大家亡命天涯，还得跟这傻子世界搏杀，哪来时间伤春悲秋。他怕顾二闷出毛病。

顾雪绛摸出烟枪点燃："来一口吗？"

"不了。"

"白玉玦说得对，所有人都想我死。我不听话，我爹最想我死，他说我没有家族责任感。设计废我武脉不够，还要举告我勾结魔族。一群人作伪证。大狱所有酷刑来一遍，我偏不认罪，我不认罪他们就不能判我。离开皇都那天，我就想，我一定会回去。你可能不信，很久以前，我跟这些人，也算朋友吧……"

他们也有过一起喝酒唱歌的年少时光。大家还不到考北澜学院的年纪，从府里私塾逃出来，相约奔向马球场。

"花间雪绛好烦，我爹喝多了拿我跟他比，然后就打我。"

"是啊，我喜欢的姑娘天天说他。"

"他真有那么好吗，我妹妹也喜欢他，唉，烦死。"

换作寻常人家，少年人的不甘心与小妒忌，会被柴米油盐的生活渐渐消磨。等长大奔波生计、娶妻生子，或许分道扬镳，或许逢年过节串门聚会，释然一笑。年轻时对出色同伴的嫉妒心，只是酒后一点谈资笑料。

但他们没有柴米油盐，只有权力斗争和利益诱惑。一步走错便是万劫不复，不死不休。

顾雪绛说罢前尘恩怨，又抽一口烟："你说，林鹿和徐大，会不会打我们？我觉得会。"

程千仞正要开口，背后忽响起一声冷笑。竟有人悄无声息上船，他悚然一惊，抄起长剑，又很快松了口气。

顾雪绛："林……"

"啪。"

林渡之扇了他一巴掌："心想事成了？"

性情温和的林鹿居然动手打他，顾雪绛摸摸脸，还行，不疼。

林渡之："一个人跑来打架，觉得自己很厉害？拿到金针就续脉，原来你根本不需要我这个医师，让你戒烟你都不戒！你……"

程千仞有心替顾二解释两句，可是听不懂蓬莱话，欲言又止的样子招来林渡之一顿怼："你要不要命，白天的伤好了吗？渡暗河到暮云湖帮他，亏你想得出来，我和徐冉找遍南央全城……"

顾雪绛认真听训，突然想起什么，问："你破开湖上阵法了？有没有受伤？"

林渡之微怔，发现自己很难再生气。他给两人简单包扎，输真元调理经脉。

"达摩'一苇渡江'的佛门神通，阵法不会攻击我。走吧。"

林渡之走了两步，情绪冷静下来，才看清船上血腥场景，不禁打了个寒颤。

顾雪绛："怎么了？"

"……有点冷。"

"夜凉露重。"顾雪绛道。

一件混着烟草味与血腥气的外袍被系在身上，林渡之心中某个念头一闪而过：到底杀了多少人，才会有这么重的血腥味。

"他们都是……必须要死的吗？"

"他们不死，我就得死。"

林渡之双手结佛印，淡青色的火焰从他指尖坠落，甲板迅速燃烧，如一朵朵盛开的红莲。

三人乘坐顾雪绛来时的小舟，离开火光冲天的湖心。

程千仞问："徐冉呢？"

林渡之认真解释道："她说自己脾气不好，需要在湖边吹风冷静下。"

"真想砍你们，还得忍。我怎么会有这么不仗义的朋友。"

飞凤楼的金丝粥，徐冉一直用真元温着。

南渊四傻坐在湖畔垂柳下喝粥吃菜，像秋游赏月的才子佳人。

毕竟菜很贵，不能浪费。

一场生死苦战之后满足口腹之欲，很容易让人感到生命的美好。

徐冉："吃饱喝足，我们现在是跑路，还是杀上皇都？"

林渡之："今天傍晚，千仞消失后，学院四面大门戒严，督查队从医馆到院门的每条路都找遍了，没有人。只要他明天从暗河潜回，在所有人眼中，他今晚就是没有出过学院的。或许是去了院里某个角落。"

顾雪绛接着道："这场鸿门宴他们没有报知家族，而是先斩后奏，否则不可能只做到这种程度。现在策划、知晓这件事的人，都已经死了，所有证据在船上，船都烧了。没有证据，谁能来南渊学院问罪？"林渡之施展"红莲业火"，一丝存在痕迹也不会留下。

徐冉："你俩的意思是，我们跑路，反而显得心里有鬼。不如赌一把？"

"州府或许糊涂，但胡先生一定知道，南央城里所有大事……"程千仞想起那张年轻书生的脸，"好吧，就赌胡先生假装不知道。"

他实在太累了，需要回家睡觉。

他们抄近道走小路回去，程千仞在家门口与朋友们告别。

"我睡两个时辰，天亮之前游回学院。"

顾雪绛："你真的没事？连打两场，铁打的人也挨不住。"

程千仞摆手："你回去换身衣服，血迹收拾干净。"

他推开门。最近事多，小院疏于打扫，秋风卷起满地堆积落叶，好不萧瑟。

黑暗里，树下桌边竟坐着一个人。

那人仿佛本该在这里，并一直都在这里，丝毫不显突兀。

程千仞原地呆怔。最亲近的人、最熟悉的气息让他提不起任何戒心。

逐流站起身，大步走上前，张开双臂将他拥抱。见程千仞毫无反应，轻声道："你杀了那么多人，闯了大祸，要不要我帮你？"

程千仞头脑晕沉地想，我在做梦吧？不然为什么会看到逐流？

好暖和啊，伤也不疼了，不是做梦是什么？

“要我帮忙吗？你点点头，什么麻烦都没有了。明天照旧搬新宅，宴宾客。”

轻柔的声音在耳边响起，仿佛带着蛊惑人心的力量。

若程千仞此时抬头，便会看清那人面容平静，眼神冷漠，眉眼间神态与逐流大不相同。逐流初习分魂术，便潜入程千仞梦中，甚至干预他破境时的心障。心障最后，程千仞决定离开，被弟弟视作背叛。逐流偏激心思一起，加上违反规则遭反噬，如今神魂分裂，拒绝属于“程逐流”的感情，性情大不同以往。

程千仞自然不知这些，定了定神，挣脱怀抱，震惊地打量眼前人。

个子高了，五官彻底长开，真出落成了俊美少年，是梦里的模样。

“你、你怎么来了？”

送走逐流的时候，他说尽了绝情话，弟弟应该恨他。去了皇都锦衣玉食，身份尊贵，哪里还愿意回来？

现在逐流悄无声息地连夜跑来，怕不是在皇都遇难，过不下去了？

程千仞想到这种可能，心中一惊。真是破屋偏遭连夜雨，贫贱兄弟百事哀。

“你说话啊！到底出什么事了？”

“没事。”

“没事就快回去啊。我这边刚惹了大祸……保不齐连累你性命。”

这人居然第一时间担心他，以至于忽略了他说的“帮忙”。

朝歌阙微怔，心想说得真好听，好像你不是二百两抛家弃弟，有钱就搬去文思街花宿柳眠的混账哥哥一样。温柔乡，英雄冢，你也真敢去住。

如果“程逐流”见你这副模样，一定很高兴。

可惜他看不见了。

朝歌阙想到这里，突然改变主意。他笑意愈发温柔道：“我想你啊，哥哥。”

程千仞愣怔一瞬，声音颤抖地问：“你……你家里人，是不是对你不好？”

弟弟只是轻轻点头，程千仞却觉得他一定受了天大的委屈，脑袋“轰”的一声炸开。

他以为逐流身份尊贵，朝歌十卫又被自己逼着发过心血誓，会对他绝对忠心。逐流能得到最好的照顾，享受无限资源……

原来一切都是他自以为的，逐流过的一点也不好！

他家小孩多乖啊，如何在充满阴谋诡计的环境艰难求生？

“是我的错，哥哥错了……”程千仞眼眶通红，喃喃自语，“就知道那些皇都人不是什么好东西！”

他已经很久没哭过了，无论受再重的伤，面对怎样的险境。但现在，愧疚与压抑的思念，让他几乎掉下眼泪。

“你既然偷跑出来，他们一定不会放过你，南央城是待不下去了。我们先离开这儿。”程千仞握着旧剑，向少年承诺道，“别怕，谁欺负了你，以后我挨个讨回来。”

“五更天城门一开，我们就出城。我去跟朋友打个招呼，你去拿银票，都在你房间床板下面，其他东西不带……”

朝歌阙怔怔地看着他，目光复杂：“你伤得这么重，怎么跑？”

“我没事。”

“你就这样走，刚买的新宅美婢不要了？南渊第一天才的声威不要了？”

程千仞松开逐流肩头，退后两步。

他恍然觉得眼前人有点陌生。逐流会问这种问题吗？

程千仞试图让自己情绪冷静，理顺思绪，但朝歌阙没给他时间，径直上前两步，将人拉进屋里：“我很久没回来，银票在哪个床板下面，你带我去找。”

没等他反应过来，已经陷在柔软温暖的被褥里。

朝歌阙随手掐了几个诀，除尘去垢，疗伤助眠。

“睡吧。一天之内伤上加伤，情绪大起大落，应该休息。”

程千仞望着他幽深的眼眸，哪怕精神与身体疲惫至极，也硬撑着一口气不肯闭眼，不肯放下剑：“你……”

意识消散之前，他听见那人冷漠的声音：“我很好。我骗你的。”

月光透过雕花窗棂，落在俊美少年身上，他通身如沐银辉，显得愈发高华，不可逼视。

朝歌阙也不知道自己在干什么。

来南央见这人一面，自然有些事要做。他算是欠程千仞恩情的，需得还清了断因果，而“程逐流”或许还会醒来，若是见他哥哥死了，只怕要与自己同归于尽。

无论出于什么原因，他都不能看着这个人死。

但是现在，程千仞无知无觉地安稳睡着。

朝歌阙立在窗边，只想看他多睡会儿。

程千仞很久没睡这么好了。自从一夜之间变成修行者，他便开始以冥想打坐的修行方式代替睡眠，生活也充满紧张暗涌，尤其最近一段时间。哪怕与朋友打趣饮酒，也没有彻底放松过。

但这一夜，他觉得自己飘在柔软云端，又像泡在朝辞宫的温泉池里。

好眠无梦，疲乏全消。

“程三！醒醒！”

日头高悬，医馆诊室病床，三张脸对着他。

程千仞睁开眼，怔了半晌：“我怎么在这里？逐流呢？”

顾雪绛同情地看着他，道：“累成傻子了。”

徐冉低声问：“你昨天什么时候游回来的？”

程千仞：“游什么，梦游吗？”

徐冉：“这是睡傻了吧，以前怎么没发现，你比我还心大呢。”

“五更天我们去你家寻你，你不在。等学院开门，发现你已经在医馆了，这真是……天衣无缝。”林渡之替他诊脉，惊讶于他伤势好了大半，并有突破迹象，“你觉得哪里不舒服吗？”

程千仞：“我特别舒服，你们有没有看见，其他人来……”

他欲言又止。

徐冉：“有啊，督查队来问你昨晚去哪了，林大医师说你需要休息，等你醒了再问。”

顾雪绛：“昨天学院没有传出你失踪的消息，换了别的理由沿路戒严寻找，应该是怕那些宗门世家的人知道后，以为你带着‘神鬼辟易’跑路，都来找学院麻烦。消息虽瞒住，我们总得给督查队个说法，打算怎么说？”

程千仞只得放下逐流，思索片刻道：“我昨晚去客院找傅克己论剑。”

徐冉：“什么？！”只要问傅克己一句，就立刻被拆穿了啊。

顾雪绛拍手：“妙！”

林渡之想了想：“天衣无缝。”

程千仞心疼徐冉一脸茫然，对她解释道：“傅克己现在欠我们的。不是欠银子那么简单。”

顾雪绛坏笑道：“他欠一把克己剑，那是他‘命根子’。”

督查队果然去查问傅克己，还约程千仞他们同去，严肃地三方对峙。

傅克己坐在案前，面容平静：“傍晚时分，我从湖心岛回客院，待我清醒，便听说程兄等候在外间，寻我来论剑，昨日照料我的友人在场，俱为见证。”

旁边原下索、邱北连连点头。

督查队长有点纳闷：“你们聊了一晚上？都聊什么？”白天才打完架，晚上就能心无芥蒂地聊天吗?

也是他们疏忽，以为程千仞绝对不可能来客院，根本没有往这边找。

“自然是论剑。我们二人持有剑阁两把神兵，一夜对谈，谈不尽其中玄妙万分之一，受益匪浅……”

接着就是剑阁总诀中，讲述剑法形、义、神之类，极其深奥难懂的话了。

那位队长又不练剑，听得云里雾里，汗如雨下。

程千仞适时解围:“我养伤时忽有所感，似见突破机缘，心急如焚，立刻来找傅兄对谈，没来得及知会一声，劳烦众人担心。”

“哪里的话，突破机缘这种大事，一息都耽误不得!”

队长急忙带人起身告辞，路上感叹年轻天才的世界，我们不明白。

外人一走，屋内言笑晏晏的气氛立刻冷场，几人相对无言，尴尬弥漫。

徐冉心想，原来平时不说话的人，说谎的时候，话这么多啊。

撑场面还得原下索来，再尴尬也必须顶上:“答应诸位的事情已经做到，至于赌约……可否作废?”

顾雪绛还记着他的音控术，似笑非笑地拿乔道:“一换一，太便宜了。让我想想……程府的护宅阵法还没有铺，如果邱北能帮我们，以剑为彩的赌约一笔勾销。”

这是他们来之前商量好的，程千仞根本不想要傅克己的剑。

太显眼了，上午卖了换钱，下午全大陆都知道是他卖的。

原下索表情一言难尽:“邱北如果愿意，当然可以，只要你们不后悔。”

邱北慢吞吞地点头。

傅克己看着手中长剑:“算我欠你的。”

程千仞拍拍他肩;“胜败乃兵家常事……走了，邱北跟我们走。”

南央城又落了一场雨，这大概是今年秋天最后一场。

冬日临近，风雨格外凄寒。街上行人裹着厚衣夹袄，行色匆匆地撑伞踩过水泊。

程千仞站在程府最高的露台，近处亭台楼阁俱披轻纱，细密的雨水敲打瓦片，檐下铁质风铃摇晃。对街明镜阁立在雨中，华灯朦胧，颇有些“红楼隔雨相望冷”的意味。

逐流为什么要来骗他一次?应该还是怨他吧。

当时话都说绝了，还有什么情分在。

程千仞仔细回忆，他手里拿着剑，却像没拿一样。看来逐流修为已经远高于他。

逐流若真过得好，也值了。

忽而一个人影奔来，由远及近，如一道白雾。

徐冉站在雨中仰头大喊："程三！快下来吧，邱北说了，下雨也不能停工！"

程千仞内心的绝望，一瞬间大过逐流离开。

邱北来到程府的第一天，提着一个四方木盒，轻巧精致，像糕点盒。

徐冉："嗨呀，你来就来嘛，带什么礼物！"

邱北："这是我的空间法器。"

场面一度非常尴尬。

邱北打开盒子，取出灵石、各种阵法材料、木料、石料，甚至长短锯子、锤子、凿子等各类工具。

他来了就干活，茶也不喝一口，在程府中行走，以步丈量，仔细查看每处。

南渊四傻这才明白，原下索为什么说，只要他们不后悔了。

因为邱北是个强迫症。他虽然说话慢，但是心意坚定。每天只要他慢慢卷起袖口说"手艺人，活儿不能这么糙"，程府每一处都可能遭殃。

起初他说："我来拆，我来改。"但是程千仞看不过去，帮忙打下手，从此五个人变作南央施工队。

徐冉快要崩溃了："为什么一个大名鼎鼎的炼器师，会纠结小路鹅卵石是否排列好看，行了行了我知道，手艺人，活不能这么糙是吧？"

石狮子重雕，门梁彩漆重上，花木重新修剪催生。

今夜下雨，正厅灯火通明，他们与邱北雕阵料。南渊四傻只能雕个大模样，还得邱北精修一遍。

包工头邱北慢吞吞地说话："器物是死的，人是活的，精神和意志用来造物，死物能活。自己的宅邸，某些部分经自己之手，才算真诚心。"

邱北有些佩服他们。现在南渊学院，这四人最具声名，谁知却特别听使唤，让干什么就干什么，一点不觉得这是下人才该干的粗活。

徐冉有点好奇地问："别的炼器师都以铸成神兵为终身目标，你天天忙这些，不会烦吗？"

邱北说："不烦。我师父说，以人观物，以物观人，是为格物。造物也是自我铸造，这个过程很漫长。你不能急，每个细枝末节诚心做好，开炉的时候，一切自会给你回报。"

"世人说神兵难成，有时候是人心不诚。"

他忽然道："现在你知道你为什么会输给原上了吗？"

这个问题徐冉思考了很久，她认真答道：

“原上求出剑快，是无数个日夜只练快剑，我出刀快，是因为我心急。不止那场比试，我一直都很急，忘了欲速不达。”

邱北：“不，他剑上有我刻的二十八道破风符文，速度更提两成。炼器改变生活，就是可以为所欲为。”

徐冉：“什么？”

程千仞也一脸茫然。鸡汤熬好，不给人喝了？

邱北：“来，再把这块黑金石削了。”

程千仞一直在等，令人担心的事始终没有发生。

双院斗法排名榜单正式放榜，举城欢庆。折桂宴的请柬被交到他手上，众人恭贺他，祝福他。

按照习俗，取得名次的学生们乘花车游街，武试榜首可骑马先行。

初冬寒凉，却不能摧折众人万丈热情。程千仞身披华美法袍，腰配神鬼辟易剑，骑着马球比赛时的逐风骑。

白马金鞍，翩翩少年。

人群夹道欢呼，将无数绣帕、鲜花抛向车马。少年马蹄踏过，花雨飞溅。长街被层层叠叠的花瓣染红，香气三日不散。

每个茶楼酒馆都说着他的故事，每个小孩子都会唱“程郎程郎，打马南央”的歌谣。

学院老先生们不由感叹：“声势至此，可媲美当年‘剑阁双璧’。”

暮云湖安静如初，黄昏时行人湖畔散步，赏霞光山色。

只有风中寒柳知道那夜的血与火。寒柳不说话。

若非那些人真的消失了，顾雪绛也要怀疑，一切是他们错觉一场。

游街结束的当日，邱北给程府施工队放了假。

阵法铺设收尾，大抵明日便能完工，于是南渊四傻正式搬家入住。

林渡之带来两箱医书、四盆花草、一只鸟，像个美好家居爱好者，使鹿鸣苑生机焕发。

程千仞将从前的小院封门落锁，大件家具不搬，只带贴身衣服和书卷，加上他和逐流的一些零碎东西，总共整理出两个包袱。

徐冉和顾雪绛的搬家方式更“直男”，西市大采买一通，自己拎包入住。程府现在也算有名的大户人家，完全可以享受送货上门服务。

至于开府宴，程千仞白日经历喧嚣，晚上懒得再闹，何况他们没有别人可请，但顾雪绛是个讲究仪式感的人，从飞凤楼订了一桌酒席送来，让徐冉如愿吃上铜锅涮肉。

程千仞与朋友们吃饱喝足，在府中最高建筑，抱月楼的房顶上坐成一排，喝酒看月亮。

历经风雨磨难，南渊四傻终于有了自己的一亩三分地。

偌大南央城，万家灯火，文思街程府便是他们的归宿。

等林渡之送喝多的徐冉回去时，顾雪绛点上烟枪。

明月清冽，不远处明镜阁飘来缠绵的歌声。

“江国，正寂寂，叹寄与路遥，夜雪初积。翠尊易泣，红萼无言耿相忆……”（姜夔的《暗香·旧时月色》）

顾雪绛跟着哼了两句：“这首琴曲改作琵琶弹唱，竟也别有滋味。”

程千仞：“我好像在哪里听过。”

“你与傅克己决赛那日，温乐弹的就是这首《暗香》，技惊全场。如今风靡南央，大小花楼酒坊，歌姬伶人争先效仿。”

“她帮我们两次，得登楼拜访，谢谢人家。”

一次赠匾、一次弹琴，程千仞只觉得这位公主，着实对顾雪绛情深义重。

歌楼一曲终了，他们开始谈严肃话题。

顾雪绛：“花车游街时，北澜少了几个人，我听到消息，说钟天瑾等人前些日子启程回皇都了，州府官差护送车队夜里出发的。看来是有大人物背后帮我们，所以整件事情，到此为止，彻底结束了。”

程千仞挑眉：“还是温乐？”

“不，温乐身份尊贵，但她手中并无实权，没有这么大力量。她应该根本不知道这件事。”

“……副院长？”程千仞很快自我否定，“以我对胡先生的了解，他最可能两不相帮，即使出手，也会先敲打警告我们一番。”

程千仞依然不放心，问：“所有人都以为他们回去了？不觉得蹊跷？什么理由能让那些养尊处优的世家公子连夜赶路？”

“不蹊跷，因为春波台还有一条消息暗地流传——首辅将在下月初一，代帝择太子。家族召他们回去合情合理。”顾雪绛嗤笑道，“多年党争走到尽头，皇都即将风云激变，那些老不死没空管我们。死了几个子孙，还有许多子孙，权力与利益才最重要。”

程千仞：“难道…首辅帮了我们？”

“换做以前，我会告诉你，天上下雨不是因为你打了喷嚏，但是现在……我不知道。”顾雪绛苦恼地皱眉，“谁还能让州府出面瞒天过海，让所有人讳莫如深？有这么大权力的人，做事必有所图，先讲好条件再出手，为什么会不求回报地帮我们？千仞，没人来找过你吗？”

“没有。”程千仞答完才想起一个人，逐流。

逐流见到他说的第一句话，似乎就是……帮他。

顾雪绛打量着他：“我要是首辅，择定太子，权力重新洗牌的时刻，打破旧平衡创造新平衡，正值用人之际。反正你这个‘南渊第一天才’已与那些世家结仇，最适合推到台前做一柄枪，与他们斗争。而不是让你不沾一点腥，还在文思街赏月喝酒。”

北风猎猎，吹得程千仞墨发飘扬。他突然有点烦躁，又喝了一口酒。

逐流说来就来，说走就走，一个解释都没留下。骗他过得不好，又回去说服首辅帮他？

小孩到了青春叛逆期爱胡搞吗？

程千仞自嘲道：“我算个什么东西？”

顾雪绛拍他肩：“是个人物。白天才打马游街，整座城都为你疯了，别说你还没适应。”

程千仞也拍他：“不管哪路神仙帮我们，解决问题就行，早点睡吧。”

明天还得开工修阵法，听一天炼器鸡汤。

“这座府邸，总共四座大院，一湖一林一假山，我设十六道阵法，环环相扣，组成大阵，阵枢在抱月楼……每块阵料都是你们亲手埋的，应该很熟悉。昨晚你们也看到了，每座院子因地势风水不同，催生不同植物，添置不同摆设，一木一石皆可成阵……”

五人从府门开始行走，穿花过廊，从“风月无边院”到“演武场”，邱北为南渊四傻做最后的讲解。

“‘断桥人不渡’，金海阵，‘有凤栖’，三才阵……”

府中各处大多由顾雪绛命名，所以名字十分“做作”。湖叫作“断桥人不渡”，花园叫作‘春色满园’，梧桐林叫作‘有凤栖’。

走到花草繁盛、生机勃勃的鹿鸣苑，邱北道：“这里除了防护阵法，我还加设一层寒暑阵，冬暖夏凉，空气湿润。”他随口说道，“鹿会喜欢的，所以……你们的鹿呢？什么品种？”

南渊三傻齐刷刷看向林渡之，邱北也投去怀疑的目光。

林鹿一下慌了，俊脸通红，顾雪绛反应过来，挡在他身前：“它是……通灵异兽。”

程千仞：“公鹿有角。”

徐冉：“性格温顺。”

邱北不明所以道：“那还真……挺可爱的。”

绕了一个大圈，又回到抱月楼阵枢。

“阵法一经启动，可挡大乘之下全力一击。”

程千仞惊道：“这，一年得消耗多少灵石？”

“十块吧，它平时吸收天地灵气，有敌来袭借力打力。”邱北慢吞吞，又很直率地说，“我计算过灵气转化率，别担心，我知道你们没钱。”

程千仞：“……”

徐冉快气死了嚷道：“我们有钱！有钱！！”

邱北抱拳告辞：“后会有期。”

南渊四傻入住新宅的第二夜，阵法初试。

因为毒鸡汤等事件，徐冉对邱北意见很大，说：“这个人太坏了，看着老实而已。比原家兄弟坏多了，都是一丘之貉！”

灵石已填充完毕，四人站在抱月楼露台上。

程千仞有些紧张地放出一道剑气，沟通阵法中枢，启唇轻叱：“开！”

一道极细微的破裂声响起，风声静歇。所有人都愣了。

徐冉：“我原谅他了！我原谅他了！”

只见亭台楼阁次第亮起，不是南渊阵法的煌煌金光，而是一道道洁白闪亮的银辉，其间蕴藏巨大力量，迅速交织蔓延，花草树木尽在笼罩。

阵法光彩与天上星月交相辉映，整座程府如皎皎月宫。

四人静静地看着。

程千仞：“这是我们的家，真好……”

深夜，万籁俱寂，程千仞在识海演剑。

忽而听见响动，起身去开门，只见林鹿身披顾雪绛的外衣，提着一盏灯跑来，兴奋地对他招手:“千仞,快来!”

徐冉跟在后面,睡眼惺忪、呵欠连天:“鹿要给我们看个,大宝贝。月……月下美人。”

顾雪绛:“等等!渡之,你给家里买婢女了?”

林鹿拉着他就跑:“快点,晚了赶不上!”

程千仞觉得一定出大事了,不然以林渡之的性格,是不会挨个拍门把他们叫起来的。

四人提灯夜行,穿花拂柳到了鹿鸣苑,林鹿放缓脚步,轻声道:“别吓到她。”

他手中灯笼散发着暖黄的光,照亮鹅卵石小径。

一株大芭蕉后,他们看见了美人。

冰雪般的花瓣,嫩黄的花蕊。月光下缓缓舒展身姿,层层叠叠,光华流转,悠悠绽开。

昙花庭院夜深开,月下美人婀娜来。

徐冉痴痴看着,说:“它真美,我从没见过,这么美的花。”

顾雪绛:“自然造化,鬼斧神工。”

林渡之轻声道:“十年,它终于开了。”

昙花一现,只为韦陀。

幽渺暗香,令程千仞心情平静,一时忘却今夕何夕。

林渡之笑道:“认识你们,真是不可思议的好事。”

才入红尘,便知红尘之苦,也知红尘喜乐。

纱幔低垂,香炉青烟袅袅,宫装少女端坐主位,环佩珠钗,明艳动人。

“程公子是哪里人?”

程千仞来历早就传遍南央,谁不知他是东川人。但他今日与顾雪绛登建安楼,是为感谢温乐公主之前的帮助。寒暄道谢后,对方既然有此一问,他便认真作答。

“东川边境,沧江乌环渡。”

谁知温乐又问:“程公子去过皇都吗?”

顾雪绛不解地看向程千仞。

“没有。离开东境后,我就来了南央城。”

他话刚出口,脑海中却闪过许多碎片。雕栏玉砌,延绵殿宇,浮光掠影般呼啸而过。

“你知不知道，你很像我五皇兄？市坊初见只是模糊感觉，此时再看，竟觉得你容貌也愈发像他。”少女似自言自语，“世上真有如此相似的两个人？”

程千仞定了定神：“殿下抬爱。实不敢当。”原来双院斗法开始前，他在西市遇见的小姑娘就是温乐。

“你这副模样，以后还是避开皇都……免得被见过我皇兄的有心人寻去做文章。”不待程千仞再问，温乐目光扫见顾雪绛腰间华美宝刀，惊讶道：“你的武脉已彻底恢复？”

顾雪绛起身行礼：“是，得殿下相助良多，草民无以为报……”

“呵。”少女仰头，金步摇轻晃，显得骄傲至极，“无以为报？！本宫何等身份，怎么会那样小气。对你好，根本不需要你回报！”

她皓腕轻抬，立刻有女官扶她起身：“折桂宴要开始了，你们今夜是主角，别误了时辰。”

两人被侍女们客气地送下楼，程千仞跟顾二打眼色。

“这怎么了？”他不在意被温乐赶出来，就是摸不着头脑。

顾雪绛摸摸鼻子：“可能是我，说错话了。”

程千仞深有感触：“也是，小孩子的心思，猜不透。哎，你见过五皇子吗？”

顾二：“没有，我听说过他。”

残阳如血，朔风呼啸。宫装少女凭栏远望，目送两人渐行渐远。

贴身女官在旁侍候：“或许顾公子只是不明白殿下心意，未必无意于殿下。”

“他明白得很。”温乐轻笑摇头，“怨年岁之易暮，伤后会之无因。君宁见阶上之白雪，岂鲜耀于阳春。”

她倒希望他永远不明白。

就像希望自己永远不会长大。

初冬空气冷冽，余晖早早敛没，太液池沿岸灯火通明。

双院斗法的折桂宴由来已久，取义“兰芝秀发，折桂争先”，既是为取得名次的学子庆祝，也是为客队践行。

今年设宴观湖楼。学院督查队、州府护卫队、南方军部骑兵将这里围得水泄不通。

宴会前半段，程千仞在想那位早逝的五皇子，有些心不在焉。觥筹交错间，听大人物们致辞，说些你来我往的场面话，众人举杯便跟着举，有谁敬酒便跟着喝。

最令徐冉开心的环节是胡先生颁奖，双院斗法的彩头都装在一个个精致檀木匣内，她仿佛透过匣子看到白花花的银票和法器。

“轰——”

天际烟花绽放，映在波光粼粼的湖面，盛大绚烂，众人不由赞叹南渊巧思。

大人物们自持身份，陆续离席。他们一走，楼下森严守卫撤去，仿佛空气才重新流通。

席间留下南北两院学生，大家都是交过手的熟面孔，不打不相识。斗法已经结束，无论得意失意，即将告别时，喝酒谈天都毫无顾虑。

北澜石渠阁和南渊春波台的几位聚在一起，打算玩行酒令，来请文试榜首，林渡之做令官。

忽听顾雪绛道：“喝酒作诗有什么意思，素闻原兄精通音律，不如唱一首《开宴》，给大家助助兴。”

唱一首？那位又不是歌姬伶人。场间谈笑一静，气氛突变。

各色目光中，原下索施施然站起身，笑道：“良辰美景，引吭而歌，有何不可。只是我一个人唱歌有什么意思？还请程兄舞剑。借神鬼辟易锋芒，为此夜增辉。”

程千仞回神，正值酒意上涌，随口道：“在座不止我一人练剑，更不止一把名剑。”

他手腕微动，银光一闪，长剑怆然出鞘，直剑原上求、傅克己道：“我一个人舞剑有什么意思？请二位共舞！”

傅克己蹙眉，拔剑出鞘。

原上求直到今日才结束面壁惩罚，性情却丝毫未变，看着顾雪绛冷笑：“我们三人舞剑有什么意思？请湖主弹琴！”

徐冉被四句“意思”绕晕，对林渡之低声道：“他们可真有意思……”

话音未落，琴声乍起，如银瓶破裂，激荡人心。同一时刻三道剑光冲天。

“风云会，钩陈羽卫……”合着顾雪绛琴音，原下索开腔唱道，“流庆远，芝兰秀发，折桂争先。占盛一门，文武更双全……”（注：张抡的《满庭芳·寿杨殿帅》）

只见程千仞身前桌案飞起，凌空翻转，佳肴美酒泼洒，众人连忙起身四散。

青雨剑后发先至，程千仞立在原地，手中剑芒暴涨，两剑相遇，桌案轰然炸裂。

案上一截红烛落在他剑上，明明灭灭。

他剑尖一挑，剑锋刺向原上求，红烛袭傅克己面门，使之来势一滞。

随即点栏杆，踏枝头，飞掠至开阔湖面。其余两人紧追其后。

他们三人不用真元，单以剑招剑势交手。原上求与傅克己亦未联手，三人各自为战，全凭心意合击或游斗。

明月烟火，琴音歌声，剑影缭乱。

“‘夜雨谈兵，春风说剑’，《开宴》这般弹唱，竟有金戈铁马之声。”

已去藏书楼躲清静的几人，牌局未开，先听见观湖楼上铮铮琴音。

胡先生凭窗远眺，夜幕中一朵朵烟花盛放凋零，色彩变幻，湖面人影起落，剑光纵横。

“或许百年之后，南渊学院犹在，藏书楼也在，却再难有这样群星璀璨的盛会，睥睨天下的豪情。”

观湖楼露台，众人聚在栏杆边，沉浸于琴歌剑影，心潮澎湃。

徐冉回身找鹿，却见邱北拉着人在阴影角落说话。

“折桂宴结束我就要走了，这四个锦囊是空间法器，里面各装有二十张传讯符、神行符、雷音符……”

程府四人中，邱北最亲近表面冷漠的林渡之。因为对方似乎天生心灵手巧，雕刻东西、侍弄花草都有灵气。在他简单的价值观里，干活认真的一定不是坏人。

徐冉喝遍邱氏毒鸡汤，心中警铃大作：“你打算卖自己做的符箓给我们？强买强卖吗？”

邱北转头认真纠正她：“是白送，你们没钱。”

徐冉气得发抖道：“你根本不知道我们多有钱！！别想拐我们家的鹿。”

程千仞一战成名，南渊四傻一赌翻身，确实富裕，只是不如北澜四杰有钱。

邱北不与她争辩，把锦囊塞进她手里。

“斩金断玉，天下至刚。你与人比斗时，贴一张神行符，以符箓提升速度，武脉也能好受一点。”

徐冉突然语塞：“谢，谢了。”

第二日北澜车队启程，南央落了今冬第一场雪，比往年来得都早。

铅灰色的天空浓云密布，细碎的雪粒落地即化，小毛驴滴滴答答踩在青石板泥水上。

经州府安排好的南央城民众，撑着颜色艳丽的纸伞，夹道欢送车队。

南北两院学生们道别，是没有依依不舍，泪雨凝噎这种戏码的，少年人尚不知离愁别苦，最多说句“青山不改，绿水长流，后会有期”。

浩荡车队入城时，南渊四傻如临大敌，头顶一帘秋雨，站在程千仞家破旧屋顶。顾雪绛拿一本《闲话皇都》指点江山。

今日，他们在飞凤楼临窗雅间吃着涮锅，推开窗户，视野正好，居高临下地俯瞰长街。

铜锅下烧着无烟银丝炭，汤底“咕噜噜”滚泡，香气浓郁。

林渡之感叹：“以后还会遇见他们吗？”

程千仞道：“天地浩大，不见为好。再见不知是敌是友。”

徐冉点头：“也对。”

顾雪绛给林鹿夹菜。

初雪天，宜送别，宜远行，诸事皆宜，最宜吃涮锅。

天气越来越冷，意味着年终大考临近，南渊学子陷入紧张焦躁的复习中。

期间程千仞应南山后院教习先生邀请，又去做了两场演讲，鼓舞士气，振奋人心，效果很好。

他日常行走于程府、学院之间，早已习惯被人群围观注目，行止坦荡，却依然能察觉来自暗处的目光盯着他，准确地说，盯着他的剑。

双院斗法落下帷幕，神鬼辟易引动的风雨，才刚刚开始。

第6章 海阔天空 恩仇俱泯

南央第二场雪后，程府烧起地龙，主人们换上厚重的冬装。

只涮肉不算神仙日子，徐冉已与文思街所有住户熟络了，练刀之余，便请邻居们来自家花园打雪仗。

于是路人常见一众美人出入程府，明镜阁、醉红楼、软玉斋，各花各美。莺歌燕语，恣意嬉笑声飘出院墙，引人浮想艳羡。

“真是人不风流枉少年啊……”

顾二决定挽救一下程千仞的名声，吓唬罪魁祸首：“下月年终大考，你的刀术主课没问题，但‘军事理论基础’这门副课很危险，你再不用功，今年能过才见鬼。”

徐冉有点慌：“那怎么办，我不想重修一年。”

“好说，雪球放下，这是我为你写的学习计划，从现在到考试，每天来鹿鸣苑一趟，我和林鹿出题考校你。来，书拿好。”

徐冉快哭了：“换个地方行吗？”

顾二慈爱地微笑道：“吃得苦中苦，方为人上人。”

林医师近期在为顾雪绛温养新生武脉，每日熬三次汤药。鹿鸣苑脉脉花香被浓郁药草苦味取代，也只有林顾二人受得了。

今年冬季格外寒冷，安国大运河冰封十里，云桂山脉大雪压山，南央城中往来商旅减少一半，城阙与大道愈显宽阔空荡。

北风正紧，程千仞冒雪来到学院，路上遇见打招呼的学生，他便点头回礼。

“程师兄好。”

“程师兄早。”

年终大考压力下，就连春波台也少了许多拥炉赏雪、梅边吹笛的闲人。琅琅读书声飘出各学舍，诸生一派勤苦之象。

藏书楼难得热闹，一楼挤满借书看书，临时抱佛脚的学生们。越往上越冷清，四层后空无一人，程千仞拾阶而上，寂静中只有老旧楼梯“吱呀”作响。

这座南方最高建筑，他来过千万次，今天才算真正感受到它的高度。

漫长楼梯尽头，不似传说中挂满南渊历代先贤挂像，或有复杂精密的机关运转。布置简单清雅，普通客厅有的它都有。

虽未设地龙、暖炉，阵法庇护却使之冬暖夏凉，窗外朔风白雪仿佛另一个世界。

“有点失望吗？”

背后忽有人发问，程千仞回身行礼：“胡先生。”

“这不是顶层，楼上才是南央阵法中枢，有空间阵法遮掩，你现在看不到。以后或许有机会……”

胡副院长身着单薄春衫，还是初见时的书生打扮。神色温和，眉间却有淡淡倦意，正坐在案前斟茶：“坐。”

程千仞依言入座，说：“先生气色不大好。出什么事了吗？”

胡先生摆摆手道：“方才起了一卦，有些累。”

程千仞接过茶盏，等对方先开口。

自神鬼辟易现于人前，学院替他承担各方压力。胡先生不知作何考虑，十分沉得住气，直到现在才召他谈话。

“我能看看你的剑吗？”

程千仞解剑置于案上，道：“先生请。”

宝剑出鞘三寸，寒光乍现。

胡易知捧剑端详道：“人们说它万般不详，还不是为它抢破头。”

神鬼辟易本就凶煞极盛，持剑者易遭反噬。上一任剑主又死在徒弟宁复还手上，使它恶名更甚。

“你怕吗？”

程千仞摇头：“怕它？当然不怕。怕外面的人？怕有何用。”

胡先生闻言笑笑，收剑回鞘，递还程千仞：“今天找你来，却不是为它。”他自袖间取出一封信，“有东西转交给你。”

熟悉至极的字迹，猝不及防撞入眼帘。程千仞一时愣怔。

胡易知叹了口气：“你们通信没问题，让我转交也可以，发传讯符不好吗？”

“空间通道突然开启，我和院判还以为，朝辞宫发来什么重要消息，圣上驾崩了？魔族大军打进白雪关了？结果呢？给你的家书！”

他见程千仞魂游天外一般无甚反应，更觉胸中憋气：

“年轻人，你这真是‘家书抵万金’啊。”

程千仞被训得跟孙子一样，应道：“抱、抱歉。”

他接过写有“程千仞亲启”的信封，不由呼吸急促，心情忐忑。

逐流寄信来，会说什么？解释上次的事吗？那样的话，当然是选择原谅他……

信纸展开，四个大字跃然纸上——

往事已了。

逐流的字迹，落款写着朝歌阙。

程千仞脑中轰鸣一声。

原来如此。

这意思清楚简单，我欠你教养恩义，替你解决一桩天大祸事。如你昔日所愿，让你后半辈子过得安稳。

你我因果干净，两不相干。

他们之间，从不存在兄弟情深、家书抵万金的感人桥段。

真干净啊，多一个字都不写。连最后一封信，也要经别人转交。

送走逐流时，程千仞确实想过这一天。

等事情真正摆到眼前，才发现自己远不如想象中豁达。

两道声音在他脑海中厮杀。

“程逐流，出息了啊，跟我来这套，死白眼狼，捡你不如捡条狗！你凭什么怪他，这不是你想要的吗？还说只要他过得好，虚伪，假话！”

胡副院长捡起飘落在地板上的信纸，看到落款恍然大悟：“我明白了。你放心，毕业之后，你可以继续留在学院。”

这不是家书，是朝辞宫向南渊学院传达意志。

南央城里，很少有事能瞒过胡先生。他知道暮云湖血腥大屠杀，也知道程千仞养在身边的孩子，是被哪路人接走的。

但他未留意过逐流字迹，更想不到、算不到，就在今年秋天，朝歌阙这个名字，已换了新主人。

程千仞夺回信笺塞入怀中，行礼告辞，仪态沉稳。

他在楼梯口转身说道：“先生，若南渊有难，南央城有难，我愿舍命出战，因为我喜欢这里。但我不会受人摆布。”

直到走出藏书楼，他始终面色平静。只有手中长剑微微颤动。

太液池边寒柳尽枯，白雪却似阳春柳絮，漫天纷飞。

薄冰封湖，小舟不渡，湖畔落雪未能及时清扫，远望白茫茫一片。

程千仞踩在绵软积雪上，忽有所感，抬头正对上一道怨毒目光。他无心理会，对方却不知哪里来的勇气，径直拦在他身前。

是钟天瑜。

他如今模样与春日入学时判若两人，两颊枯瘦，眼底青黑，神色癫狂。

钟天瑜因为身份“不够格”，未能亲身参与暮云湖晚宴，但他知道那夜的很多安排。然而第二天，什么都没有发生，花间雪绛没死，想杀他的人，都凭空消失了。

他在恐慌中传讯回皇都，时间一天天过去，杳无回音。

这件事被他看不到的可怕意志硬生生抹去，没人在意他这个唯一幸存的知情者，就像铺天罗网不会在意漏网蝼蚁。

他知道他完了，被家族“遗忘”，失去扶持，前途彻底葬送。

造成这一切的罪魁祸首却好端端地活着，程千仞依旧心安理得地接受众人崇拜追捧。

恐惧与绝望折磨得他夜夜不得安睡，他受够了。

“别以为没人知道，你和花间雪绛做过什么！”

程千仞几乎忘了这个人，不曾想对方却死死地记着他。

他笑了笑：“你们总是觉得，自己性命天生金贵。别人不过是用同样方式对你，你便无法接受吗？”

钟天瑜胸膛剧烈起伏，忽然扬手，将凛霜剑抛给身后人道：“杀了他。”

宝剑落在脸色苍白的剑侍手中。

众人听见动静，纷纷向这边跑来。

“出事了，快去找督查队！”

“钟少爷疯了吗？他怎么敢！”

“他没有自己动手，可见没疯。按照院规，太液池斗殴，谁拔剑谁受严惩。最多只能判他言语挑唆，抄几遍院规。”

“钟十六又不傻，怎么会听他的……”

出乎众人意料，一道细微的金属摩擦声响起，木讷剑侍神色挣扎，凛霜剑却缓缓出鞘。

钟天瑜冷笑道：“众目睽睽，你能拿我怎么样？你敢拔剑吗？”

程千仞不看凛霜剑，只认真道：“劝你冷静一点，我一剑既出，你还有没有命在，我自己也控制不住。”

钟天瑜对剑侍喝道：“废物，你还等什么——”

寒芒乍现！

喝骂声戛然停止，他像被人扼住脖子，喉间只能发出细微挣扎声。

一截剑尖破体而出，钟天瑜身体轰然倒地，鲜血泼洒。

凛霜剑刚刚离鞘三寸，程千仞转向钟十六道：“你自由了。”

神鬼辟易太快，快到没人看清剑轨。

围观众人回神，慌乱四散，尖叫声此起彼伏。

“啊！杀人了——”

“拿下他！”

无数督查队员向湖畔涌来，将程千仞重重包围，黑衣如潮覆盖皑皑白雪地。

忽而人群分开，整齐行礼。漫天风雪之后，院判显出身形。

“公然行凶，你眼中还有没有学院规矩？”

程千仞剑尖指地，鲜血流淌，剑身明亮如故，映照他冷漠眉眼，甚是骇人。

“学院行规矩，理当一视同仁。这人拦我去路时，你为什么不出现？”他回身望向藏书楼顶层，他知道副院长站在那里，“你想看我如何选择？这就是我的答案。”

谁要这自欺欺人的安稳。

执事长喝道：“放肆！你在跟谁说话，立刻向院判道歉！”

持剑少年忽然大笑，笑声震落枝头雪花，道：“整日坐在高楼里俯瞰众生，你还会使刀吗？”

楚岚川面无表情，丝毫没有被冒犯的恼怒。

论地位，院判裁定学院一切规矩，神圣不可动摇；论战力，将程千仞打成狗的宋觉非遇上他，也只能自折功体，施展血遁脱身。

他是南方数一数二的强者，圣人之下，皆有一战之力。

很久没人敢这样与他说话。

风雪骤疾，浓云汇聚，在他头顶天空翻涌。

程千仞疯了——在场所有人如是想到。

钟天瑜的尸体被搬上板车，推车几人战战兢兢地打量持剑少年。神鬼辟易还在他手中淌血，若他此时暴起分尸，谁拦得住？

幸而他只是看了钟十六一眼：“走吧。”

后者仿佛还不明白发生了什么，神色呆滞茫然，任由别人拉他离开。

车辙混杂鲜血渐渐远去，白雪地留下狰狞痕迹。重围中只剩程千仞一人。

执事长声音微颤：“列阵！”

几十支弓弩架起，声势划一。弓弦霎时紧绷，冷风中嗡鸣震颤。泛着寒光的箭镞，对准程千仞周身各个方位。

弓弩手之后是长戟卫队，壁垒森严。

大雪满弓刀。

按执事长设想，若能在院判动怒前制服此人，事情便未到不可收拾的地步。

他打了一个手势。

“咻咻咻——”

铁箭离弦，飞雪撕裂，十余道破风声几乎同时响起。半空中，猛然绽开一张巨大捕网！

它缚于箭尾，随箭而发。漫天银光闪烁，柔韧而危险，似一只血盆大口，向程千仞当头咬下。

“铮！”

程千仞手腕一翻，剑尖划过雪地，一线雪沫随之迸射！

剑气激荡，碎雪与巨网相击，发出千万道令人牙酸的金属摩擦声。他足尖点地，趁此疾退，衣袍飘忽如飞鸟，瞬间掠出罗网范围。下一刻，明亮剑光凌空闪过。

一声暴鸣，乱雪狂涌！

飞鸟落地，残破巨网被他踩在脚下，似一团破布，嘲讽着捕猎者白费心机。

湖畔松软积雪不耐磅礴真元冲击，以程千仞为中心，急速塌陷。

太液池薄冰龟裂，蛛网般扩张，冰下湖水不安地震颤。

“见江山”中最宁静缓和的“平湖落雪”，这般使来，暴戾杀意毕现。

当捕网断裂，前排弓箭手遭受剑气冲击，更多卫队便动了，重重黑衣如海潮奔涌而来，包围圈飞速缩小。

程千仞立在原地，微微蹙眉道：“我不想跟你们动手。你们只是听命于人。”

众人哑然。他居然还讲道理。

你以为他当众杀人、对院判出言不逊是发疯，他却清醒地知道自己在做什么。

程千仞的目光越过剑林戟海，落在十余丈外的威严身影上。

那道身影摆摆手，一切嘈杂停歇。督查队开始有序撤退。

这是清场的意思。

执事长看了一眼院判，欲言又止，沉默地退后。

朔风呼啸，脚步声、兵甲撞击声远去，湖畔越来越安静。

十余丈雪地外，只有院判黑衣一点颜色，更显得他身形高大，巍峨如山，令人望之便心生惧意。

楚岚川神色漠然，看不出喜怒，甚至回答了程千仞先前的问题——你还会使刀吗？

他说："凭你，也配让我使刀？"

话音刚落，他迈出一步，消失在风雪中。

下一瞬便出现在程千仞身前，毫无征兆地，滂湃威压爆发。

程千仞根本来不及反应，只觉一座大山当头压来！

江河倒贯，玉山倾颓，万钧重击下，他双膝剧痛，狠狠砸在地上。

肋骨不知断了几根，胸腔烦恶难以抑制，程千仞猛然吐出一口血，混杂脏器碎片，染红惨白雪地。

一切只在须臾。

不必计算招式，不必拥有战意。院判负手而立，甚至不必拔刀。

少年天才与大陆一流强者的差距，决定了这不是一场战斗，而是单方面的训诫。

藏书楼顶层，胡易知叹气自语："年轻人吃点教训不算坏事，免得不知天高地厚。"

程千仞离开藏书楼前，说自己不会受人摆布。于是胡先生与院判默许钟天瑜拦道，只为看他如何选择。

若想留在学院，戾气总要消磨干净，就得忍。忍过这一次，以后每一次都要忍。

但谁也想不到，程千仞拒绝了这种"好意"安排，以极端决绝的方式。

他想干什么？与朝辞宫、南渊学院彻底割裂吗？

大人物都有一样的通病。

登高望远，便以为万事尽在掌握。

湖畔两人一跪一站，天空阴云翻涌，寒柳与水草簌簌颤抖。

院判高大的身形投下阴影，如一片浓重夜色，将程千仞笼罩其中。

他说："神兵虽好，也要有命使……"

猝不及防，少年以剑撑地，唇间迸发一声厉啸，蓦然借力跃起！

寒芒一闪，残影破空，两人距离极近，楚岚川下意识拔刀抵挡。

"铮！"

刀剑一击即分，程千仞顺势掠退。从湖畔寒柳至湖上冰面，才慢慢稳住身形。

他发髻已散，墨发随风飘飞，衣衫破损，浑身淌血。

强行突破对方威势压制，必然付出极大代价。然而他一刻不停，双手握剑，对湖畔那道人影遥遥斩落！

风雪避退！

剑气绞碎飞雪，一条空白通道，跨越十余丈距离凭空出现，直冲那人身前。

院判微挑眉。

他袖口有一道不起眼的细碎裂痕，是方才神鬼辟易留下的。

刀既出鞘，断没有无功而返的道理。

于是他出刀。

程千仞这一剑杀机迅疾，并试图再次以神鬼辟易引动天象，光彩煌煌，剑气转瞬到他眉睫。他的刀却不快，甚至过于简单。

蚍蜉撼树，以卵击石，面对幼稚可笑的抗争，树和石头永远不必着急。

黑色刀锋出现时，天光倏忽黯淡。

无形剑气被打散，刀刃过处，一切光彩尽数敛灭。

“轰轰轰——”

磅礴真元对冲，引发湖面一连串爆炸，惊雷滚滚。

水雾间，程千仞看见一道黑影。下一瞬，他身形便如断线风筝，骤然倒飞！

湖东到湖西，一道血水如箭喷薄。

他撞进薄冰，湖面破开大洞，雪浪碎冰冲天！

程千仞向湖底沉去，失血过多使他体温骤降，寒冷令人忘记疼痛。

像是回到了沧江，无边漆黑的水域里，以死尸为食的水鬼密密麻麻涌来，将他拖入深渊。

好冷。

“为什么给我起这个名字？”

“我叫千仞，你叫逐流，一山一水，山水相依，是个能长久的好名字。一世人，两兄弟。”

“小流，你看，月亮照在沧江上，像不像满江银子啊？”

“哥，要是真的银子就好了，我下去给你捞。”

“我们在哪啊？南央城，遍地是黄金！”

“哥，那是人家灯笼照在石板上的光。”

“我要三观干什么？哥哥的三观就是我的三观……”

“我都听哥哥的。”

“往事已了。”

温暖如春的房间里，燃着助眠安睡的香，与苦涩伤药混杂，形成奇特的味道。

徐冉来回走动，心情烦躁：“胡副院长到底跟他说了什么，他怎么会这样？”

一剑杀死钟天瑜，打伤二十余位督查队员，逼得院判拔刀。

这不像程千仞行事，倒像原疯子。

大雪天，文思街程府吃涮锅，直到汤底煮干，饭桌还是少一个人。朋友们出门去寻，才知道学院出了天大的事。

顾雪绛收伞进门，带回确切消息："胡先生说，是程千仞以前的弟弟，突然写信给他。"

林渡之在默念佛偈，床上人依旧无知无觉地闭着眼。

顾雪绛看了程千仞半晌，忽道："你看他像不像个暴君，因为宠妃死了，便生天下缟素之心。"

徐冉微怔，竟觉这荒谬比喻莫名恰当。

这里是太液池湖心岛东院，程千仞与傅克己决战后，重伤不便移动，曾在此修养。与先前不同，这次是禁闭。

林渡之念完一段，转头问顾雪绛："外面情况如何？"

"乱啊，院判动手前命令太液池清场，很多学生不服，现在闹着要见程千仞，还去藏书楼静坐，请院判证明没杀他。马上年终大考，这个关口偏出乱子，执事长很头疼。"

程千仞养望已久，南渊第一天才的狂热追随者不在少数。

徐冉："这一切的前因后果，听程三亲口说，我才相信。"

"我担心神鬼辟易凶煞，千仞日渐受它影响，杀心愈重。"林渡之叹气，"现在只希望他快点醒来。"

程千仞头脑昏沉。记忆像泄闸洪水，过往的片段和语言，无比清晰地匆匆闪过。

他身体仿佛在冰冷江水中浮游，直到猛然睁眼。

高床软枕，陈设简单的房间。

月光透过窗棂投照室内，落了那人满身。他正垂眸看书，睫羽覆下浓密阴影，案上一点烛火幽微，勾勒出他清晰轮廓。

程千仞坐起身，下意识摸枕边旧剑，声音有些哑："你来干什么？"

那人放下书，轻揉眉心："我还要问你，你在干什么？"

属于"程逐流"的部分神魂于识海挣扎，令他身心俱疲。

你不是很喜欢南央城吗？豪宅美婢，知己好友，万人追捧，那便留在这里，你还有什么不满意的？

程千仞冷冷地看着他，不言不语。

"我不是想摆布你。以你的剑道天赋，早晚独当一面。但在你成长起来之前，需要一个地方遮风避雨。学院护得住你，也护得住这把剑。”

朝歌阙以为，解释是最浪费时间的无用事，但现在，他确实在无意识地解释。这是他能做的最大让步。

程千仞依然沉默。

“你看不惯那钟……钟什么来着？”他话音一顿，“忍忍又如何，自然有人处理他。”

“你不是逐流。”程千仞忽而抬眼，冷笑道，“逐流不说这种话。我今天才知道，原来权力和地位，真可以让人面目全非。”

朝歌阙神色也冷下来。

“口口声声‘逐流’，你还真在乎这个便宜弟弟。”

风雪不知何时已停歇。夜色极静，月光入户，如积水清波涤荡。

那人站起身，身影遮蔽轩窗下一半清辉，无形压迫感盈满一室。

程千仞想，小白眼狼，我从前是否在乎你，你心里没点数？

他终于清晰认识到逐流的心智早已超出年龄限制。程千仞便再无法像上次一样，面对欺骗，以孩子不懂事自我安慰。

事已至此，与他硬扛无用。程千仞深吸一口气，寒冷空气突兀充斥心肺，牵动体内旧伤，未语先咳。

月光下他脸色苍白，墨发披垂，双肩因为剧烈咳嗽颤抖。一身冷硬锋芒敛灭，显出几分脆弱无助。

朝歌阙气势稍滞，不由上前两步试图搀扶，程千仞抬手止住他：

“小流，兄弟一场，我落到今日这般地步，不怨你。”

如果五年前有人说，你以后会算计逐流，为自己谋划好处，程千仞一定骂他滚蛋。可惜世事难料。他此时就在以退为进：“说实话，当年若不是捡了你，我日子过得也没盼头，没力气走出东川。程逐流，不，朝歌阙，你根本不欠我。”

那人微蹙眉，不知作何思量。

程千仞忍不住腹诽，到底是张完美无缺的脸，皱眉头也比旁人好看。

“你要是还认为对我有亏欠，因果不干净，道心不圆满，就多看护下我那几个朋友吧。至于你我，都有各自要做得事，好聚好散，万事如你所愿。”

朝歌阙：“你放心。东征之战后，王朝将星凋零，大陆风云激变在即，朝堂正值用人之时……”

程千仞摆摆手：“翻案洗冤就够了，他们有一分本事打一分天下，不用你帮他们封侯拜将。”他很不习惯这人如今说话的语气。

朝歌阙道：“那你呢？你在学院杀了人，免不了麻烦。以后又有什么打算？”

程千仞闻言笑道：“天大地大，山长水阔，与你何干？”他笑得真心实意，“你走吧。”

朝歌阙没有动，立在月光中安静看他，目光沉沉。

“不走等什么？我们还要来个割袍断义，或临别拥抱，才算彻底了结？”

难道这人跟顾雪绛一样穷讲究，生活需要仪式感？

不待程千仞心生烦躁，朝歌阙忽然两步逼近床边，阴影投下，熟悉的气息与温度当头笼罩。

程千仞筋疲力尽，懒得拔剑也懒得推开，心里骂了句有病。

大概是属于“程逐流”的残留反应。朝歌阙如是想到，所以都怪程逐流，有病。

正要放手，忽听那人疲惫地叹息：“以后不要入我梦境了。”

原来他什么都知道。

“哗啦——”

如尖刀击镜，周身场景片片碎裂。

程千仞猛然睁眼。

他躺在床上，盖着棉被，房间与方才梦境中一样，不一样的是他浑身钝痛无力，一根手指都抬不起。

神思恍惚，只听徐冉喊道：“我天！他终于醒了！”

顾雪绛：“谢天谢地，命可真硬。”

林渡之将人扶起，喂下温水，问：“感觉怎么样？”

程千仞看了眼烛火，道：“都这么晚了……你们吃了吗？”

徐冉：“你昏睡四天里，我们吃了十二顿饭，你问哪顿啊？”

等程千仞缓过劲儿，林渡之严肃道：“肋骨四处断裂，腕骨、肩胛骨碎裂，脏器破损，丹药可医，真元枯竭，识海震荡，还需温养……”

“作为医师，我并不想救丝毫不珍惜生命的人，作为朋友，如果救不回来你，我会痛苦终生。”

程千仞低头：“对不起。”

顾雪绛：“所以你后悔杀钟天瑜吗？”

程千仞：“不。”

“……”

顾雪绛："我大胆猜测一下，之前我们暮云湖闯的篓子，是逐流帮忙摆平了？他信中内容刺激了你，你才去院判手下找死？"

徐冉："天呐！逐流什么来路？"

程千仞揉揉眉心："不怪他。是我的问题。我也不是找死，我只是……意难平。"

顾雪绛见他不想多谈，心中明白一半，拍他肩膀道：

"虽然我们都经历过失去亲人的痛苦，但只要你叫我一声爹，我还拿你当亲儿子。"

程千仞："滚滚滚。"

狗友们一贯有苦中作乐的乐观精神，只有林渡之秉承医德，认真安慰伤患："我自幼没有兄弟，是师父养育长大，但在我心里，你就是我的好兄弟。"

顾二忍不住逗林鹿："那我是你的什么啊？"

徐冉抢答："傻儿子。"

今天，又是南渊四傻拼命想成为对方父母的一天。

程千仞被关禁闭于湖心岛东院，等候伤势恢复，院判提审。

朋友们轮流探望，带来外界消息。

"藏书楼还有人抗议吗？"

顾雪绛："没了。人太多容不下，都转去勤学殿外的广场，你南山后院算经班的学生们领头，要求放你出来。执事长出面协调了两次，胡先生和院判真沉得住气，一点动静没有。"

程千仞吃着他带的糕点，含混不清道："你去劝劝吧，他们这样年终大考会挂的。"

"钟十六怎么样了？"

徐冉："还在程府，林鹿给他治病。情况有好转，会说完整句子了。说起来，那次我与他对战之后，咱俩给了他一瓶伤药，就因为这个，他居然还记得我们！"

这次改吃飞凤楼的金丝粥。徐冉临走时交代："林鹿忙着治病，下次还是顾二来看你。"

顾雪绛："钟家来了三位大供奉……是真的大供奉，跟暮云湖那些不一样。我以为他们是来找钟十六麻烦的，结果他们早忘了这个人。据我这边可靠消息，他们今天跟执事长讨说法，说你是学院弟子，归学院处置可以。但杀人偿命，要么学院杀了你，要么交出神鬼辟易抵罪。几个南方宗门也跑来凑热闹，指责你心性残暴，不配神兵。”

顾二总结道:“你这一剑刺下去,把所有暗箭逼上明面了啊……”

程千仞摇头:“图穷匕首见,说到底还是神鬼辟易。”

日复一日,他无法离开东院,外界形势日益严峻。

待伤势好转,便开始识海演剑,朋友们却越来越忙,不一定每天能与他见面。

“钟家要你交剑的事,被示威学生们知道了,在勤学殿外与督查队发生冲突。”

程千仞懵道:“我算经课同窗都是文弱书生,怎么跟督查队动手?”

“这次是我们打马球的队友,周延师兄他们。”

“现在跟我一样被关了禁闭吗?”

“大半个青山院都有份,关不下。”

“……”

程千仞一个头两个大,早知道惹出这么大乱子,还不如让那个小白眼狼帮忙。算了,自己要装傻,跪着也得装完。

“胡先生与院判不动不言,到底什么意思?”

顾雪绛沉默片刻:“没人知道。”

今年南央冬天格外冷,滴水成冰,许多学生却不在烧着地龙的暖和学舍温书,而在冰天雪地中集会。

有人奔走其间,发放类似于小册子的东西。

“程师兄在藏书楼公然突破,毫不藏私,学院哪个修行者,没去观他破境,从中得到启示?哪个读书人,没在南山后院听过他的演讲?现在他受难被囚,难道我们坐视不理?”

册上写有太液池边前因后果,图文并茂,后附在场证人证词。

广场人头攒动,程千仞的支持派与维护院规派,站位壁垒分明,展开一场正式辩难。

双方派代表轮流发言,众人倾听,若被对方说服,可以走到对方阵营。这是南渊解决大问题的方式。

“钟天瑜挑衅有错,自有院规裁定,程千仞杀人罪无可赦。”

“钟天瑜拦道时,院判为何不出现,督查队为何视若无睹,任由钟十六听命拔剑。程千仞不拔剑,钟十六的剑会逼他;程千仞拔剑,就是违规。怎么做都是错。你如果是当时的程千仞,你能做什么?”

“院规裁定?当院规不作为的时候,我们怎么办?”

“……”

这场辩难持续八个时辰，由昼至夜。

大寒，又是一场雪。

程千仞正拿着旧剑比划，试验腕骨恢复程度，忽听敲门声。

“今天怎么都来了？”前些日子，朋友们一直轮流看他。

顾雪绛收伞，抖落鹤氅雪花道：“院判有令，明天起，东院封锁，谁也不能探视你。”

徐冉有点急道：“三日后提审，你到底如何打算？”

程千仞收剑回鞘，与朋友们围坐案前。

“站在学院的立场，你会按原计划，让我三日后露面吗？”

徐冉不解。

程千仞：“目前勤学殿广场水泄不通，群情激奋，如果我当庭说出什么煽动人心的话，场面一发不可收拾，很容易爆发大规模流血冲突。”

“学院拿不出办法安定人心，便开不了庭。至少开庭前，胡先生或院判会来找我谈一次。”

徐冉恍然大悟：“好有道理啊。”

顾雪绛却知道，程三这样说只为让他们暂且安心。提审拖得了一月，拖不了一年。总要有个对策。

林渡之摆上食盒，几人边吃边聊，像在家里一样自在。朋友们讲外界消息给程千仞听。

徐冉：“钟十六恢复得不错，出门前，他还问你去哪了。”

“怎么问？”

“‘程…在哪…为什么…不见？’，我说‘你说清楚一点呗，我根本听不懂啊！’哈哈哈哈。”

程千仞：“你别欺负人家，人家反应慢，但脑子不傻，心里清楚的。”

徐冉：“林鹿对他温柔得像个妈妈。我这激励治疗法，与林医师互补。”

鹿突然脸红：“不是妈妈，是对病患的耐心。”

程千仞：“他独自在家，钟家供奉们还在城里……”

徐冉立刻起身：“我回去看看。”

顾二望向窗外天色，说：“快到钟十六吃药的时候了，鹿也回去吧。我再陪千仞说说话。”

两人走后，顾雪绛似笑非笑地看着程千仞。

程千仞自知瞒不过他，老实交代："这里是湖心岛，等我伤势恢复后，便破阵潜入湖底，夜渡暗河离开南央城。"

顾二挑眉："你打算就这么走？一个人？我今天不问你，你就不说？"

"我会留一封信。林渡之不会同意我冒险破阵，徐冉藏不住事儿，她今天回家收拾东西，明天全南央都知道我准备跑路。人多扎眼，我一个人走，反而方便。等我到东川，立刻发传讯符给你们。"

顾雪绛："说得容易，这一路何止千难万险。按现在的情况，即使开庭，学院也不会罔顾民意，重判于你。"

程千仞默默地取东西放上案头。

邱北离开前送他的锦囊是空间法器，里面装满符箓。双院斗法的彩头丰厚，三件攻击法器，两件护身法袍。

满桌符箓法器，加上一柄旧剑。

他说："逃不出去，也杀得出去。我不接受审判。"

顾雪绛摇头："我不想你做第二个宁复还！"

程千仞一时默然。东家，你当年为何杀师叛山，万里奔逃，是否另有隐情？

他起身行至窗前。窗外白雪纷飞，寒风呼啸。

"与逐流了断后，我心境忽而开阔。虽被院判重伤，但恢复后的武脉更坚韧，真元更凝练。安稳度日于我无进益，我打算游历山川，经风历雨，寻求突破小乘境的机缘。"

"天下无不散之宴席，你们留在这里挺好，我哪天回来，也有个落脚的地方。"

顾二点燃烟枪："理智上我知道你说得都对，感情上我并不接受……程府的绿萼梅开了，你还没看上一眼。"

气氛沉默，烟气缭绕。

顾雪绛抽完半袋烟，问："你是否信我？"

程千仞诚恳道："爹就你一个傻儿子，当然信你。"

顾二此时懒得跟他计较，说："那便等。不要破阵。"

程千仞想了想，应道："好。"

那日之后，程千仞在窗台发现一瓶辟谷丹，从此正式开始湖心岛禁闭生活。

他见不到任何人，得不到任何消息。

公审日期一拖再拖。这里仿佛与世隔绝，夜半时分，安静得能听见落雪声。

程千仞照旧修行，在识海中演剑、打坐冥想。有时案前擦剑、提笔练字，以沉心静气。生活有条不紊，看不出一丝焦虑。

这日风雪初歇，天气难得放晴。

他推开窗，庭院无人清扫，白茫茫一片。

冷冽的空气中暗香浮动。原是院角两株白梅开了，白瓣黄蕊，傲雪凌霜，煞是好看。

他又想起朝辞宫后山的红梅，高大而疏阔孤寒。南央梅花品种不比北地，低矮而繁茂秀丽。

四五只白鹭在梅树下嬉戏，彼此以长喙梳理羽毛，很热闹的样子。

院判居住的湖心岛天地灵气充足，禽鸟也瞧着有灵性。

程千仞学林鹿的姿态伸出手心，温和道："来。"

可惜他身佩神鬼辟易，凶煞难掩，白鹭们吓得振翅高飞，扑棱棱没了踪影，只余空院孤梅。

程千仞无奈笑笑："怕什么，我又出不去。"

长剑鞘中轻颤，似是呼应主人心意。

时间一天天流逝，依学院往年安排，年终大考都已结束。

某日程千仞案前写字，忽听闻叩门声。

清脆声音像春芽破土、春水破冰，昭示着漫长冬天终于过去。

"我以为与世隔绝，等待未知的审判，人总会忍不住思虑外界消息。思虑愈重，心思愈乱。尤其是你这般意气风发的少年人，龙困浅滩，如何能忍？但看你眼神清明，气息圆融，十分沉稳啊。此时此刻，多少人为你奔走努力，你就不急吗？"

程千仞请书生入座："先生说笑。"

他一副待客姿态，全然不像禁闭中的囚徒。

"既然已做选择，等待便是我唯一能做的事。"

胡易知盯着他，目光沉沉，神色复杂，不知在想什么。

程千仞："您是来放我出去，还是来杀我？"

胡先生笑起来："恭喜。明日你便能离开这里了。"

程千仞淡淡"哦"了一声。

"你将面临两种可能，先说第一种吧。辰时，公审在勤学殿举行，我与院判主审、州府刺史陪坐，钟家三位供奉出庭，钟十六也被要求出庭，但他处于半洗智状态，他的话不具备证词效力……”

程千仞皱眉：“等等，您都知道？”

胡院长道：“我知道。”

“学院有这样的学生，您不管吗？”

胡先生长叹一声：“他如今人在程府，你那天又为他出头，想来一定是看不惯这种事……但他不是个例。世家傀儡存在已久，大家心照不宣罢了。我今日管他一个，就把学院放在了皇都世家的对立面。学院不能有立场。”

“我知道你厌憎皇都世家。他们确实做了很多不好的事。但与他们创造的价值、对人族所做贡献相比，这些事不值一提。维续权力需要代价，千千万万人为此牺牲，钟十六只是其中之一。”

“万事不是非黑即白的，既然存在，便有它的道理。我只能决定学院不做这样的事，拦不住别人去做。你们年轻人，有时候想法比较偏激……”

程千仞：“所以他活该吗？”

“谁？”

“钟十六。”

胡先生有些好笑：“你还较真，我以为你自幼东川求活，心性冷硬。”

“我承认我冷漠。如果我不认识他，这件事我也不会去管。但我遇到了，并且看不惯。看不惯就去做，有一分心，尽一分力罢了。我知道您说的都对。正因为都对，才令我感到寒冷。原来大人物们，都是这般想法。”

胡先生望向窗外。

两只白鹭庭中漫步，长颈黑喙，姿态闲适。

“‘白鹭立雪，愚人看鹭，聪者观雪，智者见白。’等你站在我这个位置，再来审判我不迟。”

程千仞：“我没有资格审判您。再者，我对您的位置不感兴趣。”

胡先生神色古怪：“知道你将面临的第二种可能吗？”

“……”

“他们要选你做院长。”

“什么？”程千仞这次真懵了。

“我是副院长，楚岚川是院判，南渊的院长传承断裂百年之久，一般人还真想不起来。他们为了救你，是什么招数都使出来了。”

胡先生感叹道：“为学院做出过重大贡献者，可以参选院长，得到超过九成师生支持，便能当选。夺得双院斗法榜首，确实算重大贡献。我今天来这里之前，勤学殿的投票已经开始。投票一旦开始不得中断，每个人都要参与，约莫明日破晓结束……"

"那时，一切自见分晓。"

程千仞怔然："这，这太荒唐了。"

胡先生笑道："我觉得你胜算很大呀，你看看，现在全城都是这种传单，全大陆都知道你要选院长。"

一沓纸摆上桌面，程千仞一目十行翻阅。从马球比赛，到双院斗法、藏书楼破境，还有他在南山后院每次演讲的内容。叙事通俗易懂，图文并茂。

不知道这玩意印了多少份，有几份隐约能看出顾二的笔迹。

"学生们都上街发传单去了，今年年终大考推迟。我和院判也得晚放假。"

程千仞抿唇，沉默不语。

"两种可能说完了，南渊第一天才，院长候选人，我们明天见。"

胡易知取回那沓传单，不小心卷起案上程千仞练字的草纸。

漫天黄纸飘飞，字迹力透纸背。

全是"忍"字。

他才知道这个年轻人，这些天过得多煎熬。

兴灵二百六十四年。冷冬，腊月十三。

南央是座不夜城，学院是个不眠夜。

偌大的南渊灯火通明，督查队严阵以待，学生们顶着刺骨朔风聚在勤学殿外。

他们排队投票，气氛肃穆，即使交谈也压低声音。神色激动而压抑，仿佛在忍耐、等待着什么。

大殿尽头，执事长立在大木箱旁，监督每一位投票者宣誓。

"请宣誓。"

"青山院刘镜在此宣誓，我今日行使南渊学生的权利，负责地投出这一票。"

"请宣誓。"

"我作为南渊学生行使权力，对我的投票负责。宣誓人，南山后院张胜意。"

"请宣誓。"

"我宣誓……"

年轻学生们的誓词回响在高阔大殿，坚定平静。一位接一位，队伍长不见尾。

不管后世史书如何书写，注定绕不开这一夜。南渊每一个人，都在此扮演举足轻重的角色。

程千仞立在窗前，院墙屋檐遮蔽视线，只能看到有限的一角天空。

夜空湛蓝，几颗明亮星辰照耀白雪地。

他想了许多事。

直到星辰黯淡，天将破晓。

冬日辰时，天色未大亮。蒙蒙晨光中走来负手的书生、身穿黑衣的刀客。程千仞想，原来一夜时间，如此短暂。

吱呀一声，房门开了。

胡先生说："恭喜。"

"你获得全院九成九的支持，自今日起，当选南渊院长。继任仪式后，正式上任。"

程千仞离开东院，执事长与一干大小执事、各个督查队长，候在院门外迎接。

有人向他行礼，他觉得受不起，便匆匆避开。

太液池湖水结了坚冰，又覆皑皑白雪，一行人浩浩荡荡走出湖心岛。

湖边人头攒动，人潮如海。学生们一夜未睡，却各个精神百倍，拼命欢呼。

胡先生见状感叹道："你还真是不世之材，拨乱之王。大家都相信，你可以带领南渊，走向新的辉煌。"

程千仞一路上不停回礼，终于在督查队护送下抵达藏书楼。

他将在藏书楼顶层宣读继任誓言。那里设有扩音阵法，能令他的声音传遍整座学院。

今日藏书楼戒严，仅三人入内。

楼梯重重，道路孤高漫长，不说点什么，未免尴尬。

程千仞问道："做院长，能干什么？"

胡先生道："想干什么就干什么。你觉得钟天瑜该死，他就该死。如果你愿意，还可以革除我与院判的职位，让我们回家种地养猪。"

"这未免太不讲道理……"

院判道："你是院长，这里你说的话，就是道理。"

程千仞不语。

胡先生回头观他神色，忍不住问："你在想什么，不会真打算罢免我俩，让你几位朋友继任吧？"

程千仞摇头笑道："权力真是个好东西。"

“我要带你去看南渊大阵，南央城的阵枢。一旦朝光城失守，这里将是抵御魔族的第一线。一旦安山王起兵谋反，这里将是拱卫皇都的第一线。百舸争流，风起云涌，南渊何去何从，就交到你手上了。你做的每一个决定，都是把整个南渊压上赌桌……”

楼梯终于到了尽头。

程千仞来过这里，胡先生在此约见他，代为转交朝歌阙信笺，一切风波随之而起。

现在他面前空间水纹般波动，楼梯尽头又生洞天。

有胡副院长与院判引路，程千仞随他们拾阶而上。

视野豁然开朗，藏书楼真正的顶层一览无余。

“更上一层楼，世界大不同。”胡易知笑道，“怎么样？”

程千仞一时愣怔：“很美。”

这里出奇空旷，一地古铜灯台，雕刻作莲花形状。花芯烛火明灭摇曳，光影憧憧，如一池荡漾湖水。

他行走在榉木地板上，仿佛穿行于莲花盛放的湖水间，不禁想起某些关于南央城阵法的传说。

据说建城之初便有了大阵，城中无数道看不见的灵气线交织，阵法启动才会显露痕迹。

胡先生似是知道他在想什么，说：“灵气线的起点与终点全在这些莲台。南央天地灵气交汇于此。”

程千仞来到窗边向下眺望，大概是为了方便观景，木花窗异常开阔。

窗下置有矮案蒲团，案上有茶有棋。

胡易知：“你看到了什么？”

“云海。”

“云海下面呢？”

“太液池、南山、演武场……”

“等你修为进益，目力更远，便能看到更多东西。剑阁之巅的白雪、皇都摘星台的金瓦、东境白雪关的城墙……”他顿了顿，“但是看多就腻了，还不如赌钱打牌有意思。”

程千仞感叹道：“登高望远，果然不凡。”

“若你有朝一日超凡入圣，驾云俯瞰整片大陆，才算真正登高望远。”

胡先生认为，这个年轻人已经有资格知道一些重大秘密。

“除了上次与你说过，北方朝辞宫与南渊学院之间的空间通道外，这片大陆还有从北至东至西的空间通道。”

“空间通道尽头，每一处重要建筑，都有类似于藏书楼上的巨大的阵法。换言之，除过魔族居住的雪域，整片大陆可以连做一个大阵。”

程千仞本以为，跨越南北的安国大运河，已是浩大工程，千秋功业。他很难想象，以大陆构成阵法，到底是什么概念。

如线串珠，空间通道是线，藏书楼、皇宫等地是珠子吗？

胡先生继续挑战他的想象力：“南央大阵，除了御敌，还可自毁。万千灵气线爆炸，能将整个南央炸为灰烬，一点不留。”

程千仞看着那些美丽冰冷的莲花灯台。

“最初建造阵法的人，到底想做什么？何止可怕，简直疯狂。”

百万人口的南央，城市文明高度发达，放眼人族历史也是一座赫赫雄城。除了这里，难道其他拥有大阵的地方，也有自毁功能？

胡易知：“我亦曾揣度先贤用意，不得解法。现在你是院长，这些问题都抛给你了！行了，去致辞吧，关于大阵，以后再慢慢教你。”

程千仞缓缓道：“你们真的打算让我当院长？”

院判寡言，始终抱刀立在一旁。

“您知道这意味着什么，当中立的南渊，不再中立，将走向毁灭还是辉煌？”

程千仞记得胡易知说过“学院永远只忠于真理，永远中立，除非明日大陆沉没，否则我们永不选择”，甚至昨天，他们谈及钟十六时，胡先生依然表示“学院不能有立场”。

而今南渊，是否真的准备好面对风雨？

胡先生道：“我没办法，学生们选的，昨夜每个人都宣誓为投票负责。”

他的目光越过云雾，看见楼下人山人海，一张张年轻的面孔意气风发。

院判终于开口，声音低沉：“享有权利，并为之负责任，才是我南渊学子。”

如此重要时刻，程千仞的朋友们应该站在藏书楼外，众人最前列，与新任院长分享荣光。

他们却在很远的太液池渡口，隔着一片白色冰湖，遥望狂热人群高喊口号。

“就像做了一场梦。”林渡之怔怔道，“我们这样做，到底对不对……”

顾雪绛声音沙哑：“这个问题谁都无法回答，只有时间和历史能给出答案。”

紫衣公子擎着烟枪，面容笼在袅袅白烟后，看不真切，“我只能说我不后悔。我希望他做第一个程千仞，不是第二个宁复还。”

徐冉哪里顾得上这些，她昨天担忧投票情况一直没吃饭，现在手捧卤肉夹馍开心地吃着。

饼酥肉嫩，喷香四溢，冷风里热腾腾冒着白气。生活美满极了。

顾雪绛羡慕道：“心大啊。”

便在此时，他们听到了藏书楼传来的声音。那里实在太高，人声像从九天之上落下的。

整座南渊迅速安静，所有人屏息倾听。

“我说什么都行？”

“现在起，你享有南渊最高权力，可以说任何话，做任何决定。没人有资格反对。”

胡易知开启扩音阵，退至三尺外：“开始吧。”

程千仞向他行了一礼，很端正。

胡易知不禁有些羡慕，这个年轻人不过二十岁，就站在了南方大陆最高处。

时势造英雄，一步登天不外如是。

命运已经给了他最好的牌，洪流将不可逆转地奔涌向前，两岸山峦被抛在他身后。

现在他只要振臂一呼，自有千万人响应，从此便是说一不二的大人物。

或许是风太大，程千仞听见自己的声音微微颤抖。他在南山后院做过很多场演讲，不该紧张的。

“各位师兄师姐，师弟师妹们，我是程千仞。”

“这是我来到南渊的第二年，本来，还有两年我就该毕业了。我很喜欢这里，也喜欢南央城，容易求活的地方，人活得更像人样。”

如果他知道这些话会被载入史册，一定好好说。

可惜这时的他，什么都不知道。

“很感谢你们投票给我，可能你们真的相信我，也可能只是不想看我被处死，或者被逼交出我的剑。最终我今天出现在这里，而不是勤学殿的公审大会上。”

“你们真的改变了很多事，那些见不得人，所谓‘心照不宣’的事，被放上台面说对错。习惯站在幕后的翻云覆雨手，没能在这里完成交易，我的剑还好端端佩在我身上。”

“这些天是你们告诉世界，只要南渊学子们不同意，谁也不能把手伸进学院。”

学院上空回荡着他的声音，惊雷般落在每个人耳中，“今日我自愿离开南渊，从此不受学院庇护，不能以学院名义行事。这是我为违反院规付出的代价。未来某日学院需要我，我愿为之奋战至死，这是我自愿承担的责任。”

“但无论我在哪里，都将永远以你们为荣。曾与你们同窗修行念书，是我一生荣耀。诸君，你们不必去代表谁，也不必被谁代表。愿我南渊学子，永远敢行敢言。天高海阔，后会有期。”

程千仞说完，回身对副院长与院判行礼，便向楼梯口走去，一点留恋也没有。

他看不到楼下沸反盈天，就算能看到，也不会改变心意。

胡易知从震惊中回神，开口叫住他：

“你得到这柄剑的时候，我把你从算经班带出来，说可以写推荐信送你去海外蓬莱寺，以后一心修行，大陆就算改天换日也难扰你清净，你不愿意。你闯了大祸，朝辞宫首辅亲自传讯来南渊，为你安排后路，你不愿意。大家选你做院长，权力谁不想要？你还是不愿意……”

程千仞每一步选择，总是出人意料。

“我不明白，世间容易道路千万条，你每次偏选最难的一条。为什么？”

程千仞回头：“为不后悔。”

无关难易，百死不悔。

程千仞走了，像赶着吃饭一样。

留下副院长与院判，百感交集，无语凝噎。

他昨天知道自己可能被选为院长，面对白雪星光站了一宿。

虽然只有一个夜晚，却足够想清楚很多事。

湖心岛禁闭期间历尽焦灼，几次差点拔剑冲杀阵法。现在全世界都知道新院长要跑路，他反而不急了，甚至打算回家吃一顿火锅。

顾二说得对，程府的绿萼梅开了，他还没看上一眼。

程千仞走完漫长楼梯，出现在藏书楼门口时，激动的人群已经平静下来。

每个人都明白他做了这个决定，即将面对什么。

一行黑衣督查队前来护送，他摆手止住了。人们自发让开通路，气氛平静而肃穆。

追悼会一般，反而搞得程千仞有点尴尬。

千万道目光下，不知谁说了声："请您保重。"

沿路许多声"保重"接连响起，海潮般淹没了他。

程千仞路过勤学殿、演武场，来到白茫茫的太液池边。

朔风中寒柳依依，坚实冰面积雪覆盖，清晰可见半个时辰前，一行人浩荡走出湖心岛的脚印。

他回身对人群行礼。

"回去吧，好好念书，好好修行。"

没有更多的话了。

走马上任半个时辰的程院长，最后一次渡过太液池。学生们在湖东目送，三位朋友在湖西等候。

他望见霜草边顾雪绛的紫色鹤氅，林渡之的天青色长衫，还有徐冉的大红绣金骑装，像一簇燃烧的火焰，不禁笑起来。

真好啊。

春花不红不如草，少年不美不如老。

三人也看见湖上人影，徐冉跳起来大力挥舞夹馍。

顾雪绛："别吃这个了，我们回去吃好的。"

徐冉："好呀好呀。"

自打入冬，程府冰窖常备涮锅食材。顾二原本打算在梅亭吃，拥炉看雪，梅香与酒。

徐冉强烈拒绝附庸风雅道："一家人，最重要的是暖暖和和。"

于是他们窝在烧着地龙的抱月楼。屋外北风萧瑟，屋里温暖如春。

一段时间不见，钟十六原先苍白的脸色变得红润，虽然还是不说话，眼中呆滞已褪去大半，显出符合年龄的青涩稚气。

程千仞看见他夹菜时露出一截伶仃腕骨，心想这也太瘦了，平时怎么拿剑的。

"你要多吃一点。"

钟十六小声道谢。

徐冉给他夹了一筷子肉片："好说，以后你叫我一声妈，我拿你当亲儿子。"

钟十六明显地僵硬一瞬。

顾二："你连小十六的便宜都占，你还是人吗?！"

徐冉摔筷："谁昨天骗人家喊爸爸?"

林鹿非常努力地向少年解释："你不要听他们瞎说。"

与此同时，程千仞离开学院的消息传出南渊学院，传遍大陆。

很多人撕毁虚情假意的道贺信，招呼手下拿出刀剑法器，气势汹汹地走进寒风中。

腊月里大事扎堆，北方皇都的世家权贵们焦头烂额，因为首辅决意代帝择太子，党争平衡被打破。南方宗门则盯着南渊学院的选举大会。

“那群学生疯了。”他们气急败坏地说道。

酒足饭饱时分，程府迎来一位客人。

客人轻车从简，风尘仆仆，取下白色斗篷的兜帽，露出一张娇美的少女面容。

竟是温乐公主。

“殿下？！”

温乐竖起一根手指，“嘘”了一声。

程府众人赶忙将人迎进门，面面相觑。

“没时间解释了，你跟我来。”

温乐示意要与程千仞单独说话。

大厅里火锅还未收拾，一桌子狼藉，毕竟受过小公主恩惠，程千仞很不好意思怠慢她：

“请偏厅稍座，我给您倒茶。”

小姑娘见没有旁人，拍手跳起来：

“你果然没当院长！我就知道是你，从小到大，只要你不愿意做的事，没人能逼你，五哥。”

程千仞愣怔：“什么？”

“你真的不是我哥吗？”

程千仞认真道：“我不是。”

温乐脸上笑意消失，渐渐露出小动物般绝望的眼神：

“就算你不是，你应我一声，我带你回皇都啊！谁敢截杀我的马车？”

小姑娘今天没有穿宫装，一身女官服，不施粉黛。想来是从返回皇都的路上匆匆赶来，李代桃僵，仪仗队的金凤车里坐着她的某位女官。

程千仞不知道是不是因为自己即将远行，人变得格外感性。对上她的目光，忽生莫名亲切感。愧疚与担忧接踵而来：

“您这样很不安全，快回去吧。”

温乐瞪着他，不说话。

程千仞叹气："别硬撑，想哭就哭吧。"

怀里突然撞进一个人。

片刻之后，带着哭腔的声音响起："你走之后我过得好辛苦，父亲脑子糊涂，大哥三哥皇叔都想做皇帝。我来南央城游说胡先生，他还训斥我不该假传皇姐旨意，真是没脸见人了。我有什么办法嘛，又没人教过我要怎么做，呜呜呜呜。首辅跟我们不是一个姓，我不怎么信他……我想大家都好好地在一起，像我小时候一样。"

程千仞忍不住伸手揉她脑袋："莫哭了。"

温乐哭得上气不接下气："你抱我干吗，你又不承认你是我哥，呜呜呜呜。"

程千仞心想，嗨呀，你这个丫头，是你抱着我啊。

你哥死了，我弟弟……也算死了吧。我们也算同病相怜。

他轻声道："你莫怨胡先生。"

温乐哭了很久，渐渐平静下来，抽噎道："我明白，先生万事以南渊学院利益为先。"

她从程千仞怀里钻出来，说：

"我来时得到消息，有人要在南央城外东五十里的白霜林伏杀你，很多人猜测你会回东川，一路天罗地网，你不要往东。"

程千仞应道："好。谢谢。"

他心里清楚既然要走，往哪里去都一样。神鬼辟易在他身上，他便举世皆敌。

"还有这个，你以前送我的东西我不要了，还给你。"

她拔下头上木簪。

这是一件遮掩气息的法器，温乐靠它骗过宫城守卫，溜出宫去玩，成功率非常高，只有赶上禁卫军副统领花间雪绛当值时比较惨。

程千仞不接，他感知到上面灵气波动，知这做工简单的木簪不是凡物。

温乐将东西塞进他手里，道："大胆，本宫给你，你敢不要？！"

小公主来去匆匆。

程府前门的马车消失在文思街巷口。

徐冉八卦道："你欺负她了？人家哭过一样唉。"

"我是那种人吗？！"

程千仞与温乐说话时，其余人在梅亭饮酒。

红泥小火炉烧得正旺，天色渐晚，他正好赶上喝最后一场。

朋友间彼此心意明了，话不必多说。

暖酒昏灯，冰蓝夜幕中出现一颗颗星星。

“我要走了，再晚城门就关了。”

钟十六站起来，断断续续地说：“你带，带上我，我可以帮你打架。”

程千仞拍他肩膀：“你先好好长大吧。”

林渡之眼睛通红：“我们送你出城。”

“千万别，一送就没完没了，送我出府就行。”程千仞笑了笑，“谁也别哭，我此去游历，寻求突破小乘的机缘，是喜事。”

文思街花楼大多挂着红灯笼，一地喜庆的光。程府的金色牌匾依然气派辉煌。

只是天寒地冻，街上一个人影也无。

程千仞家当都装在邱北送的锦囊里，手里只抱着剑，像平时出门买菜一样利落。

“以后，会有人看护你们的。”

他相信朝歌阙既然许下承诺，必然一言九鼎。

徐冉：“南央城风调雨顺，你不要担心我们，照顾好自己吧。”

顾雪绛上前与他撞肩击掌。

程千仞向东城门走去。

自冰雪封锁安国大运河与云桂山脉的官道，南央城商旅往来渐少。

夜色里，长街寂寥，高大的城阙像一张择人而噬的巨口，阙楼上灯火点点，是守城卫队在巡逻。

风寒夜重，雄城不减威仪。

他来到这里时，带着安家落户的梦想。现在他要离开了，未知的截杀与重围等着他。

南山后院读书，面馆算账打工，他与逐流过了一段人生中最安稳的日子。后来天翻地覆，也曾策马驰骋，挥剑而战。

笑杀暮云湖上客，醉生梦死恋南央。

程千仞走后第三日，大雪又落。

瑞雪兆丰年，今年却雪势延绵，丰年成了灾年。

雪灾不吉利，老人们认为暴风雪是大魔王的臣民。

地方官员赈灾不力，只能将与世隔绝，住在雪域的魔王拉出来背锅。

南央城远离灾区，百姓忙着囤积米粮，南渊学生们紧张地开始年终大考。

一切似乎重归平静。

但凡事发生必留下痕迹。痕迹无法被抹去。

萤火之光凝聚，可以照亮长夜，细弱的种子终将破土发芽。地下河暗流涌动，千万小溪汇成滚滚江水，将一路奔腾向前，冲垮堤坝涌入海洋。

——第一卷《少年游》完——